VERENA WYSS

Blutrunen

DUNKLE AHNUNG Die junge Pamela Thoma hat ihren Job als Werberin in Zürich aus »persönlichen Gründen« an den Nagel gehängt. Sie flüchtet in die scheinbar heile Welt des Château de Silms in der Westschweiz, um einen beruflichen Neuanfang als Bibliothekarin zu wagen. Doch von Anfang an beschleichen sie unheimliche Gefühle, die sich schon bald bewahrheiten sollen, als eine Reihe rätselhafter Morde das altehrwürdige Anwesen erschüttert: Eine Frau wird mit aufgeschlitzter Kehle in einem Grab gefunden, ein pflegebedürftiger ehemaliger Richter erstickt in seinem Bett, ein junger Mann wird beim Versetzen eines Keltensteins von einem Traktor erdrückt, ein Pferd mit einem Sichelschnitt getötet. Und was bedeuten die Pferdeschädel, die überall an den Stallwänden hängen? Erst als Pamela im Archiv des Schlosses auf geheime Dokumente aus der NS-Zeit stößt, kommt allmählich Licht ins Dunkel …

Verena Wyss, geboren in Zürich, studierte Geschichte und Rechtsgeschichte in Basel und Bern. Heute lebt sie mit ihrer Familie im Solothurner Jura. In den letzten 25 Jahren hat sie mehrere Romane und Kurzgeschichten veröffentlicht. Für ihre Arbeiten erhielt sie zahlreiche Auszeichnungen, u.a. den Preis der Schweiz – Schillerstiftung, den Preis für Literatur des Kantons Solothurn und den deutschen Frauen-Krimi-Preis »Agathe« für den Roman »Todesformel«, der 2008 im Gmeiner-Verlag erschien.

Bisherige Veröffentlichungen im Gmeiner-Verlag:
Todesformel (2008)

VERENA WYSS

Blutrunen

Kriminalroman

GMEINER *Original*

Besuchen Sie uns im Internet:
www.gmeiner-verlag.de

Im Ehnried 5, 88605 Meßkirch
Telefon 07575/2095-0
info@gmeiner-verlag.de

1. Auflage 2010

Lektorat: Claudia Senghaas, Kirchardt
Herstellung / Korrekturen: Julia Franze / Doreen Fröhlich
Umschlaggestaltung: U.O.R.G. Lutz Eberle, Stuttgart
unter Verwendung eines Fotos von © NYOBE / sxc.hu
Druck: Fuldaer Verlagsanstalt, Fulda
Printed in Germany
ISBN 978-3-8392-1104-5

*Personen und Handlung sind frei erfunden.
Ähnlichkeiten mit lebenden oder toten Personen
sind rein zufällig und nicht beabsichtigt.*

PROLOG

Ob Mariechen gebetet hatte, als sie das Kind vergewaltigten? Ein Stoßgebet? Seit Irma zwei Jahre später an Mariechens Grab gestanden hatte, hatte diese Vorstellung ihre Gedanken überschattet: Mariechen hätte gebetet, wie sie es in der Kirche tat, und nichts und niemand wäre gekommen.

Irma Maigold starrte in das schwarze Gesicht der Madonna: »Jetzt und in der Stunde unseres Todes.« Sie fühlte auch jetzt Mariechens Todessehnsucht, als sie in ein kaltes fremdes Haus eingesperrt war. Alle hatten gewusst, es würde dies nicht lange ertragen, vom Gemüt her ein Kind.

Ein Blick auf die Swatch, Viertel nach acht, es war richtig, jetzt ein Sätzchen des Rosenkranzes zu beten, »der von den Toten auferstanden ist«.

Bald würde es dunkel sein. Seit damals, als sie ihren Plan entwickelte, benutzte sie so oft wie möglich das Fahrrad. Jedes Mal hievte sie es die drei Stufen hoch in die Sakristei. Die Leute hatten sich daran gewöhnt. Ein Fahrrad hat keinen Peilsender, und auch jetzt konnte nicht auf ihr Hiersein geschlossen werden. Rasch und auf weichen Gummisohlen ging Irma Maigold zur seitlichen Eingangstür der Kapelle und schob wie jeden Abend den Innenriegel vor. Dann ging sie zurück durch den Chor, um den Altar herum, passierte hinten den Durchgang mit den geschnitzten Figuren in die Sakristei. Hier drehte sie geräuschlos den Schlüssel im frisch geölten Schloss, ließ ihn stecken. Kein Mensch konnte jetzt die Kapelle betreten, keiner würde sie überraschen.

Schon stieg sie die enge Holztreppe hoch auf den langen Dachboden. Diesen hatte sie vor Ostern wie in jedem Frühjahr gewischt, das Gebälk von Spinnweben befreit. Hier war es sauber, sie würde keine Spuren hinterlassen. Auch die Bockleiter befand sich seit der Putzaktion hier oben. Sie stellte sie vor die offen stehende kleine Dachluke. Tief hängende Wolken zeigten noch helle Ränder. Bald war dunkle Nacht, ideal, sie würde die Alufolie nicht benötigen, ein einfacher und sicherer Schutz gegen allfällige Satelliten-Wärmebilder. Sie holte das Nachtsichtgerät aus dem Beutel. Tastend kontrollierte sie die schwarze Nylongaze, mit der sie die zwei Rohre abgedeckt hatte. Es würde keinerlei Spiegelungen geben.

Sie stieg auf die Leiter, befestigte das Gerät so in der Luke, wie sie es erprobt hatte. Die Horizontlinie des Mont Pétrel war vor dem Himmel noch schwach auszumachen, darunter ein einzelnes Licht, der Gasthof oder der Pächter. Vor ihr lag steil ansteigend der Friedhof. Von hier aus hatte sie den Überblick, er war menschenleer, seit acht Uhr geschlossen. Gleich hinter der Mauer mit Thujahecke war das frisch ausgehobene Grab in der ersten Gräberreihe wunderbar einzusehen. Das tiefe Loch war für die uralte Frau Maurer aus dem Altenheim, die morgen bestattet werden sollte.

Jetzt lag auch Elmar Fasel seit bald sieben Jahren hier. Ihn verhöhnte sie, wenn sie an ihm vorbeiging.

Am Samstag war das Grab für Frau Maurer ausgeschaufelt worden. Die Grube war ordnungsgemäß mit Brettern abgedeckt. Heute hatte sie es sich noch einmal in Ruhe angeschaut: Von hier aus blickte man genau zu der Estrichluke der Kapelle. Sie hatte die Bretter verschoben. An der Schnur hatte sie den Rekorder in das sauber ausgehobene, rechteckige, sicher mehr als zwei Meter tiefe Grab hinuntergelassen. Anschließend hatte sie zwei Thujaäste daraufgeworfen. Keiner käme auch nur auf den Gedanken, extra hinunterzusteigen, weil diese Äste störten. Dann hatte sie die Bretter sorgfältigst so schräg hingelegt, dass sie an der einen Seite mit einer Ecke gerade noch auflagen. Den apfelgrünen Kunstteppich, der schon vor das Grab gelegt war, hatte sie exakt verrutscht. Tonja Utz würde im entscheidenden Moment darüber stolpern, sie müsste sich mit einem Schritt auf das nächste Brett abstützen.

Jetzt setzte sie sich im Dachboden auf die Dielen, wartete.

›23.15 Uhr‹, hatte sie in beiden auf keinen Server zurückverfolgbaren E-Mails geschrieben.

Die Order an die Utz war knapp gewesen. Sie hatte sie so verfasst, wie Elmar Fasel es damals beschrieben hatte: Datum, Zeit, den Ort in Buchstaben, B hieß Beinhaus, das Erkennungszeichen war der Schädel in einem Dreieck sowie ein X für die gekreuzten Knochen, a für Arno, t für Tonja. Tonjas Mail an Arno Krepp war länger, gegen die Regel: ›Steige aus, muss mit dir reden.‹ Aussteigen war Verrat, auf Verrat hatten sie den Tod geschworen. Tonja verhielt sich in der E-Mail so, wie sie geschworen hatte, es nie zu tun. So musste dieser Krepp es sehen. Sie verhielte sich eben wie eine Frau, die Gewissensbisse kriegte, eine, die meinte, weil einer mit ihr im Bett war, tue er ihr nichts.

Nie würde die wirkliche Tonja so handeln, das war das Risiko. Doch der Code stimmte. Krepp musste die E-Mail für echt halten, er hatte Tonja seit vielen Jahren nicht gesehen, und hatte nicht auch Elmar den Schwur gebrochen?

Längst lag der Dachboden im Dunkeln. Dunkelheit als solche hatte nichts Bedrohliches. In den vergangenen Jahren hatte sich Irmas Weltbild radikal verändert. Es gab Menschen, die so schrecklich waren wie die Fratzen auf einem Bild von Hieronymus Bosch. Da kam Musik nicht dagegen an. Wenn es Gott nicht gab, musste sie selbst sich dagegen stellen, wenn sie nicht wollte, dass das so war. Darum war sie hier. Um 22.30 Uhr stieg sie wieder auf die Leiter, setzte sich zuoberst auf die blecherne Plattform. Sie spähte durch das klobige Nachtsichtgerät, das die Luke ausfüllte. Schwere Wolken verhängten den Himmel, hingen bis auf die Horizontlinie, keine Sterne, keine Satelliten. Einzelne Autos fuhren auf der Autobahn, von der nahen Straße von Burg kein Geräusch. Von jetzt an musste sie den Friedhof unter Kontrolle halten. Die Fernbedienung hatte sie sich an der Kordel um den Hals gehängt.

Jetzt galt es, zu warten, zu schauen, zu drücken. Sie hatte sich verboten, an die Toten in ihren Gräbern zu denken, keinesfalls versuchte sie, Geister zu erblicken. Was sie tat, würde diese stören. Also sah sie den Friedhof abstrakt, gehauene Steinplatten, geschnittene Hecken.

Um 22.45 Uhr entdeckte sie oben seitlich des Beinhauses eine Bewegung, einen Menschen. Sie beglückwünschte sich zu ihrem Sichtgerät. Das musste Arno Krepp sein. Der Mann verschwand hinter dem Mauervorsprung des Eingangs. Alles lag wieder reglos da, doch jetzt meinte sie, das Böse zu spüren, als schickte es tastende suchende Strahlen in alle Richtungen. Er wartete mit ihr.

Um 23.05 Uhr hörte sie ein Auto von links den Rain hochfahren, dort gab es ein Fahrverbot. Schon kam es in ihr Blickfeld, keine Scheinwerfer, kleines Auto. Langsam fuhr es an der Friedhofsmauer entlang, um die Friedhofsecke, die Straße hoch, wendete bei den Containern. Es würde ohne Verzug wegfahren können.

Jemand verließ das Auto, kein Türschlagen: schwarze gefetzte Haare, Hose, Lumber, die Bewegung zeigte, es war die Frau. Sie sah sich um, stand eine Minute da, ging Schritt für Schritt zur Mauer, war mit Schwung oben und drüben auf der inneren Seite, ging jetzt rasch in Richtung des Beinhauses. Das war der Moment. Sie drückte auf on, drehte die Lautstärke auf. Die Klänge der Mundharmonika schallten über die Gräber, als blase jemand einen Dudelsack: Mariechens Landsknechtlied vom reitenden Tod.

Beim zweiten Takt blieb die Frau wie angewurzelt stehen. Schauerlich langsam klang die düstere Melodie über den Friedhof, Flandern in Not. Vom Mann hinter dem Stein war nichts zu bemerken. Die Frau sah sich suchend um, ging an der nächsten Hecke in Deckung, doch vom Dach oben mit dem Sichtgerät war sie gestochen scharf zu sehen. Sie schlich an der Hecke entlang weg vom Stein in Richtung des mittleren Gehwegs. Aha, genau so hatte es Irma erwartet: In der einen Hand hielt sie ganz deutlich sichtbar eine Pistole. Jetzt kam die zweite Strophe, man konnte es an der Wechselstimme ins Helle hören. Irma vernahm ihre eigene Innigkeit, Wut, Drohung, die sie bei der Aufnahme gespürt hatte. Ihre Antwort auf den Sadismus, von dem Elmar gesprochen hatte. Hatte Mariechen gemeint, sie würden es töten? Wusste es überhaupt, was Tod bedeutete? Sie bemerkte, dass sie sich auch jetzt die Lippe wund biss. Ja. Sie hasste diese Frau aus tiefstem Herzen. Sie wünschte ihr das, was jetzt auf sie zukommen sollte. Als fühlte Tonja Utz ihren Hass, versteckte sie sich nicht mehr, sondern stand einen Augenblick gerade aufgerichtet, fast federnd da. Sie nahm die Herausforderung an. Es war, wie Elmar es behauptet hatte: Wer dabei sei, wenn gequält werde, und selbst quäle, der fürchte weder Tod noch Teufel. Zuerst wie witternd, dann zusehends sicher, folgte Tonja Utz den Tönen, betrat den breiten Weg, kam geschmeidig wie eine Katze in Richtung des unteren Endes des Friedhofs. Irma meinte, ihre Haare, ihre ganze Gestalt rot und braun sprühen zu sehen, doch das mussten die Gläser sein. Sie wich von der Luke zurück, doch niemand konnte auch nur eine Spur von ihr sehen. Der Friedhof lag in seinen Konturen vor ihr. Sie musste wachsam bleiben. Oben beim Beinhaus bewegte sich nichts. Genau das hatte sie erwartet. Die Musik war für ihn nicht erklärbar, er wartete ab. Die Frau kam schnell, Irma dämpfte Stufe um Stufe die Lautstärke zurück, schon erklang die fünfte Strophe, in ihrem Innern klangen die Worte mit, ganz leise jetzt wieder der Refrain.

Die Frau bog in die Gräberreihe ein, kampfbereit, stürmte in Richtung von Elmar Fasels Grab. Jetzt der entscheidende letzte Schritt vor dem Teppich – die Musik auf volle Lautstärke –, und sie stolperte seitwärts auf die Bretter, ein Krachen, ein unterdrückter Ausruf. Sie griff in Zeitlupe in die Luft, doch der Körper folgte dem Bein in Schräglage, mit der Hüfte schlug sie auf das nächste Brett, sie griff wild um sich, zog den Teppich mit sich, ein wirres Durcheinander verschwand im Loch, ein gellend kurzer Schrei wie der einer Katze. Allein würde sie da nicht wieder herauskommen.

Irma richtete das Glas auf den oberen Teil des Friedhofs.

Fast hatte sie es so erwartet, er war nicht mehr oben beim Stein, sondern bewegte sich schon in der Mitte des Friedhofs von einer Hecke zur nächsten. Er war gerissener als die Frau.

Jetzt war er nah.

Würde sie dem zusehen, was jetzt folgte? Müsste sie genau wissen, wie er es tat? Damit zumindest ein Mensch die Wahrheit wüsste?

Fühlte dieser Mann die Nähe eines Beobachters? Er suchte die Büsche ab bis zur Mauerecke, vergewisserte sich, dass sich niemand in ihrem Schutz versteckte, sein Blick schweifte auch zu ihr hinüber zur Kapelle, doch von dort schien er nichts zu befürchten. Er ging zum Grab, sah hinein. Sie meinte, sein Flüstern zu hören, »sag was, du bist nicht tot, beweg dich.« Da schien ein Ächzen zu kommen.

TRÄUME

Unvermittelt hört sie das gellende Wiehern eines Pferds. Der Pfad führt durch Buschwerk, weitet sich in einen kleinen Waldplatz. Das Pferd ist an einer glänzenden Halterung an die Holzwand einer Hütte gebunden, stampft, versucht, sich loszureißen. Sie fühlt sein panisches Drängen, seine Hitze. Pamela bleibt unvermittelt stehen, ihr ist, als stoße eine Hand sie zurück. Das Pferd donnert mit den Hufen an die Wand. Beweg dich nicht! Einen Schritt um den anderen geht Pamela rückwärts. Wenn sie reflexartig rennt, läuft sie in die Falle. Wäre Krieg, könnten Minen auf dem Weg liegen, Bomben am Wegrand gezündet werden. Der Köder wäre das Pferd. In deinen Mitleidsreflexen bist du berechenbar.

1

Pamela Thoma fuhr den kleinen, silberglänzenden Peugeot auf der Autobahn von Luzern Richtung Burg, eben hatte sie Bern umfahren und beim Blick hinauf zu den Sprayereien an einer der Betonbrücken innerlich den Kopf geschüttelt. Hatte da nicht gestanden ›Lebe, wann, wenn nicht jetzt!‹? Und hatte sie nicht eben auch ein Hakenkreuz gesehen? Warum putzte man Derartiges nicht weg? Dann, nach dem Tunnel, war sie froh, die A1 Zürich–Genf verlassen zu haben, hier herrschte nur noch mäßiger Sonntagsverkehr. In Luzern hatte sie nach ihrer Rückkehr aus Anchorage ein paar Tage bei Emily gewohnt, ihrer ›Freundin durch dick und dünn bis in den Tod‹. Noch hatte ihr Peugeot das alte Zürcher Nummernschild. Sie würde sich darum kümmern.

Die Route hatte sie sich im Notebook angesehen, bald sollte sie die Abfahrt Burg erreichen, dann folgten etwas vertrackte Nebenstraßen. Falls sie jeweils gleich die richtige erwischte, sollte sie in etwa einer halben Stunde beim Schlösschen Silms eintreffen. Sie hatte sich auf den späten Nachmittag angekündigt, das mochte so zwischen vier und halb sechs Uhr sein. Es war ein völlig neuer Stellenantritt, Bibliothekarin statt Werberin, sie wurde zum Abendessen erwartet; Abendessen auf einem Schlösschen mit wem auch immer, anstatt Sushi mit Stefan, und wem ganz sicher, wobei dieses sicher eben Henri war.

Sie fuhr satte 120 und drosselte die Geschwindigkeit. Sie atmete tief durch, sich nicht deklassieren, nicht selbst einschüchtern, es war alles eine Frage der Mentalität. Keine Fahrten mehr mit Stefan in seinem schnittigen BMW Cabrio, ein Weiler hinter Burg war nicht Zürich. Auch die reale Höhe des Gehalts würde sich erweisen, doch davon hing es nicht ab, sie würde nicht mehr so auftreten wie in den Jahren in der Agentur. Sie wusste genau, wo sie ihre Identität verloren hatte. Die war vor einem halben Jahr mitsamt ihrem Kleinchen die Toilette runtergerutscht. Sie beschleunigte das Tempo, nannte sich kindisch, verlangsamte wieder.

Von Anchorage zurück fühlte sie sich erstmals seit ihrem Zusammenbruch wieder richtig gut. Eine neue Stelle, eine andere Tätigkeit mit neuer Herausforderung, sie war jung, gerade erst 32, das Leben lag verheißungsvoll wie die Straße dieses Sonntagnachmittags vor ihr. Wenn sie dann eines Morgens nicht mehr ängstlich die ersten Augenfältchen eincremte, wäre sie wieder gesund.

Stefan. Gleich nach ihrem Abschluss als Psychologin, Nebenfächer Kunstgeschichte und Medien, hatte er sie in seiner schicken kleinen PR-Agentur in Zürich angestellt, Zürichberg, beste Lage, auserlesene Kunden, Assistentin mit Aussicht auf baldige Partnerschaft. Die Agentur bestand aus den Partnern Stefan und Mark, der Sekretärin Gisa. Pamela markierte die intelligente weibliche Komponente bei Brainstormings, Lunchkontakten, Sprach- und Überzeugungsarbeiten, wirkte seriös, was sie war, und geschliffen, was sie mit guten Umgangsformen, Alice sei Dank, anscheinend darstellte. Dass sie bald auch Stefans offizielle Bettgefährtin wurde, vielleicht war das zu erwarten gewesen.

Von Anfang an redete er von Heirat. Der Stilbruch hätte ihr auffallen sollen. Es passte nicht zu seinem geschmeidigen Auftreten, seinen lockeren Werbesprüchen. Zu ihr hätte es gepasst, ihre Eltern lebten, seit sie denken konnte, in einer intakten Beziehung mit allen Hochs und Tiefs, die Dads Musikerleben als erster Geiger im Symphonieorchester mit sich brachten. Alice mit ihrer Tüchtigkeit und Tatkraft zog die Krisen jeweils durch. Als Französischlehrerin am Töchtergymnasium hatte sie genügend Freiraum und zu viel zu tun, als dass sie sich in Beziehungsstrudel eingelassen hätte. Es war ihre Idee gewesen, Pamela katholisch und in einem Internat erziehen zu lassen. Dort würden Werte vermittelt, und als Einzelkind könne sie Jugendfreundschaften erleben. Das war dann auch in erster Linie Emily gewesen. Kurz darauf waren Dads Hände gichtig geworden. Alice fand auch dafür eine Lösung. Sie ließ sich vorzeitig pensionieren. Gemeinsam starteten sie in Alaska ihren Traum vom alternativen Leben, ein abgelegenes Dorf, eine Mini-Farm mit Treibbeeten, Hühnern und sogar Ziegen und siehe da, einer kleinen Orchesterschule. Pamela selbst, die eben das Abitur gemacht hatte, war aus allen Wolken gefallen. Warum nicht die Toskana oder die Provence wie die anderen 68er, und wenn es denn kalt sein musste, warum nicht die Bretagne, Finnland oder ein Ort, den man notfalls mit dem Fahrrad erreichen könnte? Doch sie war 20, nach Alices Meinung genügend flügge. Ihre Eltern hatten sie zwar so richtig verlassen, doch sie hatten ihr das Studium finanziert. Nach dem Internat hatte sie im Studentenwohnheim gewohnt, und für die Sommerferien finanzierten sie auch das Ferienticket. Alice beschaffte ihr jeweils einen Ferienjob, sie hoffte offensichtlich, ihre Tochter könnte in Alaska Wurzeln schlagen. Doch es war ja nicht Pamela, die weggezogen war, Alaska war definitiv nicht ihr Traum, mochte das nun eine Trotzreaktion sein oder nicht.

Ihr Stellenantritt in diesem Schicki-Micki-Werbebüro hatte die Eltern verblüfft. Sie sahen überhaupt nicht, dass das ein Erfolg war. Dad hatte sie gewarnt, sie sei ein Karpfen in einem Teich mit Piranhas. Sie hatte gelacht. Dann war sie in Stefans Wohnung eingezogen. Und nun war sie trotz Verhütung schwanger geworden, sie verstand das nicht. Stefan war überglücklich gewesen, sie hätte alarmiert sein müssen. Er freute sich, er wünschte sich ein Kind, das sei doch von Anfang an klar gewesen. Sie würden heiraten, sie konnte weiterhin in der Agentur arbeiten. Sie begann sich an den Gedanken zu gewöhnen, sie war jung und gesund. Doch dann kam der Fakt, Henri solle zu ihnen ziehen. Henri, der Schauspieler, sei Stefans große Liebe. Er sei liebevoll, häuslich, geeignet für Kinder. Er gehöre zu ihrer entstehenden kleinen Familie. Pamela solle jetzt nicht spießig reagieren. Pamelas Reaktion war der Spontanabgang ihres Kleinchens gewesen.

Sie war zu Emily geflüchtet. Emily war mittlerweile

Anwältin in Luzern geworden. Es kam der Zusammenbruch. Pamela brachte es nicht mehr über sich, Stefan auch nur zu sehen. Emily half beim Packen und beim Einstellen ihrer Sachen. Sie brachte Stefan dazu, freiwillig ein allerbestes Arbeitszeugnis zu schreiben und zwei Jahresgehälter als Abfindung nachzuschieben. Emily war beruflich in ihrem Element. Stefan wollte kein Aufsehen. Er würde sich in Pamelas Leben nicht mehr blicken lassen.

Pamela war zu ihren Eltern geflogen. Zuerst hatte sie ausdauernd um ihr Kleinchen geweint, hatte erstmals in Bezug auf sich selbst über Sinn und Unsinn des Lebens nachgedacht. Es wäre billig, Stefan irgendeine Schuld zuzuweisen. Anscheinend hatte sie viel von Alices praktischer Art. Sie verstand nicht mehr, wie sie sich überhaupt hatte auf Werbung einlassen können, man half Leuten, die bezahlen konnten, den Menschen etwas vorzuspiegeln, raffiniert, täuschend, sich in ein Marketingprodukt zu wandeln.

Einfach in Alaska Fuß fassen konnte sie nicht, das Klima war zu rau. Es mochte das Paradies ihrer Eltern sein, die sie liebte, achtete, doch jetzt hatte sie aufgetankt. Sie konnte sich nicht länger bei ihnen verkriechen, sonst würde der Neuanfang immer härter werden. Einerseits suchte sie entschlossen im Internet nach einer Stelle in der Schweiz, irgendetwas, weit von Zürich, wo niemand sie kannte. Dazu schrieb sie an ihre ehemaligen Professoren, sie sei auf Stellensuche. Alle antworteten – und ausnahmslos nett. Ausgerechnet der stramme Geschichtsprofessor, Vincent Gilli, bei dem sie nicht unbedingt geglänzt hatte, bot ihr eine Stelle an. Für ihren Studienabschluss mit Hauptfach Psychologie sei es vielleicht etwas befremdlich, mit Werbung habe es überhaupt nichts zu tun. Er suche eine Bibliothekarin zur Neuordnung und Katalogisierung einer Privatbibliothek in der Nähe von Fribourg. Er erinnere sich an Pamela, ihre Tätigkeit in der Werbebranche zeige, dass sie mit einer neuen Aufgabe zurechtkomme. Das Haus sei ein historisches Schlösschen, Château de Silms, gehöre seinem Bruder Robert. Die Bibliothek sei ungeordnet, müsse endlich einmal katalogisiert werden. Die Anstellung wäre zunächst für ein Jahr und ließe sich möglicherweise mit gezielten Publikationen ausbauen, ihr Lohn und ihre Arbeitsbedingungen würden denen einer Uni-Assistenz entsprechen, mit Wohnen und Vollpension. Er verbürge sich für die Seriosität. Für seinen Bruder wäre dies sehr praktisch, auf diese Weise erübrige sich eine aufwändige Stellensuche mit ungewissem Resultat.

Für Vincent Gilli hatte Pamela wie die meisten Studentinnen etwas geschwärmt, sie war gern in seine Vorlesungen gegangen, er hatte dieses gewisse männliche Etwas, viel Macho, gute Figur, sonore Stimme mit sehr rollendem R. Sie erinnerte sich sogar an seine samtbraunen Augen. Immerhin hatte sie sich stundenlang auf ihn konzentriert, sehr groß im Vergleich mit ihr, schlank, salopp. Vincent Gilli war hart gewesen in seinen Anforderungen, hatte nur männliche Assistenten, die auch die besseren Noten erreichten, offensichtlich besser waren. Möglicherweise war er doch ein verdeckter Homo. Dass sie überhaupt einen blöden Gedanken daran verschwendete, war natürlich Stefan zu verdanken, Männer konnten ihr gestohlen bleiben.

Doch es ging um seinen Bruder. Pamela konnte sich diese Tätigkeit als Bibliothekarin vorstellen, da brauchte es nicht viel Fantasie: fernab der Welt, kleiner Lohn, staubige Arbeit, das Gegenteil von Zürich. In Französisch war sie immer gut gewesen, kein Wunder, mit Alice als Mutter.

Es folgte die Korrespondenz mit Robert Gilli, Investment. Pamela schrieb, aus gesundheitlichen und psychischen Gründen habe sie ihre Stellung in der Werbebranche auf eigenen Wunsch aufgegeben, selbstverständlich schicke sie ihre Zeugnisse. Das Château de Silms lag abgelegen, mit dem Auto 20 Minuten hinter dem Kleinstädtchen Burg. Gilli schickte sogar Fotografien und historische Pläne. An einem Rebhang inmitten von großen Bäumen ein einstmaliges Sommerhaus seiner Familie, die zeitweise sehr nach Frankreich gehörte, zweistöckig mit großem Walmdach, zwei Türmchen, ein weiterer Turm, mindestens ein Wirtschaftsgebäude. Es sei eher ›bescheiden-zweckmäßig‹. Da gab es Reste eines Barockgartens, der Liliengarten sei vor noch nicht 100 Jahren berühmt gewesen, und natürlich der Küchengarten, das sei der älteste Teil mit Resten von alten Knotenmustern, in der Zeit des Dreißigjährigen Krieges sei Derartiges in Holland aufgekommen, eine Imitation der Gärten der Katharina Medici in Paris. Nach der Bibliothek werde er sich der Gartenanlage widmen, eines nach dem anderen. Er gebe dem Drängen seines Bruders nach, endlich die Bibliothek ordnen zu lassen unter Berücksichtigung historischer Schwerpunkte. Er selbst werde sehr oft geschäftlich abwesend sein. Das Schlösschen werde von einer Wirtschafterin mit den nötigen Hilfskräften geführt. Mochte es der Griff nach dem berühmten Strohhalm sein, Pamela ließ sich nicht beirren, weder durch Dads Sprüche noch durch Alices Bedenken, wie sie sich das Alleinsein auf einem abgelegenen Château denke, sie sei den dahinplätschernden Austausch mit Menschen gewöhnt. Es war ein Zurück zu ihren Interessen. Die E-Mails von Robert Gilli belegten es, ein Westschweizer Schlösschen bedeutete Geschichte, Kunstgeschichte, Kultur, alles, was ihr die vergangenen Jahre gefehlt hatte, wie es ihr heute schien. Eine alte Bibliothek stellte sie sich verstaubt und ruhig, doch irgendwie besonnt vor. Nach den Fotos zu schließen hätte sie große Fenster in einen Garten hinaus. Abkapseln war eine Frage der Einstellung. Im Gegenteil, je weniger Menschen, desto größer war die Chance auf gute Kontakte.

Beim Vorbeifahren an der Abzweigung zum Mont Pétrel hatte sich die Welt ganz plötzlich verdunkelt, die Sonne war weg, da hingen stalaktitenartig schwere Wolken. Unvermittelt war ihr sehr schwach zumute, das Gefühl war beklemmend, als werde sie von einer Hand vor die Brust gestoßen, in den Autositz gedrückt, als solle sie hier die Fahrt beenden, es nahm ihr den Atem – sie musste aufhören, an Vergangenes zu denken. Was galt, war hier und jetzt. Von einer kleinen Höhe aus sah sie in die Weite. Wo der Himmel vorher seltsam hellrötlich geschienen hatte, war er jetzt grau in grau. Wo der Jura sein sollte, hingen die Wolken dunkel und tief, die Wand verdeckte schon den See. Sie konnte sich hier nicht weiter nach dem Wetter orientieren, womöglich käme sie bei Regen an. Das Regenzeug lag auf der hinteren Sitzbank, mit Verrenkungen würde sie es erreichen. Zwei Koffer und die Reisetasche waren im Kofferraum verstaut. Sie fragte sich, wer wohl auf dem Château auf sie wartete.

*

Es goss aus Kübeln. Eine letzte Abzweigung ›Château‹, ein geteertes Sträßchen schräg durch Rebberge hoch, nassglänzend, stützende Trockenmauern, jetzt flach, breiter, auf eine hohe Parkmauer zu, große dunkle Bäume, ein offen stehendes Eisentor, eine terrassierte Parkanlage. Pflästerung, Hortensienbeete, Nebengebäude, ein großer Platz vor dem Hauptgebäude, alles größer, als sie erwartet hatte. Doch halt. Pamela stoppte, eine ungeordnete Baustelle, überall Kies- und Erdberge, dazwischen ein Graben, mehrere Riesenpfützen, Planken. Hier ging gar nichts mehr, sie war zu weit gefahren. Eine beschlagene Heckscheibe, verregnete Rückspiegel, alle Fenster runter, Heizung der Heckscheibe ein. Regen schlug unangenehm ins Auto, also Mütze auf, den Kopf aus dem offenen Fenster und ganz langsam dicht am Rand rückwärts an die Seite dieses ersten Gebäudes, das sogar ein breites Vordach hatte, hier regnete es nicht. Zwei Kipptore, kleine hoch gelegene Fenster, eine Stalltür. Sie blinzelte, oben an der Wand zwei ausgebleichte Pferdeschädel – es musste eine zur Garage umfunktionierte ehemalige Stallung sein. Sie fuhr etwas weiter nach vorn, hier wollte sie ihr Auto vorerst einmal stehen lassen.

Orientierung im Gelände. Pamela überblickte die Baustelle, den Haupteingang, einen schmaleren Eingang, seitwärts die beiden Turmbauten, auch sie mit Türen. Das Château war überraschend groß, doch keiner dieser Eingänge verfügte auch nur über ein kleines Vordach. Sie wurde erwartet, das musste beim mittleren, dem breiten Eingang sein. Ein Weg von hier nach dort war mit Holzplanken ausgelegt. Ein Vorhang aus Regen zwischen ihr und dem Gebäude, verwischte Konturen, eigentlich schön. Das Gepäck würde sie später holen. Triefend, mit hochgeschlagener Kapuze über den feuchten Haaren, stand sie unter ihrem roten Schirm vor der riesigen massiven Eichentür, kein Schild, bloß ein blank geputzter Messingklingelzug. Sie brauchte nicht daran zu ziehen, die Tür wurde von innen geöffnet. Den Schirm etwas nach hinten und ein rascher Blick nach oben, in der Wand unter dem einen der oberen Fenstersimse eine kleine Überwachungskamera. Es war eine Frau, die öffnete, das musste die Wirtschafterin sein. Sie war groß, schwer, grau in braun, ein etwas plumpes Gesicht, graue kurze Haare, hellbraunes Kleid über grauer Bluse, breite rote Hände, Frau Fasel.

»Sie werden Frau Thoma sein.« Eine seltsam kraftlose Stimme, die nicht zu der Größe und schon gar nicht zu den stechenden Augen passte. Instinktiv schreckte Pamela zurück, meinte auch, krasse Ablehnung zu spüren. Sie solle rasch hereinkommen bei diesem Wetter. Ein verwaschener Singsang, natürlich, sie waren im Hinterland von Fribourg, also Saanenländisch. Drinnen streckte sie ihr keine Hand entgegen, sondern nahm ihr Mantel und Schirm ab, eine Bedienstete. Zumindest ließ sie ihr die Schultertasche, auch wenn es hier aussah wie in einem historischen Museum, nur waren die Stoffe von Portieren und Stuhlbezügen von intensiven Mustern und Farben. Die Frau bat Pamela in einen Wintergarten mit Blick in triefendes Nass. Dort servierte sie Tee mit trockenen Biskuits. Sie setzte sich zu ihr, ohne selbst etwas zu sich zu nehmen, was Pamela unangenehm war – eine Sitzriesin, ein hölzernes Gesicht, die schweren Hände, das leise Sprechen. Ihr Alter war schwierig abzuschätzen. Weil der Hausherr abwesend sei, sei sie beauftragt, sie zu begrüßen und ihr alles Wichtige mitzuteilen. Ein Auto habe sie ja, das Städtchen verfüge über zwei Einkaufszentren und den Shop einer Billigkette, die üblichen Läden fänden sich alle in der Fußgängerzone. Beim Bahnhof seien ein Kiosk und die Postautohaltestelle. Das Parkhaus sei gleich in der Mitte. Um sieben Uhr würden sie gemeinsam ein kleines Nachtessen einnehmen. Sie sei die Wirtschafterin und auch die Köchin. Frühstück gebe es frühstens ab sieben Uhr hier im Gartenzimmer, es könne aber auch später sein. Zur Mittagsverpflegung könne sie sich jeweils in der Küche etwas zusammenstellen. Herr Gilli komme erst in zehn Tagen zurück, er sei in Marokko, dann in London.

Wieder die Abweisung. Frau Fasel mochte eine Vertrauensstellung einnehmen. In ihrem Kopf mochte es eine Rangordnung geben, die jetzt durcheinandergebracht wurde. Pamela kam dahergelaufen, blieb auf unbestimmte Zeit, vielleicht ein Jahr. Sie war ein Eindringling, war jung, würde die bessere Arbeit verrichten, musste bedient werden, brachte Zusatzaufgaben mit sich. In jedem Fall störte sie den gewohnten Trott im Château. Sie mussten einander ja nicht mögen. Pamela fühlte sich plötzlich schlaff, ausgepumpt, leer, als wäre ihr alle Kraft abgezogen, nur jetzt nicht zusammenbrechen – die Unterhaltung schleppte sich hin. Das Dach des Westturms wurde restauriert, der Turm war mit Planen abgedeckt. Dann war eine Wasserleitung durchgerostet. Der Dauerregen war natürlich mies, die Bauarbeiten hatten die Umgebung in einen Sumpf verwandelt. Pamela würde das zweite Geschoss dieses Turms zur Verfügung haben, den ganzen Tag Sonne und etwas für sich liegend. Es sei auf jeden Fall trocken. Doch sie werde ja wahrscheinlich in der Bibliothek arbeiten.

Pamela folgte ihr zum Gästeturm, den einen Koffer hatte die Frau ihr abgenommen, den kleineren zog sie. Wenn der Turm angebaut war, wo war denn der wettergeschützte Durchgang? Die Schultertasche trug sie schräg umgehängt. Den Schirm hatte sie unter den Arm geklemmt, bei diesen Böen war an ein Öffnen nicht zu denken. Sie stemmte sich gegen den Wind und versuchte gleichzeitig, balancierend sich und den doch etwas unhandlichen Koffer über die schmalen glitschigen Planken zu befördern; diese schienen im Morast zu versinken. Frau Fasel hatte es schon geschafft, stand wartend unter der nächsten Tür. Pamela guckte hin, verlor kurz das Gleichgewicht, der Koffer rutschte und kippte vom Brett, sie versuchte, ihn geradezuhalten und stand schon in einem knöcheltiefen Matschloch – verdammt! Natürlich hievte sie ihn auf die Planke zurück. Es war klar, die Rädchen drehten sich nicht mehr. Irgendwie schleppte sie ihn durch den Matsch zum Eingang, wo diese Frau noch immer reglos stand. Eine Plane schlug im Wind. Wortlos schleifte Pamela den Koffer hinein. Ein schlechtes Licht erhellte einen Eingangsraum, Ziegelboden. Am liebsten hätte sie losgeschimpft, doch was sollte es bringen. Sie setzte sich auf die oberste Stufe einer Steintreppe, die nach oben führte. Triefend, tropfend entledigte sie sich ihrer verschlammten Schuhe, der nass klebenden Socken, krempelte die verdreckten Hosenbeine einmal hoch, stand barfuß da, die dunkelrot lackierten Fußnägel glänzten psychedelisch. Sie sagte: »Meinen Koffer werde ich von hier aus auspacken und morgen reinigen.«

Frau Fasel bewegte sich. Wieder so kraftlos meinte sie: »Es ist gut so, Sie können morgen auch waschen, was nötig ist, die Turmküche hat eine neue Waschmaschine und einen neuen Trockner.« Sie schien irgendwie nicht richtig zu ticken. Sie gab die Anweisungen für den Eingangscode, bis auf eine Zahl derselbe wie beim Haupteingang. Dazu übergab sie Pamela eine große Stablampe, falls der Strom ausfalle.

Jetzt war Pamela allein, bezog eine kleine Wohnung im zweiten Stock eines historischen Turms auf einem Schloss. Hatte sie es so erwartet? Das ›einfache Abendessen‹ nahmen sie gemeinsam im Frühstückszimmer ein, ausnahmsweise. Pamela war beeindruckt, Wildpastete mit Karottenpüree, typisch Westschweiz, englisches Hartporzellan mit dem bekannten Dekor, das glänzende schwere Silberbesteck etwas zerbeult. Das Interessanteste war, an der Wand gegenüber hing ein bodenlanger goldgerahmter Spiegel. Pamela konnte sich selbst zusehen, wie sie dasaß, klein, die weiche lockere Bluse mit dem runden Ausschnitt, gerade aufgerichtet, gute Brüste, volle dunkle Haare wie gemalt um das ovale Gesicht gelegt, die schmale Nase, der weiche Mund, vor allem die großen dunklen Augen – sie passte ausnehmend gut in diese Umgebung, als wäre sie ein Teil eines alten Bildes. Pamela versuchte sich in Konversation.

»Ich freue mich auf die Arbeit hier im Château. Es wird interessant sein, die alten Bücher durchzusehen.«

Frau Fasel meinte: »So«, sonst nichts.

Also schwieg auch sie wieder. Dann, gegen ihren Willen, rutschte es heraus. »Die neue Arbeit interessiert mich, es ist immer gut, etwas Neues zu tun.«

»Sicher«, war der Kommentar.

Doch dann, bei den in Rotwein weich gekochten Birnen schien sie zu einem Schluss gekommen zu sein, sie stellte Fragen. Natürlich gab Pamela Auskunft über die Eltern in Alaska, die Mutter war dort geboren. Nein, sie war dann in Zürich aufgewachsen. Sie gab Auskunft über ihr Studium in Zürich, betonte den Abschluss in Psychologie und Kunstgeschichte, wobei sie die Gewichte umverteilte, und Neuere Geschichte hatte sie auch belegt. Sie erwähnte ihre bisherige Arbeit als Werbeassistentin in einer Topagentur. Nach einer halbjährigen Auszeit bei ihren Eltern wollte sie sich beruflich neu orientieren. Landluft war ihr Traum. Sogar in Pamelas Ohren tönte das fad, doch Offenheit in Ehren, sie hatte keine Lust, ihr wirkliches Privatleben vor irgendjemandem auszubreiten. Zudem schien Frau Fasel sie auf Distanz zu halten. Sie, Pamela, war die Bibliothekarin, das war eine Angestelltenposition.

Frau Fasel hätte mehrmals die Möglichkeit gehabt, etwas über sich zu erzählen, irgendetwas, woher sie kam, über ihre Familie, ihre Arbeit, ihre Ferien zum Beispiel. Das tat sie aber nicht. Doch zu Pamelas Überraschung meinte sie unvermittelt, morgen werde in der lokalen Kapelle ein kleines Orgelkonzert veranstaltet. Die Organistin der Kapelle werde spielen. Morgen werde es ein Marienkonzert sein, als Auftakt zum Marienmonat Oktober. Das Konzert wurde als ›Werke zur Ehre der Madonna‹ angekündigt. Die Organistin, Irma Maigold, spiele gut, die Orgel werde wegen ihres Alters und wegen des speziellen Klangs gerühmt. Es sei anständig, hinzugehen, vielleicht habe sie, Frau Thoma, ja Interesse, sie zu begleiten. Das kam unerwartet, erstens die Liebe zur Musik, zweitens die Einladung. Fromm, Madonna, Musik – das war ihr vertraut. Sie hatte diese Frau falsch eingeschätzt, natürlich sagte Pamela zu.

Das Eckzimmer lag gegen Westen, heftige Regengüsse schlugen gegen das eine Fenster. Nicht nur das Dach wurde repariert, auch die äußeren Fensterläden wurden teilweise ersetzt, in Holz. Die Denkmalpflege lege Wert darauf. Man müsse ihre Vorgaben einhalten, sonst unterstützten sie auch nicht die Instandsetzung des Dachs. Pamela überlegte, dass sie als Bauherr nicht begeistert wäre, sich mit einem Denkmalpfleger über Detailfragen unterhalten zu müssen. Nie würde sie sich auch nur von einem ihrer damaligen Studienkollegen reinreden lassen. Im Übrigen hätten die unteren Fenster im Turm zusätzlich eiserne Innenläden. Natürlich sei dies im zweiten Stockwerk nicht nötig, vor allem auch, weil das ganze Areal elektronisch überwacht werde. Herr Robert Gilli schien steinreich zu sein.

Pamela lag lange wach, ein fremdes Bett, ein unbekannter Raum in einem alten Gemäuer, im unteren Stockwerk eiserne Innenläden. Ihr Fenster stand offen, sie sah nichts, aber es war schummerig hell. Etwas unheimlich, wer hatte wohl schon in diesem Zimmer, diesem Bett geschlafen, hatte seine Energie hinterlassen. Frau Fasel schlief in ihrer Dienstwohnung im obersten Geschoss des Schlosses, relativ weit weg. Es könnte irgendwo sein, es könnte ein Traum sein, es könnte ein anderes Leben sein, früher einmal, dass sie früher einmal in einem Seitenturm eines Schlösschens in einem Zimmer wach gelegen und sich in die heutige Zeit geschoben hätte. Oder sich gefragt hätte, ob sie es sei, die hier wach liege. Sie fühlte sich, als befände sie sich in einem Glaskörper, der etwa zehn Zentimeter über dieser Gestalt im Bett schwebe. Zu ihrer Verwunderung nahm sie dies als Tatsache einfach so hin, möglicherweise träumte sie schon.

Möglicherweise schlief Frau Fasel noch gar nicht. Sie säße auf einem Sofa an einem runden Tisch, doch sie sähe nicht fern, strickte nicht, nähte nicht, ein Buch läge offen vor ihr. Auf der Kommode stünde ein silberner Fotorahmen, sie blickte in das lächelnde Gesicht eines blonden Jungen.

*

Eine gleißende Morgensonne ließ Wege, Bäume und Statuen des Parkteils, den Pamela überblickte, in scharfen Konturen leuchten; herbstlich verfärbte Kastanienblätter glänzten. Vor dem Turm standen herbstgelbe Platanen. Da waren Kieswege, Treppen, ein alter Brunnen. Schräg unten flammte ein roter Blutahorn, das Ganze schien dort von einer hohen Mauer begrenzt zu sein.

Wieder orientierte sie sich. Im Unterschied zu ihrem Turmzimmer lag das Gartenzimmer nach Osten, Morgensonne. Jetzt fiel ihr auf, wie neu hier alles war, kein Holzteil wirkte morsch, keine verstaubten Gardinen, im Gegenteil, die Stoffe von Stuhlkissen, Teppichen und Portieren leuchteten in himmelblau-creme gestreiften Mustern. Fast heimelte es sie an, vor ihrer PR-Zeit war sie eher bunt aufgewachsen, englisch, nannte sie es heute, viel Stoff und Muster. Alices Freude am Spielerischen hatte alles beherrscht. Hier waren es

Stil und Perfektion. Die Steinfliesen in der Eingangshalle hatten versiegelt glatt gespiegelt, auch der Stuck unterhalb der gewölbten Decke war hellweiß, keine Spinnweben, kein Staub. Diese Wirtschafterin hatte ihre Aufgabe im Griff. Sie brachte Kaffee und frische Brötchen mit Butter und Orangenmarmelade.

Endlich die Bibliothek, sie war in Grün gehalten, lindengrüne Seidentapeten, dazwischen auf der Täfelung gemalte, grau gerahmte Rokokoszenen, grau gestrichene Bücherschränke, ein riesiger Damastteppich in Grün und Gold, ein großes Cheminée mit den obligaten Ledersesseln und Hockern. Ein sauberer kleiner Holzstapel neben dem Cheminée, auf dessen Umrandung eine Porzellanfigur glänzte, in der Feuerstelle säuberlich aufgebautes, exakt geschnittenes Kleinholz, auf zusammengeknülltem Zeitungspapier, das musste bloß noch angefacht werden. Unter dem Lichtschalter bei der Eingangstür war ein Klingelknopf an der Wand. Dies erinnerte an alte Hotels. Irgendwo im Château wäre die Zentralstation, im Korridor zur Küche oder in einem Office. Früher hatten derartige Châteaus entsprechend viel Personal gehabt. Auf einem Rokoko-Schreibtisch, dessen Schnitzereien glänzten, lagen Schlüssel zu den Bücherschränken, auf einem anderen Tisch ein alter Schlossplan und ein alter Übersichtsplan über die damalige Schrankordnung, schöne französische Schrift, sie würde sie mit etwas Fantasie lesen können. Sie würde sich eine erste Übersicht verschaffen und hoffte, Herr Robert Gilli erscheine bald und erkläre seine konkreten Wünsche zu ihrer Arbeit.

Die Bibliothek lag nach Südwesten mit Blick auf einen ummauerten Küchengarten mit zwei Erkertürmchen, verglasten Treibbeeten, einem kleinen Holzschuppen, einem großen Rasenteil, vier viereckigen Gemüsebeeten, Spalieren, Beerenbüschen – offensichtlich zweckmäßig, ein etwa 50 Jahre alter Nutzgarten, er wirkte unwirtlich, klobig. Frau Fasel sah ihr Interesse, meinte, die Arbeiten im Park würden im Frühling und im Herbst durch eine Gärtnerei erledigt. Ein Mann aus dem Weiler putze jeweils die Wege und erledige auch die anstehenden Arbeiten im Gemüsegarten. In der Küche arbeite eine Zugehfrau, die auch das Einkaufen besorge, die Putzarbeit wieder werde von einer anderen Frau erledigt.

Die Mittagsverpflegung war als Lunch gedacht. Frau Fasel hatte belegte Brote bereitgestellt, Joghurt, Saft und Mineralwasser. Die Kaffeemaschine stand ihr den ganzen Tag über zur Verfügung.

Die Geschäfte im Städtchen hätten von 12 bis 14 Uhr geschlossen, es gebe kleine Läden, das Zweckmäßige finde sich im Einkaufszentrum westlich vor der Stadt, man fahre auf der Umfahrung gleich darauf zu. Wenn das Wetter gut sei wie heute, könne sie das Fahrrad benutzen, das in der Garage stehe. Natürlich sei die Umgebung hier nicht gerade Holland, doch das Rad habe eine recht gute Übersetzung, vielleicht mache es Pamela ja Spaß. Die Parkplatzsituation im Städtchen sei auf jeden Fall eine Kalamität.

Pamela schrieb in ihren Laptop ›Ist‹, erstellte eine Grundtabelle, schuf eine erste Ordnung, notierte Oberbegriffe: uralt, geschichtlich, juristisch, belletristisch, religiös, philosophisch. Sie nummerierte die Bücherschränke mit A beginnend, dann folgten die Tablarnummern, oben beginnend. Eine erste flexible Nomenklatur.

Sie arbeitete diszipliniert, doch sie fühlte sich nicht richtig wohl in ihrer Haut, etwas dusselig, als wäre die Bibliothek mit einem Weichmacherstift bearbeitet. Schon wieder kniff sie die Augen zusammen, als wolle sie die Sicht verschärfen. Als müsste sie sich auf einen Punkt konzentrieren, obwohl die Pläne gestochen scharf vor ihr lagen.

Sie riss sich zusammen, sie war feste Arbeitszeiten gewohnt, also Arbeit bis halb ein Uhr, dann etwas essen, dann nach draußen mit ihrem Handy, sie wollte Fotos machen, die sie den Eltern schicken konnte, sie brauchte frische Luft, Bewegung.

*

Da saß sie nun neben dieser ihr sehr fremden Frau in einer ihr ebenso fremden Kapelle an einem ihr neuen Ort und hörte auf das kleine Orgelkonzert, Ausschnitte und Abwandlungen bekannter Marienwerke. Eine Orgel, wie eben Orgeln so sind, immer wieder das Schnaufen und leichte Rumpeln der Bälge, zwischendurch ein Quietschen, dann wieder ein Scheppern in den oberen Pfeifen, wie sollte sie da die Musik genießen können. Da war ein altes echt schnaufendes Harmonium allemal ehrlicher. Zu laut, es schmerzte, die Töne krachten ins Innenohr, am liebsten hätte sie sich die Ohren zugehalten, zugestopft mit Ohropax. Wie jämmerlich. Auch laute Musik ließ sich mit Autosuggestion wegfiltern. Das aber konnte ja nicht im Sinne eines Konzertbesuchs, von Musikgenuss sein, Musikgenuss wäre fraglos, kritiklos, hingebend. Also ließ sie es sich weiterhin durch Mark und Bein gehen, die Orgel war definitiv nicht ihr bevorzugtes Instrument. Doch sie wollte nicht ungerecht sein, wer immer diese Orgel spielte, spielte gut für einen Laien, keine Patzer, die Tempi stimmten und die Stimmführung war richtig. Sie sei Handarbeitslehrerin. Sie spielte die Orgel so, wie Pamela es sich träumte, zu können, wenn sie denn spielte. Doch schon wieder das sture Durchzählen des Takts und wieder ein lautes Zischen der Bässe. Ehrlich zu sich zu sein, ihr Widerstand jetzt gegen diese Musik rührte doch daher, dass sie sich nicht darauf einlassen wollte. Sie liebte Musik, doch sie war zu lange in keinem Konzert gewesen, hatte überhaupt aufgehört, Musik zu genießen. Musik ging ihr viel zu nah. Sie würde gleich losheulen.

Pamela konzentrierte sich auf die Kunst, überraschenderweise eine Einsiedler Madonna, schwarz. Oma hatte in Einsiedeln gelebt. Sie hatten sie oft besucht. Mit Oma war sie jeweils in der Messe in der Wallfahrtskirche, an den Geburtstagen sogar in der Gnadenkapelle. Sie war jeweils verzückt gewesen, es hatte sich angefühlt, als sänge sie innig und wunderschön mit all den Engeln deren Töne, hatte sich innerlich aus Engelsgold gefühlt. Oma hatte zwar erklärt, die Madonna sei wegen des vielen Kerzenrauchs und Weihrauchs so schwarz geworden. Das hatte eingeleuchtet, ihr leuchtend rotes Kleid musste von einer dienstbaren Ordensfrau gewaschen worden sein. Oma war jetzt schon seit Langem tot. Die vergoldeten Rosen des Chorgitters zogen ihren Blick magisch auf sich. Ihr Innerstes war ein Flechtmuster, im Sechseck angeordnet, unterlegt mit Rot, als bluteten sie. Das Muster war koptisch, wiederholte sich im Spitzenmuster der gestärkten Altardecke – koptische Kreuzknoten. Diese Knoten, die Schwarze Madonna, jetzt fiel bei ihr endlich der Groschen: Diese Schwarze Madonna war die ägyptische Isis mit dem Horusknaben – das war ja naheliegend. Ihre mehr oder weniger katholische Erziehung hatte ihr den Blick verstellt, das war eigentlich verblüffend. Isis mit dem Horusknaben ganz unverfroren in dieser alten Kapelle. Wie alt? Dann hätte sich Pamelas kindliche Frömmigkeit in einem völlig anderen Kult getummelt. Die Schwarze Madonna hatte in ihr eine Frömmigkeit ausgelöst, die von den Eltern nicht vorgesehen war, Marienfrömmigkeit, und ihre Maria war selbstverständlich schwarz. Schnipp, sie hatte das Gefühl, ein Schaltknopf in ihrem Kopf klappe herunter. Da waren Gedanken in ihr, die nicht von ihr kamen. Etwas dachte in ihrem Kopf, sie konnte es hören, wer war das? Waren das Dads Worte?

Die Konzentration auf die Wiedergabe der Harmonien als Hingabe an das Hohe, Göttliche, das Göttliche in mir zu erfahren. Als wäre ich das Schilfrohr, durch das der Geist bläst. Ich, das Instrument, das der Komponist über die Jahrhunderte spielt, die Zeit, der Raum schwingen weg, werden zur Illusion. Ich schwinge, etwas anderes geht in mich über, ich bin das Instrument, das Gott spielt.

Nein, so dachte Dad nicht, das musste die Organistin sein. Pamela sah vor sich die sich zum Flechtmuster verknüpfenden Goldschnüre. Jetzt veränderte sich auch die Tonlage, die Stimme wurde unheimlich, hatte einen scherbelnden Beiklang:

Das Gesicht der Madonna ist Mariechens Gesicht, vom Down-Syndrom geprägt, siehst du dieselbe ovale Gleichmut, es strahlt in Ruhe und Liebe. Sein Kindchen hat man ihm nie in die Arme gelegt. Mariechen hätte es geliebt, ganz sicher wäre dieses gerade gewachsen und gesund zur Welt gekommen. Mariechen steht ganz nah, hinter mir, ich könnte nach hinten langen, könnte die kleine weiche Hand fassen. Mariechen betet mit dumpfer Stimme den Rosenkranz mit, den du, Oh Jungfrau, geboren hast.

Mit dem Gefühl, beim Einschlafen zu fallen, fuhr Pamela erschreckt zusammen, nein, sie saß aufrecht in einer Kirchenbank. Mein Gott, sie war eingenickt und hatte wirres Zeug geträumt. Die Musik hatte aufgehört, doch alle Leute saßen noch da, die meisten hatten sich umgedreht, sahen zur Empore, schienen zu warten.

Jetzt Schritte auf einer Holztreppe, ein Getrippel von leichten Schuhen auf Fliesen, auch Pamela drehte den Kopf, eine kleine Frau stöckelte durch den Mittelgang nach vorn, graue Topffrisur. Frau Fasel stieß Pamela leicht an, zischelte, erstaunlicherweise. »Das ist die Organistin, Irma Maigold.«

Zurückhaltend lächelnd ging diese bis zu den Chorstufen, drehte sich gemessen um, guckte durch große Brillengläser ins Publikum mit dem staunenden blauen Blick der Kurzsichtigen, das schüchterne Lächeln immer noch im glatten Mäuschengesicht. Pamela konnte nicht anders und dachte, sie weiß, wie groß und blau und kindlich ihr Blick wirkt, das bringt die Leute jetzt dazu, sogar hier in der Kapelle zu klatschen. Von diesem Klatschen wird sie während des kommenden Jahres leben, sie weiß es, die Leute wissen es. Sie ist so klein und bescheiden, da vergibt man sich nichts, wenn man klatscht.

Scheu schaute sie in die Gesichter, doch jetzt, konnte das sein, wie ihr Blick über Pamela streifte, dass er stockte? Blieb er hängen zwischen Pamela und ihrer Banknachbarin? Hatte die Organistin sich jetzt gezwungen, ihren Blick weiterzuführen? Wirkte ihr Lächeln jetzt irgendwie verkrampft, verbissen? Schnaubte Frau Fasel neben Pamela, als hätte sie den Atem angehalten gehabt? Pamela dachte, sie hat mich mit jemandem verwechselt und hat ihren Irrtum bemerkt. Sie klatschte mit den anderen. Beim Hinausgehen legte sie eine Zehnernote ins Kollektenkörbchen, gesammelt wurde für Straßenkinder in Südamerika.

Draußen standen die Leute in Grüppchen herum. Frau Fasel grüßte hier, nickte da, sie schienen nicht vorwärtszukommen, als trödle sie absichtlich.

Pamela fühlte den Blick der kleinen Organistin, doch möglicherweise spiegelten die Brillengläser. Auch diese grüßte nach allen Seiten, doch sie blieb bei niemandem stehen, hatte schon aufgeschlossen. Jetzt tippte sie Frau Fasel an den Arm, strahlte sie an, redete sanft. »Was für eine Überraschung, ich freue mich, dass Sie ins Konzert gekommen sind. Sie haben einen Gast mitgebracht, oder kommt Ihre Begleiterin auch hier aus der Gegend?« Es tönte harmlos, doch Pamela hatte den Eindruck, da liege geradezu Sprengstoff in diesen Worten. Frau Fasel gab sich ebenso erfreut. Sie lobte das Konzert, die schöne Besucherzahl. Pamela Thoma sei die neue Bibliothekarin auf dem Château. Sie sei kulturell sehr gebildet. Pamela machte ein erstauntes Gesicht, was war jetzt das? Frau Fasel fügte bei, sie stamme nicht aus der Gegend. Frau Maigold nahm dies wie eine Bestätigung entgegen. Was eine Gesprächseröffnung zu sein schien, war auch schon der Schluss. Jetzt zeigten sich beide Frauen in Eile. Frau Fasel drängte Pamela geradezu vorwärts, Frau Maigold war schon seitwärts weg.

Pamela war etwas enttäuscht, schon wieder eine Frau, die sie nicht mochte. Seltsam, dass sie beiden überhaupt begegnete. Irgendwo musste ja eine bestimmte Ähnlichkeit sein.

Beim Einschlafen sah sie die Szene wieder vor sich:

Diese beiden, was hatten sie gemeinsam? Sie waren am selben Ort, zur selben Zeit. Die Organistin sicher zehn Jahre älter, aber weit besser konserviert, vielleicht trank sie einfach mehr Wasser. Die zwei kannten einander, zwischen ihnen bestand eine Spannung, auch wenn sich beide verstellten. Das Verstellen hatten sie gemeinsam. Jede stand in ihrer Rolle. Es mochte üblich sein. Hier auf dem Land. In dieser Generation. Doch halt, hier täuschte sie sich. Sie kannte nur Alice aus dieser Generation, fröhlich, tatkräftig, gesund, sprudelnd. Gemeinsam hatten diese zwei Frauen eine spontane Abneigung gegen sie, Pamela. Das spürte sie so sicher, wie sie fühlte, ob die Luft kalt oder warm war. Also waren sie verbittert, lebensneidig. Doch da war mehr. Als stellten beide einen Punkt dar im selben Hologramm. Einem Hologramm, das hier in die Gegend gezeichnet war.

Warum war sie offen, dies wahrzunehmen? War sie gleich? Vom Leben enttäuscht? In Trauer um den Verlust ihres Kleinchens? War dies Verbitterung, Wut, die sich in diesen beiden Frauen widerspiegelte, selbst erkannte? Kann ich denn nur wahrnehmen, was ich bin?

War es nicht vielmehr so, dass sie eine Gefahr spürte, die von diesen Frauen, von jeder einzelnen, ausging? Die waren auf einem Zerstörungstrip. Sie, Pamela, war nur zufällig in ihrer Nähe und konnte es wahrnehmen, weil sie eben so war, wie sie war, sensibel. Sie schreckte davor zurück, Gefahr ist Gefahr, und deutete dieses Zurückschrecken, das ein Erkennen war, als Antipathie.

Herbstliches Gold. Meine Gedanken haben ein herbstliches Gold, ein weiches, inniges Gold, wie der Festmantel der Madonna.

Pamela lag wach, wälzte sich unruhig in ihren Kissen, schob schließlich die Decke beiseite, sie war zu heiß, zu schwer. Sie lauschte in den Raum, fühlte ein Pochen im Gemäuer, ein Ziehen, ein Etwas, das gegen sie andrängte. Sie hatte unvermittelt das Gefühl, da sei ein richtiges Wesen am Fußende ihrer reich geschnitzten, hölzernen Bettstatt, ein einzelnes Auge starre sie an, feindselig, es sprühte und war doch eisig kalt. Sie konnte sich nicht bewegen vor Angst. Pamela sammelte den Rest ihrer Gedankenfähigkeit zusammen, Angst ist eine Fehleinschätzung einer Lage, eine Entkoppelung der Gehirnfunktionen, sollte Flucht auslösen. Sich mit der Vorstellung einer Glocke aus Licht abschirmen, undurchdringlich, an der alles Feindselige abprallt. Die Hände als Lichthände zu fühlen, sie langsam hochheben, abschirmend. Da war nichts mehr, war nichts gewesen, sie hatte geträumt. Die meisten Alpträume gingen sowieso auf zu schweres Essen zurück. Schon wieder Gemüsepüree, Omelettes mit Schinken und Käse, gute Landkost.

*

Am nächsten Tag entdeckte Pamela auf der Website der Gemeinde auch die Kapelle, die ursprünglich zum Château gehört hatte. Beide lagen heute auf dem Gemeindegebiet von Coulins. Die Kapelle war 1477 vom damaligen Schlossherrn Armand de Gilli, im Jahr nach seiner Jerusalemfahrt, gestiftet worden. Ebenso wurden ein Friedhof und ein geräumiges Beinhaus errichtet zwecks christlicher Bestattung der in der großen Schlacht gefallenen Burgunder, Elsässer und Lothringer. Weiter stand da, dass dieser Armand doch nicht in Jerusalem war. Das war ja interessant. Sie überlegte, die Stadt lag damals seit rund 200 Jahren fest in osmanischen Händen, und das Meer war auch nicht sicher, wegen der Türken, der Griechen, der Seeräuber, der Neapolitaner, der Engländer und wem auch immer. Also war der Schlossherr, ein Kleinadeliger, zum Papst gereist, hatte bezahlt und war mit der Urkunde des Jerusalemfahrers nach Hause gekommen, also durfte er jetzt die Kapelle bauen. Da stand aber auch, dass der Abt aus dem Kloster Einsiedeln gekommen sei, die Kapelle zu weihen. Der Bischof von Lausanne hätte sich wegen der Schwärze der Madonna geweigert. Pamela überlegte, das war ein Jahr nach dieser Schlacht, Tausende waren getötet worden, die Leichen mochten allmählich gesammelt sein, was übrig war, brauchte geweihte Erde, davon hing das ewige Seelenheil ab.

Die Kapelle lag weiter unten in den Rebbergen, gleich oberhalb der Straße, die eine Nebenstraße der großen Heerstraße gewesen sein mochte. Das Gelände bot topografisch einen kleinen Engpass, Grund genug, ihn für kommende Gefährdungen zu befestigen, mit ummauertem Friedhof und Gehöft, zur Sperre oder als Hinterhalt oder Vorposten. Für das völlig abseits liegende Schloss mochte das Gehöft auch eine übliche Beobachtungsstation für das Kommen und Gehen auf der Straße gewesen sein.

*

Emily schickte eine SMS: ›Bitte ruf mich an, dringend!‹ Ihre SMS hatten sie, mittlerweile erwachsen geworden, auf Notwendiges reduziert. Pamela telefonierte. Es war die Katastrophe aus dem heiteren Himmel, Emily lag im Spital, Verdacht auf Krebs im Kehlkopfbereich, schon morgen würde sie operiert. Pamela starrte auf die Porzellanfigurengruppe auf dem Kamin, starrte auf den Tod, zweifelte an ihrem Verstand, sah genau hin. Es war ein Totentanz, der Tod als weiße Skelettfigur mit aufgemaltem Gerippe, der Ritter in der Rüstung als Ritter zu erkennen. Sie zwang sich wegzusehen, stellte sich ans Fenster, schaute hinunter auf die Terrasse. Emily hatte alle intensiven Abklärungen schon hinter sich und hatte ihr nichts gesagt. Sie fühlte sich leer. Egoistisch hatte sie selbst sich nur um die eigene Achse gedreht und nichts bemerkt! Emily kannte die Diagnose seit zehn Tagen, Pamela sei selbst doch eben erst angekommen. Doch jetzt gehe es ihr so elend, sie habe Angst. Natürlich sei Hubert da, doch in dieser Situation seien sie beide überfordert. Gleich anschließend an die Operation werde mit der Chemo begonnen, das übliche Programm, Dosierung nach Modell und Belastbarkeit. Unausgesprochen der Gedanke an den Tod, die totale Zerstörung.

Wieder fiel Pamelas Blick auf die Figurengruppe, ein beliebtes Motiv. Totentänze gab es seit der Renaissance, sie gehörten zum Arsenal der Reformation, ein Memento mori. Im Barock wurden sie eher zu einem Kokettieren mit dem Tod, man stellte seine Lebenssouveränität zur Schau, stellte ganze sehr kostbare Gruppen als Amüsement auf riesige Bankettische, mit den obligaten Früchtekörben und Torten- und Kerzenständern aus der gleichen Serie. Fürsten und Äbte taten das, der Geldadel zog nach.

Pamela versprach, Emily am nächsten Tag wieder anzurufen, sie am Sonntag zu besuchen. Ihr Blick konnte sich kaum von dieser Figur lösen, offensichtlich Delft. Das war makaber, Pamela verabscheute den Tod; ihr Kleinchen war für sie ganz kurz ein lebendiges Menschlein gewesen, Diskussion um Beginn des Lebens her oder hin, es war weg. Emily sollte stark sein, sollte leben. Ganz sorgfältig hob Pamela die Figur vom Kamin, suchte einen Platz und stellte sie behutsam in den Fuß des einen Wandschranks. Sie nahm an, sie sei die Einzige, die in dieser Zeit ihres Hierseins diesen Schrank öffnete, sie würde sie nicht vergessen und wieder hervorholen, wenn ihre Arbeit hier beendet wäre. Sie würde etwas anderes auf den Kamin stellen.

*

Frau Fasel kochte exzellent, überragend gut. Pamela gestand sich ein, noch nie so gegessen zu haben, dass ihr buchstäblich das Wasser im Mund zusammenfloss.

Sie hatte nicht gewusst, dass es das in Wirklichkeit gab. Herr Robert Gilli musste ein Genießer sein, und dies in seinen eigenen vier Wänden. Das war legitim, auch wenn die eigenen vier Wände ein Schlösschen waren und sich über ein Haus in den Bergen und ein Domizil in London erstreckten. Reichtum hatte seine Vorteile. Und er teilte diesen Vorteil mit ihr.

Seltsam bloß, dass Frau Fasel trotz ihrer wuchtigen Erscheinung nicht eigentlich dick war, groß, knochig, doch jetzt, da sie sie näher kannte, wirkte sie irgendwie hager. Wie konnte jemand, der so außerordentlich gut kochte, gleichzeitig ausgezehrt erscheinen? Wo lag die Trauer, die sie hinderte, ihr Essen zu genießen? Pamela genoss dieses Selleriesoufflé und fragte sich, ob ihre eigene Trauer um ihr verlorenes Kindchen eben doch bloße Einbildung gewesen war, ein Traum, der sich durch ein paar Happen guten Essens ersetzen ließe; etwas, das man nie wirklich in den Händen gehalten hätte, als ob dem eben doch die reale Substanz fehlte. Oder verblasste auch ihr Schmerz mit der berühmten Zeit?

*

Am Sonntag besuchte Pamela Emily in Bern in der Spezialklinik. Emily war abgemagert, sah hohl aus, Pamela behauptete glaubwürdig das Gegenteil. Überall waren Schläuchlein angebracht, eines steckte in der Nase, eines verschwand oben im Spitalhemd, eines war am dünnen Arm befestigt, eine Infusion blubberte, das ganze Arsenal. Emily konnte unter großer Anstrengung einzelne Worte flüstern. Das Lächeln blieb ein kläglicher Versuch. Pamela war erschüttert und wusste, das Wichtigste jetzt war Fröhlichkeit. Sie versuchte es mit Galgenhumor, sagte mit Augenzwinkern: »Das hast du wohl von deinem Beruf, der Juristerei. Es erwischt immer die, die viel reden, eines Tages schlägt es ihnen auf die Stimme.« Wie beiläufig berührte sie Emilys Hand, es sollte nicht nach Mitleid aussehen. Sie erzählte von ihrer neuen Arbeit, der Bibliothek, dem Château, der Parkanlage, dem Konzert. Sie versprach, bei der von ihr neu entdeckten Schwarzen Madonna für Emily eine Kerze anzuzünden, sie wisse ja, das beschleunige die Heilung. Zumindest der Gedanke sei doch etwas. Sie schwärmte von dieser Statue, möglicherweise eine platte Kopie und das Original verstaube in einem Schutzkeller des Landesmuseums. Emily solle sich an alle Kirchen erinnern, die sie gemeinsam besuchen mussten, und an alle Devotionalien, die überall herumhingen, diese Beine, Arme, Hände, ganze Menschlein aus Silber und Votivtafeln, als Dank für wundersame Hilfe. Alle diese Menschen hätten ihr privates Wunder erlebt. Sie beide werden nach Emilys Gesundwerden genau so ein Täfelchen oder besser noch ein silbernes ganzes Menschlein nach Einsiedeln oder Sachseln bringen, für wundersame Heilung. Zur Sicherheit und aus gesundem Menschenverstand müsse man brav auf die Fachärzte hören, so wirke es doppelt. Endlich lächelte Emily.

*

Auf der Rückfahrt im Sonntagnachmittagverkehr fuhr Pamela auf der Autobahn, betrachtete wieder die Sprayschrift auf der Querbrücke. Wenn das bloß alles nicht so hässlich wäre. Betulich fuhr sie hinter einem Lkw her, heute am Sonntag mochte dies ein Lebensmitteltransport sein. Nach dem Tunnel beschleunigte sie, wechselte auf die Überholspur, doch in dem Moment schwenkte der Lkw gleichfalls zum Überholen aus, rechts fuhr ein Pkw mit Pferdetransportanhänger, langsam. Pamela bremste leicht ab, fuhr relativ dicht an den Lkw heran. Wie sie eben auf der Höhe des Pferdeanhängers war, der Laster hätte schon wieder einschwenken können, klappte das Sicherungsbrett der Ladefläche direkt vor ihr herunter. Pamela bremste, sah im Rückspiegel ein rasch aufholendes blaues Auto, vor ihr rutschte eine Kiste über den Rand der Ladefläche, kippte. Pamela bremste wieder, der Pferdeanhänger fuhr knapp rechts an ihr vorbei, sie riss das Steuer nach rechts, da war der Pannenstreifen, ein Knall, der Airbag krachte an ihre Brust, der Kopf schlug trotz Airbag gegen das Fenster, sie war eingeklemmt, roch beißenden Gestank, Rauch, nur raus hier. Im Türfach das Klappmesser, schon hatte sie es linkshändig offen, schon schnitt sie wild in den Airbag, konnte die Fensterscheibe öffnen, Luft. Sie müsste aussteigen, nachschauen, wie sehr kaputt alles war. Sie blieb reglos, hatte das Gefühl, leicht außerhalb ihrer selbst, zehn Zentimeter verschoben zu sitzen, würde sie seitlich gucken, könnte sie sich sehen. Benommen rührte sie sich nicht, das Auto stand leicht schräg in der Böschung. Autos fuhren an ihr vorbei.

Ein Polizeiauto verlangsamte neben ihr, fuhr auf den Pannenstreifen, setzte langsam zurück. Wunderbar, wenn die Not am größten, ist die Rettung am nächsten. Sollte sie erleichtert sein?

Der mit den hellen Augen und dem typischen Polizistengesicht, kantig, scharfe Züge, etwas zu wache Augen, etwas zu schmale Lippen, hieß Dubi Mark, Oberwachtmeister. Seine erste Sorge galt wirklich Pamela mit dem zusammengeschrumpften Airbag vor sich. »Können Sie sprechen, geht es Ihnen gut? Können Sie auf diese Seite rutschen, hier aussteigen?« Dann saß sie im Polizeifahrzeug. »Er ist Ihnen ins Gesicht geknallt, man kann das Horn schon sehen. Das sollte einfach nicht vorkommen. Doch ohne Airbag hätten Sie jetzt einiges gebrochen. Welche Marke?« Das gehörte in sein Notebook. Dann erst das Woher, Wohin und der Grund der scharfen Bremsung und des Standorts Pannenstreifen. Drossel, der andere, ebenso jung, klein, zappelig mit fuchsroten Haaren, ging auf dem Pannenstreifen zurück, holte vom Mittelstreifen die Reste einer Spargelkiste, das Beweisstück zu Pamelas Geschichte. Beide befanden, Pamela Thoma könne nach so einem Schlag nur begrenzt fahrtüchtig sein. Also fuhr Drossel den Peugeot mit angeschaltetem Alarmblinker auf dem Pannenstreifen zur nächsten Ausfahrt und zur nächsten Garage. Pamela fuhr zum ersten Mal in ihrem Leben in einem Polizeiauto, doch die glänzenden Armaturen interessierten sie nicht. Sie fühlte sich jetzt wirklich benommen, doch so etwas konnte auch herbeigeredet sein. Auf dem harten Sitz wurde sie ganz klein, doch sie fühlte sich geborgen, was sie im gleichen Atemzug bespottete, einzig, weil neben ihr ein Polizist das Auto fuhr – so viel zum weiblichen Verhalten nach einer Stresssituation. Sie hörte auf das Reden dieses Herrn Mark Dubi, sie wollte sich seinen Namen merken. Der Lenker dieses Lkws werde anhand seiner Kiste gefunden werden, seine Versicherung werde den Schaden an Pamelas Auto übernehmen müssen, plus gehörige Ordnungsbuße. Er hätte sich zumindest um die Kiste kümmern müssen. Pamela werde auf jeden Fall kein Bußgeld zahlen müssen, denn ihr Anhalten auf dem Pannenstreifen war den Umständen entsprechend notwendig gewesen. Pamela mochte kein Wort sagen, döste vor sich hin.

So fuhr sie denn zwei Stunden später (in einem dunkelgrünen Fiat mit der Aufschrift Butterfly) auf dem Platz vor dem Nebengebäude von Schlösschen Silms vor. Beim Aussteigen in einer leicht gebückten Drehung raste ein stechender Schmerz in ihre Schulter. Sie blickte zu den Pferdeschädeln hoch, fühlte sich mies. Wenn sie mit der Hand über das Gesicht fuhr, fühlte sie seitlich auf dem Wangenknochen die schmerzhafte Beule, aber zumindest war da kein Blut. Was für ein grässlicher Sonntag. Gut, musste sie niemandem unter die Augen kommen, bevor sie sich für das Nachtessen zurechtmachen würde. Sie schminkte sich behutsam, legte immer dickere Schichten über diesen dunkelblauroten Fleck. Eine Beule im Gesicht war harmlos, sie könnte tot sein, so etwas geht sehr schnell. Totsein konnte sie jetzt nicht, wegen Emily. Unvermittelt war sie fröhlich, sie lebte. Es wäre absolut kleinlich, sich wegen einer Prellung im Gesicht auch nur umzusehen.

Beim Essen, die Beule schmerzte, erzählte sie Frau Fasel von ihrem Krankenbesuch und ihrem Beinahe-Unfall. Nach dem Essen kam ein Telefonanruf von Herrn Gilli aus London, kein rollendes R. Er erkundigte sich nett, ob sie sich gut eingelebt habe, bedauerte, erst in dieser Woche nach Hause zu kommen, die Geschäfte hätten sich hingezogen. Er freute sich, dass sie eine Grobaufnahme der Bibliothek gemacht habe. Eines der Probleme liege darin, dass es im Schloss auch einen Archivraum gebe, sehr verstaubt. Möglicherweise seien dort gleichfalls Bücher, die in die Bibliothek gehörten. Sie würden sich dies gemeinsam ansehen, entscheiden, was zu machen sei. Aus der Entfernung schlage er vor, sie fahre fort, wie sie begonnen habe, ordne zunächst einmal die belletristischen Werke nach Epoche. Das ließe sich provisorisch in Schränke räumen. Es ergebe sich möglicherweise auch eine geografische Ordnung. Auf jeden Fall könne sie beginnen, das alphabetische Verzeichnis anzulegen.

Beim Erwachen war der Schmerz weg, zumindest, wenn sie die Wange nicht berührte. Schon nach sieben Uhr die SMS von Emily: ›Es geht mir schlecht, nicht anrufen, denk an mich.‹ Da sollte sie nicht aufschreien! Ein Notruf! Pamela schrieb zurück: ›Denk daran, du kommst durch.‹ Etwas Gescheiteres fiel ihr im Moment nicht ein. In der Bibliothek googelte sie die statistischen

Zahlen zu dieser und jener Krebsart bei dieser und jener Behandlungsmethode, es war nicht erhebend. Wenn es dir dreckig geht, kann dich die beste Freundin nicht trösten, das wissen wir doch. Sie, Pamela, litt nur unter einer Enttäuschung und einem unsichtbaren Verlust; dies alles schrumpfte weg, es war Emily, die jetzt gerade um ihr Leben kämpfte. Doch was hieß das schon?

Im besten Fall ging es doch nur um eine befristete Verlängerung des Lebens, der Preis war Leiden. Pamela flüchtete in Abstraktionen, zu jedem Zeitpunkt in jedem Leben war der Gedanke an Tod erschreckend. Von einer dieser lästigen Fruchtfliegen aus gesehen war sie uralt. Das wäre etwas anders von einer Riesenschildkröte aus betrachtet oder einem dieser wunderschönen Papageien, da waren 100 Jahre noch nicht alles. Pamela wagte nicht fertigzudenken, was sie dachte.

Dass ein Leben vorzeitig zu Ende geht, wenn der Schutzengel, dein höheres Prinzip, das, was auch immer es ist, was dich an den Fäden hampeln lässt, wenn das zum Schluss kommt, du hättest das Ziel deines Lebens verpasst. Sie sollte derartige Gedanken nicht zulassen, keinesfalls auf Emily beziehen, unter gar keinen Umständen auf Emilys jetzigen Zustand, das war vermessen, frech, destruktiv, idiotisch. Was in ihr dachte denn so einen Gedanken? Und wenn sie derart Unpassendes dachte, ein Tabu verletzte, sollte sie dann ihr Denken zensieren, vorsorglich, im Voraus abwürgen? Weswegen denn, wegen der Konsequenzen?

Sie beurteilte ein anderes Leben und nahm welches

Maß? Sich? Wenn sie gesund wäre, hätte sie damit den Beweis, dass ihr Leben stimmte? So etwas war schweizerisch pur! Herzlos, lieblos, unduldsam, urteilend eben, vernichtend. Calvin habe unter den Konsequenzen gelitten, die sein Denken, seine Lehre den einzelnen Menschen brachte, den Kranken eben und den Erfolglosen.

Hätte dann nicht sie in ihrer momentanen Lebenssituation zum Beispiel Grund, krank zu werden? Weil sie schwach wäre, geschwächt, enttäuscht, trauernd um ein Kindchen und um eine Beziehung. Der Wunsch des Menschen, nicht allein zu sein. Kalt ausgedrückt, alles diente nur der Reproduktion, der Fortpflanzung. Sie trüge eine bodenlose Enttäuschung in sich, die sie rasch wegschöbe, sie dachte rein theoretisch. Emily stand in keinem Lebenszusammenbruch, wieso denn konnte diese Krankheit bei ihr zu wuchern beginnen und nicht bei mir?

Würde sie je mit Emily ehrlich über diese Gedanken sprechen können? Wenn alles ausgestanden wäre? Nach dem Tod wüsste man alle diese Dinge von selbst?

Sie arbeitete und arbeitete, unterbrach nur am Mittag für einen kleinen Ausflug zum Mont Pétrel, der ein langgestreckter Hügelzug zu sein schien.

Beim Vorbeifahren an der Kapelle bemerkte sie schon wieder diese Sehstörung, von der linken Seite her kommend als Schleier über ihrem Gesichtsfeld. Doch im Grunde war es ein inneres Sehen, sie fand sich sehr gut auf der Straße zurecht. Und doch – Sie meinte, dieses leicht klebrige Persönchen, diese Irma Maigold, direkt vor sich zu sehen, wie es gerade jetzt mit Hingabe, straffem Hintern und gespannten Waden auf dem Betschemel balancierte, das Wasser der Altarblumen wechselte, hellblaue Astern. Wer in Zürich etwas auf sich hielt, kaufte Unterwäsche mit entsprechenden Nachpolsterungen für diese gerundeten festen Hinterbacken; Irma Maigold mit ihrer weichen Sanduhrfigur benutzte ganz sicher keine derartigen Kniffe. Pamela blinzelte, was war das? Sie konnte geradeaus sehen, da waren gräuliche Schleier in ihrem Sehfeld. Sie sah in Unschärfe das Innere der Kapelle. Die Frau kniete vorn rechts in der Zweierbank und betete, was das Zeug hielt. Pamela blinzelte, hatte sie eben gemeint, sie fühlte, was eine ihr sehr fremde Frau fühlen mochte? Ihre Hände am Steuer waren klamm, sie schwitzte. Es musste der gestrige Schlag sein, sie fühlte sich schlecht, Sinnestäuschungen.

Die Sträßchen zwischen den Rebbergen waren schmal, Abstellmöglichkeiten für das kleine Auto schien es keine zu geben. Schließlich stellte sie es schräg an eine Wegkreuzung. Sie wollte unbedingt ein paar Schritte gehen. Frau Fasel hatte von einem Keltenstein geredet, einem Prechtenstein, der bis in die Neuzeit ein Schwurstein gewesen sei. Pamela ging einige 100 Meter bis ans Ende des Wegs, fand keinen Stein, doch sie freute sich am Weitblick über die gewellte Gegend hinweg. Doch wo der Chasseral sein sollte, war schon wieder tiefstes Grau, und das setzte sich fort gegen Westen. Es würde bald regnen. Sie ging sehr rasch zum grünen Butterfly zurück, lief in jetzt harschem Westwind, roch schweren

Geruch von Erde und toten Blättern, Modergeruch, Herbst. Zurück beim Auto dachte sie, es musste ein Kraftort sein. Das hatte sie zwar nicht bei Google gefunden, doch sie fühlte sich schlagartig gut. Sie straffte den Rücken, streckte und dehnte sich.

In dieser Nacht war es ein richtiger Albtraum. Sie erwachte schwitzend, meinte, ihr Bauch sei zerrissen, hatte von einem Pferdeauge geträumt, das sie bedrohlich anstarrte. Es waren Schulter und Nacken, die schmerzten, sie war ganz steif. Im Bad suchte Pamela nach einem großen Frottiertuch, legte es doppelt um Hals und Schultern, Wärme tat gut. Mit Mühe drehte sie sich in die Seitenlage.

Da waren flechtende Spinnenhände, die Hände einer Schicksalsgöttin, doch die Hände flochten nicht, sie warfen Klöppel durcheinander, spannten ein Muster.

Pamela erwachte und meinte, geschrien zu haben. Sie hatte schlecht geträumt. Sie war in dieser Kapelle gewesen, und über ihr hatte sich das Auge Gottes in der dreieckigen Wolke immer schneller gedreht, sodass die Strahlen zu einem Rad verflossen.

2

Es war Dienstag, als sie es bei der Arbeit nicht mehr aushielt. Sie hatte Emily die Fürbittekerze versprochen. Niemand kontrollierte sie, sie konnte auch nach dem Nachtessen noch arbeiten. Sie ginge jetzt, zündete eine Kerze an und betete einen Rosenkranz. Über Letzteres würde Emily lächeln, doch Rosenkranz war Meditation, Ausdruck für die Kraft, die sie ihr gedanklich schicken wollte. Wenn es denn andere Dimensionen geben mochte, so konnte Beten durchaus ein Zugang dazu sein. Der Fußweg zur Kapelle führte steil abwärts, stellenweise in Stufen schräg durch die Rebberge hinunter. Die Traubenernte schien abgeschlossen zu sein, die Stöcke standen leer. Das zum Château gehörende Land war verpachtet, auch die Rebberge. Der Weg war weiter und anstrengender, als Pamela es sich gedacht hatte, jeder Schritt schlug in den Rücken, sodass sie langsam ging. Hätte sie doch das Auto genommen. Sie würde am Nachmittag noch ins Städtchen fahren und in einer Buchhandlung für Emily eine CD suchen: Popmusik oder Fantasy.

Sie betrat den Friedhof auf der oberen Seite durch ein kleines Tor, folgte einer alten Mauer. Hier schritten vom seitlichen Parkplatz zwei Männer zielgerichtet ihr entgegen. Auf dem Parkplatz standen mehrere Autos, eines ein dunkelweißes Polizeiauto mit Blaulicht. Es waren Polizisten hier in Zivilkleidung mit kurzem Haarschnitt, keine Trauer. Sie hatte dafür ein Auge.

Der eine, dicke, fasste Pamela so scharf ins Auge, dass sie ihn grüßte. Beide blieben stehen. Pamela drehte sich nach ihnen um, sie schauten ihr nach. Ein Seitenteil des Friedhofs war mit gelben Bändern abgesperrt, dort schienen mehrere Menschen mit irgendetwas beschäftigt zu sein. Sie guckte nicht hin. Wahrscheinlich hatte sich jemand umgebracht. Friedhöfe zogen Selbstmörder magisch an.

Pamela betrat die Kapelle. Hier drin war sie allein. Sie ging nach vorn, holte seitlich eine Zweifrankenkerze, scheppernd fiel ihr Zweifränkler in die Geldbüchse. Sie stellte die Kerze auf das vorgesehene Brett, entfachte sie mit einem überdimensionierten Feueranzünder. Die Kerzen von neulich waren alle niedergebrannt, weg. Sie kniete sich in die zweitvorderste Kirchenbank. Den Rosenkranz konnte sie auch ohne die Perlenschnur beten, womöglich hatte sie dies zum letzten Mal vor ihrer Schlussprüfung getan. Not machte fromm, was die Madonna nicht kümmerte. Sie wüsste, dass Pamela hier war, weil es um Emily ging. Alles Kranke sollte verschwinden, alle Zellen gesund vibrieren.

Es sollte ein Schock sein, etwas, das dich zwingt, innezuhalten. Vielleicht muss das Leben anders gesehen, anders angepackt werden. Vielleicht ist es bloß eine Intensivierung des Lebensgefühls. Dass man nicht so durchlatscht. Dann ist alles gut.

Es kann nicht sein, dass da jemand, ein Es, wäre, das sagt, es reicht, du hast zwar noch viel Lebensenergie, dein Körper ist für mindestens doppelt so viele Jahre angelegt, aber du kommst jetzt besser wieder zurück. Du weißt, du bist damit einverstanden. Eigentlich hast du es schon gewusst, als du zur Welt gekommen bist, dass du vor der Mitte aufhörst.

Es müsste nicht schmerzhaft sein. Schmerzen kommen nur, wenn du etwas, das abläuft, zu stoppen versuchst. Ein Krebs, wenn du ihn nicht hinderst, läuft sehr schnell und rabiat dem Ende zu. Wenn du ihn stoppst, wehrt sich alles unter Elend und Schmerz, dann stirbst du 100 Tode, weil du den einen verzögerst. Und der kommt dann doch. Nach Schmerzensjahren.

Warum denn als Krebs? Warum nicht als Unfall?

Ein Unfall geht zu schnell. Du kannst nicht mehr denken, und dann bist du weg. Eine Krankheit, wenn sie denn zum Tod führt, gibt die Gelegenheit, alles bewusst zu erleben. Du kommst zu Dankbarkeit deinem Leben gegenüber, dass es dir so viel an Gefühlen und Farben und Lust an Bewegung und sinnlichen Genüssen gegeben hat. Es sind vor allem die Bilder und die Musik und vor allem die Erlebnisse mit Menschen, Tieren und der Natur, für die ich dankbar bin.

Nein, natürlich sprechen wir nicht andauernd so tiefsinnig. Meist locker. Erinnerungen an Bilder aus unserer Jugend. Weißt du noch, hast du die und den gekannt. Wir versuchen, Lebensbogen zu sehen. Geschichten, die die Menschen erlebt haben. Wie unerwartet, wie seltsam. Vor allem mit einem Lächeln, denk doch. Wir finden zu einer gewissen Leichtigkeit, einer Heiterkeit. Ich plaudere, denn die Schmerzen, die Erschöpfung warten im Hintergrund. Ich erzähle von Schulreisen, die mir gefallen haben, von unserer Internatszeit. Meine Eltern waren vielleicht etwas zu betulich, zu sorgsam, zu behütend. Ich liebte es, mit Gleichaltrigen herumzurennen, zu lachen, zu schwatzen. Dazu gehörtest du.

Du hast dich entschieden, für dein Leben zu kämpfen. Die Ärzte haben dich überzeugt. Du sollst an deine Familie denken. Ich kann mir nicht helfen, denke, besonders dem Ärztebeutel kommt eine so lange und intensive Behandlung zugute.

Man kann sich nicht helfen. Der Tod, der richtige, der kommt sanft. Im Bett.

Heute verstehe ich alle, die den Tod auf dem Schlachtfeld einem Gang ins Alter und in den Niedergang des Körpers vorgezogen haben.

Hatte sie jetzt gebetet? Als hätte sie sich mit Emily unterhalten. Alles, bloß um nicht an ihre schönen langen Haare zu denken.

Jemand begann ein Orgelspiel, recht gut, also richtig gut, das Ave Marie, natürlich Frau Maigold, sie spielte jeweils zu den Bestattungen. Das Ave Marie passte immer. Die Menschen saßen dann da und waren bereit, sich zu Tränen rühren zu lassen. Wieder spielte sie so präzise und war doch so eigenartig weich. So weich, wie ihr Haarschnitt anspruchslos war, diese blondgrauen Haare im Löckchen-Pagenschnitt, irgendwie kindlich, passend zum Blick. Sie schien auch mit der Brille eher schwach zu sehen. Wie Pamela sich hinsetzte und sich aufs Zuhören einrichtete, brach die Musik ab.

An jeder Orgel war doch ein Spiegel angebracht, durch den nicht nur der Altar, meist auch der Kirchenraum zu überblicken war. Möglicherweise hatte Frau Maigold sie schon beobachtet, als sie hereinkam, die Kerze anzündete, betete. Und sie hatte dies nicht gefühlt! Da musste ein zweiter Zugang sein, dann wäre sie doch eben erst gekommen.

Pamela trat aus der Kapelle ins Freie, das Licht blendete, da mochte es drinnen so hell gewesen sein, wie es wollte. Pamela blinzelte, sah drei Männer bei der Mauer stehen, jetzt kamen sie ihr entgegen. Der eine, das war ja dieser Polizeiwachtmeister, Mark Dubi. Schon streckte er Pamela zur Begrüßung die Hand hin. »Frau Thoma, guten Tag, Sie erinnern sich!« Sie freute sich so ungefähr, natürlich, ihre Freunde und Helfer, alles Polizisten. Sein Lächeln war höflich, sein Blick aufmerksam, wachsam, sein Händedruck knapp.

»Wir sind beruflich hier. Es geht um einen außerordentlichen Todesfall auf dem Friedhof. Sie waren in der Kapelle? Sie sind immer noch auf dem Château? Warum sind Sie heute Morgen hier, es ist gerade erst zehn Uhr?« Jetzt erst schaute er direkt auf Pamelas Beule, erkundigte sich, ob sie keine weiteren Folgen spüre. Sie ärgerte sich, sie hatte doch dick Make-up aufgetragen, Frau Fasel zumindest hatte es übersehen. Bei ihrer Antwort spürte sie sein Misstrauen. Schon wiederholte er, als hätte er sich verhört: »Mitten am Morgen Kerzen anzünden? Sie kommen aus Zürich, sind Sie katholisch?« Jetzt trat der große, etwas feste Typ von vorher vom Friedhof näher, Millimeterschnitt, etwas wässrige blaue Augen, unter den festen Wangen scharfe Züge, breitspurige Haltung. Er zückte seinen Ausweis, Weidenhuber, Kommandant der Stadtpolizei. Coulins ist eingemeindet. Er redete in breitem Berndeutsch.

»Macht es Ihnen etwas aus, sich die Leiche anzusehen? Möglicherweise ist sie Ihnen bekannt.« Das war eine Anweisung, ein höflicher Befehl, mein Gott. Pamela roch ein Duschgel. Da ging sie einmal in ihrem Leben einer todkranken Freundin eine Kerze anzünden – es war offensichtlich der falsche Zeitpunkt. Schon meinte sie, etwas erklären zu müssen, sie war heute Morgen zufällig hier, wohnte seit zwei Wochen im Château, war die neue Bibliothekarin. Sie konnte sich nicht denken, irgendwie nützlich sein zu können. Sie war hier noch fremd.

Dieser Polizeichef forderte sie einfach noch einmal etwas ruppig auf, mitzukommen.

Das gelbe Plastikband der Absperrung. Pamela zuckte zurück, hatte das Gefühl, wie ein scheuendes Pferd gleich durchzubrennen, die Sperre galt ihr, sie sollte da nicht hingehen. Ihre Nerven flatterten. Wo blieb ihr gesunder Menschenverstand? Irgendwo im Städtchen gab es eine Drogerie. Sie würde heute Nachmittag Johannistropfen kaufen, zur Stabilisierung. Das konnte nicht bloß dieser verrückte Airbag von Sonntag sein, das konnte nicht nur der Schock um Emily sein, es war ein ganz und gar verdrehtes Jahr, es musste an den Sternen liegen, irgendwie war sie gründlich von der Rolle gekippt. Sie riss sich zusammen, keinesfalls machte sie jetzt schlapp. Hinter den beiden Beamten hob sie das Band hoch, bückte sich unten durch. Weiter oben im Friedhof ratterte ein Bagger.

Hinter der Thujahecke standen mehrere Männer neben einem offenen Grab. Etwas davon entfernt lag auf dem Kies eine wachsblaue Plane, sie verdeckte einen darunter liegenden Körper.

Einer der Männer, ein sehniger, kleiner, kam Pamela bekannt vor. Mit dieser Größe musste er ein Quereinsteiger sein bei der Polizei, dort gab es doch ein Mindestmaß, also ein Akademiker. Jetzt schaute er sich um, bemerkte die Kommenden, wandte sich ihnen entgegen. Pamela traute ihren Augen nicht.

»Tizian, du?« Mit Tizian Füssli hatte sie die Psychologiekurse besucht, er war ein paar Jahre älter, vorübergehend hatten sie eine intime Beziehung gehabt, kurz, leidenschaftlich, schmerzhaft.

Er starrte Pamela an, verzog zur Begrüßung kurz und der Situation angemessen relativ erfreut das Gesicht, fasste sie wieder ins Auge, schaute in die Runde und zurück auf Pamela. Endlich meinte er trocken: »Pamela Thoma! Schön, dass du lebst!« Alle starrten ihr ins Gesicht, übermäßig, fragend. »Da ist eine gewisse Ähnlichkeit, aber nur auf den ersten Blick«, meinte Tizian. »Drossel hat dich in die Kapelle gehen sehen, hat gemeldet, da laufe ein Zwilling der Toten herum. Sag, hast du einen Zwilling, was tust du hier?« Übergangslos stellte er Pamela den anderen vor: »Das hier ist Frau Dr. Pamela Thoma, Psychologin, wir kennen uns aus unserer Studienzeit. Das sind Spezialbeamte der Kantonspolizei

Fribourg, ich bin der leitende Kommissar, hier liegt ein Tötungsdelikt vor.« Pamela starrte ihn an, sah ihn in einem grünlichen Schleier, unscharfer Umriss, viel zu helle, neongrüne Augen, Tizians Augen waren doch dunkel. Sie blinzelte, fühlte ihr Make-up durchschaut in diesem hellen Licht, hörte ihn denken, ›verprügelt, von wem?‹.

Er sah gereifter aus, war aber immer noch der südländische Typ. Das hatte ihr einmal kurz gefallen. Sie hatte keine Lust, sich zu erinnern.

Sie sagte so trocken sie konnte »Guten Tag« und hoffte, dank Schminke nicht rot zu werden. Seine Hand war geschmeidig und warm, noch immer kein Heimwerker, PC-Freak eben. Sie hörte sich sagen: »Ich bin zur Geschichte gewechselt, heute bin ich Bibliothekarin auf dem Château Silms.« Dann trat sie nah an die Plane. Was irritierte ihn?

Was sie sah, schlug auf den Magen mit seinem Gemisch von Kaffee, Orangensaft und Rührei. Das Flimmern jetzt war keine Einbildung, die Polizistengesichter beobachteten sie lauernd, das war echt, nur dass sie jetzt wie ein Kreis bedrohlicher Holzmasken wirkten. Die Sonne schien schwarz auf diesen Friedhof zu brennen, Dampf stieg aus dem Grabloch. Vor ihr auf einer Plane lag eine Frau, sie starrte in das Gesicht, die Frau war sie.

Unvermittelt waren stechende Kopfschmerzen da.

Diese toten Augen! Aufgesperrt und schwarz umrändert, viel zu groß im kalkweißen, knochigen Totengesicht, eine sehr gerade Nase, dunkelrote verschmierte Lippen, kurz geschnittene, hell gesträhnte dunkle, gesteifte Haare. Sie war sehr jung, wie sie so lag, sehr gut geformt, schwarze satte Hose, schwarze, kurze Lumberjacke aus Glanzleder, modernste, schwarze Laufschuhe, kein Schmuck. Die Fingernägel an den kleinen schneeweißen Händen waren violett lackiert und kurz, wirkten schwärzlich, am linken Handgelenk trug sie eine schwarze Modeuhr. Ihre Hände hielt sie übereinandergelegt. Wer legte sich so zum Sterben hin? Pamela versuchte, ruhig zu atmen, streckte die Hände aus, verglich. Das war eine andere Form, die der Toten waren breit, die Finger kurz. Wie innen, so außen und überhaupt, noch nie hatte sie ihre Fingernägel blaurot gestrichen.

Pamela fasste sich ins Gesicht, natürlich war sie es nicht, sie starrte, auch auf den zweiten Blick nicht. Sie fühlte die Beule, fühlte ihre kalte, gerade Nase, fühlte ihr Gesicht kalt werden, gleich wäre sie tot. Sie hatte es im Spiegel doch oval gesehen. Sie fasste nach ihrem Hals, dorthin, wo bei der Frau über die ganze Breite eine große sichelförmige Schnittwunde schwarz klaffte, als wäre der Kopf abgetrennt. Es war ein Querschnitt durch einen Hals. Pamela rannte zum nächsten Grabstein, er glänzte psychedelisch grünlich. Sie übergab sich, Erbrochenes traf den Stein. Beschämt, wütend wollte sie sich umdrehen, als ihr Blick auf die Inschrift fiel: Elmar Fasel, ihr Jahrgang, vor sechs Jahren gestorben. Möglicherweise war er mit Frau Fasel verwandt, ein jüngerer Bruder oder ein Neffe. Die Polizisten warteten. Ähnlich, aber doch unverwechselbar nicht sie, denn sie, Pamela, war lebendig und stand vor ihnen. Ihr rechter Kiefermuskel zuckte, das musste von der Schmerztablette kommen, die sie gestern Abend geschluckt hatte, sie vertrug sie nicht. Mit dieser Toten hatte sie nichts zu tun, wer wusste schon, wie viele Menschen jetzt gerade tot umfielen, die ihr irgendwie ähnlich sahen. Sie hielt Tizians Blick stand, meinte, seine abwägenden Gedanken zu lesen. Wäre sie nicht tot, keiner fände die Ähnlichkeit bemerkenswert. Das waren doch einfach die gleichen Rassemerkmale, nicht des blonden, des dunklen kleinen Schweizer Typs eben, oberländisch, ursprünglich keltisch. Also warum sollte in einem Grab nicht eines Morgens eine Frau liegen, die auf den ersten Blick aussah wie Pamela? Pamela schaute weg, sie wollte das, was in seinen Gedanken jetzt gleich kommen würde, nicht zur Kenntnis nehmen, er wusste ins letzte Härchen genau, wie sie aussah. Sie wandte sich an Dubi. Sie hatte keine Zwillingsschwester, sie wurde auch nicht im Reagenzglas gezeugt, die Ehe ihrer Eltern war durchschnittlich banal. Sie würde heute noch eine E-Mail schicken an ihre Eltern in Alaska, sie würden dies bestätigen. Sie hatte diese Frau noch nie in ihrem Leben gesehen, sie selbst hatte sich auch noch nie auf diese Weise zurechtgemacht. Was war das, Punk oder Emo? Dazu gehörten aber Tätowierungen und Piercings. Wenn die Beamten tüchtig waren, wäre bald klar, dass sie, Pamela, nichts damit zu tun hatte. Wenn sie nun nicht tüchtig waren?

Wie hatte sie zu Emily gesagt: Alles, was dir begegnet, hat direkt und ursächlich mit dir zu tun. Pamelas Augen schmerzten, verschwommen war weit weg der Mont Pétrel zu erahnen, auf der anderen Seite noch weiter weg möglicherweise Dächer der kleinen Stadt. Viel zu warme Farben für die Schweiz. Was war mit ihren Augen los? Tizian zog eine Augenbraue hoch. »Eine Erklärung für diese Ähnlichkeit müssen wir schon suchen. Zunächst hatte ich gedacht, du lägest da unten, und dann stehst du da neben deinem toten Ebenbild. Das kann man nicht einfach so hinnehmen. Wenn du sagst, du kennst sie nicht und hast keine Verwandte in diesem Alter, so müssen wir zunächst wissen, wer genau sie ist. Aber dann ist es ja doch nicht erklärt, dass du einfach so daherspazierst, wenn dein Ebenbild tot ist.«

Aus dem Grab stieg ein Mann in weißen Schutzkleidern. Wäre es Nacht gewesen, Pamela hätte gemeint, einen Grabgeist zu sehen. Es war der Gerichtsmediziner. Der Zug um seinen Mund war wirklich grimmig, das schien sich bei Pamelas Anblick zu vertiefen. Er wandte sich an Füssli: »Da unten ist es feucht und es stinkt. Ich werde die Leiche im Labor genau anschauen. Auf den ersten Blick scheint beim Sturz der Rücken im oberen Bereich gebrochen zu sein. Sie muss bewegungsunfähig gewesen sein, aber nicht tot. Jemand hat ihr die Kehle durchgeschnitten, die Waffe müsste relativ stumpf sein, die Haut ist durchgehend leicht gefranst. Es ist ein Sichelschnitt, wie man ihn mit einem Sarazenenmesser ausführt. Sie wirkt ausgeblutet, doch da ist nirgends Blut im Untergrund. Die Handtasche wurde ihr auf das Gesicht gelegt, erst dann Erde darübergeschaufelt. Ob sie wirklich schon tot war, als die Erde auf sie stürzte, werden wir verifizieren. Natürlich gibt es eine kleine zweite Möglichkeit, dass man sie bewusstlos hinunterstürzte, dass sie schon eine gebrochene Wirbelsäule hatte. Das hätte man an den Brettern sehen können, doch die wurden ja völlig unsachgemäß entfernt. Sie müsste Hämatome aufweisen, die das eine oder das andere ausschließen. Tot ist sie seit ein paar Stunden.« Er streifte die Handschuhe ab, reichte Pamela die Hand, Labhart. Ein sehr fester Händedruck einer kalten Hand, etwas dominant. Darauf reagierte sie an einem derartigen Morgen negativ. Aus der Kapelle erklang die Orgel, irgendwie makaber. Die Organistin konnte noch nicht wissen, dass die Bestattung auf den Nachmittag verschoben worden war. Tizian meinte, vielleicht sei ihr etwas aufgefallen. Ein Glück, dass die Presse noch nicht vor Ort war.

Die Eichentür der Kapelle schlug hart an Pamelas Ellenbogen, der Schmerz schoss in die Schulter. Hatte sie erwartet, Tizian Füssli halte die Tür höflicherweise für sie fest? War sie seither von höflicheren Menschen umgeben gewesen, höflich wie Stefan? Orgel fortissimo. Jetzt wurde die Lautstärke mit schnaufenden Bälgen zurückgenommen, doch diese unvermittelt leisen Töne ließen Pamela frösteln. Vorn seitlich im Chor brannte noch immer Emilys Kerze.

Tizian Füssli rüttelte am Gitter, mit dem die Treppe zur Empore abgesperrt war. Die Musik brach ab. Wieder dachte Pamela an den Spiegel, die Organistin musste sie beide hier sehen. Durchs offene Kapellenfenster war das Rasseln des Grabbaggers zu hören. Jetzt, leichte

Schritte auf der Empore, sie kam die Stiege herunter. Da stand sie vor ihnen. War sie jetzt nicht bei Pamelas Anblick wieder zusammengezuckt? Pamela hätte es nicht beschwören können. Erkannte sie sie denn nicht wieder? Hatte Tizian sie mitgenommen, um genau so ein leises Zucken zu sehen? Jetzt hatte die Organistin ihr schüchtern fragendes Lächeln im Gesicht, sagte mit ihrer sanften Stimme, sie heiße Maigold. Es mochte die Farbe ihres naturfarbenen Leinenkleids sein, die runden spiegelnden Gläser ihrer goldrandigen Brille, die grauen, frisierten Haare, dieses Lächeln, heute erschien sie Pamela schmaler und kleiner zu sein. So viel zu ihrem Personengedächtnis.

Tizian Füssli stellte sich vor: »Mordkommission Fribourg.« Er kam gleich zur Sache, der Verschiebung des Begräbnisses und der Frage, ob sie heute Morgen irgendetwas Besonderes bemerkt habe. Sie lächelte lieb, seltsamerweise zeigte das Gesicht dabei absolut keine Falten. Die beiden einzigen ungewöhnlichen Vorkommnisse heute Morgen waren der Bagger und Pamela beim Kerzenanzünden und Beten. Pamela lauschte auf diese Mädchenstimme, diese sehr helle, etwas weinerliche Tonlage, dazu kam ein leises, fast unmerkliches Augenflattern hinter den Gläsern. Da waren sie beide ja schön fein raus. Frau Maigold musste gleich telefonieren, schon wieder so schüchtern, fast klagend. Ein Termin vom Nachmittag musste doch jetzt verschoben werden. Es war eine Besprechung mit der Leiterin des Heims, in dem ihr Bruder untergebracht war, Tobias Maigold. Er war älter als sie, war Amtsrichter gewesen.

Jetzt sei er seit Längerem in Pension, seit zwei Jahren liege er als totaler Pflegefall in diesem Heim.

*

Tizian Füssli bat Pamela, doch mitzukommen. Er wäre froh, sich mit ihr unterhalten zu können. Pamela hatte das dringende Bedürfnis nach einer Tasse Kaffee und einem Hörnchen, sonst fiele sie um. Der rothaarige Polizist, Drossel, fuhr Tizian Füssli und Pamela zum örtlichen Polizeiposten. Um nicht aufzufallen, betraten sie das Gebäude von der Hinterseite, befanden sich unverhofft in der Eingangshalle der Stadtverwaltung. Im Vorbeigehen registrierte sie sehr schön gestaltete Vitrinen, die Stadtgeschichte beginnend mit keltischen Gegenständen. Ihr Blick streifte über die Römer, die Germanen, die Burgunder, die Savoyer und die Berner. Verschiedene Karten illustrierten die jeweilige Zugehörigkeit. Irgendwann würde sie sich das ansehen. Schon passierten sie eine bruchsichere Glastür, betraten den Bereich der Polizei. Tizian Füssli als leitender Kommissar hatte den Vorsitz. Auf der Stirnseite des Tisches saß Weidenhuber, das war der etwas füllig Schnittige vom Friedhof, der Polizeichef. Tizian und Pamela saßen einander gegenüber, Drossel am anderen Ende protokollierte. Alle hatten einen Becher Kaffee vor sich.

»Da Frau Thoma hier ist, bin ich froh, in ihr eine psychologisch ausgebildete Spezialistin für Tatmotive zu haben.« Dies war nicht ganz neben der Wahrheit, nur unendlich übertrieben. Sie hatten damals gemeinsam dieses Seminar belegt. Es war um die Urteilsfindung in Gerichtsfällen gegangen. Tizians Gedächtnis war schon immer gut gewesen.

Dann führte er aus: »Eisele, der Friedhofsgärtner und Sakristan, hat die Tote heute kurz nach sieben Uhr entdeckt. Das Grab wurde gestern von einer Spezialfirma mechanisch ausgehoben. Eisele hat anschließend gestern noch die für die heutige Bestattung nötigen Vorkehrungen getroffen, das Grab mit Rasenteppich-Tüchern ausgekleidet, den Aushub geordnet, die Umgebung sauber gemacht. Heute Morgen war er früh hier, da war dieses Grab verwüstet, unten lag ein Haufen Erde. Er hat an einen nächtlichen Unfug gedacht, Derartiges kommt vor. Er musste seine Leiter holen, ist hinuntergestiegen. Nach Eiseles Aussage ist das Grab einerseits zusammengestürzt, die Planken, die er gestern zur Sicherung darübergelegt habe, lagen teilweise unter der Frau; das könnte heißen, sie stürzte mit den Planken nach unten. Mit ihnen seien auch die Abdecktücher nach innen gerutscht gewesen. Dann aber, die Erde, die die Tote bedeckte, die müsse hinuntergeschaufelt worden sein. Eisele hat als Erstes die Bretter hochgezogen, ist mit der kurzen Leiter hineingestiegen, hat geschaufelt, erst dann ist er auf die Leiche gestoßen. Damit hat er wohl schon viele Hinweise zerstört. In Fribourg kam der Alarm um 7.35 Uhr an.«

Tizian hatte schon mit dem Pfarramt Kontakt aufgenommen. Die Tote, die heute Morgen bestattet werden sollte, war eine alte Frau aus dem Pflegeheim. Der Gerichtsmediziner schaute sich eben jetzt ihren Leichnam genau an. Falls alles in Ordnung war, konnte sie am Nachmittag wie vorgesehen bestattet werden, weiter oben auf dem Friedhof. Das wurde vom Pfarramt geregelt. Sobald die Identität der toten Frau im Grab feststand, würde man noch routinemäßig das Umfeld der beiden abgleichen. Es gab ein vielversprechendes neues Profiler-Programm. Pamela nahm zur Kenntnis, dass dieses Programm sie nicht im Geringsten interessierte. Früher hätte ihr so etwas Spaß gemacht.

Sie sichteten den Inhalt der Vuitton-Tasche: Fahrausweis. Identitätskarte, Tonja Utz, 33, ein Jahr älter als Pamela. Schweizergeld und Euro, Kreditkarten, Bonuskarten. Visitenkarten eines Hotels Helvétique in Genf. In einem Etui sehr dunkler Lipgloss, sehr heller Kompaktpuder, schwarze Wimperntusche. Kleiner Terminkalender, auf den ersten Blick Treffen und Termine. Auf dem gestrigen Tag ein B. Kein Handy. Sie hatten die Uhr der Toten mitgenommen. Das Glas war zersplittert, darunter war noch immer die Zeit abzulesen, Viertel nach elf, es könnte der Todeszeitpunkt sein.

Weidenhuber überlegte: »Wir hatten eine Gymnasiallehrerin hier, Monique Utz, Untergymnasium, das war die Lehrerin unseres Sohnes. Die hatte eine Tochter, die etwa in diesem Alter sein müsste. Frau Utz wohnt seit Langem in Fribourg, vielleicht in einem Vorort. Drossel soll das überprüfen.« Also wäre die Tote, wenn sie es denn war, hier zur Schule gegangen. Was um alles in der Welt brächte sie nachts auf den weltabgelegenen Friedhof von Coulins? Oder hätte sie jemand nach ihrem Tod hergebracht? Wie kam sie in dieses Grab? Vor allem, wer schnitt jemandem mit einem Rundschnitt die Kehle durch?

Zwölf Uhr. Tizian Füssli telefonierte, Drossel war unterwegs nach Fribourg zu dieser Frau Utz, er würde sie herbringen. Klar war, bei der Toten handelte es sich um ihre Tochter Tonja. Diese war unverheiratet, wohnhaft in Genf, tätig als Chef de Réception im Hotel Helvétique. Frau Utz konnte sich nicht erklären, dass und weshalb ihre Tochter diese Nacht in Coulins war, im August hatte sie sie das letzte Mal gesehen. Sie war seit zehn Jahren verwitwet.

Um 16 Uhr würde auf dem Kommando ein erster Rapport stattfinden.

»Nein«, protestierte Pamela. Sie gehörte in keiner Weise in die Ermittlungen, sie hatte es Tizian schon einmal erklärt. »Es war erfreulich, dich wieder einmal zu treffen, doch damit hat es sich. Mein Beten für meine Kollegin kannst du mir glauben oder nicht, nimm es halt als Morgenspaziergang, wenn dich das andere stört. Ich bin daran, mich in meine neue Stelle einzuarbeiten. Es interessiert mich und macht Spaß. Ich hatte genug Hektik bei meinem Job in Zürich. Jetzt ist es höchste Zeit, an meine Arbeit zurückzugehen. Falls unvermutet irgendeine Frage auftaucht, die wirklich mit mir zu tun hat, wisst ihr ja, wo ich zu finden bin.«

Niemand dachte daran, dass sie mit dem Polizeiauto zum Posten gefahren worden war. Sie hatte ihr Handy dabei, hätte anrufen können, Frau Fasel hätte sie abgeholt. Am Bahnhof studierte sie die Buslinien, trank bis zur Abfahrtszeit am Kiosk einen Latte macchiato, kaufte die Tageszeitung, fuhr bis zur Haltestelle schräg unterhalb des Rains zur Kapelle. Noch immer standen Autos auf dem Parkplatz. Sie ging an der Friedhofsmauer entlang, der Weg mündete in den Weg, den sie heute Morgen heruntergekommen war. Mittlerweile hätten sie die Leiche in die Gerichtsmedizin gebracht. Es wäre sie, Pamela, die dort tot auf einem Tisch läge, was sich hier fortbewegte, wäre eine Hülle. Jetzt weinte sie leise vor sich hin, ging Schritt für Schritt diesen Rebberg hinauf.

*

Pamela kam mit noch immer verheultem Gesicht zum Abendessen, rote Augen, geschwollene Lider. Frau Fasel blickte absichtlich teilnahmslos, Pamela fühlte sich belauert. Nichts entging dieser Frau. Pamela redete von einer möglichen Stauballergie. Frau Fasel wusste natürlich schon vom Todesfall auf dem Friedhof und dass Pamela nicht nur dort, sondern auch auf dem Polizeiposten gewesen war. Sie hatte doch gemeint, am Morgen arbeite sie jeweils in der Bibliothek. Dann aßen sie. Pamela versuchte, ans Essen zu denken. Frau Fasel mochte nicht wissen, dass sie eine Spitzenköchin war. Diese unbeabsichtigte Meisterschaft wäre das Wesen der Kunst. Unvermittelt wurde sie von Frau Fasel in die Realität zurückgeholt, das mit dieser Toten sei grässlich. Diese sei hier aufgewachsen, sei so alt wie ihr Sohn gewesen. Der ganze Ort redete von nichts anderem. Ihr Sohn hatte sich vor bald sieben Jahren aufgehängt. Frau Fasel schob einen Bissen Brot in den Mund.

»Um Tonja Utz ist es nicht schade. Sie hat den Jungen den Kopf verdreht, war frühreif. Elmar hat damals ihren Namen nicht genannt, er hat sie angebetet. Für sie hätte er alles getan, hätte sein Leben gegeben. Er war ein gutherziger Junge.«

Wie sie es gesagt hatte – abschließend. Pamela wagte zunächst nichts zu sagen, nichts zu fragen, achtete nicht darauf, wie heiß das Soufflé noch war, verbrannte sich die Zunge, schob die cremige Masse im Mund herum, es war Fisch. Dann konnte sie nicht anders, ergänzte.

»Die Frau wurde direkt neben dem Grab ihres Sohnes getötet.« Frau Fasel reagierte nicht, Pamela stutzte, natürlich, sie hatte auch das schon gewusst. Rasch fuhr Pamela fort, sie habe das Postauto genommen. Es sei bemerkenswert für eine so abgelegene Gegend, dass stündlich ein Postauto fahre. Dann schwieg auch sie. Natürlich ging es Frau Fasel unter die Haut, dass diese Frau ausgerechnet in einem Grab neben dem ihres Sohns ermordet wurde. Es lag in einer Reihe, die längst verkauft war, die Besitzer warteten auf den Zeitpunkt, hatten alles im Voraus geregelt und bezahlt. Also wäre es ein Zufall? Was wäre mit Schicksal? Wenn etwas ins Auge ging, war es Schicksal oder jemand hatte nachgeholfen. Oder dass der, der nachgeholfen hätte, auch nichts weiter gewesen wäre als ein Werkzeug des Schicksals? Von anderen Mächten geführt, hieße manipuliert.

*

Es war am nächsten Morgen, Pamela war beim Arbeiten, Jeans, bequemer, weicher, hellroter, handgestrickter Pullover, ein Geschenk von Alice. Der Pullover hatte dunkle Staubspuren, sie würde ihn sorgfältig waschen. Heute hatte sie sogar die Haare mit einem Tuch zurückgebunden, denn heute würde sie einen weiteren Schrank ausräumen. Hier drin stand säuberlich aufgereiht die ganze klassische französische Philosophie. Sie hatte schon am Vorabend nach dem Essen im Sessel vor dem Kamin noch Montaigne gelesen, überraschend, doch zu griesgrämig. Sie sollte Frau Fasel um einen Staubsauger bitten, möglicherweise brachte es etwas, vorher die Bücherreihen abzusaugen. Sie könnte sich am Nachmittag in der Drogerie auch eine Grippemaske besorgen, es war ja nicht nötig, dass sie den Muff von 200 Jahren in ihre Lunge holte; so lange musste es her sein, seit jemand diesen Schrank geöffnet hatte.

Es klopfte, Frau Fasel stand in der Tür, Herr Gilli sei gestern eingetroffen. Er lasse sie in sein Büro bitten. Pamela guckte an sich herunter, ausgerechnet heute, doch das war nun einmal ihre Arbeitskleidung. Frau Fasels Respekthaltung nötigte ihr ihrerseits fast etwas wie Bewunderung ab, sie wusste bloß nicht gleich für wen.

Das Büro war groß. Er hatte offensichtlich vor seinem Schreibtisch auf sie gewartet, kam ihr mit festem Schritt bis in die Mitte des Zimmers entgegen, streckte die Hand aus zur Begrüßung: »Ich freue mich, Sie endlich kennenzulernen.« Die Hand war warm, der Druck fest. Er erinnerte Pamela an einen Igel, es mochten die etwas stoppeligen, grau melierten Haare sein, vielleicht auch nur die braunen Kleider. Er war mittelgroß, schien schlank zu sein. Seine Gesichtshaut war frisch, gut rasiert. Hinter der ins Auge gehenden urbanen Eleganz lag etwas leicht Vierschrötiges. Pamela dachte leicht spöttisch, ein gekonnter Auftritt. Jetzt erst sah sie die Augen genau, sie erschrak. Es waren sehr helle Augen, hellbraun, mit einem sehr hellen Rand um die Iris, Augen, die jeden in ihren Bann schlagen mussten. Ein strahlender, vitaler älterer Mann, sicher älter als sein Bruder, ihr Professor, vielleicht aber auch nicht. Ganz sicher jünger als Dad. Es gäbe tausend Gründe, sich zu verlieben. Auch das wusste sie aus der Psychologie. Der richtige Geruch im richtigen Moment, abgestimmt auf ihre Hormonlage. Irgendeine Assoziation aus der Kindheit, eine innere Bereitschaft. Wenn das Herz ins Flattern kam, nützte aller Verstand nichts. Es mochte am jahreszeitlichen Licht liegen. Dass sie ein Mensch wäre, der sich im Herbst verliebte, immer wieder im Herbst, wie absurd, weil ihre innersten Zellen mit diesem bestimmten weichen Licht in gelben und roten Blättern eine bestimmte Hormonausschüttung auslösten. Pamela fror, trotz Pullover, den Rücken hinunter.

*

Schon am Nachmittag war sie wieder auf der Polizeistelle, Tizian hatte sie telefonisch zu einer Besprechung gebeten. Noch immer fuhr sie dieses Butterfly-Auto, ein Ersatzteil für ihren eigenen Peugeot sei noch nicht eingetroffen. Tizian Füssli war in der Bittposition.

»Du hast eine Auszeit, schlimm oder nur psychologisch? Es ist seltsam, du tauchst hier in der Gegend auf, man könnte sagen am Ende der Welt. Du gibst an, du verabschiedest dich aus deiner Biografie, und genau jetzt wird hier eine junge Frau umgebracht, die von hier stammt, dir verblüffend ähnlich sieht und dazu noch fast gleich alt ist. Übrigens siehst du noch ein paar Jahre jünger aus, als du bist.« Tizian sagte es kopfschüttelnd, fast vorwurfsvoll, was ihr trotz allem ein Lächeln entlockte. Er kaute einen Kaugummi, früher hatte er Davidoff geraucht. Ob er noch immer rauchte und nur in den Diensträumen darauf verzichtete? »Es ist möglich, dass es doch etwas mit dir zu tun hat. Zuerst hatte ich gedacht, dein Partner, von dem du dich getrennt hast, stecke dahinter. Statistisch gesehen sind die meisten Tötungsdelikte Beziehungstaten. Er hätte herkommen können und hätte dich schlicht mit deiner Doppelgängerin verwechselt. Genau das schließen wir jetzt aber aus. Der PC der Tonja Utz konnte in ihrer Wohnung sichergestellt werden, einer unserer Spezialisten hat eine gelöschte E-Mail wieder hochgeholt. Tonja Utz wurde in einer verschlüsselten Nachricht für vorgestern Nacht an einen bestimmten Ort B bestellt, das B aus ihrem Terminkalender, und kommt auf dem Friedhof von Coulins bestialisch ums Leben. Die Verschlüsselung ist der Hinweis. Wer reagiert schon auf eine Verschlüsselung? Jemand hat sich mit ihr verabredet, sei es konspirativ oder eben nur kindisch. Auf jeden Fall kann durch diese E-Mail eine Verwechslung mit dir ausgeschlossen werden, wir haben ja auch deine Daten gecheckt. Vom Zeitpunkt dieses Treffens, das diese Mail vorgab, können wir die Todeszeit ermitteln. Wenn die Bezeichnung B auf dem Friedhof liegt, wären dies der Treffpunkt und der Tatort. Andererseits muss der Absender nicht unbedingt der Täter sein.«

Pamela ging über das ungefragte Checken ihrer Daten hinweg. Es war einfach nicht der Zeitpunkt für Grundsatzdiskussionen. Worauf genau wollte Tizian hinaus?

»Ich freue mich, dass wir bei dieser Gelegenheit wieder übereinandergestolpert sind. Zu dir habe ich ein Urvertrauen. Jetzt, da du hier bist, ist es naheliegend, dass ich dich bitte, in diesem Fall für uns zu arbeiten. Das Ordnen einer Bibliothek, und mag sie noch so historisch sein, passt doch nicht zu dir! So rückwärtsgerichtet, selbstgenügsam. Dazu bist du zu jung! Das ist nicht dein Temperament! Du brauchst Trubel, bist eine Jägerin, bist doch die geborene Fahnderin. Das Verborgene zieht dich an. Und wenn du dich in den hintersten Winkel vergräbst, dann kommt es eben zu dir. Hier auf dem Friedhof ist nicht einfach irgendein Mord geschehen, es wurde dein Ebenbild getötet. Da kannst du doch nicht einfach auf dein Château zurückgehen, das Parktor hinter dir abschließen und verstaubte Bücher sichten. Ich möchte dich gern im Team mit dabei haben. Es muss ja nicht offiziell sein. Im Gegenteil, du könntest mit uns inoffiziell zusammenarbeiten.«

»Ein Strich ist ein Strich ist ein Strich, unter einer

Beziehung, unter einer Ausbildung, unter einem Beruf oder einem Lebensabschnitt. Wer auf etwas Abgeschlossenes zurückkommt, bewegt sich in eine Endlosschlaufe, von der er nicht mehr loskommt, dann würde das Leben zur Tretmühle, ginge wahrscheinlich vorzeitig in ein Ende, da eben die richtige Richtung verpasst wäre. Übrigens, erinnerst du dich an Emily, seit je meine beste Freundin? Sie hat den Sinologen Hubert Abegg geheiratet und ist Juristin in Luzern. Sie macht gerade eine Chemo durch mit allem Drum und Dran, es geht ihr dreckig. Vielleicht war sie daran, eine Richtung zu verpassen. Wenn ich jetzt eine Scheinwelt verlasse, an der ich nicht mehr mitbasteln wollte, so tat ich es nicht, um mit dir im Blitzlicht der Öffentlichkeit nach Verbrechern zu suchen und auf den Tod zu starren.« Pamela zögerte. Sie wusste, er meinte es gut. Er war bloß immer noch so wie damals, es ging um ihn, um seine Bedürfnisse, darum, wie er die Welt und darin irgendwo auch sie sah. »Ich stehe auf eigenen Füßen und baue eine neue berufliche Identität auf. Es ist auch eine innere Identität, wegen der Tätigkeit, des Orts, des Rhythmus'. Wenn ich will, kann ich einen Tag lang das Handy ausschalten, aus irgendeinem Grund stottert es sowieso. Mitten in Europa habe ich mich aus der Hektik ausgeklinkt. Ich lebe die Entschleunigung. Zudem machen mir die alten Bücher Spaß. Wenn du von einer gemeinsamen Basis ausgehst, vergisst du, dass wir zwei uns im Unfrieden getrennt haben. Das hier ist ein Neuanfang, den will ich mir nicht verpfuschen.«

Sie verabschiedeten sich. Pamela blieb bei ihrer

Absage, Tizian meinte, er werde sie wieder informieren, wenn es etwas gebe, das für sie vielleicht von Interesse wäre. Da rutschte es ihr heraus. Elmar Fasel war mit Tonja Utz in der selben Klasse gewesen, er hat sich vor sechs Jahren umgebracht, da war aber Tonja Utz schon lange weg. Frau Fasel war seit fünf Jahren die Wirtschafterin auf dem Château. Tonja Utz lag in dem Grabloch neben Elmar Fasels Grab. Das Letztere sagte sie laut und verzweifelt, es war so grässlich.

Bei Tizians unbeteiligtem Gesicht stoppte sie, ihre Emotionalität war nicht angemessen, sie war ja gar nicht beteiligt. Zumindest zeigte es deutlich, wie wenig sie sich zur Fahnderin eignete. Doch man konnte auch sagen, es war konzentrierte Aufmerksamkeit. »Es könnte wichtig sein, lass uns diesen Elmar Fasel rasch anschauen. Ein außerordentlicher Todesfall vor sechs Jahren.« Tizian spielte am PC herum. »Da, Elmar Fasel. Schau mal an!« Da gab es im Polizeicomputer eine gelöschte Akte zu Elmar Fasel, das hieß, eine Akte, die offiziell nicht für Auskunftszwecke gebraucht werden durfte, die unter einem Spezialcode abgelegt war. Es hatte vor 14 Jahren ein Gerichtsverfahren gegen ihn gegeben: Er sollte ein geistig behindertes Mädchen verführt haben, die Anklage sagte missbraucht. Es gab einen positiven Vaterschaftstest. Das Verfahren wurde eingestellt, der zuständige Amtsrichter war Maigold.

Schon war Pamela dabei. »Die Organistin hat einen Bruder, der Richter war. Wie klein die Welt hier ist!« Sie sah es an Tizians begeistertem Gesicht, da war Jagdfieber.

Dann nahm er einen begütigenden Tonfall an, Pamelas Name werde nirgendwo mit hineingezogen, sie werde in keiner Akte auftauchen, doch er werde jetzt auch mit Frau Fasel sprechen müssen und mit diesem Amtsrichter. Falls es Pamela interessiere mitzukommen, sie sei in Gesprächsführung immer subtiler gewesen, es würde ihn freuen. Pamela winkte ab. Sie hatte einen Arbeitsvertrag als Bibliothekarin. Mit so etwas war sie für eine Hundertprozentleistung eingestellt, dafür erhielt sie ihren Lohn. Da verbot sich jede Nebentätigkeit von selbst, das wäre ein Vertrauensbruch.

Auf der Heimfahrt überlegte sie, Tizian hatte genau das gekriegt, worum er sie gebeten hatte. Einen Hinweis, eine Angabe, eine Auskunft. Das, was sie nicht hatte tun wollen. Gut, sie war zufällig an einem Tatort gewesen. Dieses Treffen mochte in einer weiten Auslegung einer Zeugenaussage liegen. Damit war aber jetzt Schluss. Keinesfalls würde sie Menschen aushorchen. Sie würde Frau Fasel von diesem Gespräch erzählen, dann wäre die Welt wieder in Ordnung.

Ehrlichkeit sich selbst gegenüber war das Mindeste einer einigermaßen wachen Biografie. Das mit dem Herausrutschen. War es nicht möglich, dass sie genau deswegen auf Tizians Herbitten einging, um ihm diesen möglichen Zusammenhang mitzuteilen? Nicht mehr und nicht weniger. Schließlich ging es um einen grausamen Frauenmord, und das in unmittelbarer Nähe. Würde sie nicht genau deswegen von jetzt an auf eigene Faust recherchieren, und ihre Ergebnisse genauso sicher wieder Tizian zukommen lassen, damit die Ermittlungen vorangingen?

*

Das Abendessen nahm sie wie üblich mit Frau Fasel ein. Monsieur Gilli esse auswärts. Pamela redete davon, dass der leitende Ermittler ein ehemaliger Studienkollege gewesen sei. Sie habe ihm nebenbei das gesagt, was sie von Frau Fasel gehabt habe, dass ihr Sohn und Tonja Utz einander gekannt hätten. Möglicherweise wusste er dies aber schon von der Mutter von Tonja Utz.

Frau Fasel schaute ungerührt wie immer. Dann meinte sie trocken: »Mein Elmar war nicht richtig mit Tonja Utz befreundet. Tonja Utz hatte andere Kollegen. Mein Elmar, der war ja nicht in derselben Schule, er war nicht so klug, er hat die Lehre in der Fahrradwerkstatt meines Mannes gemacht. Ich war damals Köchin in der Sonne. Elmar hat diese Tonja angebetet, sie hat ihn mitgenommen, wie ein Hündchen eben. Ich konnte mir damals nicht vorstellen, dass Elmar Mariechen irgendwie wehgetan hätte, er war ein guter Junge. Er war tierliebend.« Sie hielt inne, ein Zucken lief über ihre linke Wange. »Bis damals mit der Katze. Er hat ihr ein Auge ausgestochen. Seither war er ein anderer. Er hatte Angst.« Wieder machte sie eine Pause, rieb sich über das Gesicht, als wäre da irgendwo etwas wegzureiben. »Er hätte alles getan, um vor dieser Tonja zu bestehen. Das habe ich später gedacht, er war ihr Spielzeug.« Und dann fügte sie bei: »Es ist schon richtig, dass dieser

Kommissar das weiß. Damals, als mein Elmar starb, hat sich niemand auch nur umgesehen. Mein Mann ist bald nachher auch gestorben.« Verbittert, im Innersten verletzt und verbittert war diese Frau. Jetzt wusste Pamela auch weshalb.

War da genügend Hass für einen Mord? War es ein Rachemord für den Tod ihres Jungen?

*

Am folgenden Morgen war Pamela etwas enttäuscht, Robert Gilli um halb acht nicht beim Frühstück vorzufinden. Offensichtlich war er ein Frühaufsteher. Auf dem Tisch stand zusätzlich ein Körbchen mit warmen Butterhörnchen, ein Plattenwärmer mit gedeckter Schüssel, darin eine große Portion Rührei, dazu frisch gekochtes Früchtekompott und Quark. Auf der Konsole unter dem goldgerahmten Bild mit den über eine Hecke setzenden Reitern prangte ein üppiger Strauß violetter und rosaroter Astern.

Pamela traf ihn in der Bibliothek, er begutachtete ihre Auslegeordnung, ihre auf dem Tisch liegenden A5-Karten mit der provisorischen Neueinteilung der Schränke. Heute trug er eine dunkle Jeans, ein ebenso dunkles Jackett aus Wollstoff, darunter ein kragenloses, weißes Shirt. Er war vierschrötig, er wirkte frisch, sehr elastisch, sehr männlich. Unwillkürlich fragte sie sich, ob es hier im Château einen Fitnessraum gebe. Auf dem Tisch lag die Auslegeordnung, auf dem PC zeigte sie die bisherige Bestandsaufnahme mit dem vorgesehenen Stichwortkatalog und der Möglichkeit des Rasters nach Erscheinungs- oder Erwerbsdatum. Sie saßen auf gepolsterten Stühlen, Robert Gilli war sichtlich angetan von der Materie, er erläuterte, kam vom Hundertsten ins Tausendste. Es gab diese Figuren der gebildeten Châteaubesitzer, ihre Biografien wären durchaus interessant, nahezu Prototypen ihrer Zeit. Der erste richtige Garten war möglicherweise in der Zeit des Jean Philibert angelegt worden. Sein Sohn hatte dann sogar den bedeutenden Gartenarchitekten Le Nôtre hergeholt. Pamela wunderte sich, das war doch recht eigenartig von der Größe her, die Fläche war auf jeden Fall klein im Vergleich zu dessen berühmten französischen Anlagen. Robert Gilli verteidigte, erklärte. Es gehörte zu den Feinheiten des höfischen Lebens, den gesellschaftlichen Abstufungen. Wer den Architekten des Königs für sich beanspruchte, dessen Ansehen stieg beim Hofe. Das Gebiet der Eidgenossenschaft war so weit weg, dass nie jemand dazu kam, die Größe einer Gartenanlage zu vergleichen. Dieser Sohn – Rodolphe – hat den Hof nach der Aufhebung des Edikts von Nantes verlassen. Das hieß aber nicht zwingend, dass er ein Hugenotte gewesen wäre. Pamela ließ sich in die Geschichte hineinziehen. Bedeutete dies Verzicht auf Macht, oder hielt er hier, in der doch recht aristokratischen Ecke der Eidgenossenschaft, irgendwelche Fäden in der Hand?

Robert Gilli schien ihr Eifer zu gefallen. So habe sie sein Bruder beschrieben, als Studentin, die neugierig sei und sich noch begeistern könne. Er war zufrieden, dass sie sich in so kurzer Zeit so gut eingearbeitet hatte. Das hatte er im besten Fall von einer Frau, die mit einem Studienabschluss in der Werbebranche tätig war, erhofft. Als er ihren überraschten Blick sah, ergänzte er: »Frauen mit Studienabschluss zeigen, dass sie sich in der männlichen verstandesorientierten Denkweise, die nicht die ihre ist, zurechtfinden, also Intelligenz und Wille. Werbebranche heißt, gewillt, hinter die Kulissen zu schauen, die Realität zu packen und zu gewinnen; Macht oder Profit oder meist beides. Es zeigt auch einen Sinn für Humor.« Dass sie dort wieder wegging, hieß, sie suchte nach mehr, war bereit, sich ihrem Inneren zu stellen.

Pamela atmete tief durch, er hatte es nicht bloß gedacht und sie hatte es mitgedacht, er hatte dies alles ganz normal ausgesprochen. Ja, ihr gefiel es hier. Ihr gefiel die Bibliothek, im Allgemeinen und im Besondern, diese hier auf dem Château. Sie war mit Büchern aufgewachsen. »Ein Buch, das sind konzentrierte Gedanken, das Ganze ist wie der Geistesblitz eines Menschen, das, was den Menschen ausmacht. Wenn es den Autor überdauert, ist es seine Essenz. Durch ein Buch haben wir vielleicht auch Kontakt mit dem, der es geschrieben hat, im Jenseits, und vielleicht mit allen, die es in Begeisterung und Liebe gelesen haben.« Was brachte sie dazu, das auszusprechen? Sie biss sich auf die Lippen, guckte angelegentlich in ihre Liste.

Dann atmete sie durch, Robert Gilli redete von etwas anderem, nichts da mit hellen Irisrändern und Fantasien. Sie müsse nicht Tag und Nacht arbeiten, bei diesem Einsatz müsse sie ihre Arbeitsstunden reduzieren, alles andere wäre Ausbeutung. Pamela fiel fast der Kiefer herunter, gleich schalt sie sich über ihre Vorurteile, sie hatte das Wort nicht hier erwartet. Robert Gilli amüsierte ihre Verlegenheit. Verspottete er sie ein bisschen, lachten seine Augen? Ein Mensch könne nicht nur leisten und leisten, Input und Output müssten sich die Waage halten. Sie könne das bei den Philanthropen des 19. Jahrhunderts nachlesen. Ihre Arbeitszeit sei auf genau vier Arbeitstage beschränkt, also acht halbe Tage. In der Verteilung sei sie frei, es komme einzig darauf an, dass sie sich daran gewöhne, über freie Erholungszeit zu verfügen. Jetzt lächelte er ein übertriebenes Verschwörerlächeln, sie wisse ja, wer sich geistig und körperlich fit fühle, leiste in weniger Zeit mehr. Schon schaute er prüfend: »Sie sollten viel an die frische Luft gehen, Sie sehen blass aus. Es gibt sicher Freizeitmöglichkeiten. Sie sind zu jung, um sich so abzukapseln.« Damit war alles gesagt.

Jetzt wolle er ihr kurz den Archivraum zeigen, damit sie schon einmal das, was noch dazukomme, in ihr Denken aufnehme. Er selbst sei seit Langem nicht mehr drin gewesen. Pamela war verblüfft, sie hatte es glatt übersehen: In der Ecke hinter dem massiven großen Bücherschrank stand eines der Wandgestelle offen. Sich nicht aus der Fassung bringen lassen. Als hätte sie schon Hunderte Geheimtüren gesehen, zog sie ein leicht belustigtes Gesicht.

Herr Gilli blieb im Durchgang stehen, meinte: »Ich vertraue Ihnen. Das heißt, es ist selbstverständlich, Sie erwähnen diesen Raum und den Zugang dazu niemandem gegenüber, nie. Es gehört zu Ihrer Loyalität. Wir werden das noch vertraglich festhalten, wenn es Ihnen recht ist.«

Sie staunte jetzt wirklich, der Schrank stand auf einer Drehscheibe, die Halterung ging in einen breiten Stahlrahmen mit modernster Sicherheitstechnologie, schräg oben leuchtete eine kleine Lampe rot, möglicherweise eine Kamera. Nein, das Archiv war nicht das, was bisher in ihrem Leben normal gewesen war. Sie folgte Robert Gilli eine schmale Steintreppe hinunter, dann durch einen langen engen Gang durch eine Schutzraumtür in einen fensterlosen Kellerraum mit Gewölbedecke. Pamela staunte, das war ein moderner Archivraum. Die Wände waren weiß verputzte Ziegelmauern, an der Decke waren moderne Lampen angebracht. Es gab mehrere gewöhnliche Holzschränke und einen mit Scheiben verglasten Schrank. An der einen Wand stand ein Lagergestell, auf das irgendwelches Gerümpel geschichtet war; sie unterschied Gipsköpfe, Bilder, Kerzenständer, zusammengerollte Stoffbahnen, Metallfiguren, Embleme, die Hakenkreuzen glichen. Sie schaute noch einmal hin, das war ja ein Gruselkabinett, Himmler oder Göring, einer der Dicken, dann der Schöne und der, der Hitler ähnlich sah, Rudolf Heß. Die Adler standen auf Hakenkreuzen. Na hoppla! Von irgendwoher war deutlich ein Luftzug zu spüren. Nervös sah sie sich um. Sie war sich sicher, von hier drang kein Geräusch nach außen. War das eine ehemalige Schatzkammer oder ein Verlies oder einfach ein gutes Versteck für schlechte Zeiten? Nicht in Panik geraten. Was wusste sie von diesem Château, seinem Besitzer? Wie um Gottes willen war sie hierher geraten? Menschen verschwanden. Man brauchte nur zu sagen, sie wäre abgereist.

Robert Gilli hatte einen der Schränke geöffnet und eine Staubwolke freigelassen. Wahllos griff er nach verstaubten Kartons, Schachteln, Mappen, Stößen von Papier, ledergebundenen Folianten.

»Mein Bruder hat recht. Es ist Zeit, dass das gesichtet wird.« Sie husteten beide.

Unter Husten krächzte Pamela: »Das ist ja furchtbar hier unten.«

Es sei nicht ganz so schlimm, wie es aussehe. Wenn es ihr zuwider sei, hier in diesem Raum zu arbeiten, könne er das verstehen. Man müsse eine Lösung finden. Der Stall des Augias. Das alles komme von seiner Mutter, es solle sie nicht erstaunen, das sei ein Naziarchiv. »Für sie galt Treue über alles.« Zuerst müsse man entstauben, seines Wissens gebe es ionisierende Entstaubungsmaschinen. Er kümmere sich darum. Sie könnten Tag und Nacht laufen, sodass zumindest die Luft zum Atmen wäre. Sie könne sich Gestell um Gestell vornehmen, dosiert. Vielleicht müsse ein erstes Ziel bescheiden sein. Sie würde täglich von Hand eine Liste erstellen, in der allfällige Raritäten hervorzuheben seien. Sie würde sie unter Verschluss halten und ihm persönlich übergeben. Dies sei dann eine vertrauliche Liste, nichts auf dem PC, keine Notizen, kein Doppel. Es sei eine kleine Vorsichtsmaßnahme. Dies alles sei Privatbesitz, er und sein Bruder wünschten vorläufig nicht, dass der nationale Kulturgüterschutz überhaupt zur Kenntnis gelange, dass hier etwas liege, geschweige denn was. Was man nicht kenne, könne man sich auch nicht einfach holen. Ihr vertrauten sie beide.

Mittlerweile hatte sie sich gefasst, es war nur der Gedanke an ein Verlies gewesen, der sie hatte zurückschrecken lassen, nicht die Arbeit oder der Inhalt. Sie könnte sich zunächst auf die obere Bibliothek beschränken. Einen halben Tag die Woche hier unten arbeiten, also doppelspurig. Wenn dann oben einmal ein Ende sei, könnte korbweise Material von unten in die Bibliothek gebracht und dort bearbeitet werden. Sie liebte den Blick durch die Fenster über die Hügel in die Berge. Sie war fast darauf angewiesen.

*

Sie saß wieder oben in der Bibliothek. Natürlich war ihr ruhiges Arbeiten futsch, andauernd vertippte sie sich oder löschte ganze Reihen. Vorgestern eine Leiche, heute ein Naziarchiv. Wenn sie hochsah, blickte sie in ihr Spiegelbild, das Oval des Gesichts, die Wangenknochen, die schmale Nase, die Brauenbogen, der geschwungene Mund, vor allem die jetzt so riesigen Augen. Physiognomik hatte zwar zur Psychologiegeschichte gehört, wurde aber von vielen nicht ernstgenommen. Doch warum eigentlich nicht. Sie hatte mehr darin gesehen als ein vertracktes Gesellschaftsspiel, hatte Lavater hoch geschätzt: Der Mensch trägt seinen Charakter in seinem Gesicht mit sich herum, jeder kann es lesen. Vor allem aber formt er es selbst im Lauf der Jahre. Doch es war wie mit jedem Fach, man müsste die Grundlagen beherrschen, um überhaupt zu irgendwelchen Ergebnissen zu kommen. Wie kam diese Frau dazu, ihr, Pamela, ähnlich zu sehen und enthauptet in einem Grab zu liegen? Das hieß doch, dass sie ihren Gesichtszügen nicht vertrauen sollte und ihrem Charakter auch nicht, solange sie nicht tot in einem Grab lag. In ihren Zügen steckten ihr bisher unbekannte Eigenschaften. Was war da in ihr, das sie bisher nicht kennen wollte, das aber so angelegt wäre wie bei Tonja Utz? Wer war diese Tonja Utz? Pamela konnte nicht arbeiten, bevor sie nicht etwas über diese gleichaltrige Frau wusste. Wäre sie in Tizian Füsslis Ermittlungsgruppe, müsste sie sich mit viel Unwichtigem herumschlagen, es filtern. Aber sie hätte Information. Ja, sie wollte wissen, wer diesen Schnitt geführt hatte, sie wollte wissen, warum ihr Ebenbild tot war und warum ausgerechnet sie hier saß und ein Naziarchiv ordnen würde. Gleich nach dem Imbiss meldete sie sich bei Tizian, erkundigte sich nach dem Stand der Ermittlungen. Ja, sie war daran interessiert, mitzudenken.

*

Tizian war noch nicht da. Weidenhuber kam zur Theke, bat sie in dem barschen Ton, den sie bereits kannte, schon einmal ins Einsatzzimmer. Er hatte nichts dagegen, sich kurz, Betonung auf kurz, mit Frau Thoma zu unterhalten, sie sei ja fremd hier, eine Gelegenheit, einander kennenzulernen. Pamela war wachsam, doch da war nichts Hinterhältiges in seinem Gesicht. Auf den Wandmonitoren flimmerten ein Ortsplan, daneben eine Vogelperspektive des ganzen Rayons mit allen Stützpunkten, blinkend die momentanen Einsatzstellen. An einer Pinnwand klebten Fotos der Toten sowie des Fundortes. An der Wand gegenüber hing verloren ein kleiner Pferdekalender.

Ohne Umschweife kam Weidenhuber zum Kern, ihn interessierte das Château. Man habe kaum Kontakt zum Besitzer, der einer der besten Steuerzahler der Gemeinde sei. Dieser reise viel herum, habe ja auch keine Familie. Wenn er da sei, herrsche dort drüben meist ein Kommen und Gehen. Oft seien es Leute, die im noblen Golfclub spielten. Gilli selbst spiele nicht. Er habe viel Geld in die Renovierung des Châteaus gesteckt, ein paar Leute aus der Gegend seien dort fest angestellt. Er bezahle gut. Frau Fasel, die Wirtschafterin, kannte Weidenhuber von früher, als sie Köchin war in der Sonne. Die Stelle im Château habe sie nach dem plötzlichen Selbstmord ihres Sohns angenommen.

Hier waren ein paar Fotos von Tonja Utz, aufgenommen von der Mutter, der Gymnasiallehrerin. Sie zeigten ein eher viereckiges, gepflegtes Gesicht, harte Züge, einen durchdringenden Blick aus großen Augen. Weidenhubers Blick ging vom Foto zu Pamelas Gesicht. Im Ordner fischte er nach einem Profilfoto, guckte wieder, streckte ihr beide entgegen, meinte: »Wir haben uns über die frappierende Ähnlichkeit zu Ihnen unterhalten. Die besteht aber nur auf den ersten

Blick. Ihre Stirn ist höher, das Kinn der Toten dagegen ausgeprägter, sie hat einen kräftigeren Kiefer. Doch schauen Sie einmal her, wie anders sie hier aussieht, es kommt viel auf die Schminke an.« Er streckte ihr ein Foto der Toten über den Tisch. Der Unterschied zwischen den Privatfotos und den Polizeifotos ging ins Auge. Die Totenfotos bestätigten, was Pamela schon auf dem Friedhof gesehen hatte. Da war etwas Unheimliches, nicht bloß wegen des Kontrasts infolge der Blutleere. Es lag am weißen Make-up und dem schwarzroten Lippenstift, den dunkel umrandeten Augen. Es waren die provokativen Farben, mit denen sie sich eher nicht im Empfang eines Hotels gezeigt haben mochte. Seltsamerweise ging das Düstere vom Punkt zwischen den Augen aus.

Mit Schwung betrat Tizian das Zimmer. Pamela fragte sich, ob jetzt plötzlich alle in englischem Tweed herumliefen oder was sie dazu brachte, endlich wieder zu bemerken, wenn ein Mann gut aussah, auch wenn sie überhaupt nicht flirten würde. Er war offensichtlich begeistert, strahlte: »Willkommen im Team.« Ja, natürlich sei dies ein Kaffeegespräch, wenn sie es denn so nenne, doch da seien gleich ein paar Fragen, die er gern mit ihr durchginge. Tizian blätterte in seinen Unterlagen, fasste zusammen: »Die Leiche von Tonja Utz lag auf Fribourger Boden. Die Detailarbeit wurde gleichfalls in Fribourg durch den kriminaltechnischen Spezialdienst erledigt. Da war zuallererst die Sache mit dem fehlenden Blut. Die Erde des Grabgrundes war zunächst vor Ort untersucht worden. Weil dort

nichts war, trug man sie einen halben Meter ab und brachte alles ins Labor. Die Sachlage blieb die gleiche: Es war wahrscheinlich, dass beim Sturz ins unüblich tiefe Loch der Rücken brach. Dadurch war sie gelähmt, auch die Arme konnte sie nicht bewegen. Also war sie wehrlos, wie ihr die Kehle durchgeschnitten wurde. Sie musste bei vollem Bewusstsein gewesen sein, musste ihren Mörder gesehen haben. Es wurden ganz geringe Blutspuren gefunden. Wo war das Blut dieser Frau geblieben? Es gab keinerlei Spuren von sexuellem Missbrauch. Sie war tot, als jemand ihr die Tasche auf das Gesicht legte. Dies lässt verschiedene Schlüsse zu. Warum wurde ihr Gesicht geschützt? Es war klar, dass die Leiche am kommenden Morgen entdeckt würde.«
Bisher ging die Polizei von einem männlichen Täter aus, den die Tote möglicherweise kannte, es konnten genauso gut zwei gewesen sein. Das Auto von Tonja Utz wurde, wie bekannt, bei den Containern gefunden. Ein Spürhund konnte ihre Spur direkt dorthin verfolgen, über die Mauer, die dort sehr niedrig war. Da das Auto an jenem Montag beim Schließen der Friedhoftore noch nicht dort stand, ist anzunehmen, dass sie in der Dunkelheit eintraf. Sie gingen davon aus, dass sie die Örtlichkeit kannte. In ihrem Auto gab es keinerlei Anzeichen für einen Beifahrer oder auf irgendwelche Gewalt. Auf dem Steuer waren nur ihre eigenen Fingerabdrücke. Der Beifahrersitz wurde seit Langem nicht benutzt, die Hintersitze schon gar nicht. Die Polizei suchte nach Bekannten, Kollegen und Freunden. Sie schien ihr Privatleben völlig abzuschotten.

Im Auto der Tonja Utz wurde ihr persönliches Notebook sichergestellt. Sie hatte es vor allem beruflich genutzt. Der Spezialdienst hat eine gelöschte E-Mail wiederhergestellt. Sie enthielt eine kryptische Aufforderung zu einem Treffen, Datum und Zeit ihres Todes, der Ort war B, der Absender a. Diese E-Mail stammte von einem Server in München, sonst nichts. Davon war auch nicht mehr zu erhoffen, man konnte sich von jedem Punkt der Welt überall einloggen.

Heute hätten sie landesweit einen Aufruf an die zuständigen Behörden herausgegeben, ob irgendwo ein ähnlicher Fall bekannt sei. Es ging um Grabschändung, Grablegung, verbluten lassen von Opfern, Leichenschändung, Friedhofsmord und Ritualmord. Blut musste mit im Spiel sein. Was assoziierte Pamela?

Pamela hatte einen Film gesehen, in dem das reine Blut eines heiligen Kindes die Voraussetzung zur Rettung war. Da hatte es das widerliche Bild einer Blutsuppe gegeben, es suggerierte Menschenblut. Eine Berührung damit hätte das Kind zerstört. Pamela konnte Blutwurst nie ausstehen, könnte auch heute keinen Bissen davon schlucken. Beim Darüber-Nachdenken geriet man in seltsame Bereiche. Mit dem Internet hatte man den Zugang zu jedem Wissen. Der Begriff Leichenschändung schien heute nicht mehr das Gleiche zu bedeuten wie noch vielleicht vor 20 Jahren. Leichen heute werden regelrecht ausgeweidet. Dies geschieht in Bestattungsunternehmen, Leichenhäusern, Spitälern, auf der Gerichtsmedizin.

Weidenhuber ergänzte lakonisch, als lese er einen

Bericht: »Es gibt nichts, aber auch gar nichts, das nicht verwertbar, also verkäuflich wäre, es geht zu wie in einem Schlachthaus, in der Metzgerei kannst du dich dann bedienen: Haut, Nägel, Haare, Knochen, Mark, und natürlich Muskelgewebe und alle Organe. Ein kleiner Teil davon gelangt als legale Organspende zu einem Empfänger. Der größte Teil wird in chemischen Betrieben und in der Rekonstruktionsmedizin verwendet, unter anderem in der Schönheitschirurgie und der Kosmetikindustrie.« Jetzt wurde er zynisch. »Auf dem Schwarzmarkt, unkontrolliert, ist ein weltumspannender Handel in Milliardenhöhe im Gang. Die Profite übersteigen mittlerweile die des Waffen- oder des Menschenhandels.«

Es war so abscheulich, Pamela zog ein angewidertes Gesicht.

Sofort hakte Tizian ein. »Wenn du dich heute von einer Leichenschändung abgestoßen fühlst, zeigt das, in welch einer abgeschotteten pseudoheilen Welt du lebst, bourgeois. Du kannst dich nicht auf die Insel einer Schlossbibliothek zurückziehen und nicht zumindest zur Kenntnis nehmen, in welch einer Zeit du lebst! Schaust du wenigstens hie und da einen Krimi? Was, du hast sogar aufgehört, die Nachrichten einzustellen, weil du dich nicht ärgern willst, weil täglich irgendetwas aufgebauscht wird, um die Menschen von irgendetwas anderem abzulenken, das sie wirklich stören könnte, weil das Gemisch mit den täglichen Toten unerträglich sei?«

Pamela schob den Unterkiefer leicht vor. Es ging um

Grundsätze, die auch vor Weidenhuber klar sein sollten. »Ich weigere mich, diesen vorgegebenen Mustern zu folgen, weil sie nicht das sind, was ich als mündige Bürgerin wissen will. Das Fernsehen und auch die Zeitungen sind heute das, was man früher der Religion vorwarf, ›Opium für das Volk‹, eine gigantische Realitätsverzerrung. Es geht doch darum, dass es zum Beispiel heute eine Industrie der Leichenverwertung gibt, deren Grundlage millionenfache Leichenschändung ist, und genau so etwas vergessen die Medien, mir mitzuteilen. Das ist ein Riesenbetrug an der Öffentlichkeit. Doch es geht mich inhaltlich etwas an. Ich habe in jedem einzelnen Fall Mühe damit, und ich will meine Gefühle nicht falsch nennen und nicht ändern, nur weil die Zahl enorm ist.«

Weidenhuber schaute aufmerksam, Tizian fiel leicht spöttisch ein. »Also sorry, Pamela, so kenne ich dich nicht. Du bist nie passiv gewesen. Das ist ein apathischer Zustand, eine Lähmungserscheinung, eine Verweigerungshaltung. Du hast dich in eine Opferrolle geflüchtet und benennst sie einfach anders, vielleicht passiver Widerstand? Es sind deine Eltern, ich will dir nicht zu nahe treten, sie haben dir beigebracht, dies sei etwas Positives!«

Pamela atmete durch, mit Tizian war sie immerhin einmal in gewisser Weise vertraut gewesen.

»Da siehst du, wie ein Beruf einen verändert, du gewöhnst dich an Leichen, wirst abgehärtet und merkst dann nicht mehr, wenn etwas daneben ist. Du gehörst doch auch zu unserer Generation, die ohne Schläge, physische wie psychische, groß werden durfte. Und wenn es dieser Wunsch wäre, eine Sensibilität, die in mir angelegt ist, zu leben, wenn ich davon ausgehe, dass gerade die Medien die Sinne wegklopfen, schlimmer als Schläge es je gekonnt hätten?«

War das jetzt Aufgeben, der totale Rückzug, von dem Tizian redete? Pamela raffte sich auf: »Nein, es ist nicht etwas schlimm, nur weil es Milliarden Profit bringt. Sind wir denn bei den Menschenfressern gelandet? Auf das kommt es doch heraus, wenn sich ein menschlicher Organismus Zellen eines anderen menschlichen Organismus einverleibt. War es nicht so, dass die Kühe Rinderwahnsinn entwickelten, als man sie mit Tiermehl fütterte? Es könnte doch sein, dass Medikamente, die als Nebenwirkung Selbstmord auslösen können, genau derartige Substanz enthielten? Ja, ich weiß, ich polemisiere um des Polemisierens willen, ich überzeichne, weil es so richtig widerlich ist, das Ganze. Doch es gehört zu meinem Rückzug aufs Land, der ist nicht nur Entschleunigung, vielleicht ist ein Ausbrechen die einzig angemessene Reaktion auf einen derartigen Wahnsinn.«

Emily. Da war ein Gedanke, den musste sie auf nachher verschieben. Der Endpunkt war, sie wollte gleich morgen Emily besuchen. Sie hatten nur SMS ausgetauscht, sie musste sie sehen.

Tizian hatte gewartet, bis sie geendet hatte, typisch Polizist. Er bewegte die flachgestreckten Hände auf und ab, als wollte er den Verkehr beruhigen. »Langsam,

langsam, entschleunigen wir ein bisschen.« Sie musste lachen. Auch Tizian lächelte befreit, meinte leicht spöttisch: »Eigentlich müsste ich besorgt sein um dich. Du könntest in diesem Schloss verschwinden ›und ward nicht mehr gesehen‹. Wer sagt dir, dass dein weißhaariger Schlossherr kein Blaubart ist, der in irgendwelchen Verließen wer weiß was mumifiziert? Doch was du sagst, macht Sinn, weil es um das Blut zu gehen scheint. Jemand hat diese Frau ausbluten lassen und das Blut weggebracht. Blut für industrielle Zwecke wird anders geholt. Wegen des exakten Rundschnitts kriege ich das Bild eines rituellen Tötungsschnitts nicht aus dem Kopf.« Weidenhuber stimmte trocken zu, meinte, man müsse eben beide Möglichkeiten verfolgen.

Jetzt kam Drossel herein, Weidenhuber befahl, Drossel hatte das Protokoll zu schreiben.

Tizian kam zu den Fakten. Er hatte zwei lange Gespräche gehabt mit Monique Utz, der Mutter der Toten. Sie war früh verwitwet, war nach der Schulzeit der Tochter vor zehn Jahren weggezogen, unterrichtete heute an einem Untergymnasium in Fribourg. Tonja Utz hatte die Schulen in Burg besucht, dann die Hotelfachschule in Lausanne. Dann hatte sie in einem Hotel in Leukerbad gearbeitet. Seit fünf Jahren lebte sie in Genf, war Chef de Réception im Hôtel Helvétique, einem mittelgroßen gediegenen Hotel. Also war sie gescheit und karriereorientiert gewesen, doch das haben wir schon.

Das Mutter-Tochter-Verhältnis war lose, kühl, beschränkte sich auf gemeinsames Essen gehen an den Feiertagen. Beide führten ihr eigenes Leben, schienen nichts dabei zu finden. Immerhin war Tonja seit zehn Jahren erwachsen. Sie sei schon früh selbstständig gewesen, ein Nestflüchter eben, sei gut zurechtgekommen. Ihre Ausbildung und ihr Beruf hätten sie interessiert. Kontakte zu früheren Schulkolleginnen oder -kollegen hier in der Region hatte es keine mehr gegeben.

Drossel hatte per Internet zu dieser seltsamen Schminke recherchiert. Zunächst gab es da wirklich Jugendgruppen, die sich Emos nannten, sich seltsam schminkten und kleideten. Das waren jedoch Jugendliche um die 15 und jünger. Tonja Utz wäre dafür eigentlich zu alt gewesen. Dann gab es Rockergangs, die schwarze Kleider trugen, meist Leder und Ketten. Sie trugen gruppenspezifische Tätowierungen, schminkten und frisierten sich entsprechend. Doch das passte nicht zum Arbeitsplatz und zur doch gepflegten Erscheinung der Toten. Auch war sie nur am Rücken mit einer kleinen Rosette oberhalb des Steißbeins tätowiert.

Es gab weitere Subkulturen, auch in Genf. Die Mitglieder bezeichneten sich selbst als negative Kämpfer, Kämpfer für das Böse. Da gehörten Voodoopraktiken und andere magische Rituale dazu. Weidenhuber guckte zweifelnd, ebenso skeptisch war Pamelas Reaktion. Tizian erläuterte: »Bezweckt wird eine Übergröße in der Gruppe wie als Individuum, Ziel ist meistens Reichtum und Macht. Irgendjemand wird auch reich dabei.«

Drossel ergänzte, er hat sich aus dem Internet informiert. Da waren viel Hohn und Spott zu heutigem Aberglauben, aber auch heftige kirchliche

Angriffe gegen derartiges neuheidnisches Sektierertum. Pamela war interessiert, das waren Welten, die sie nicht kannte.

Tizian führte weiter aus: »Wäre die Tote einfach jemand, die sich von Derartigem angezogen fühlte, hätten sich in ihrer Wohnung irgendwelche Spuren finden müssen. Literatur, Symbole, Bilder, Videos, irgendetwas. Da war aber nichts.« Er war mit der Genfer Polizei in die Wohnung gegangen. Sie wohnte gleich neben dem Hotel, in dem sie arbeitete, ganz oben in einem der alten Stadthäuser, eine schöne Wohnung mit Dachterrasse, das Stockwerk darunter war mit dem Lift zugänglich. Die Wohnung war modern, perfekte Zimmerverteilung, anonym in japanischem Stil eingerichtet. Der Tiefkühlschrank war gefüllt, frische Lebensmittel vorhanden, im Bad teure Kosmetika. Da war auch die weiße Grundierung, der dunkle Lippenstift, diverse Blautöne für die Augen, ein Set falscher Wimpern, violetter Nagellack. Nichts deutete auf eine geplante Abwesenheit hin.

Tizian zog ein Mäppchen aus seiner Aktentasche, der Genfer Polizeibericht. Er leierte die Angaben herunter: »Terminkalender beiliegend. Steuerunterlagen beiliegend, Korrespondenz- und Versicherungsordner beiliegend. In den Versicherungsunterlagen fanden sich hohe Ausgaben für Schönheitschirurgie: Kleinere kosmetische Gesichtskorrekturen (Nase, Augenlider, Wangenpartie, Ohren) sowie beidseitig ein Brustimplantat. Seltsamerweise fehlten persönliche Unterlagen wie Fotos, Briefe oder Ansichtskarten. Es war die saubere Wohnung einer jungen Frau, die ein geregeltes Leben führte. Der persönliche Laptop wurde am Arbeitsplatz eingezogen, beiliegend.«

Dann ergänzte er zu den auf dem Papier festgehaltenen Angaben: »Das Notebook haben wir ja im Auto sichergestellt.« Wieder las er in der Akte. »Eine Befragung am Arbeitsplatz zeigte Tonja Utz von ausgeglichenem Wesen, unpersönlich, keine emotionalen Bindungen, effizient. Die Tote wurde als eher kalt, unnahbar, streng erlebt. Sie hat einen ausgezeichneten Job geleistet. Sie hat sich nicht mit Klienten und nicht mit Chefs oder Kollegen eingelassen. Das Umfeld der Toten wurde befragt. Sie war geachtet, nicht geliebt. Die Kontakte waren nicht privat. Niemand hat sie je in dieser auffallenden Aufmachung gesehen.« Wieder fügte er hinzu: »Oder man hätte sie gesehen und nicht erkannt.«

Pamela staunte nicht schlecht. Tonja Utz war so alt wie sie gewesen. Sie kommentierte, überlegte. »Ihr Äußeres war ihr wichtig, und sie hat dafür viel Geld ausgegeben. Das Schönheitsideal ist auch durch die Großstadt und durch den Beruf bestimmt. Möglicherweise musste sie einfach perfekt sein. Das erklärt aber noch nicht die Schminke, das Outfit. Schönheitsoperationen deuten entweder auf Narzissmus oder auf einen Minderwertigkeitskomplex, eventuell auch auf einen Liebhaber hin.«

In einer Gesprächspause entschuldigte sich Pamela und telefonierte mit dem Spital. Für heute werde es zu spät für einen Besuch bei Emily. Sie meldete sich für morgen an.

Gut, es interessierte Pamela. Diese Frau war so alt wie sie, sah auf den ersten Blick aus wie sie. Es berührte sie unangenehm.

Sie war ja auch nicht zwingend weg, nur weil ihre Leiche tot in Lausanne in einem Gefrierfach lag. Als wäre da ein Lufthauch, ich warte auf dich, du gehörst mir. Als wäre ein kleines Stückchen von ihr herausgerissen, dort wäre jetzt ein Loch.

Etwas aus ihrem Leben, das sie meinte, zurücklassen zu können, holte sie ein, oder aber, im falschen Moment am falschen Ort zu sein. In Tonja Utz in einen Zerrspiegel zu schauen: Sie waren gleichaltrig, schlank, hatten eine große Ähnlichkeit, hatten vielleicht sogar eine etwas ähnliche Biografie. Immerhin waren beide Mütter Lehrerinnen am Untergymnasium, die gleiche Generation, eine ähnliche Haltung in der Erziehung. Waren nicht beide Mütter ihre knapp erwachsene Tochter mit 20 losgeworden? Hatten sie nicht nur auf diesen Zeitpunkt gewartet, hatten sich ihre eigene Freiheit zurückgeholt? Beide Töchter schienen disziplinierter zu sein als ihre Mütter, auch das eine Antwort, pünktlich und sehr ordentlich. Und sie beide wurden fast am gleichen Ort fast zur selben Zeit aus der Bahn geworfen. Was ist Tod anderes als das ultimative Verlassen seiner Bahn?

Sie sagte es zu Tizian: »Tonja könnte mein verzerrtes Spiegelbild sein, verwaschen, verkommen, außen fix und innen hohl, zuletzt selbst zerbrochen.« Was machte den Unterschied aus? Die Abgrenzungen waren nicht ganz so klar. Diese Tote war ein sie umkreisender Lichtpunkt, ein Funke, eine tanzende Sternschnuppe, als wäre sie real hier.

*

Sie kehrte zum Château zurück. Es regnete, sie brauchte Bewegung, frische Luft. Sie lief eine große Runde, verlief sich etwas, kam auf dem Rückweg zur oberen Friedhofsmauer. Sie hielt inne. Keinesfalls zog es sie zu diesem Ort. Der Rückweg war weit genug, von jetzt an konnte sie nicht mehr fehlgehen.

Pamela entdeckte die Katze, als sie sich umblickte, als hätte sie deren Blick gefühlt. Sie folgte ihr seit der oberen Friedhofsecke. Jetzt blieb sie stehen, schaute sie unverwandt an, eine vor Regenwasser triefende dunkle Katze. Die würde zurückkehren müssen, doch darum mochte sie sich jetzt nicht kümmern. Sie senkte den Kopf gegen die Windrichtung, gegen die hergewehten Regengüsse, band die Kapuze des Anoraks fester. Bei der nächsten Wegbiegung blickte sie sich doch um. Sie hatte gewusst, das Tier war näher gekommen, war jetzt etwa fünf Meter hinter ihr. Immerhin hatte sie jetzt mit ihr Schritt gehalten. Es mochte eine Rebbergkatze sein, die da im Regen herumstreunte. Wenn sie wollte, hätte sie irgendwo einen trockenen Unterschlupf. Nein, Pamela schaute sich nicht nach ihr um, lief schnaufend weiter bergauf, musste den Schritt verlangsamen. Jetzt hatte sie sie eingeholt, ging eng neben Pamela her, möglicherweise meinte sie, so nah bei einem Menschen werde sie weniger nass, möglicherweise war dies tatsächlich so, sie bewegte sich offensichtlich im Windschutz. Wieder blieb Pamela stehen, blickte hinunter. Die Katze schaute zu ihr hoch, helle, seltsam leuchtende Geisteraugen, die versuchten, in ihren Blick einzudringen, so kam es ihr vor. Als nähme diese Katze sie, Pamela, in Besitz. Zusammen legten sie die letzte Strecke des Wegs zurück. Dann schritt die Katze sorgfältig dicht hinter ihr über die nassen Bretter des Vorplatzes, stand eng aufgeschlossen da, wie Pamela an der Eingangstür den Code eintippte, drückte sich an ihr durch in die Eingangshalle.

Pamela redete mit ihr. »Warte.« Doch wie ein Schatten folgte sie ihr die Treppe hoch. Vor der Wohnungstür musste sie warten. Pamela kam mit einem ihrer Frotteetücher zurück. Sie rieb sie einigermaßen trocken, bestaunte den jetzt erscheinenden dichten, seidigen, silbergrauen Pelz, es war ein Kater, offensichtlich ein Rassekater. Das Fell schien lose über einem brandmageren Körper zu liegen. »Wenn du schon hier sein willst, mich stört es nicht, in diesem Turm fehlt eine Katze. Aber du musst dich etwas anpassen, also nicht tropfnass hereinkommen.« Sie würde sich nicht an diesen Kater hängen, sich nicht mit ihm befreunden. Er liefe weg, sobald der Regen nachließe. Sie musste Frau Fasel um Katzenfutter bitten. Vielleicht wusste diese, wem dieses Exemplar gehörte.

Am Abend saß Pamela in ihrem Zimmer am Tisch mit Blick auf den jetzt wieder verregneten Park, auf die trostlosen Platanen, die die Sicht von der Bibliothek in die Weite verstellten, fand alles grau, eklig, trist. Ausgerechnet Château de Silms in Coulins bei Burg. Doch dann skizzierte sie den ehemaligen Knotengarten, suchte ihn in den Gartenplänen unterzubringen. Die Knoten ließen sie nicht los. Ein Knotengarten ließ sich nicht mit Lilien kombinieren, Lilien brauchten sehr trockenen Boden, waren Sonnenpflanzen. Es war eine Spielerei. Dann zeichnete sie Knoten, minutiös, zunächst nach irischem Muster. Es war meditativ, wirkte klärend, beruhigend. Dann wurde sie mutiger, entwarf einen eigenen Knoten, der ins Labyrinthische ausuferte. Während des Zeichnens zog die Zeichnung sie aus der Zeit. Sie sah sich in einem Park umhergehen, er war labyrinthisch angelegt, du biegst um eine mannshohe Hecke und stehst vor der nächsten wie auf dem Friedhof von Coulins. Sie ging auf gekiesten Wegen, hatte den Überblick nicht und hatte ihn doch selbst nach ihrem ureigensten Muster angelegt. Dann schnitt sie mit einer Heckenschere die Hecken in die richtige Fasson, sie war sich sicher, dieses Schneiden folgte ihrem inneren Plan, sie musste nur vertrauen. Wegschneiden des Überflüssigen, sich konzentrieren auf das Wesentliche, dass dieses besser hervorkommt, nicht überwuchert wird. Willst du einen Garten erneuern, musst du mit Holzen beginnen. Einen einzigen Baum zurückzuschneiden kostet zweitausend Franken. Hier auf dem Schloss wurde seit Jahrzehnten nicht ausgeholzt, eine vermeintliche Pietät gegenüber dem Bestehenden. Die Freude am Materialzuwachs bei einem großen Baum, einer Platane. Was war die Idee, die sie motivierte, diese Arbeit zu tun?

3

Tizian hatte für Pamela das Treffen mit Monique Utz arrangiert. Pamela sei die Polizeipsychologin aus Zürich. Die Umstände würden Fragen aufwerfen. Es brauche das Gespür einer Frau. Sie werde die richtigen Fragen stellen.

Sie hatten die wichtigsten Punkte vorbesprochen: Konnte Frau Utz sich die Schminke erklären? Warum hatte Tonja jeden Kontakt zu früher abgebrochen? Wer könnte sie mit einer E-Mail nach Coulins gelockt haben? Was war mit ihr und Elmar Fasel? Wer waren ihre früheren Freunde, wer heute?

Pamela hatte sich entsprechend gekleidet, Jeans, dunkles Jackett über blauem Shirt, Umhängetasche, diskretes Make-up, die Haare mit einer Spange zusammengehalten. Sie betrat das moderne Mehrfamilienhaus, fuhr mit dem Lift in den dritten Stock. Frau Utz öffnete im roten Trainingsanzug. Ihr knochiges Gesicht war sorgfältig geschminkt, die blonden halblangen Haare hatte sie zurückgesteckt. Mit flachen Gymnastikschuhen war sie mehr als einen Kopf größer als Pamela, athletisch gebaut. Natürlich, sie war Sportlehrerin. Sie bat Pamela herein, verkündete mit sächsischem Akzent, sie mache gleich Tee. Im Wohnzimmer hingen an den Wänden Fotos, Gruppenfotos, Siegerfotos, Monique mit einem der früheren DDR-Sportminister, Monique mit einem bekannten Journalisten. Dominierend das Großfoto, Monique

Utz als athletische Speerwerferin. Da mochte sie etwa 20 gewesen sein. In der Mitte der gegenüberliegenden Wand stand eine Vitrine mit Innenbeleuchtung, darin Medaillen, Becher, Fotos in Rahmen. Das Schreibtischfoto zeigte ein Bild von ihr und ihrer vielleicht zwölfjährigen Tochter Tonja. Was fehlte, war ein Familienfoto mit Vater. Das Zimmer war tadellos aufgeräumt, die Fransen des Webteppichs schnurgerade ausgekämmt, Frau Utz hatte sie ja erwartet. Der Blick durch Gardinen ging ins goldene Blattwerk der Ahornbäume auf dem großen Innenhof.

Sie kam aus der Küche mit einem Tablett mit Tee und dünn bestrichenen, viergeteilten Brötchen. »Rahm oder Zucker?« Ja, sie war in ihrer Jugend mehrmals Meisterin, dann sogar Europameisterin gewesen, Monika Utz. Dann hatte sie die Ausbildung zur Sportlehrerin nachgeholt, heute unterrichtete sie ein Vollpensum am kantonalen Gymnasium. Nicht nur Mädchen, sie unterrichtete getrennt. Das Ziel war das gleiche, Begeisterung für Sport, Leistung aus dem Körper herausholen, Lust an der Bewegung. Sie strahlte, wie sie das sagte, schien den Zweck von Pamelas Besuch vergessen zu wollen.

Pamela holte sie in die Gegenwart. »Ihre Tochter ist vor einer Woche umgebracht worden. Sie haben darüber schon mit meinem Kollegen, Hauptkommissar Füssli, gesprochen. Ich bin hier, um dieses Gespräch zu vertiefen. Es geht um den oder die Mörder Ihrer Tochter.« Dann fügte sie bei, es drängte sich ihr auf. »Sie müssen nicht über sich oder Ihr Verhältnis zu Ihrer Tochter reden.« Frau Utz lächelte weiter, nicht verkrampft, nicht schmerzhaft oder irgendetwas, ein freundschaftliches Lehrerlächeln. Pamela war irritiert, warum zeigte sie keine Gefühle von Trauer zum Beispiel? Ihre Tochter war tot. Ganz ruhig meinte Frau Utz: »Ich habe diese Woche frei genommen, eine Stellvertretung hält meine Stunden. Ich erledige die Formalitäten mit dem Todesfall, räume die Wohnung in Genève und versuche, die Leiche vom gerichtsmedizinischen Institut möglichst bald freizukriegen. Genauso habe ich alles auch den Leuten von der Presse erklärt. Natürlich wird sie eingeäschert werden, ich werde sie verstreuen. Selbstverständlich ist das verboten, doch ich werde das niemandem mitteilen. Keinesfalls ein Grab. Ich denke gründlich darüber nach: Ob ich es anders hätte machen können, wann ich anders hätte handeln müssen, ob ich es hätte verhindern müssen.«

»Verhindern was?«

»Vielleicht, dass sie ihr eigenes Leben lebte. Doch das hat sie getan, seit sie 16 war. So habe ich es den Journalisten gesagt. Für mich war das normal, mein Erziehungsziel war, mit 16 sollte sie imstande sein, die Verantwortung für ihre Entscheidungen zu übernehmen.« Pamela nickte zustimmend. Sie fuhr fort: »Ich habe sie auf diese Eigenständigkeit hin erzogen. Ich war alleinerziehend, ich wollte es so. Es war für mich keine Frage, dass ich das konnte. Damals habe ich gedacht, man müsse die Jugendlichen ihre Erfahrungen selbst machen lassen. Je weniger man das Ausschlagen in eine Richtung kritisiert, desto leichter ist für sie der Rückweg. Sie hat damals ausgeschlagen, wie gesagt, das gehörte zur Pubertät.« Wieder zeigte Pamela ihre Zustimmung, sie fand das sogar gut. »Sie müssen wissen, damals hatte ich oft schlaflose Nächte, wenn sie mit ihren Kameraden unterwegs war. Sie war unglaublich gefährdet, und ich wusste es.« Jetzt stutzte Pamela. Frau Utz schaute vor sich hin. Nach einer langen Pause gab sie sich einen Ruck: »Wir haben vor 14 Jahren einen radikalen Strich ziehen müssen, wir beide gemeinsam, sie wollte das ebenfalls. Wir haben Coulins kurz vor ihrem Abitur verlassen. Ich bin nach Fribourg gezogen, sie hat in Lausanne die Prüfung für die Hotelfachschule gemacht. Als sie die Schule erfolgreich absolviert hatte und seither in ihrem Beruf glücklich und zufrieden schien, meinte ich, ich hätte meine Aufgabe, sie zu einem glücklichen Erwachsenen werden zu lassen, gut erfüllt. Jetzt ist sie tot, auf diesem Friedhof, in der Aufmachung von damals. Also habe ich mich all die Jahre getäuscht. Ich weiß nicht, ob ich Details wissen will. Ich weiß nicht, will ich wissen, hat sie ein Doppelleben geführt oder hat sie sich aus vielleicht nostalgischen Gründen wieder so zurechtgemacht. Es ist alles noch zu nah.« Frau Utz wirkte erschöpft.

Pamela konnte noch nicht gehen. »In ihrem Notebook war ein Treffen um die Zeit vermerkt, da sie getötet wurde. Getötet wurde sie in diesem frisch ausgehobenen Grab. Daneben ist das Grab eines ehemaligen Schulkollegen, Elmar Fasel. Ich sehe das so vor mir, wie im Nebel. Was gehört denn hier wie zusammen?«

»Ich war auf dem Friedhof, ich habe das mit diesen Gräbern gesehen, und es muss zusammengehören. Aber ich mag nicht darüber nachdenken.« Sie zündete sich eine Zigarette an. »Ich hoffe, es stört Sie nicht zu sehr.« Sie stand auf, öffnete das Fenster. Von draußen drang Verkehrslärm herein, der Tüllvorhang bewegte sich leicht.

»Wollen Sie denn nicht wissen, genau wissen, wer der Mörder Ihrer Tochter ist?«

Sie rauchte hastig, blies den Rauch hässlich durch die Nase. »Mord heißt immer, jemand bringt einen anderen gegen dessen Willen mit Gewalt um, nimmt sein Leben weg. Ich kann mir nicht vorstellen, dass sie sich nicht gewehrt hätte. Doch sie ist freiwillig auf diesen Friedhof gegangen. Ich will mir ihr Entsetzen im Augenblick, als jemand ihr den Hals aufschnitt, nicht denken. Jedes Tier, das den Schlächter sieht, schreit. Und das Sterben geht nicht zack und du bist weg. Da sind Sekunden des Bewusstseins, bis der Organismus aufhört, bis das Gehirn keinen Sauerstoff mehr hat, bis das Denken nicht mehr mit dem Bewusstsein zusammenhängt. Die Lebenswärme vergeht langsam. Diese Zeit ist bei einem gewaltsamen Tod ein Zerrissenwerden in Angst und vor allem auch Schmerz.« Sie wurde immer lauter. »Ich hasse Sie, dass Sie herkommen, dass Sie diese Gedanken in mein Bewusstsein bringen. Ich will nicht an Tonjas Tod denken!« Achtlos legte sie die Zigarette in den Aschenbecher, deckte die Hände vors Gesicht, grenzte sich gegen Pamela ab. Pamela wusste, nach Psychologenart müsste sie jetzt diese Einsamkeit mit einer leichten Berührung durchbrechen. Doch weil sie es dachte, wäre es ein Trick. Aus Anstand konnte sie so etwas nicht tun. Auch nicht um einer Ermittlung willen. Schon hatte sich Frau Utz wieder gefasst, drückte die Zigarette minutiös aus: »Ich habe es mir bisher erspart, daran zu denken. Ich kenne mich, ich hatte Angst vor meiner Wut, vor meinem Hass dem Mörder gegenüber. Wüsste ich, wer er ist, ich würde ihn jetzt und ohne zu zögern brutal totschlagen.«

Der Ausbruch war über Pamela weggefegt, sie versuchte zu atmen. Natürlich hätte sie darauf gefasst sein sollen, natürlich hatte sie ihn provoziert. Doch jetzt wollte sie, sie hätte geschwiegen, sie wäre überhaupt nicht hergekommen. Ihr fehlten die Worte, die irgendwie Sinn gemacht hätten. Also bat sie um eine Zigarette, rauchte jetzt ihrerseits schweigend. Blickte zum Fenster hinaus, ab und zu streifte ihr Blick diese Frau.

Unvermittelt sagte diese: »Wissen Sie übrigens, dass Sie meiner Tochter ähnlich sehen, zumindest auf den ersten Blick? Es hat nichts zu bedeuten, doch Sie müssen etwa im selben Alter sein.«

Pamela besann sich auf ihren Fragenzettel. »Falls Ihre Tochter Kontakt hatte zu damals …«

»Schon als Ihr Kollege den Friedhof nannte, wusste ich, dass es etwas mit diesen verkommenen Jugendlichen von damals zu tun hatte. Dann ausgerechnet das Grab dieses Fasel. Es muss zusammengehören. Bis auf Fasel habe ich sie alle von der Schule her gekannt. Es kann kein Zufall sein, dass Tonja ausgerechnet neben dem Grab eines dieser Jungen, des harmlosesten übrigens, getötet wurde. Ich wusste, dass Tonja mit dem jungen Krepp durch dick und dünn ging, nur meinte ich, es seien Diskos. Ich wusste, dass sie unter schlechtem Einfluss stand, ihre schulischen Leistungen gingen rapid zurück, sie konnte sich nur noch knapp in der Schule halten. Ich hätte mich aber wundern sollen, weil offensichtlich keine Drogen im Spiel waren. Als die kleine Behinderte schwanger war und die Sonnenwirtin Krach schlug, da war mir klar, dass Tonja mit dabei gewesen war. Sie wusste, dass Elmar Fasel den Kopf hinhalten sollte. Ich habe ihr verboten, sich weiter einzumischen. Es würde alles nur verschlimmern. Noch bevor irgendeine Anklage erhoben wurde, habe ich die Stelle gewechselt. Es fiel nicht weiter auf. Tonja wurde nie erwähnt. Sie sollte nach vorn schauen, ein unbelastetes Leben aufbauen, alles vergessen. Es gibt Untersuchungen, nach denen ein Vergessen biografisch die beste Variante ist. Ich vertraute auf diese Studie. All die Jahre hatte ich das Gefühl, sie habe ihr Leben gut gemeistert. Es sei alles bloß ein jugendlicher Ausrutscher gewesen. Tonja war aus demselben Holz wie ich. War ich nicht Spitzensportlerin gewesen!«

Pamela dachte: eine verrückte Geschichte. Sie fragte: »Krepp, hat das etwas zu tun mit Krepp Electronics, dem großen Industrieunternehmen?«

»Der junge Krepp war etwas älter. Er war ein höchst arroganter junger Kerl, der Sprössling der Krepp eben, zeigte jedem, dass für ihn andere Gesetze galten, dass auch die Lehrer vor seiner Familie duckten.« Und der andere? »Serge Mestril war der allergrößte Nichtsnutz, superklug, schlagfertig und auf eine fast einschüchternde

Art frech. Ich erinnere mich, dass mir seine Augen unheimlich waren. Er hätte gut sein können im Sport, doch er zog es vor, demonstrativ nicht mitzumachen. Er zockelte, anstatt zu laufen, und schlenkerte dabei mit den Armen, dass alle lachten. Oder er sprang beim Hochsprung ungeschickt von unten her in die Latte, so etwas wurde von den anderen fast schon erwartet, auch von mir. Als Lehrer war es unmöglich, ihm irgendwelche böse Absicht nachzuweisen, das wusste er. Einzig bei den Ballspielen zeigte er vollen Einsatz, sodass meistens seine Gruppe siegte. Er war ein Führertyp, wurde bewundert. Ich denke, dieser Schnösel von Krepp war Tonjas erste Liebe, sie hätte alles getan, was er von ihr wollte. Ich war damals froh, dass nicht sie es war, die schwanger wurde. Da war sie zu klug gewesen dazu, vielleicht hatte sie auch bloß Glück gehabt. Sehen Sie, ich war Spitzensportlerin. Das schult den Willen und die Realitätsnähe. Man konzentriert sich auf die positiven Resultate. So muss man im Leben nur die Erfolge zusammenzählen, alles andere lähmt, zieht hinunter. Man muss es nicht wegdenken, sondern nur das sehen, was anders zusammengehört. Also habe ich nie zurückgeschaut. Wer auf eine Gefahr starrt, holt sie in die Gegenwart. Ich hatte gemeint, Tonja tue das ebenso, instinktiv, aus jugendlicher Lebenskraft. Doch sie ist zurückgegangen.«

Pamela hatte zugehört, jetzt kam auch sie wieder in die Gegenwart. »Wer war die Sonnenwirtin?«

»Sie hieß Delmont. Sie hat die Sonne geführt, eine getäfelte Wirtschaft, fast eine Spelunke. Das Mädchen war oft bei ihr gewesen. Die Sonnenwirtin hat Krach geschlagen, als dieses Mädchen schwanger war, es hatte das Down-Syndrom. Sie stand hinter der Anzeige.«

»Wie kamen denn Sie zu der Information, wenn Sie schon weg waren?«

»Ich wusste es vorher. Ich war damals befreundet mit einem Richter. Man geht ja nicht nur ins Bett, wenn man mit jemandem befreundet ist, man redet auch miteinander. Er erzählte von diesem schwangeren Mädchen, dass die Ermittlungen auf eine Gruppe Jugendlicher geführt hätten und wie groß der Ärger und der Wirbel werde, dass der junge Krepp und der Junge der Köchin in der Sonne offensichtlich daran beteiligt seien. Das war Schicksal. Es hätte ein anderer Richter sein können, dann hätte ich nichts gewusst. Nein, ich habe meinem Freund den wirklichen Grund meines Stellenwechsels nie genannt. Ich wollte auch nicht, dass er der Richter wäre, falls Tonja in diese Geschichte hineingezogen würde. Er meinte, wir hätten Tonja wegen ihrer schlechten Schulleistungen so kurz vor dem Abitur von der Schule genommen. Unsere Beziehung hat die größere Entfernung nicht überlebt. Vielleicht hat er Tonjas Namen ja doch mitgekriegt. Vielleicht war das der Grund. Ich habe mir verboten, darüber nachzudenken.«

»Bitte, wie hieß dieser Richter?«

»Sein Name war Tobias Maigold, ich habe ihn geliebt, von ganzem Herzen, er war etwas älter als ich. Aber mehr kann ich Ihnen nicht sagen. Ich werde von jetzt an auch wieder nur in der Gegenwart leben. Das hat man in dem Land gelernt, in dem ich aufgewachsen bin. Unter seltsamen Verhältnissen ein einigermaßen gutes Leben aufzubauen. Ich will nicht mit dem Etikett der Mutter einer Ermordeten leben.« Sie machte ein angewidertes Gesicht, dann überlegte sie wieder, als wäre Pamela gar nicht mehr da. »Wenn dann alles vorbei ist, in zwei, drei Monaten, werde ich mir die Stelleninserate anschauen. Es gäbe auch die Variante einer Frühpensionierung. Die meisten Sportler haben irreparable Schäden. Vielleicht wechsle ich in den Wellness-Journalismus.«

Es gab nichts mehr zu bereden, Pamela verabschiedete sich sehr formell. Auf der Treppe schüttelte sie sich. Das war hart, kein Stein, keine Grabpflege, keine Blumen, keine Erinnerung. Man hätte sie dort begraben können, wo sie gestorben war, neben Elmar Fasel. Doch war es nicht immer schon so gewesen? Am liebsten hätte sie ausgespuckt, hier im Treppenhaus. Sie verzog spöttisch den linken Mundwinkel. Die Menschen verfuhren mit ihren Toten einfach so, wie es ihnen selbst am besten in den Kram passte, drehten es jeweils so, als geschehe es nach dem Willen der Verstorbenen. Sogar wenn dem Toten ein Ziegel auf den Kopf fiele, nennten sie es seinen Willen, sein Karma, und dass er es so gewünscht hätte, und im Umkehrschluss, es hätte sonst nicht geschehen können. Sie verließ das Haus unbemerkt. Da war niemand, der sie mit den Ermittlungen in Verbindung gebracht hätte.

*

Pamela hatte ihren Peugeot wieder. Sie hatte sich bei Hubert gemeldet, sie sei in Bern, wolle rasch bei Emily hereinschauen. Hubert tönte knapp, Pamela dachte, er habe geweint oder getrunken. Emily sei überraschend operiert worden, ein zusätzlicher Tumor auf der Leber. Es gehe schlecht, sie leide an großen Schmerzen. Sie hätten geschnitten, was immer möglich war. Es sei unerwartet eine große Operation gewesen. Sie hätten gesagt, bei Krebs gebe es immer wieder derartige Überraschungen, das könne sich innert Tagen entwickeln. Emily werde jetzt eine neuartige intensive Chemie verabreicht. Was bleibe ihm anderes übrig, als den Angaben des zuständigen Arztes zu vertrauen. Wenn sie nur nicht so leiden müsste. Jetzt schluchzte er ins Telefon. Der Heilungserfolg liege bei unter 30 Prozent, doch er habe eingewilligt, habe auch das Wissen um mögliche Nebenwirkungen, unheilbare Folgeschäden, unterschrieben. Jetzt wisse er nicht, wozu das gut sein sollte. Dann fasste er sich etwas. Sie solle bitte hereinschauen. So sehe Emily, dass sie nicht vergessen sei, das sei auf jeden Fall gut. »Sag ihr, du glaubst an die Heilung, du habest schon von derartigen Heilungen gehört. Sie habe die Kraft, gesund zu werden. Ich kann es nicht sagen.«

Der Besuch bei Emily war kurz und schrecklich. Der Tropf war eben erst neu eingestellt, Pamela konnte beobachten, wie eine gelbliche Flüssigkeit von der Aufhängevorrichtung durch das dicke Schläuchlein in die Kanüle des Arms glitt. Emily wurde schlagartig schlecht, andauernd wollte sie sich übergeben und konnte es nicht, sie würgte, rang nach Luft, krümmte sich zusammen. Pamela drückte die Klingel, half Emily, sich aufzurichten, ohne diese Kanüle zu gefährden, sich halb vorzubeugen, hielt den magersten Menschen aller Zeiten im Arm, verbot sich jede Träne, es war das Selbstverständlichste in der Welt, dass sich ein Mensch fast zu Tode krampfte. Endlich stand eine Schwester da. Pamela sagte leise und so weich sie vermochte: »Ich denke, sie braucht ein krampflösendes Mittel, rufen Sie den Arzt.« Sie streichelte den mageren Rücken, sagte beruhigende Worte zu diesem Menschenbündel, das sich mit verzerrtem Gesicht wand. Pamela biss sich auf die Lippe, Emilys Gesicht war so wächsern, fremd. Sie litt. Pamela flüsterte: »Komm, das Schlimmste ist jetzt gleich vorbei, das ist nur eine Auswirkung.« Sie dachte, wovon auch immer, und starrte auf den Tropf. Wie konnte man einem Menschen so etwas antun? Schon waren zwei Ärzte da und Schwestern, schon wurde sie hinausgeschickt, Emily merkte es nicht einmal mehr. Benommen lehnte sie sich im Korridor an die Wand. Sie konnte nicht weinen.

Sie wartete, fühlte sich zerrissen. Sie fühlte Emilys Schmerzen, jede Zelle tat weh, jede Zelle lehnte sich auf gegen die Vernichtung, jede Faser schien schreiend zu zucken, wurde zerquetscht. Nein, sie wollte sich nicht abgrenzen, zurückziehen, wie auch immer. Als könnte sie Emilys Schmerzen teilen.

Nach langen zehn Minuten kamen sie wieder heraus. Sie schlafe jetzt, die Mittel müssten verabreicht werden.

Sie hätte zusätzlich Morphium erhalten. Pamela könne sich noch kurz verabschieden, es sei alles in Ordnung. In einer derartigen Situation vergeht einem das Zweifeln. Pamela war einfach dankbar, Emily entspannt daliegen zu sehen. Sie würde alles hinnehmen, was die Ärzte für gut befanden, es blieb einem keine Wahl. Jetzt fühlte sie nachträglich Emilys Brechschmerz. War Emily nicht schon zu geschwächt, um so etwas zu überstehen? Was war denn schlimmer, an der Krankheit zu sterben oder an einer derartigen Tortur? Tortur hieß Folter, hieß von Menschen wissentlich zugefügte Schmerzen. Wozu? Wo war Gott, wenn Menschen litten? So stellte sie sich den schlimmsten Todeskampf nicht vor. Warum nur wurde Emilys Körper so rasch zerstört? Ob so ein Zerfallsprozess umkehrbar war? Sie streichelte Emilys jetzt ganz kaltes Handgelenk, hörte auf das Rasseln des Atems, starrte auf die Nasenkanüle.

Vor der Tür wischte sie die Tränen weg. Nicht weinen. Mit tränenblinden Augen betrat sie den Lift, drückte einen Knopf, verließ die Kabine. Sie wollte ungestört die Fassung wiedergewinnen. Sie ging zu einer Sitzgruppe, setzte sich mit dem Gesicht gegen die Wand, weinte, hörte wieder auf. Da saß sie direkt vor einem großen Computerbild, eines dieser bekannten, die von der Struktur her aussehen wie thailändische Tapeten, fein ziselierte geometrische Muster in unendlichem Rapport. Sie verlor den Blick darin, meinte, die Fläche sich in einen Raum aus Papiergebilden öffnen zu sehen, doch was sie sah, war ihr eigener aus unerfindlichen Gründen riesengroßer Kopf, so deutlich, dass sie aufstand, um ganz nahe heranzugehen. Eine Glasspiegelung, ein Computerkunstwerk in Pastellfarben. Ihr Kopf hatte täuschend echt ausgesehen, wobei das Echte ein Abbild war, ein künstlerisches Bild natürlich, ganz ähnlich diesem berühmten Bild Marilyn Monroes. Sie hatte etwas gesehen, das nicht da war, ihre Augen oder die Sehnerven hatten es gesehen. Es war ihr Kopf und ganz deutlich der Totenschädel darin. Also musste ein Trick in dieser Technik liegen, nie sähe sie sich in Pop Art. Die Tränen waren weg. Sie konnte gehen.

Im Lift war der Verstand auch wieder da. Das war keine Halluzination gewesen, keine Überreizung der Nerven, irgendwo war ein eingebauter Mikrokamerakopf, der das vor ihm Stehende aufnahm und raffiniert spiegelte. Heute war so vieles möglich. Und wenn sie es sich ausdenken konnte, konnte es schon Realität sein.

Pamela fuhr unkonzentriert nach Hause. Um nicht an Emily zu denken, dachte sie an Monique Utz, Tobias Maigold, Elmar Fasel, Edith Fasel, Irma Maigold. Jetzt neu ein behindertes Mädchen, das ein Kind erwartet hatte. Schon wieder eine Mutter, die ihr Kind verloren hatte und versuchte, damit fertigzuwerden. Schon wieder ein Kind, das gestorben war. Es war alles so grässlich. Sie wollte diese Geschichte nicht wissen, nicht jetzt in diesem Augenblick ihres Lebens. Sie hatte das Gefühl, einen wasserfesten Regenmantel ganz eng um sich zu ziehen, um unempfindlich zu sein. Sie war nicht mehr die, von der Tizian Füssli gesprochen hatte, nicht neugierig auf anderer Leute Leben, vor allem nicht auf eine so große Dunkelheit.

Umschalten, sich auf Positives konzentrieren: Heute mit den Autobahnen und den schnellen Autos flitzt jeder rasch irgendwo hin. Dadurch sind auch viel mehr Menschen bewegliche Punkte, einmal hier und schon dort. Deine Freunde müssen nicht mehr im Umkreis einer halben Stunde wohnen. Deine Nachbarn müssen weder Freunde noch Feinde sein. Gibt es etwas Schöneres, als mit dem Auto von einem Punkt A zu einem Punkt B zu fahren. Pamela liebte es, im Verkehr zu fahren. Die Autos um sie herum waren alle von irgendwoher nach irgendwohin unterwegs, Menschen, die zu Menschen gehörten, für die kein Verkehr, keine Fahrt zu viel war, um zu genau diesen Menschen zu gelangen, und wieder zurück.

Vor ihrer Tür schmiegte sich die Katze ohne Namen an ihr Hosenbein, strich um sie herum. Sie bückte sich, begann zu streicheln, katzenhaft reckte und streckte und schmiegte sich dieses plüschige Tier, brachte Wärme in ihre Hand. Wie mager es sich anfühlte.

*

Wieder aß sie mit ihm. Sie verbot sich, an die Gipsköpfe im Keller zu denken. Allmählich entspannte sie sich bei seiner leichten, kunstvollen Art, beim Essen zu reden. Er zog sie in eine kulturgeschichtliche Betrachtung des Essens in seiner den Menschen in seinen Empfindungen erziehenden und sensibilisierenden Funktion. Er redete von der Sinnlichkeit des Essens, dem sittenverfeinernden Genuss. Der Sinnesgenuss des Essens als Freude am eigenen Körper, an der Wirklichkeit dieser Welt, die sich dem Menschen durch das Essen aufzwingt. Ein kurzer Exkurs über den Unsinn der Ernährung durch Tabletten oder Anrührpulver mit irgendwelchen E-Nummern, durch strukturierte Klopse oder übersüßte Scheinpuddings oder neuerdings durch Pseudo-Holzofenpizzen mit Wer-Weiß-Was darauf. Das Raffinierte der Kochkunst liege darin, den notwendigen Erhalt des Körpers zum Genuss zu überhöhen.

Unsäglich zärtlich lag dieser erste Bissen des Schokoladensoufflés auf der Zunge, schmiegte sich an Pamelas Gaumen, weckte das süßeste der Gefühle!

Genau so mussten Süchte entstehen. Wobei dies geradeso gut eine am Stock über dem Feuer gebrutzelte Cervelatwurst oder der erste Hamburger auslösen konnte. Möglicherweise ginge es aber doch um eine Verfeinerung der Sinne als Voraussetzung zur Verfeinerung des Bewusstseins, oder wäre dieses eine Folge davon? Und wenn es so wäre, dass verfeinerte Nerven empfindlicher reagierten auf Lebensumstände, verletzlicher wären, schmerzempfindlicher? Hieß höhere Schmerzempfindlichkeit nicht, stärkeres Leiden, Leiden, das über die menschlich übliche Möglichkeit, mit Schmerzen zurechtzukommen, hinausginge? Wäre da nicht besser auf höhere Sensibilität zu verzichten? Zehn Minuten, sie war körperlich höchstens zehn Minuten mit dabei, und jetzt zweifelte sie am Sinn des menschlichen Lebens.

Worin läge der Unterschied zwischen einem tränenfeuchten Clownsgesicht eines Trivialmalers oder eben einer jetzt in einem Kastenfuß verstauten Delfter Porzellanfigur? War nicht wahrscheinlich, dass sich das von beiden ausgelöste Glücksgefühl nicht unterscheiden ließe? Was war es, wenn sie, diese Figur zart in den Händen haltend, sich mit und im Künstler fühlte, aus der Zeit, aus dem vertrauten Raum gehoben?

Doch so einfach war es nicht. Bei der Musik ließ es sich vermessen in Bovis-Einheiten. Da ließ sich eine exakte Schwingung feststellen. Die Musik eines Bach, eines Mozart schwang weitaus höher als die von Strauss oder ein Blasmusikstück, und es ergab sich ein Absturz zum Beispiel zur Popmusik, die den Menschen eher gegen Lärm abstumpfte.

Räume schwangen, mikrokosmisch und makrokosmisch. Auch das ließ sich messen. Was schwang hier in diesem Raum um sie und zwischen ihnen, wenn sie so redeten?

An diesem Abend telefonierte sie auch wieder mit Anchorage. Alice hatte Luzius im Hintergrund. Beide rieten ihr dringend davon ab, für einen Polizeikommissar, und sei er ein noch so netter Kollege gewesen oder noch immer, Psychologin zu spielen.

»Du hast Werbepsychologie gelernt, erinnere dich. Du hast zur Polizeipsychologin weder die richtige Ausbildung noch irgendwelche Praxiserfahrung, du weißt nicht, wie ein Psychologe mit Menschen umgeht, die ausrasten können, und du weißt nicht, auf was du dich einlässt. Dazu braucht ein Anfänger Supervision, Unterstützung. Es ist doch möglich, dass du da über einen wirklich sehr gestörten Mörder stolperst, er könnte es dir übel nehmen. Sag das deinem Füssli. Es ist eine Schnapsidee, dich da hineinzuziehen. Du brauchst keine Beschäftigungstherapie, sag ihm das, du hast eine Arbeit, die dir gefällt. Du hast dich dafür entschieden. Bleib dabei.«

Pamela versuchte zu erklären: »Erstens, jene, welche die Supervision erfanden, hatten selbst keinen Supervisor. Die gingen auf Risiko. Zweitens, es ist etwas dabei, das so seltsam ist«, nervös fuhr sie mit der Zunge zwischen den Zähnen durch, »die Ermordete hatte eine gewisse Ähnlichkeit mit mir. Also bin ich schon involviert. Sie war gleich alt, wenn man so will, wir haben sogar ähnliche Lebensrhythmen. Nur dass sie ihren Weg auf den Friedhof gegangen ist. Es ist, als dränge sie, ich solle mich darum kümmern.«

Jetzt war Luzius alarmiert. »Du sprichst doch nicht etwa mit einer Toten! Hast du Einbildungen? Hörst du gar Stimmen? Pamela, hör auf damit, das geht zu weit! Bei Mordfällen gibt es immer wieder Wahnvorstellungen, Menschen, die sich von den Ermordeten verfolgt oder gar besetzt fühlen.«

Das gefiel Pamela nun nicht besonders. Es war unheimlich. Das Gefühl ließ sie seit dem Gespräch mit Monique Utz nicht los, sie wollte die Erinnerung an ihre Tochter auslöschen. Es hatte sie aufgewühlt. Dazu kam der Besuch bei Emily, er war schlimmer gewesen. Sie erzählte kurz von Emilys entsetzlichen Schmerzen.

Die Eltern fühlten mit, fanden es tragisch. Auch sie kannten Menschen, die dermaßen gelitten hatten, doch das machte es für Emily nicht besser.

Natürlich träumte Pamela in dieser Nacht: Sie irrte auf dem Friedhof umher, kam an der oberen Mauer zu einem Beinhaus, einem Kapellenraum voller Totenschädel. Sie hörte Stimmen, konnte sie nicht verstehen. Da war rotes Grauen, so hatte sie sich als Kind die Hölle gedacht, nun meinte sie, dort zu sein. Vielleicht war sie tot. Da war sie in der Kapelle vor dem Bild der Madonna, sie sah aus wie Tonja Utz, trug ein rotgoldenes Kleid. Pamela starrte und hoffte, unsichtbar zu sein.

Sie erwachte. Fühlte warm und seidenweich neben sich eine Katze. Im Mondlicht sah sie den runden Kopf, die spitzen Ohren. Wie war sie hereingekommen? Erleichtert strich sie über das Fell des Katers, lauschte auf das einsetzende Schnurren. Solange er neben ihr schnurrte, konnte ihr nichts geschehen. Doch wenn er sich schon ihr Bett als Lager ausgesucht hatte, musste er auch einen Namen haben. Sie dachte im Halbschlaf darüber nach. Also gut, Merlin. Sein Schnurren tönte wie Merlin, ein silbriger Zauberer. Ganz leicht strich sie mit den Fingern über seinen Bauch, er mochte es. Sie zwang sich, den Namen halblaut zu sagen, sie wollte ihn am Morgen noch wissen. Sie roch seinen Katergeruch, dachte, das stärkt das Immunsystem, das war doch praktisch.

*

Am nächsten Vormittag telefonierte sie mit Tizian. Sie sagte es gleich zu Beginn, sie war dem Ganzen nicht gewachsen. Sie hatte vor Jahren Werbepsychologie studiert, was überhaupt nicht für irgendwelche Ermittlungsgespräche taugte. Mit ihrem Besuch bei Frau Utz hatte sie ihm einen Gefallen getan. Es war möglich, dass die Frau durch ihre Ähnlichkeit zum Reden gekommen war. Aber damit hatte es sich. Und sie gab Tizian die Namen: Es war eine Vierergruppe von Jugendlichen. Der Anführer schien der junge Krepp zu sein von Krepp Electronics. Eigentlich war es ein Führungstrio mit Tonja Utz und einem weiteren Schulkollegen, Serge Mestril. Diesen schien Monique Utz zu hassen. Den Krepp verachtete sie schlichtweg. Elmar Fasel gehörte dazu. Er war eindeutig schwächer. Ihn hatten seine Kumpels anscheinend mit einem schwangeren behinderten Mädchen sitzen lassen. Die Sache war aufgeflogen durch die Anzeige der damaligen Sonnenwirtin. Sie hatte sich zeitweise um diese Behinderte gekümmert. Edith Fasel, Elmar Fasels Mutter, war zu dieser Zeit Köchin in der Sonne gewesen.

Interessant war, Monique Utz hatte damals ein intimes Verhältnis mit dem zuständigen Richter gehabt. Dieser hieß Tobias Maigold. Durch ihn hatte sie vor einer Anklageerhebung von der Geschichte gehört, wobei er nicht zu wissen schien, dass ihre Tochter beteiligt war. Sie hatte ihre Stelle aufgegeben und war nach Fribourg gezogen, hatte Tonja aus der Schule genommen und sie in die Hotelfachschule in Lausanne gesteckt. Ihre Beziehung mit dem Richter war vorbei, sie hatte nicht zurückgeschaut.

Mutter und Tochter schienen seit damals konventionell korrekt zueinander gestanden zu sein. Doch wegen dieser Schminke meinte Frau Utz, die Vergangenheit habe ihre Tochter entweder nie losgelassen oder aber irgendwann eingeholt.

Tizian war sehr zufrieden, schnurrte beinahe. »Du hast das wirklich gut gemacht. Das hat sie mir nicht erzählt, und sie hätte es wohl auch nie. Wenn ich als Polizeikommissar komme, ist das sofort bedrohlich, und es stimmt, da sind Aktennotizen und Protokolle, auch mein Vorgehen erfolgt nach Vorschrift. Frauen reden eben anders mit Frauen. Du brauchst keine Extraausbildung, das haut doch völlig hin! Du könntest eben in einer gewissen Grauzone handeln, viel privater, viel unbefangener. Du wärest auch niemandem Rechenschaft schuldig.«

Pamela lachte. »Und das sagst du einfach so am Telefon. Ist das noch nicht bis zur Polizei durchgedrungen, dass jedes Telefon Ohren hat? Irgendwo wird es aufgezeichnet. Wie kannst du so etwas sagen, es bricht dir vielleicht in zwei Jahren das Genick!« Sie hatte das spöttisch gemeint, erschrak über das Schweigen auf der anderen Seite. Bingo. Oder machte er jetzt gleich eine Aktennotiz, die beweisen würde, dass er dies alles bloß gesagt hatte, um sie zur Mitarbeit zu bewegen? Nein, mit derartigen Ebenen wollte sie ihre Lebenszeit nicht vergeuden. Das hatte sie heute Morgen ihrem neuen

Freund Merlin nach dem Duschen mitgeteilt, wie er sie mit blauen Augen anstarrte. Es war nett, mit ihm eine gemeinsame Lebenszeit zu verbringen.

Des langen Telefonats kurzer Sinn war, sie mussten sich treffen, freundschaftlich. Nun gut, sie kannte hier kaum jemanden. Sie war nicht verpflichtet, im Château zu essen, sie fühlte sich dort auch nicht ganz wohl bei so wohlgesitteten Gesprächen, eine Pizza am Abend wäre wunderbar.

Dann telefonierte sie kurz mit Hubert. Emily war geschwächt, doch sie lebte, sie hatte Schmerzen, sie erhielt alle paar Stunden Morphium, man konnte nichts weiter tun als hoffen.

Pamela arbeitete zügig, es ging langsam, doch jedes Buch, das aufgenommen war, war immerhin ein Schritt Richtung Ende, mochte das auch noch so weit entfernt sein.

Die Pizza war gut, Tizian fröhlich und charmant. »Schau, ich habe eine Liste zusammengestellt. Sie sieht nicht schlecht aus. Tonja Utz wurde hier in Coulins ermordet in einer Aufmachung, die auf ein Umfeld 14 Jahre zurück zeigt. Monique Utz verweist auf einen aktenkundigen Fall.

Dubi hat weiter in den Polizeiakten gegrübelt. Zu Elmar Fasel gibt es eine zweite Akte, jene zu seinem spektakulären Selbstmord. Vor sieben Jahren hat er sich nachts am Eingang der alten Kirche am Tympanon über dem Portal aufgehängt, genau genommen am Fuß der Magdalena. Man hat sein Vorgehen rekonstruiert: mit einer Leiter hochgestiegen, aufgeknüpft, die Leiter umgestoßen. Er hatte einen Abschiedsbrief hinterlassen, in dem er von wiederholten Hörattacken schrieb. ›Immer Mariechens Lied. Ich halte es nicht länger aus, es ruft mich.‹ Seine Eltern hatten damals darauf beharrt, er hätte sich von jemandem, der Mundharmonika spiele, verfolgt gefühlt. Der Arzt hatte es bestätigt. Da niemand anders je diese Musik hörte, hatte er es als durch Schuldgefühle ausgelöste auditive Wahnvorstellung diagnostiziert und Beruhigungsmittel verschrieben. Weder Elmar Fasel noch seine Eltern hatten wieder davon geredet.

Von der sieben Jahre vorher gelöschten Akte Elmar Fasel hatten sie schon gesprochen. Jene mit der Anzeige der damaligen Sonnenwirtin, Regula Delmont, zum vermuteten Missbrauch einer geistig behinderten 15-Jährigen, Marie Güdel, Down-Syndrom. Das Mädchen war schwanger.

Dazu gab es die Akte Marie Güdel, genannt Mariechen. Die alleinstehende Mutter arbeitete als Packerin in der Werkzeugfabrik. Das Kind wohnte bei seiner Mutter im Hinterhaus der Sonne und war in einer Tagesstätte für Behinderte untergebracht. Dort hatte man die Schwangerschaft noch nicht bemerkt. Es folgte die Notiz zur erfolgten Bevormundung, der amtlich angeordneten Abtreibung im fünften Monat und der amtlichen Einweisung in die geschlossene Anstalt für geistig behinderte Erwachsene. Anordnender Richter war Tobias Maigold.

Die Wirtin verdächtigte eine Gruppe Jugendlicher, die das Kind in ihrem Schlepptau geduldet hätten. Der eine der Jungen war der Sohn der Köchin in der Sonne, Elmar Fasel. Man ging davon aus, dass dieser Zusammenhang stimmte.«

Tizian hatte dies alles sehr schnell zusammengefasst, jetzt war er voll bei der Sache: Der Name Tonja Utz tauchte nirgends in der Akte auf. Beim jungen Krepp handelte es sich um Arno Krepp, heute 35, alleinstehend, Import-Export. Tizian hatte sich umgehört. »Der junge Krepp ist Großverdiener, zudem ein Pferdenarr und erfolgreicher Turnierreiter. Da gehe er in den Fußstapfen seines Vaters, Hugo Krepp, Inhaber und CEO der Krepp Electronics. Dieser ist ein bekannter Funktionär im Schweizer Pferdesport. Der Dritte war Serge Mestril. Ich habe es nach unserem Telefonat überprüft. Stell dir vor, es ist der Mestril, der totale Überflieger der Kunstszene, er ist international berühmt, seine Bilder erzielen Höchstpreise.« Als Pamela fragend guckte, erklärte Tizian begeistert: »Du musst seine Bilder kennen, diese scheinbaren Tüpfelchen, wie schlechte Drucke, du kennst sie, die, wenn man draufsieht, andere Bilder hervorzappen, aber raffinierter als PC-Kunst.«

Klar. Das Bild von gestern. Jetzt erst reagierte Pamela. Keine Ahnung hatte sie gehabt, dass das ein Schweizer war. Hätte man sie gefragt, hätte sie ihn nach New York oder Los Angeles lokalisiert, alle diese Kunst kam doch von dort, seit Jahrzehnten. »Hier soll der aufgewachsen sein?«

»Nicht nur aufgewachsen. Er hat hier ein Haus, in

der Gemeinde Belegg, in der Naturschutzzone am See gelegen, ein ehemaliges Fischerhaus. Er lebt dort mit Frau und Kind. Das heißt, die Familie lebt dort. Er ist viel in der ganzen Welt unterwegs. Das muss er, sonst wäre er nicht so berühmt in seinem Alter.«

Pamela lachte. »Da hat es einen erwischt, du schwärmst ja von diesem Mestril.«

»Er ist außergewöhnlich, nicht nur, was seinen Ruhm betrifft. Seine Bilder durchbrechen den Raum, sie sind künstlerisch und doch mit der heutigen Technik verbunden, sie haben etwas Witziges, und weil sie die Wahrnehmung verändern, etwas Bedrohliches. Ja, ich bin Fan, er ist genial, weit über alle anderen hinaus.«

»Da sind wir ja glücklich bei einem ganz normalen Pizzagespräch über Kunst. Du begeisterst dich wie früher.«

»Es ist nicht oft, dass ich nicht mit Verbrechern und Leichen beschäftigt bin, das geht an die Substanz. Kunst ist ein Fenster in eine andere Landschaft. Aber du, du sitzt da in einer verstaubten Bibliothek. Würde es dich nicht reizen, mich in dieses Fischerhaus zu begleiten? Du hast vielleicht in deinem Leben nie mehr die Gelegenheit, einem Künstler dieses Kalibers einfach so ins Haus zu spazieren, ihm die Hand zu geben. So einer ist doch ein Brennpunkt in unserer Gegend!«

Abwägend musterte Pamela Tizians Gesicht, älter, etwas vergrämt um die Mundfalten, wache Augen. Der Beruf prägte, heute mochte er einen harten, wachsamen, unerbittlichen Charakter haben. War es erstrebenswert, so zu werden? »Wenn ich dich so ansehe, ist mir klar, dass du wirklich deine Berufung gefunden hast, du bist einer, der Verbrecher bekämpft. Ebenso klar ist, dies ist nicht mein Ziel. Aber du hattest recht, wie du sagtest, ich sei neugierig. Einen großen Künstler will ich fürs Leben gern von nah sehen.«

Tizian hakte gleich nach: »Dann ist da diese Frau Fasel. Du bist täglich mit ihr zusammen. Sie hat sogar schon gesagt, ihr Sohn sei mit Tonja Utz befreundet gewesen. Du könntest sie noch einmal auf den Tod ihres Sohnes ansprechen. Warum hat er sich umgebracht? Einfach beiläufig fragen.«

»Ich habe sie ja schon gefragt. Einerseits ist sie eine verbitterte Person, doch sie kann fantastisch kochen. Gut, das war offensichtlich ihr früherer Beruf. Das heißt, sie hat gute Geschmacksnerven und einen sensiblen Geschmack und dazu einen ästhetischen Sinn im Kulinarischen. Sie stellt das Essen hin oder bedient. Sie ist eher abgezehrt in einem schweren Körper, wie innerlich aufgefressen, vielleicht von Kummer, vielleicht von Hass. Sagte nicht Cäsar: Lasst wohlbeleibte Männer um mich sein, mit dicken Bäuchen und die nachts gut schlafen? Damit meinte er doch sein unbehagliches Gefühl dem mageren Brutus gegenüber, und dieser hat ihn dann auch glücklich erstochen! Der Vergleich ist etwas überhöht, aber Frau Fasels Stimme ist seltsam tonlos. Ihre Antwort war, dass sie um ihren Sohn nicht trauere. Es sei sein Schicksal gewesen. Doch das behinderte Kind hätte man schon lange der Mutter wegnehmen müssen.«

Tizian schüttelte den Kopf. »Und du willst mir weismachen, du könntest uns nicht nützen. Du bist doch geradezu verpflichtet, zu helfen! Es geht um einen Mörder, der frei herumläuft, der einer Frau die Kehle aufschlitzt.«

»Und wenn sie es war, die diese Utz umbrachte? Aus Rache für ihren Sohn. Sie ist erschrocken, wie sie mich zum ersten Mal gesehen hat. Ja, sie hat mich spontan gehasst. Da lebte Tonja Utz noch. Ich dachte, es sei einfach eine etwas eigenartige Art, zu dieser Stimme passend. Es gibt viele Frauen, die auf jüngere Frauen so reagieren. Jetzt ist sie relativ nett. Also weiß ich, dass sie gleich am Anfang eben feindselig war. Doch wenn ich mir ausmale, sie hätte das Gefühl, ich stelle ihr nach, und sie wäre wirklich die Mörderin, dann schlitzte sie mir möglicherweise ganz schnell ebenso den Hals auf! Nein danke, Tizian, ich überlasse das den Profis.«

Tizian zog ein derart enttäuschtes Gesicht, dass Pamela schon wieder lachte: »Du bist immer noch ein Junge, denk doch als verantwortlicher Kommissar!«

Zum Dessert genossen sie ein säuerliches Tiramisu, hausgemacht. »Irgendwann muss ich hier mit Sport beginnen, sonst gehe ich aus den Fugen. In der Werbebranche ist Linienbewusstsein ein Tagesgefühl, doch hier beginnen alle meine Hosen zu spannen.«

»Es steht dir gut, du bist so fraulich geworden.«

»Genau das wollte ich hören! Vielleicht ist es das ruhige Leben, du wirst in einen Kokon gewickelt.«

»Da kannst du aber sicher sein, dass er eines Tages einfach platzt.« Tizian strahlte, dann fragte er maliziös: »Kannst du reiten? Bist du je geritten?«

»Nicht schon wieder, ich weiß genau, worauf du hinauswillst!« Doch die Idee, Reitstunden zu nehmen und im kommenden Frühling im Freien durch die Hügel zu reiten, war gar nicht so schlecht. »Und wie stellst du dir das vor? Ich spaziere in den Privatstall der Herren Krepp und sage, da bin ich, ich habe vor, mich auf eines Ihrer hochkarätigen Rassepferde zu setzen.«

»Wenn du es mit deinem sprühenden Charme tust, kommst du mit derartigen Methoden sogar zum Ziel. Aber es wäre nicht so wild. Man kann im Reitstall Krepp Reiten lernen. Eine der Frauen, Yvonne Krepp, gibt Reitstunden, das habe ich im Internet gesehen. Eigentlich kannst du mir dankbar sein: Du ziehst hier in die tiefste Provinz. Du hast möglicherweise einen interessanten Arbeitgeber, doch den siehst du kaum. Aber ich offeriere dir den Atelierbesuch bei einem der berühmtesten Maler und mache dich auf die Möglichkeit von Reitstunden bei ebenso interessanten Leuten aufmerksam.«

»Du vergisst die Leiche neben einem offenen Grab, die hat mich mit dir wieder zusammengebracht, so etwas findest du auch nur hinter den Bergen.«

Ganz zuletzt legte Tizian Wert darauf, dass Pamela seine Handynummer in ihrem Phone speicherte und so programmierte, dass ein Tastendruck zum Anruf führte. »Du hast eine gewisse äußere Ähnlichkeit zu dieser Toten. So kannst du mich jederzeit erreichen, Tag und Nacht. Dieser Fall gleicht einem Spinnennetz, aus unerklärlichen Gründen bewegst du dich von Anfang an zwischen den Fäden. Du sagst, du wohnst in einem Nebenturm mit separatem Eingang. Gibt es da Schlüssel?«

»Das ganze Schloss ist eine moderne Festung, absolut elektronisch gesichert, überall Überwachungskameras. Wenn ich wollte, könnte ich sogar meine Fenster an die Alarmanlage anschließen, doch ich liebe es, richtige Luft im Zimmer zu haben. Aber sei beruhigt, ich wohne im zweiten Stock. Da reicht auch eine lange Leiter kaum bis hinauf. Bei meiner Wohnung habe ich schon den Code geändert, und beim unteren Eingang schiebe ich zusätzlich den großen alten Eisenriegel vor, dazu ist so etwas schließlich da.«

Tizian hatte sehr aufmerksam und nachdenklich zugehört. Zu Pamelas Überraschung zog er jetzt eine schmale Spraydose hervor. »Ich habe gedacht, ich leihe dir ein Gasspray. Zeig es niemandem, es ist für den dienstlichen Gebrauch, du brauchtest dazu einen Waffenschein. Schau, hier ist vorn, halte das nie gegen dich, startklar machst du es hier, und wenn du drückst, atme vorher tief ein und bewege dich so schnell du kannst davon weg, sonst kriegst du auch etwas ab. So ein Spray trifft hart auf eine Distanz von zehn Metern, und näher natürlich härter. Mit der Halterung kannst du es am Gürtel befestigen. Gebrauche es, bevor dir jemand zu nah ist.«

Pamela war fast gerührt, typisches Polizistendenken, aber gut gemeint. »Danke, das ist lieb. Du weißt, ich gehe davon aus, dass mir nichts geschehen kann, aber trotzdem danke.«

Die Eingangstür zum Turm verriegelte sie hinter sich, mochte hier anrennen, wer wollte. Sie lief die Treppe zu ihrer Wohnung hoch, blieb schnaufend stehen, als sie diese Tür gleichfalls hinter sich verriegelt hatte. Die paar Schritte in den Wohnraum, ein Schatten huschte zu ihr, Merlin. Wo eine Katze war, war die Welt in Ordnung.

Sie fütterte Merlin, schnurrend saß er mit ihr vor dem Fernseher. Endlich entspannte sie sich.

Dann platzierte sie Spray und Phone griffbereit neben dem Bett am Boden, so konnte sie beides nicht herunterschlagen. Merlin lag am Fußende des Bettes auf einem frischen weichen Frotteetuch, er war ihr Wächter.

In dieser Nacht war der Traum fürchterlich: *Sie betritt den Raum mit den Wänden aus Totenschädeln. Die Madonna hat ein schwarzes Gesicht. Von ihr geht ein schneidender Ton aus, sie fordert Zerstörung und Blut. Da ist ein zappelndes Tier und jetzt die Schreie, Pamela meint, zerrissen zu werden. In einer großen Blutlache liegt ein zerfetztes Kaninchen, das Grauenhafte ist, es zuckt noch. Sie fällt in die Tiefe, immer weiter, bis sie denkt, so fällt Alice im Wunderland, da ist sie unten. Zuletzt steigt sie gesund und munter durch das Kaninchenloch zurück in den Garten. Das ist so tröstlich, dass sie sich mutig umblickt.*

Pamela erwacht kurz nach Mitternacht. Noch sieht sie den blutigen Steinboden dieses Raums vor sich. Die

Steinplatten waren gerillt gewesen, sodass alles Blut in die Mitte floss.

Sie machte Licht. Wo war Merlin?

Merlin war in der ganzen Wohnung nicht zu finden. Die einzige Möglichkeit war, dass er das Zimmer durch das Fenster verlassen hatte. Hatte er mitgeträumt und war aus Angst gesprungen? Mit der Taschenlampe leuchtete Pamela die Außenwand ab. Hier gab es einen schräg nach unten laufenden, ganz schmalen Sims. Das war offensichtlich ein Katzenzugang. Merlin war eine kluge Katze, hatte ihn entdeckt.

Was nützten Gasspray und Handynummer gegen Albträume? Pamela wärmte Milch, trank heiße Schokolade. Unvermittelt befiel sie ein Zittern, sie bebte, wie sie im Traum gebebt hatte, die Schokomilch schwappte über den Rand der Tasse auf den Tisch, Pamelas Kiefer klapperte. Nein, sie hielt es in diesem Turm nicht aus, sie musste hier hinaus, jetzt, sofort. Sie rief sich zur Besinnung. Es war ein Traum. Kannte sie denn die Kombination des Parktors? Nein. Sie würde also gar nicht wegfahren können, wenn sie nicht vorher Frau Fasel weckte. Das war ja eine schöne Bescherung.

Morgen würde sie im Städtchen Wolle besorgen, mit einer Strickarbeit beginnen, etwas Einfaches, an dem sie nachts stricken könnte, wenn sie schlecht träumte. Jetzt blieb ihr nichts anderes übrig, als die Finger- und Zehennägel frisch zu lackieren. Das vertrieb jeden Albtraum, morgen hätte sie wenigstens etwas Positives nach dieser gestörten Nacht.

Die Nägel waren schön korallenrot eben fertig

getrocknet, als Merlin zum Fenster hereinsprang. Mit erhobenem Schwanz stolzierte er zu ihr, in der Schnauze ein graues Etwas. Er legte es direkt vor sie hin, es war der pelzige Rumpf mit einem blutenden Ende, ihr grauste. Schnurrend rieb Merlin sich an ihren bloßen Beinen. Sie war ja nicht zimperlich, doch eine geköpfte Maus im Schlafzimmer, auf eine derartige Gabe konnte sie verzichten. Mit einem Suppenlöffel schnellte Pamela dieses Etwas durchs offene Fenster in die Nacht, dann streichelte sie Merlin, er sprang auf ihre Knie, sie streichelte weiter.

*

Pamela stand um fünf Uhr auf, es war noch halbwegs dunkel, trotz Sommerzeit, Herbst. Sie hatte das dringende Bedürfnis, heute zu joggen. Auf der Geländekarte, die sie in der Buchhandlung gekauft hatte, merkte sie sich den Weg, der auf die Hügelkuppe führte, oben etwa 800 Meter nach Osten und dann den Pfad hinunter und unten gleich wieder Richtung Westen durch einen Wald mit mehreren Grundwasserzeichen, auch dieser Weg müsste relativ flach verlaufen. Das Wetter schien heute aufzuhellen, zur Sicherheit schlüpfte sie in die dünne Regenjacke, setzte die Sportmütze auf. Das Phone steckte sie in die Beuteltasche, das Spray verstaute sie im Kopfkissen. Sie war ja nicht paranoid. Den Park verließ sie durch das kleine Seitentor, das sich mit dem Grundcode öffnen ließ.

Sie lief. Dann stand sie auf dem Hügel. Es war ein weicher Wind, der über ihr Gesicht strich, sie steckte die Mütze ein, jetzt wehte er durch ihre Haare. Zunächst war der Himmel hinter den Bergen rot, dann wurde er goldrot, es blitzte über der einen Bergkante, sie strahlte als leuchtende Linie, jetzt blitzte und flammte ein Strahl, eine Scheibe, die Sonne. Pamela schaute in eine goldene Bläue, die sich ringsum ausdehnte, von den Hügeln zum weit entfernten blauen Jurawalm zum weit weg verebbenden ebenso blauen Alpenkranz. Sie fühlte sich von wellendem Gelände getragen, das war Glück. Hier war vor Millionenjahren ein Eismeer, wie sie es aus den Sommeralpen kannte, Schnee über einer Tundralandschaft, auch im Sommer Schnee, Eis, Felsen und Geröll. Vor ihrem inneren Auge breitete sich eine vereiste Urlandschaft aus, außerhalb der Zeit, Wind, der über Kuppen fegt, Eiskristallschleier hochwirbelt.

Sie joggte vor sich hin. Jetzt sah sie hier und dort Findlinge in der Gegend herumliegen, Felsbrocken, die der Gletscher bei seinem Rückzug liegen ließ. Er ließ auch ganze Eisbrocken zurück, Brocken, die unter Erdmassen gerieten, von Schlamm und sich verfestigendem Geschiebe bedeckt wurden. Die lagen nicht allzu tief in einer gleichmäßig kalten Temperatur, sie selbst strahlten auch genügend Kälte aus, ein Gleichgewicht stellte sich ein, bis dieses irgendwann einmal kippte, sie schmolzen unterirdisch weg, in den Hohlraum, der sich bildete, stürzte die darüber liegende Erdmasse. Es entstand ein Loch, das Loch füllte sich sofort mit Wasser, war ein Teich.

Vor einem dieser verlandenden Wasserlöcher blieb sie schnaufend stehen. Ein so kleiner Tümpel und eine so unvorstellbare Zeitspanne. Ihr Bewusstsein vibrierte wie eine Saite, das kam vom Laufen. So ein Loch, fällst du hinein, fällst du aus der Zeit. In der Frühe tanzende Mücken, ein Aufglühen im Licht, als wären sie ein Positron im Teilchenbeschleuniger, das glüht auf und ist weg, du weißt bloß, dass es dort war, weil es etwas bewegte.

Verschwitzt kam sie zurück. Sie begutachtete die Fassade ihres Turms. In jedem Stockwerk verlief unterhalb der Fenster ein schmaler Fries um den ganzen Turm. Sie hatte dies als Stilelement gesehen. An der einen Wand verlief zwischen den Stockwerken eine diese Friese verbindende Katzentreppe; in der Schräge schauten einfach Backsteine heraus. Im Grunde genommen verpfuschten diese Linien die Fassade, doch offensichtlich waren dem Erbauer die Katzen wichtiger gewesen. Hier und dort fehlte in der Mauer ein Stein, sie hätte vorher nicht darauf geachtet, das waren die Katzentürchen.

Diesmal begegnete sie Robert Gilli schon beim Frühstück, er las Zeitung, wartete anscheinend auf sie. Er hatte sie gestern Abend beim Nachtessen vermisst. Doch, natürlich war sie völlig frei. Es war nur so, dass Frau Fasel ihn erst bei Tisch darüber informiert hatte. Pamela erzählte und bemühte sich, es beiläufig klingen zu lassen, dass zufällig ein ehemaliger Studienkollege, der jetzt Polizeikommissar sei, hier in der Gegend zu tun habe.

Sie seien Pizza essen gegangen wie in früheren Zeiten. Wenn man an etwas nicht denkt, ist es nicht da.

Wieder schaute dieser Mann so strahlend durchdringend, lächelte: »Sie sind beneidenswert jung, die Pizza hat sicher geschmeckt.« Dann meinte er: »Dieser Kommissar ist nicht zufällig wegen dieser grässlichen Mordtat hier? Ich habe natürlich davon gehört.«

Bingo, dann wusste er sicher schon, dass sie mittendrein gelaufen war. Hatte er das gewusst und von sich aus nicht damit angefangen? Wenn einer ein Château dermaßen mit Sicherheit ausrüstet, war es da nicht wahrscheinlich, dass er seine Augen auch in der Umgebung überall hatte? Das war's, Pamela lächelte wie befreit. »Sie haben natürlich einen guten Kontakt zur Ortspolizei. Irgendwohin muss ja ein Alarm gehen, der im Château ausgelöst wird.«

»Ja, ich kenne dadurch den Polizeichef, Herrn Weidenhuber. Der Mord an dieser jungen Frau wurde gestern aber auch in den Medien breitgeschlagen, er ist unmenschlich. Doch es war Frau Fasel, die mich orientierte. Sie befürchtet, der tragische Tod ihres Sohnes komme dadurch wieder ins Gespräch. Das ist natürlich mehr als bedauerlich, möglicherweise aber unvermeidlich. Deswegen war ich gestern Ihretwegen kurz beunruhigt. Ich werde Ende der Woche wieder weg sein. Zu Ihrer und zu Frau Fasels Sicherheit werde ich heute Morgen einen Angestellten der Sicherheitsfirma, die für mich arbeitet, anfordern. Er wird im ehemaligen Kutscherhaus logieren. Das haben wir auch schon so gehalten. Er wird unregelmäßige Arbeitszeiten haben und auch hier im Château und im Park seine Rundgänge machen, mit seinem Schäferhund. Er wird sich heute Abend bei uns anmelden, dann kennen wir ihn – und er und sein Hund auch uns. Sie sind öfter auf großen Spaziergängen unterwegs. Am liebsten würde ich Ihnen davon abraten. Sie sind ja in Psychologie ausgebildet. Je nachdem kann ein Mörder wahllos zuschlagen. Wie ich schon sagte, gestern war ich kurz geradezu in Sorge um Sie. Bitte gehen Sie nicht mehr allein joggen.«

Sein Ton war so liebenswert, dass jede Widerrede unangebracht gewesen wäre. Und hatte er nicht recht? Pamela hörte sich sagen: »Meine Eltern leben bei Anchorage, meine Mutter hat sich sofort um mich geängstigt. Eigentlich ist es nett, dass auch Sie sich um mich sorgen, danke. Ich denke, ich werde mich daran halten. Wegen meines Bewegungsdrangs habe ich sowieso daran gedacht, reiten zu lernen. In der Nähe soll es einen Reitstall Krepp geben, kennen Sie ihn?« Ein Mann mit seiner Selbstbeherrschung zuckte nicht, doch sie fühlte ihn zucken.

Genauso liebenswert wie vorher bestätigte er: »War es Kommissar Füssli, der Ihnen diesen Stall nannte? Er ist nicht aus der Gegend. Natürlich kenne ich die Familie Krepp. Unsere Väter waren befreundet. Mein Bruder ist ein Freund von Hugo Krepp und seiner Frau Yvonne, das ist die, die Reitunterricht erteilt. Rösseler sind sie alle, mehr als das, sie sind leidenschaftliche Pferdenarren. Auch der Junge, Arno. Er ist der Patensohn meines Bruders.«

War da eine unmerkliche Spannung in seiner Stimme? Jetzt wieder, was dachte er in dieser winzig kleinen Pause?

»Nach dem, was wir eben sagten, ist es eine ausgezeichnete Idee, wenn Sie Reitstunden nehmen. Sind Sie Anfängerin? Lieben Sie Pferde?«

Selbstverständlich hatte Pamela im vergangenen Sommer bei ihren Eltern auf deren gutmütigem Indianerpferd gesessen. Flower hatte sich vorwärtsbewegt, wenn sie es wollte, er trabte, wenn sie mit der Zunge schnalzte, und stand still, wenn sie ganz leicht am Zügel zog. Sie hatte ihn gemocht und er sie möglicherweise auch. Sie erklärte dies, doch das konnte man nicht unbedingt reiten nennen. Ein Pferd, das sie nicht kannte und das etwas Temperament hatte, würde sie abwerfen. Herr Gilli schmunzelte bei dieser Beschreibung. Wenn sie nichts dagegen habe, könne er gleich heute Morgen Yvonne Krepp anrufen und anfragen, ob Pamela bei ihr Reitstunden nehmen könne. Sie werde nicht Nein sagen.

Pamela dachte, ein Pferd will frei sein. Es möchte rennen, einfach drauflos, aus Lust am Rennen. Es möchte mit anderen Pferden rennen. Es ist ein sehr feinnerviges Tier. Schreckhaft, immer auf Flucht aus. Innerlich lachte sie sich aus, Pferderomantik. Natürlich machte sie sich lächerlich, es war kitschig, abgegriffen, sentimental. Es war genau das, wonach sie sich im Augenblick sehnte, nicht nach einem Liebhaber. Ein Pferd, an dessen Kopf sie ihre Stirn legen könnte. Es ginge eine Wärme von ihm aus, eine Güte. Genau so ein Pferd.

Oder fehlte ihr doch der Sex?

Natürlich konnte Robert Gilli nicht Gedanken lesen. Der Reitstall sei fast ein Gestüt. Nach dem Krieg habe vor allem Hugo Krepp sich für den Neuaufbau der Trakehner Pferdezucht eingesetzt, die bekanntlich in Ostpreußen beheimatet war. Alle seine Pferde stammten aus den berühmten Linien. Diese Zucht bezeichne Hugo Krepp selbst als eine Sentimentalität, irgendwie der Herkunft verpflichtet. Die Krepps stammten ursprünglich aus Vilnius. Das sei nun schon sehr lange her.

Dann gingen sie in die Bibliothek. Ein erstaunter Ausruf, ein Suchen, wo war denn die Delfter Figur? Hier auf dem Kaminsims stand doch ein hübscher Totentanz? Pamela zog überrascht ein Gesicht, wusste er denn jeden Gegenstand in diesem Schloss auswendig? Sie habe die Figur in einem der Schränke versorgt, sorgsam. Robert Gilli sah sie wissend an, als verstehe er etwas. Pamela dachte an das Joggen von heute Morgen, er sollte in ihrem Gesicht nicht lesen.

Sie sprachen über die Bücher. Teilweise waren sie in sehr schlechtem Zustand. Beim Aufblättern war zu befürchten, sie fielen auseinander. Würde man sie kartonieren lassen, wären sie zwar zu gebrauchen, man könnte sie lesen. Doch sie wären hässlich, die ganze Bibliothek würde verpfuscht. Pamela zeichnete die Varianten: kartonieren, den jetzigen Zustand belassen. Eine besonders wertvolle Reihe in Leder binden lassen. Eine besonders wertvolle Reihe kartonieren lassen mit Lederrücken. Eine Reihe in Leinen binden lassen. Reihe konnte heißen: die Bücher eines Autors, einer Epoche, eines Themas, eines Verlags.

»Welche der gefährdeten Bücher würden Sie denn als Erstes zu einer besonders wertvollen Reihe erklären, haben Sie Ihre Lieblinge schon gefunden?«

Ohne überlegen zu müssen, zeigte Pamela auf den einen Schrank. Da drin standen die Erstausgaben des ganzen Shakespeare, in Englisch, einfach unglaublich, dazu die Erstausgabe der Übersetzung von Wieland. Die Englischen fielen auseinander, doch das Papier war erstklassig. Wenn niemand sie in die Hand nähme, passierte ihnen in den nächsten 50 Jahren nichts. Neben dem Schrank mit der deutschen Literatur der Klassik und der Philosophie des 18. Jahrhunderts enthielt ein Schrank ein Sammelsurium von Themen aus dieser Zeit und früher, Hermetik, Kabbalistik, Astrologie, Alchemie, Entdeckerbücher, Erweckungsliteratur, was immer das Herz begehrte. Die Hälfte dieser Bücher stand kurz vor dem Zerfall. Diese ließe Pamela binden. Einige Kostbarkeiten ganz in Leder, aus Ehrerbietung zum Mut, den die Autoren damals brauchten, ihr Wissen zu drucken. Es konnte sie ihr Leben kosten.

»Meistens schützte sie ein Fürst, doch ich finde Ihre Überlegung gut, sehr gut. Bitte machen Sie doch möglichst bald eine Liste von, sagen wir einmal, hundert Büchern, die in Leder gebunden werden sollen. Nehmen Sie die Bücher, von denen Sie denken, Sie würden sie mit Freude lesen. Eine mit Leidenschaft getroffene Wahl ist eine gute Wahl. Ich vertraue Ihnen.«

Dann ging er.

Pamela atmete tief durch. Er legte es in keiner Weise darauf an, doch jetzt war sie schon so weit, dass sie seinen Geruch kannte, Heu mit Zimt. Es waren immer die Stimme und die Hände, auf die sie hereinfiel. Er war grauhaarig, das ließ sein Alter nicht vergessen, sicher 20 Jahre älter als sie. Jetzt fühlte sie also bei einem Mann, der ihr Vater sein könnte, das Flattern im Bauch. Sie brauchte keinen Ersatzvater. Luzius war der liebevollste, warmherzigste Dad. Vielleicht etwas künstlerisch, doch das sah sie erst heute so. Um ehrlich zu sein, Tizian, das war Leidenschaft gewesen, doch sie waren das falsche Gemisch. Stefan war erst zur Enttäuschung geworden, als sie wusste, er war anders; vorher hatte sie gemeint, sie seien stimmig. Sie träumte sich den perfekten Liebhaber, einen, bei dem man sich mehr als nur anlehnen konnte, einen Geliebten, einen Mann.

Sie gab sich einen Ruck, holte diese kostbare Figurengruppe aus dem Schrankfuß, hob sie sorgfältig zurück auf den Sims. Da stand nun dieses Memento mori, das Denke daran, dass du sterblich bist, dass der Tod allgegenwärtig ist. Die täglichen Krimis im Fernsehen übersetzten dies in unsere Zeit. Dass die Täter in unsere Welt gehörten wie das Sandkorn in die Muschel oder eben wie ein abgegangenes Kleinchen oder ein viel zu früher Krebs, sie wären das ›Mensch werde wesentlich‹ des Barock auf heute übertragen, unüberhörbar.

Wäre es dann aber nicht so, dass die Suche nach dem Täter wie der Kampf gegen eine Krankheit den Blick auf genau diese Ebene dahinter verstellte?

4

Pamela war zehn Minuten zu früh. Sie ging um die Stallung herum, das Auto hatte sie dahinter auf dem angezeigten geschotterten Parkplatz abgestellt. Diese Anlage war sehr neu und perfekt, ringsum gepflastert, ein aus einem Stein gehauener Pferdebrunnen, also hoch und zwei Becken, das Gebäude weiß verputzt mit hell lasiertem Holz an Türen, Sitzbank, Fensterrahmen, Gebälk und Heustock. Pamela guckte perplex, da hingen sechs gebleichte Pferdeschädel an diesen Brettern, gleich unter den Dachbalken. Die Pferde hatten wohl alle hier gelebt. Jetzt erst bemerkte sie auch die über die Stalltüren genagelten Hufeisen, alle guckten nach oben. In jeden Türbalken eingebrannt eine Schutzrune. Vor ihr lag eine Koppel mit schneeweiß gestrichener Umzäunung, daneben ein großer Sandplatz, auf dem eine Frau in Försterhemd, Jeans und braunen Stiefeletten ein Pferd an der Longe in großem Abstand im Kreis traben ließ. Die Frau war sehr schlank mit gepflegtem Bubikopf. Sie hob ganz leicht die lange Peitsche zur Begrüßung und longierte ruhig weiter, ab und zu rief sie dem Pferd mit einer weichen, relativ hellen Stimme irgendetwas zu. Das musste Frau Krepp sein. Es war ein mittelgroßes, eher stämmiges, kraftvolles, fast schwarzes Pferd mit einem schönen Kopf, auffallend dichter Mähne und dichtem Schweif. Pamela war beeindruckt, das musste ein Trakehner sein. Die Stute wirkte durch Pamelas

Anwesenheit leicht abgelenkt, immer wieder meinte sie, sie schaue zu ihr hin. Die Stute schnaubte. Pamela trat ein paar Schritte zurück und bewegte sich nicht. Die Frau beendete die Runden, das Pferd ging zu ihr hin, sie belohnte es. Jetzt führte sie es zum Gatter. Pamela bemerkte, dass Frau Krepp leicht hinkte.

Sie öffnete, ging mit dem Pferd an dem Halfter zu Pamela, begrüßte mit einer warmen Stimme: »Sie sind Frau Thoma, die Bibliothekarin. Ich freue mich auf unsere Stunde, einen Augenblick.« Jetzt kam ein älterer magerer Mann aus dem Stall, Fritz. Sie übergab ihm das Pferd, es könne in die Koppel gebracht werden. »So, jetzt habe ich für Sie Zeit.«

Von Nahem war sie klar älter als Pamela, älter als Robert Gilli. Leicht geschminkt, nachgezogene Lippen, gezupfte Augenbrauen, viele Lachfältchen im länglichen Gesicht, eine etwas lange, schmale Nase, dünnwandige, eng anliegende Ohren. Es war eben doch so, Frauen, die ritten, ähnelten ihren Pferden.

Frau Krepp war gütig. Das war das Wort, das Pamela spontan einfiel. Mit warmen braunen Augen schaute sie Pamela ins Gesicht, kein Erschrecken. Sie redete über Pferde, Unterricht, Vertrauen. Vertrauen war alles in der Arbeit mit Pferden. Wer Pferde liebt, hat es leichter, doch die Liebe kommt oft erst mit dem Kennen. Ob sie den Kleinen Prinzen gelesen habe? Da gehe es doch um das, was eine Beziehung ausmache, zwischen der Rose, dem Fuchs, dem kleinen Prinzen, ums Kennenlernen und um das Sich-Aufeinander-Einlassen. Bei Pferden könne man das lernen. Sie dankten es einem wie jedes Tier durch Hingabe. Reiten sei die Harmonie des Reiters mit einem schönen Tier, Schönheit sei die Qualität der Pferde, Schönheit in der Gestalt und in der Bewegung. Pamela war sich nicht ganz sicher, hatte Frau Krepp das Letzte nur gedacht? Sie heiße Yvonne. Man halte es hier nach dem französischen Sprachgebrauch, Vornamen und Sie. Das gebe eine bestimmte Höflichkeit zueinander ohne Steifheit. Ihr Lächeln war offen.

Der magere Angestellte war Fritz Nielsen. Er brachte ein gesatteltes Pferd, auch dieses eher stämmig, doch heller als das vorherige mit einem weißen Stern auf der Stirn, Zita, das ›bravste Schulungspferd aller Zeiten‹, eine zwölfjährige Stute. Pamela deponierte ihre Tasche mit Portemonnaie, Phone und Spray auf der Bank.

Die Stunde war gut. Nichts da von Kinderunterricht oder Pseudo-Pferdegeflüster. Zita ließ sich berühren, anfassen, herumführen. Ohne zu schwanken oder zu wackeln, ließ sie Pamela aufsitzen. An der Longe gingen sie im Schritt und in einem leichten Trab im Kreis linksherum, dann rechtsherum. Pamela fühlte sich gut, hielt sich gerade, hatte Vertrauen zu diesem braven Pferd, fühlte seine Wärme an ihren Schenkeln, fühlte den Kontakt mit dem Zügel zu Zitas Maul, hielt die Hände ruhig und gerade, roch vor allem den guten Pferdeduft. Unter dem Blick von Yvonne Krepp kontrollierte sie bewusst ihren Atem. Es ging einzig darum, den Kontakt zu diesem großen Körper zu ersitzen. Da war die Stunde auch schon vorbei. Pamela schaffte es, einigermaßen anständig herunterzukommen: Yvonne hielt das Pferd, sie stand fest im einen Bügel, schwang das andere Bein über den breiten Pferdehintern, hielt sich am Sattel, befreite auch den anderen Fuß und ließ sich herunterrutschen. Kein eleganter Sprung, doch zumindest war sie nicht geplumpst. Hatte sie jetzt Vertrauen gehabt? Etwas Stress war schon dabei gewesen.

Sie war glücklich, als Yvonne erklärte, das sei eine gute Stunde gewesen. Es würde sie freuen, sie weiter zu unterrichten. Sie hatte es gehofft. Sie, Pamela, freute sich, Herr Robert Gilli würde sich freuen, Tizian würde sich ganz besonders freuen. Sie musste ein Lächeln verkneifen, wie gefallsüchtig sie doch war.

Im Nacken spürte sie jemandes Gegenwart, rasch drehte sie den Kopf. Jemand beobachtete sie von einem der Stallfenster aus.

Yvonne Krepp war ihrem Blick gefolgt, ein Strahlen ging über ihr Gesicht: »Mein Sohn ist zurück.«

Schon trat er durch die Stalltür, schwarze Breeches, schwarzes Hemd, schwarze Stiefel, einen braunmetallischen Reithelm und eine schwarze Reitgerte unter den Arm geklemmt, mittelgroß, braunhaarig und eher dick. Er gefiel Pamela nicht. Der Eindruck verstärkte sich durch seinen leicht breitspurigen Gang, die vollen Lippen, den sarkastischen Zug um den einen Mundwinkel, die leichten Säcke unter den Augen, er hatte fleischige Ohren. Die Augen hatte er möglicherweise von der Mutter, dicke Lider, sie blickten wachsam. Er hatte eine energievolle Ausstrahlung. Sie hatte sich in Stefan getäuscht, in einem ihrer wichtigsten Lebensentscheide hatte sie einen Menschen falsch eingeschätzt. Das mussten die Hormone gewesen sein. Was war, wenn dieser Arno Krepp ein Mörder war? Was hatten die Rituale bewirkt, die er in seiner Jugend ausgeübt hatte? Was war sein Ziel gewesen? Hatte er es erreicht? Hätte Pamela sein Alter nicht gewusst, sie hätte ihn auf über 40 geschätzt. Sie würde ihm aus dem Weg gehen.

Yvonne Krepp begrüßte ihn hell erfreut. »Arno, mein Junge!« Sie stellte die beiden einander vor, als wären sie lange vermisste Verwandte. Arno Krepp war nicht begeistert, sie konnte es ihm nicht verdenken, vielleicht wollte ihn die Mutter alle paar Tage mit jemandem verkuppeln. Als er ihr die Hand reichte, schien ihr für den Bruchteil einer Sekunde, sie sehe in seinen Augen etwas, einen Schreck? Was war, wenn er ein Mörder war, der erschrak, wenn sie aussah wie sein Opfer? Er war höflich, oberschichtenhöflich, Distanz schaffend, dermaßen ohne Emotion, dass es schon wieder anmaßend war. Tizian würde ausspucken vor Ärger. Doch er ging sie ja nichts an, war ein seltsamer Kerl, sonst nichts.

Dann sagte er zu ihrer Überraschung, und diesmal war ihm ein gewisser Charme nicht abzusprechen: »Frau Thoma, Mutter, darf ich euch zu einem Begrüßungsdrink einladen? Es ist doch nett, dass du eine neue Schülerin hast. Wir müssen auf euch anstoßen!« Yvonne Krepp war erfreut, Pamela konnte nicht unhöflich sein.

Jetzt saß sie auf einem der Barhocker an der rustikalen Theke; Schnäpse, Kaffeemaschine, Toaster, Kühlschrank. Sie konnten gleich die Termine der nächsten Stunden festlegen.

Arno Krepp war Poloreiter, Gentlemen-Turnierreiter, leider für richtige Turniere zu groß, keine Chance gegen einen Profi-Jockey. Was für ein überhebliches Lächeln, was für ein Schnösel. Er kam relativ rasch zur Sache, dieser Mord auf dem Friedhof von Coulins. Erinnerte sich Mutter an Tonja Utz, sie war einige Male hier, lernte, auf einem Pferd zu sitzen. Sie waren jeweils eine ganze Gruppe junger Leute.

Frau Krepp war überrascht. Sie hatte von dieser schrecklichen Geschichte gehört, man hatte auch gesagt, die Frau sei hier zur Schule gegangen und dann weggezogen. Doch dass Arno diese Frau gekannt hätte, war ihr neu. Nein, der Name sagte ihr nichts. Sie suchte in der Erinnerung. »Ich habe gar nicht gewusst, dass da auch Mädchen mit dabei waren.«

Bestimmt meinte er: »Frau Thoma hat eine überraschende Ähnlichkeit mit der Toten. Sind Sie mit ihr verwandt?« Er sagte es fast leichthin, zu beiläufig, die Augen zu unbeteiligt.

Pamela verneinte, hörte ihre eigene Stimme etwas schwach. Sie war zufällig in diese Szene auf dem Friedhof geradezu hineingelaufen, da hatte sie die Tote gesehen, ein grässlicher Anblick, der einen verfolgen könnte. Blickte er sie jetzt lauernd an, abschätzend?

»Träumen Sie davon?«

Yvonne Krepp suchte zu unterbrechen: »Ach Arno, mein Junge, hör auf, mit derartigen Dingen soll man nicht spaßen.«

»Ich spaße nicht, Mutter, träumen Sie davon? Der Anblick von Blut und Tod aus nächster Nähe geht in die Träume.«

Pamela wehrte sich, was für ein Gruselkopf: »Ich

weiß Gott sei Dank Schöneres zu träumen.« War es möglich, dass er sie jetzt genüsslich ansah? Sie wollte gar nicht wissen, was er dachte. Er gehörte definitiv zu der Sorte Menschen, die sie in Zürich zurückgelassen hatte, doch jetzt fragte er: »Bei diesen Jugendlichen war auch ein Junge, Elmar Fasel. Er war etwas zurückgeblieben. Seine Mutter ist die Wirtschafterin im Château. Sie haben natürlich Kontakt zu ihr. Spricht sie über ihn?«

»Was sollte sie über ihn sprechen, er ist doch tot?«

»Sie könnte jetzt beim Todesfall einer Schulkollegin wieder vermehrt an ihn denken. Sie ist doch meistens allein in diesen Gebäuden, das macht einsam. Einsamkeit bringt Menschen oft zum Reden. Aber das gilt ja auch für Sie. Sicher haben Sie Ihre Gründe, dass Sie sich freiwillig in der Provinz vergraben?«

Schon wieder lächelte Pamela ihr seriöses Werbelächeln: »Es gibt auch eine meditative Ruhe. Doch bei Château Silms kann nicht von Ruhe und Einsamkeit geredet werden. So ein Schloss ist ein immerwährender Arbeitsplatz für sämtliche Handwerker der Gegend. Sowohl Herr Gilli als auch Frau Fasel pflegen ihre persönlichen Beziehungsnetze, das Gleiche gilt für mich. Ich selbst gehöre jetzt zu den Dauergästen wie natürlich auch der Sicherheits-Beauftragte. Mein Termin!« Pamela verabschiedete sich in Eile.

Als sie um die Ecke der Stallung zum Parkplatz bog, stieg ein Mann aus einem schnittigen grauen Lancia, schlug die Autotür zu, sah ihr entgegen. Instinktiv zögerte sie, sah sich unauffällig um. Da war weit und breit niemand, mit zwei Schritten wäre er zwischen ihr und ihrem Peugeot, Verfolgungswahn pur, wie blöd sie schon war. Schon wieder ein Militärtyp, Millimeterhaarschnitt, hageres Gesicht, um die 50, gut in Form, sichtbar teure, sportliche Kleider, eine klotzige Uhr, italienische Schuhe, schon schaute sie fragend. Das musste der alte Krepp sein, der Direktor der Krepp Electronics. Der Erhalt der Trakehner, Vilnius, natürlich, er hatte eisblaue Augen.

Er lächelte, doch das Lächeln erreichte diese Augen nicht, sie blickten scharf, abschätzend. »Sie müssen Frau Thoma sein, die Bibliothekarin auf Château Silms. Schön, Sie in unserer Gegend zu begrüßen.« Er stellte sich vor. »Natürlich wollte ich es mir nicht nehmen lassen, Sie sozusagen willkommen zu heißen. Es war lange fällig, dass unser Freund sich endlich seiner Bibliothek annimmt, und es ist eine prächtige Idee, Sie Reitstunden nehmen zu lassen.«

Es war ein Auf-die-Büsche-Schlagen. Pamelas Ergänzung kam denn auch prompt. »Ich bin Herrn Gilli dankbar, er hat mich auf Ihren Reitstall aufmerksam gemacht. Hier habe ich nun wirklich die Möglichkeit, endlich reiten zu lernen, und jetzt hat mir auch meine erste Stunde sehr gefallen.«

»Darf ich neugierig fragen, wie Sie den Weg auf Schloss Silms gefunden haben?«

Es kommt darauf an, von wo aus Sie gucken, dann ist die Erklärung kürzer oder länger. »Vermittelt hat mir diese Stellung mein ehemaliger Professor, Vincent Gilli.«

»Alles klar. Wie ich sagte, ich war neugierig, wer in die Gunst kommt, die wertvollen Bestände auf Château Silms überhaupt zu Gesicht zu bekommen. Unser Freund hütet sie, als wären sie der Schatz der Nibelungen. Jetzt, da ich Sie sehe, denke ich, seine Wahl hätte nicht besser sein können.«

Pamela versteckte sich hinter einem Espresso-Werbe-Lächeln. Ihre Nackenhärchen sträubten sich, ein Alarmzeichen. Was da vor ihr stand, gefiel ihr nicht. Hinter seinen Worten steckte etwas Bedrohliches, jedes Wort enthielt die Botschaft, ›sieh dich vor!‹. »Ich hoffe natürlich, den Anforderungen von Herrn Gilli zu genügen. Die Arbeit gefällt mir.«

Er war noch nicht fertig. »Sie heißen Thoma. Darf ich fragen, ob Sie von zu Hause aus das Interesse für eine wertvolle Bibliothek mitbekommen haben?«

Das war ja nun direkt und relativ frech. Pamela lächelte weiter: »Meine Eltern sind beide kulturell sehr gebildet, wobei ich meinem Vater die musische Seite verdanke, er war Geiger am Zürcher Symphonieorchester.«

»Luzius Thoma ist Ihr Vater! Das haben Sie meiner Frau sicher noch nicht erzählt! Wir beide sind passionierte Konzertbesucher, doch natürlich in Lausanne.«

Pamela riss sich zusammen, wenn er schon auf geschliffen spielte, so war immerhin sie die Lady. Sie müsse sich leider entschuldigen, da sie im Begriff sei, sich zu verspäten. Sie habe noch eine Verabredung, bei der sie pünktlich sein wolle. Übergangslos sagte sie Auf Wiedersehen und war schon weg. Beim Wegfahren dachte sie, ein aufdringlicher ältlicher Wichtigtuer. Am besten war, so etwas gleich wieder zu vergessen. Doch ihre Nackenhärchen blieben gesträubt.

Als sie am Château vor der Garage aus dem Auto stieg, betrachtete sie sehr aufmerksam die zwei Pferdeschädel. Es war möglich, dass sie von größeren Tieren stammten als jene im Reitstall. Sie wirkten auch weißer, ausgebleichter. Es gab Restaurants, in denen hingen Gewehre an den Wänden, in anderen Geweihe mit und ohne Schädelknochen. Und es gab ein Märchen, da hing ein ganzer sprechender Pferdekopf in einem Durchgang, der immer sagte, ›wenn das deine Mutter wüsste!‹ Sie hatte das immer grauslich gefunden, vor ihrem inneren Auge hatte er blutend dort gehangen. Also lieber ein ausgebleichter, stummer Knochen. Wer den Schädel seines gestorbenen Tieres so aufbewahrt, dass er ihn immer sieht, muss davon überzeugt sein, dass damit das Wesen dieses ganz bestimmten Tiers noch da ist. Alles andere ergäbe keinen Sinn.

Merlin rieb sich an ihrem Hosenbein.

»Hallo, Schöner, hast du auf mich gewartet!« Jetzt schnupperte er, stieß sein Näschen heftig gegen ihr Bein, rieb sich jetzt in allen Dehnungsvarianten ergiebig um ihre Beine. Offensichtlich machte der Pferdegeruch ihn an. Pamela bückte sich, kraulte und streichelte ihn.

Alice rief an. Ja, etwas in Sorge war sie schon, sie wusste über Internet, man hatte diesen Mörder noch nicht gefasst. Wenn Pamela doch bloß jetzt in die Ferien kommen könnte. Sie wisse, dass das nicht gehe. Also verspüre sie einen großen Drang, ein Ticket zu kaufen und morgen schon in die Schweiz zu fliegen.

»Mam, das bringt doch nichts. Du kannst beruhigt sein. Schon von heute an wird ein Sicherheitsmensch als Wächter im Schloss wohnen, mit Hund. Herr Gilli ist ein echter Patron und fühlt sich für meine Sicherheit verantwortlich. Ich gehe auch nicht mehr allein joggen oder spazieren. Heute hatte ich deswegen die erste Reitstunde bei einer patenten Reitlehrerin, sie würde dir gefallen, eine Lady. Übrigens hat Tizian als leitender Kommissar ein beschützendes Auge auf mich. Du brauchst dir überhaupt keine Sorgen zu machen.« Eher fällt auf einer Autobahn vor mir eine Kiste auf die Straße, als dass mir etwas passiert. Fast hätte sie es gesagt, wieder einmal ihr verquerer Humor. Endlich wieder etwas zum Lachen.

Doch jetzt kamen Alices Bedenken von der anderen Seite: »Reiten gehört zu den Sportarten mit sehr hohem Verletzungsrisiko, allein schon beim Herunterfallen. Zudem können Pferde schlagen und beißen.« Pamela lachte ehrlich, wenn das nicht Liebe war.

Wieder geht sie den Schritt die Stufe hinunter ins Schädelhaus und fürchtet sich entsetzlich. Das Grässliche wartet auf sie, das Grauen hat ein Gesicht aus schwarzem Basaltstein, die Blutgier in den Augen. Es greift nach ihr – nein, sie erwacht nicht, sie spürt ganz real eine Präsenz hinter sich, spürt die weichen Nüstern des Pferds auf ihrer Hand, fühlt den lebendigen Pferdekopf gleich hinter ihrem Kopf, fühlt im Nacken seinen warmen Atem, seine weichen Barthaare kitzeln an ihrem Ohr. Sie reißt ihren Blick los von den starren Augen der Madonna, sieht direkt in ein Pferdeauge, das Muster, als wäre es ein Computerbild, gleich wird sie ihr eigenes Bild darin sehen. Dieser weiche Blick nimmt die Angst. Es schnaubt leise. Im Traum denkt sie, ich bin närrisch nach dem Geruch dieses Pferds.

Jetzt roch sie Merlins etwas strengen Geruch. Halb schlafend meinte sie, unverkennbar Alices Stimme zu hören: ›Man weiß doch, dass pubertäre Mädchen vor allem über den Geruch so pferdenärrisch werden. Sie ist auf dem besten Weg dazu.‹

Endlich erwachte sie. Sogar liegend fühlte sie einen ganz jämmerlichen Reiter-Muskelkater in den inneren Oberschenkeln.

*

Sie sichtete, katalogisierte, hatte das gute Gefühl, am richtigen Platz die richtige Arbeit zu tun. Einzig die Rokokoszenen irritierten. Sie wusste genau, wie die Glückshormone funktionierten, sie gaukelten ihr Liebe vor, so war sie als Frau konditioniert. Spaß am Sex? So wie Tonja Utz ihn in ihrer Fantasie hatte? Vergiss Stefan. Also klammerte sie jetzt jeden Gedanken an Sex aus. Ihre Fantasie hatte bei Robert Gillis Gürtel zu enden.

Am Nachmittag ging sie von sich aus auf den Polizeiposten, traf auf Weidenhuber, der sich sichtlich freute, mit ihr zu reden. Sie wisse, er sei sich mit Kommissar

Füssli einig, ihre Augen seien erstens an einem guten Platz positioniert, zweitens seien sie geschärft, Zusammenhänge zu sehen und drittens sei es möglich, allein durch die Ähnlichkeit, dass ihre Anwesenheit hier etwas auslöse. Dies alles hänge gar nicht von ihr oder von ihnen ab, es sei einfach so. Darum aber müssten auch sie sofort wissen, wenn sich etwas bewegte, nicht dass sie in Gefahr gerate. Die Idee, auf dem Château wieder einen Sicherheitsmann zu stationieren, stamme übrigens von ihm. Also jetzt zum Kaffee. Er heiße Finn, er sei um so vieles älter als sie, sie könnten sich duzen, ob Pamela rauche. Pamela verneinte, sie tue dies nur unter besonderen Umständen. Finn Weidenhuber öffnete das Fenster eine Handbreit, stopfte sich eine Pfeife, zündete sie umständlich an, paffte.

Pamela fragte zur Geschichte dieses Elmar Fasel, war Finn damals schon hier tätig? In welcher Funktion denn?

Finn rauchte, paffte, jetzt kam diese alte Geschichte wieder hoch. »Es war der Fall Marie Güdel, Dubi war der zuständige Fahnder, heute ist er ja Chef der Kriminalistik. Mit viel Spürsinn kam er damals schließlich auf drei Jugendliche, nur drei.« Finn blickte in seinen Rauch, der sich unter der Decke im Raum verteilte. »Die Burschen haben geschwiegen, der junge Fasel ist hängengeblieben. Möglicherweise ist er immer so schwach gewesen, er war kein Kantonsschüler, war Lehrling in der Werkstatt seines Vaters, hat sich Jahre später erhängt. Der Vater starb im Jahr darauf, liegt im gleichen Grab. Der Name des Vaters steht noch immer nicht auf dem Stein, also ist sie noch nicht darüber weg. Seit sie im Château arbeitet, hat sie zu kaum jemandem mehr Kontakt.

Irgendwann kam Dubi darauf, dass sich diese Jungen im Internet intensiv mit schwarzer Magie beschäftigten, sie schienen davon fast besessen zu sein. Nachdem ihre PCs und Handys beschlagnahmt waren, mussten sie auch dazu stehen. Dann war es doch sehr wenig wirklich Handfestes. Das war auffallend, es galt beim Richter sofort als Unschuldsbeweis. Dubi war vom Gegenteil überzeugt, sie seien gerissen und wüssten ihre Spuren zu verwischen, sie machten kaum Fehler. Diese Generation spiele doch mit uns!« Finn Weidenhuber qualmte, bot Pamela ein paar Butterbretzeli an. Dubi kam herein, blieb bei der Tür stehen, hörte zu.

Finn fuhr fort: »Ich fasse gerade den Fall Fasel zusammen. Pamela, du hast noch keine Kinder, man wird geduldiger im Lauf der Jahre, so etwas tun Jugendliche nun einmal, sie denken viel nach, über Gott und die Welt und über ihren Platz darin. Doch normalerweise kommen sie zurück. Sie hielten dicht, alle drei. Sie hielten so dicht, dass wir nicht wussten, dass auch ein Mädchen dabei war, vielleicht fehlen noch weitere. Weder der junge Krepp noch dieser Mestril gaben irgendeinen Hinweis darauf, was sie wirklich trieben. Sie träfen sich jeweils irgendwo und würden Bier trinken, herumalbern. Das haben wir ihnen damals nicht abgenommen und tun es heute noch weniger. Sie waren und sind nicht die Typen, die albern. Rauschgift war es nicht, sie waren nicht süchtig und sind es auch nicht geworden. Von diesen dreien, die vier waren, sind jetzt zwei tot. Was taten sie?«

Jetzt mischte Dubi sich ein. »Dieser perverse Tod der Tonja Utz hat die Signatur eines Verrückten. Wäre es so, könnten wir jahrelang im Dunkeln tappen. Der Tod im Grab, der Schnitt, die Blutentnahme und das unversehrte Gesicht könnten Zeichen eines Rituals sein. Es passt zu den Wahnvorstellungen dieses Elmar Fasel, der behauptete, von einer Toten verfolgt zu werden. Gleich bei der ersten harten Vernehmung kam eine abstruse Geschichte. Er und die kleine Marie hätten rituell zusammengehört, das sei auf ewig. Sie hätten einander lieben müssen, in jeder Form, eben auch der sexuellen. Wir von der Polizei hielten diese Erklärung für clever, gerissen ausgedacht. Es sollte ihn aus der Verantwortung nehmen. Das Gericht folgte ja dann diesem Schwachsinn. Der Richter zweifelte an unserer Vernehmung. Es handle sich um einen jugendlichen Unfug, Blödelei, nicht ernst zu nehmen, hätte eben nichts mit Gewalt oder Verführung zu tun, sei eine Verirrung. Wenn es aber jetzt doch so gewesen wäre, und diese Tonja Utz wäre mit dabei gewesen, hätte vielleicht sogar mitgemacht, dann könnte dort angesetzt werden. Es wäre vielleicht die Erklärung, wie sie auf den Friedhof und in das Grab geriet.«

Finn Weidenhuber paffte. Gespannt war Pamela den Ausführungen gefolgt. Zwischendurch schnüffelte sie ein wenig, Finn Weidenhubers Tabak roch leicht nach Leder. Erstaunlich war, wie viel Rauch eine durchschnittlich große Pfeife entwickeln konnte. Sie überlegte: »Ich habe mich ja mit Frau Utz getroffen. Damals war sie mit Herrn Maigold liiert. Sie deutete an, er hätte den Fall ihr zuliebe so zurechtgebogen. Die Verwicklung ihrer Tocher Tonja in den Missbrauch eines behinderten Mädchens hätte nicht nur das Leben ihrer Tochter, sondern auch ihr eigenes verpfuschen können.«

Finn Weidenhuber unterbrach: »Ja, wurden ihre Leben denn nicht verpfuscht? Es ist wohl möglich, dass sie meinte, weglaufen zu können. Doch jetzt, ihre Tochter ist tot! Läuft sie denn immer noch weg?«

Pamela war verunsichert. »Sie ist ja nicht dumm, doch ich denke, so sieht sie es nicht. Möglicherweise kommt es aber heute auf die damaligen Beweggründe des Richters gar nicht an, doch man müsste ihn fragen. Diesem Richter müsste sowieso irgendetwas zu denken geben, wenn zwei der damaligen Beteiligten tot sind. Man kann es auch andersherum drehen: Falls er parteiisch die ganze Misere vom Tisch gewedelt hätte, könnten ihn die damaligen Jugendlichen erpressen, zuerst Elmar, dann Tonja. Er hätte sich ihrer entledigt, wie man schon einmal einen Fall in Luft auflösen konnte. Ist es nicht so, dass jene, die Kriminelle verfolgen, selbst sehr viel kriminelle Energie haben?«

Weidenhuber zuckte mit den Schultern, gab sich einen Ruck. »Tobias Maigold kannst du vergessen, das ist noch immer ein Freund von mir. Der ist hinüber, nein, er lebt, aber im Pflegeheim. Grauenvoll. Völlig hilflos, der kann dir nicht mehr antworten, du meinst, er ist tot, aber er ist bei Bewusstsein, einer dieser Pflegefälle. Er kann nicht einmal mehr sprechen.«

Dubi ergänzte: »Wären wir 60 Jahre früher, er selbst hätte für seinen Fall Euthanasie angeordnet, sein Vater war schon nicht zimperlich. Aber seine Schwester ist streng katholisch, da kann man nicht helfen.«

Pamela zog die rauchgeschwängerte Luft ein, im Raum hingen richtige Rauchschwaden. Sie verwebten sich zu Netzen, unvermittelt hörte sie diese Stimme: ›Damals an Mariechens Grab war er noch gesund und stand scheinheilig daneben. Gottes Strafe traf ihn als Ersten, nach einem Gehirnschlag liegt er im Pflegeheim.‹ Pamela wollte durchatmen, doch der Rauch stoppte sie. Wieder sah sie im Augenwinkel Funken, als wirbelten dort Klöppel. Was war das? In ihrem Kopf spielten einmal eingegebene Reize verrückt, dummerweise nahm sie es wahr. Sie würde dem einfach keine Beachtung schenken, als wäre es Ohrensausen. Sie antwortete auf Dubis vorherige Bemerkung.

»Wie kann man das einfach so sagen!«

Finn Weidenhuber wirkte resigniert, zog den Kopf etwas ein, als läge etwas über ihm: »Es wäre in seinem Sinn. Genau bei diesem Fall hatten wir diesen Disput. Wir spielten Skat, da ergibt ein Wort das andere, du kannst deine Arbeit nicht ausklammern. Tobias gebrauchte die Worte ›lebensunwert, das Mindeste sei Sterilisation, Dummer-Jungen-Streich‹. Es war auch klar, dass der junge Fasel hängen bleiben musste, psychisch und physisch ein Schwächling, um den es nicht schade sei. Er warf mir Aufweichung vor, ich verglich ihn mit seinem Vater. Er lief fast violett an, ich dachte, es treffe ihn der Schlag. Doch das geschah damals noch nicht.«

»Was war mit seinem Vater?«

Finn Weidenhuber schaute nachdenklich, sein Gesicht wurde hölzern. Dubi beobachtete ihn scharf. Weidenhuber räusperte sich: »Sein Vater war Arzt, Chirurg, hatte bei irgend so einer Berühmtheit in Heidelberg gelernt. Um das richtige Handwerk auszuüben, ging er im Krieg freiwillig als Arzt an die deutsche Ostfront. Er war nicht der Einzige aus der Schweiz, und er warb. Er machte sich einen Namen mit Fachartikeln über waghalsige Operationen. Bei den Behörden setzte er sich dafür ein, dass offizielle Ärztemissionen an die Front geschickt wurden. Nach dem Krieg wurde viel gemunkelt. Er wurde trotzdem Professor, führte bahnbrechende Lungenoperationen durch. Er starb Ende der 50er-Jahre, das ist lange her. Wie ich schon sagte, ich habe mich mit Tobias Maigold angefreundet, als ich hierher versetzt wurde, auch das ist nun schon 20 Jahre her, damals war er Staatsanwalt. Natürlich war er noch von der alten Schule, von seinem Vater preußisch erzogen eben. Er hatte diese jüngere Schwester, Irma, immer adrett, immer liebenswert, ein bisschen sehr fromm, ein bisschen viel Orgel und ein bisschen viel Klöppelspitzen, sie klöppelt noch heute.«

Dubi war zynisch: »Du meinst was ich meine, klebrig wie rosa Zuckerwatte, das haftet an den Fingern, in den Haaren, überall.«

Pamela musste lachen, jetzt lächelte auch Finn: »Ich will ihr nichts nachsagen, sie ist einfach nicht mein Typ. Sie war ihrem Vater, dem Professor, hörig, sorgte rührend für ihn, als er alt und gebrechlich war, sie kümmert sich auch jetzt sehr liebevoll um ihren Bruder, den sie natürlich nicht zu Hause pflegen kann, das wäre viel zu aufwändig. Doch sie besucht ihn alle zwei Tage, bringt CDs, Blumen, zündet Duftlämpchen an. Hingebungsvoll.«

»Hallo, kann man mir nicht sagen, wenn sie da ist!« Tizian platzte herein. »Was für ein Rauch, schon einmal etwas von Passivrauchen gehört, das fällt unter Körperverletzung!« Tizian riss die Fenster auf. Finn paffte verärgert weiter, es war immerhin sein Büro, sein Posten.

Pamela lachte. »Der Eifer der Bekehrten, welch reizende Begrüßung, hallo auch dir!«

Tizian war in Form: »Ihr scheint ja schon lange in eurer Besprechung zu sitzen. Als ich am Eingang hörte, Pamela sei da, hat einer meiner Freunde, ein Galerist, im Fischerhaus bei Serge Mestril angefragt, ob ich mit einer guten Freundin heute Nachmittag einen Atelierbesuch machen dürfe. Für eine halbe Stunde sind wir willkommen, dann können wir uns noch draußen umsehen. Wir sollten die Zeit nicht überziehen, sie müssten leider die Besuche beschränken. Ich habe uns auf halb fünf Uhr angemeldet. Also könnten wir vorher unserem Richter einen Krankenbesuch abstatten.«

Finn redete plötzlich hart: »Ihr verschwendet eure Zeit, das bringt überhaupt nichts, er macht keinen Mucks, oder glaubt ihr mir etwa nicht?« Er steigerte sich: »Er ist mein Freund, gewesen und immer noch, Freunde können auch verschiedene Meinungen haben und der eine muss das, was der andere tut, nicht immer gut finden. Aber sie können sich aufeinander verlassen. Und dass ihr es nur wisst, müsste ich zwischen meinem Beruf und meinem Freund entscheiden, es wäre immer für den Freund.«

»Eben, Vetternwirtschaft«, ergänzte Tizian trocken.

Finn konterte harsch: »Du kannst es auch Treue nennen. Das ist ein Wert, der heute nichts mehr gilt, nirgends.«

Tizian war empört: »Es gibt auch Treue gegenüber anderen Werten, dem Staat zum Beispiel, dem demokratischen Rechtsstaat.«

»Ich halte nichts von überpersönlichen Treueschwüren. Es ist schon schwierig genug von Mensch zu Mensch«, putzte Finn ihn runter. Sie schauten einander sprachlos an.

Dubi verabschiedete sich trocken, sie brauchten ihn offensichtlich nicht und seine eigene Arbeit erledigte sich nicht von allein.

Nein, Tizian war unbeirrbar, den Besuch im Pflegeheim machten er und Pamela ohne Weidenhuber. Sie fuhren durch ein Fahrverbot in einem Einfamilienhausquartier, dann waren sie schon auf knirschendem Kies auf dem Vorplatz des Heims. Diesen Pflegefall mussten sie mit eigenen Augen sehen. Rosemarie Holzer, Leiterin der Pflegeabteilung, sah in ihrem Eindringen keinen Sinn. Weidenhuber komme jeweils in der ersten Woche jeden Monats vorbei, bringe Pralinen fürs Pflegepersonal, komme nach zwei, drei Minuten wieder aus dem Zimmer, besuche zwei weitere Insassen, diese etwas länger, trinke eine Tasse Kaffee im Café. Eine Verpflichtung, die er ganz sicher in seinem Terminkalender abhake, kein Monat vergehe ohne diesen Besuch. Sie erlaube sich einen Rückruf bei Finn Weidenhuber, sie müsse ihre Legitimation abklären. Überall waren alte Leute, sitzend, sich vorwärtsstoßend oder dement irgendwo herumstehend. Eine Frau saß im Rollstuhl hinter einer halb offenen Tür, rief Pamela flehend an, sie hatte Hunger, wann gab es endlich etwas zu essen, man konnte sie hier doch nicht einfach verhungern lassen. Pamela öffnete diese Tür vollends, die Frau fuhr wendig mit dem Rollstuhl an ihr durch, verschwand im Korridor um die Ecke. Mit beleidigtem Ausdruck kam Frau Holzer zurück, ließ sie endlich das Zimmer betreten.

Tobias Maigold lag unter einer hellblauen Decke, gespannte Haut über Knochen, leblose Hände. Offene Augen starrten an die Decke. Als bemerkte er ihre Anwesenheit, atmete er jetzt röchelnd. Ein Katheter war angehängt, ein Apparat summte. Sie sahen sich um. Die Vorhänge waren halb gezogen, das Fenster ging in eine menschenleere Gartenanlage. An der Gegenwand hing ein Kreuz, ein Bergbild. Auf einem Regalbrett stand einzig eine Delfter Figur aus dem Totentanz, Pamela sah es auf den ersten Blick, der Tod und ein Kuttenträger. Auf dem schmalen Tisch und dem Nachttisch waren Pflegeutensilien bereitgestellt.

Frau Holzer trat zu ihnen: »So liegt er. Wir tun, was wir können, dass er sich nicht wund liegt, dafür gibt es heute wunderbare Einrichtungen. Wenn Sie wollen, kann ich ihn jetzt seitwärts legen, dann kann er Sie sehen. Nein, wir wissen nicht, wie weit er versteht, was gesagt wird. Seine Schwester kommt zweimal die Woche, sie liest ihm jeweils vor, oder sie lässt Musik laufen und klöppelt eine Stunde, das scheint ihn zumindest nicht zu stören. Sie macht Spitzenbänder, Buchzeichen und Gläseruntersetzer, alles für unseren Basar.« Sie redete weiter, erwartete keine Antworten. »Im Moment haben wir 15 wirkliche Pflegefälle, doch so weit wie Herr Maigold sind die anderen nicht, und wenn, geht es doch irgendwann zu Ende. Damit müssen die Leute halt rechnen.« Etwas wie Triumph lag in ihrer Stimme. Hatte sie genau auf Pamelas Erschrecken gewartet, eine kleine Kompensation für ihren Alltag? Pamela war entsetzt, eine Wartestation. Nie sollten Alice oder Luzius so etwas erleben müssen.

Im Korridor kam die Frau im Rollstuhl gefahren. Frau Holzer stoppte sie, wie war sie schon wieder aus dem Zimmer gekommen! Nein, jetzt war nicht Essenszeit. Sie konnte im Aufenthaltsraum warten, den Fischen zuschauen, das tat sie doch gern. Mit aller Kraft hielt sie den Rollstuhl fest, die Frau brabbelte. Ja, Tizian hatte noch eine Frage. Waren die Zimmer hier direkt für jedermann zugänglich? Konnte man auch ohne Anmeldung einfach so hineinspazieren? Hatte Frau Holzer nie die Befürchtung, dass hier auch Fremde eindringen könnten, zum Beispiel auch Diebe? Täuschte er sich, oder war es so, dass weder die Zimmer noch die Korridore überwacht waren? Es sei ihm aufgefallen, sonst nichts. In der Kriminalistik gälten derartige Korridore und Zimmer als Sicherheitsrisiko.

Ja, sie hatte natürlich vom Tod dieser Tonja Utz gehört. War diese wirklich im Grab neben dem Grab von Elmar Fasel getötet worden? Dann meine der Herr Kommissar, da könne es einen Zusammenhang geben zum Gerichtsfall um dieses Mariechen? Damals sei Richter Maigold der zuständige Amtsrichter gewesen. Sie erinnere sich genau. Sie könne sich keinen anderen Grund denken, warum sie beide jetzt hierher gekommen seien. Pamela meinte, einen gewissen Unterton zu hören, war es Tratschsucht, war es Genugtuung? Die Frau hatte Pferdezähne.

Jetzt schien sie zu einem Entschluss zu kommen: »Von ihm ist nichts mehr zu wollen. Doch seine Schwester hockt wie eine Spinne in ihrem Loch, man meint, sie sieht nichts als ihre Noten und ihre Klöppelspitzen. Das täuscht. Ich kenne den Richter seit Jahren und ich kenne auch sie. Wenn sie etwas aus dem Leben des Richters wissen wollen, sie weiß es.«

*

Von Burg waren es 20 Kilometer durch die Hügel bis zum See. Tizian hatte die Liegenschaft gegoogelt, ein altes Riegelhaus, eine Tenne, ein Schuppen, ein Pflanzgarten, ein Autounterstand und ein Badhaus, alles auf einem sehr großen Grundstück direkt in der Uferzone. Tizian orientierte Pamela, der Galerist hätte bei ihrer Anmeldung erwähnt, Pamela sei eine Sammlerin moderner Bilder, nur dass sie das wisse.

Pamela war empört: »Und wenn er fragt, was ich

denn so sammle? Soll ich dann Pippilotti sagen oder Giacometti? Bei mir an den Wänden hängen, wenn du es genau wissen willst, ein paar Bilder von völlig unbekannten Malern, erschwingliche Bilder, reiner Zufall.«

Tizian begütigte: »Er wird so etwas nicht fragen, er wird es gar nicht wissen wollen. Künstler nehmen andere Künstler nur als Randfiguren wahr oder als Konkurrenten. Sie sind von ihrer eigenen Kunst überzeugt, also ist alles andere unwichtig. Dazu wollen sie gar keinen Zugang, sie könnten es vielleicht auch gar nicht. Aber hör auf, du bist jetzt jahrelang in Zürich in der Werbebranche tätig gewesen, du willst mir doch nicht sagen, Vernissagepräsenz sei nicht Pflicht jedes Werbers?«

Natürlich war Stefan dieser Meinung, sie hatte ihn begleitet, das war ihre Funktion, die Funktion der Frau an seiner Seite. Pamela schwieg. Nicht zurückschauen, das Leben war jetzt.

Tizian hatte sich kurz im Internet orientiert: Serge Mestril war 33 Jahre alt, arbeitete mit Computertechnik, Ziseliertechnik, Naturfarben und Lichteffekten. Berühmt war er durch seine großformatigen vierdimensionalen Installationen geworden, dann mit den entsprechenden optischen Täuschungen. Er nannte seine Art zu malen Effectiviste, Caprioles, Pluranimes. Er spielte das Instrumentarium in allen Variationen. Es gab auch gemalte Bilder nach der Minimal Art, einzelne Zeichen, zerfließende Farbspuren.

Tizian sagte: »Weißt du, ein Teil seines Erfolgs liegt sicher in seinem guten Aussehen. Er scheint sehr groß zu sein, sieht sehr jung aus, ähnelt einem römischen Wagenlenker, relativ kurze, gerade Stirn und Nase und ein hübsches Kinn.« Pamela amüsierte sich, männliches Rivalitätsdenken. »Er steht bei einer der bekanntesten Galerien unter Vertrag. Die Liste seiner Ausstellungsorte ist beeindruckend, Mailand, Düsseldorf, Berlin, New York, Los Angeles, Tokio. Mit seinen Bildern gehört er zur oberen Liga, und mit den Druckgrafiken, die man vom Computer herunterladen kann, ist er sehr populär. Dieser Ausflug ist für mich Erholung pur.«

Das GPS des Autos forderte sie auf, in einen Feldweg abzuzweigen. Er sah nicht vertrauenserweckend aus und stimmte nicht mit der Distanzangabe überein. Tizian schaltete das GPS aus. Er war mit seiner Erklärung noch nicht fertig: »Halt dich fest, es hat mich überrascht. Serge Mestril ist im Vorstand des Keltenvereins. Das nimmt einen recht großen Platz ein. Im Augenblick sucht er in den keltischen Flechtmustern nach Rapporten und Kongruenzen. Er tut dies mit dem Instrumentarium seiner Computerbilder. Ganz sicher inspiriert es ihn auch. Du findest Aufsätze von ihm in Fachzeitschriften über Perchten, Wilde Jagd und Perchtensteine, das scheint zu den Kelten oder Germanen zu gehören, wie auch immer.«

Pamela war zum Lachen zumute, sie lachte schon wieder, sah Tizian von der Seite an. Profil und Typ waren eher hunnisch geraten. Was war hunnisch, die Hautfarbe, die Nasenlänge, die Ohrengröße oder die Schädelform? Es mussten die Wangenknochen sein. Hatte Adenauer hunnisch ausgesehen? War es nicht schön, so unbeschwert mit einem Freund durch die Gegend zu fahren?

Pamela suchte in ihrem Notebook. Da hatte sie ihn! Sie staunte. »Er hat eine ganze Performance ins Netz gestellt, eine bewegliche Licht-Dia-Show in seinem Atelier, vielleicht sehen wir sie ja. Er lehnt Drogen strikt ab. In seinen Bildern sucht er nicht den Rausch, sondern die Ekstase, was auch immer der Unterschied sein soll. Er integriert die Dimensionen des Computers in seine Ekstase und umgekehrt. Computerwelt und Keltentum, damit spannt er den Bogen über die Zeiten. Er sieht wirklich gut aus, zumindest auf den Fotos, dieser stahlblaue Blick kommt durch. Einmal sind die Haare länger, einmal kürzer. Du liebe Zeit, er steht in erhabener Pose vor den Externsteinen. Hier steht nicht, wo er wohnt, das ist bei berühmten Leuten so. Er ist über die Basler Galerie zu erreichen. Seine nächste Ausstellung beginnt übernächste Woche in Tokio, das ist beeindruckend. Er macht auch Kunst am Bau, ein riesenformatiges Wandbild in der Eingangshalle einer Bank, ein Wandbild hinter der Verglasung eines Schwimmbeckens, die Kulissen zu einer Freiluftinszenierung. Mir gefällt das!«

Pamela zählte die Jahre. »Mestril muss dies in, sagen wir einmal höchstens sechs Jahren geschaffen haben. Gut, nach den Maßstäben der heutigen Kunst ist er gut, in seinem jugendlichen Alter, etwas älter als sie, bei Männern wird anders gezählt, ist das sensationell. Wie hat er das geschafft?

Auch sein Lebenslauf ist auf der Website zu sehen.

Keine Kunstgewerbeschule, Lehrjahre bei berühmten Malern. Was heißt das? Sie haben ihn angelernt oder er hat ihre Bilder fertiggemalt? Er malte ganz anders. Was zeichnet einen Menschen aus, der in jungen Jahren zu so großem Erfolg kommt?«

Tizian fuhr, Pamela resümierte vor sich hin. »Er hat eine Vorliebe für die Kelten, ach Gott. In Amerika sind es die Indianer und die Inuit, in Australien die Aborigines, in Afrika all diese Stämme und bei uns eben die Kelten. Die Helvetier waren Kelten, zumindest wenn man dem Tacitus glaubt. Tacitus hat vieles erfunden, wie viele vor und viele nach ihm. Erfinden darf jeder, die leichtgläubigen Nachbeter sind die Doofen und die Falschbeter die Schufte. Kommt es darauf an, ob etwas stimmt, das in den Chroniken steht? Wenn genügend Menschen es als Tatsachen nehmen, bekommt es da nicht eine stärkere Realität, als wenn etwas wirklich war, und niemand denkt auch nur noch daran? Wenn also eine genügend große Zahl davon überzeugt ist, die Kelten waren so und so, taten dies und jenes dann und damals auch und überhaupt, sie lebten so und starben andersherum, so gewinnt dies alles mit jedem Gedanken, mit dem sich jemand damit befasst, die härteren Konturen, die realere Wirklichkeit. Wenn einer sich also als keltischer Schamane gibt, tut er dies in einer verblüffenden Ähnlichkeit mit den Schamanen Sibiriens oder auch Mittelamerikas. Dann spricht man ehrfürchtig davon, dass dies eben die gemeinsame Wurzel unserer aller Kultur ist, weltumspannend. Wer will das schon wissen? Wir alle, das ist eine der Grundlagen unserer Weltwahrnehmung geworden.

Er wird sogar ein Buch herausgeben über Prechten und Jagdbräuche, die er selbstverständlich auf die Kelten zurückführt. Das heiligt sie.«

Sie waren da. Bei einem geschlossenen Eisentor stand eine amtliche Tafel, ›Unbefugten ist der Zutritt richterlich untersagt‹. Sie waren sowieso schon durch eine Zufahrt mit Fahrverbot gefahren, jetzt ließen sie das Polizeiauto hier am Gitterzaun stehen, der beidseits in den Wald führte. Aus einer Gegensprechanlage ertönte ein Summton, das Tor ließ sich öffnen. Ein sauberer Schotterweg führte in Richtung Haus. Pamela blieb stehen, hörte Tizian es auch? Das eigenartige Klingen war ihr schon beim Tor aufgefallen, es verstärkte sich, schien von der linken Seite aus einem Birkenwäldchen zu kommen. Pamela verließ den Weg ein paar Schritte, Tizian blieb stehen. Sie fuhr zusammen, in der Höhe über ihr wiegte ein graugrünes Gesicht, Augen, Nase, Mund, Ohren – das war eine Eisenplastik. Sie entdeckte eine zweite und eine dritte, in etwa drei Meter Höhe schaukelten grünliche Gesichter, Metall auf Stäben. Als wären dies Waldgeister, die die Bäume in eine unheimliche Stimmung brachten, eine fremde Kultur; Pamela korrigierte sich, es mochte eine alte Kultur sein, Klang-Masken in den Blättern. Ein Blick zurück auf Tizian zeigte, er nahm es gelassen hin. Sie war grundlos unruhig. Dieser Mestril war ein Künstler, ein Spinner, einer eben, der Gesichter in Blättern aufscheinen ließ. Rasch folgte sie Tizian an einem hohen, roten, felsenartigen Brunnen vorbei, das Wasser floss und sprudelte wie ein natürlicher Wasserfall, es schien hellrot, verlor sich im Waldboden.

Da war der See. Das Haus musste vorn hinter hohen Bäumen und Buschwerk liegen, ein dichter Flechtzaun grenzte ringsum ab. Sie öffneten ein Zauntor und schlossen es wieder. Zunächst ein hölzerner Carport mit einem roten Volvo darin. Sie kamen von der Seite her, standen auf einem Platz vor einer Tenne. Das Erste, was Pamela wirklich sah, waren die drei gebleichten Pferdeschädel. Das war ja unheimlich, sie schüttelte ganz sachte den Kopf, doch sie waren noch immer da. Sie gingen um diese Tenne herum. Wenn das ein Fischerhaus war! Der Größe und der Silhouette nach mochte es eines gewesen sein. Es war umgebaut zu einem supermodernen Glashaus mit Schrägdächern und Terrassen, zu einem von einem herbstlichen Garten umspielten Traum mit rosaspiegelnden Fenstern.

Jetzt zeigte Hundegeblaffe sie an. Eine Tür wurde geöffnet, zwei Hunde stürzten ihnen entgegen, blieben hechelnd knapp vor ihnen stehen, ein Spitz und irgendein wedelnder zottiger Mischling. Serge Mestril trat aus der Tenne, ein Germane. Er trug ein schwarzes Seidenhemd und schwarze Jeans, an einer schweren Silberkette hing ein runder, platter Runenanhänger, die schulterlangen Haare hatte er zu einem Pferdeschwanz gebunden, die Füße ohne Socken in weichen schwarzen Segelschuhen, das war filmreif. Er holte mit dem einen Arm aus, sie konnte die Bewegung nicht einordnen. Er tat es souverän, nicht theatralisch.

»Willkommen, mein Freund hat Sie angekündigt.«

Also war der Eindruck des Verbarrikadierens falsch gewesen.

In einem Zugang des Hauses erschien eine üppige, ebenso große Frau mit einem flachen, ovalen, von zwei dunklen Zöpfen umrahmten Gesicht, einem Kleinkind auf dem Arm. Ihr Kleid war altertümlich oder hippiemässig, ein ziegelroter, wadenlanger, irgendwie seitlich geraffter Rock. Pamela dachte, wenn schon keltisch, so war dies eine der nordischen Riesinnen. Sie bewegte sich die paar Schritte zu ihrem Mann, legte ihm die Hand auf den Arm, wendete sich jetzt ihnen zu: »Bitte entschuldigen Sie, wenn ich es so direkt sage. Ihr Besuch dauert eine halbe Stunde. Mehr ist leider nicht drin, da mein Mann sonst für heute nicht mehr arbeiten kann, Ihr Freund hat gesagt, Sie hätten dafür Verständnis. Mein Mann macht mit Ihnen jetzt die Atelierführung, dann sind Sie entlassen. Weitere Informationen und allfällige Kaufverhandlungen werden über die Galerie getätigt.« Doch jetzt fasste die Frau Pamela ins Auge, meinte zweifelnd: »Sie sind Kunstsammlerin?«

Da hatte sie es. Da brauchte man keine Gedankenleserin zu sein. Die Göttin hatte sie taxiert, sie trug kein Statussymbol. Leute, die das Geld für Mestrils Bilder hatten, trugen teure Sachen in allen Variationen mit sich herum, Taschen, Sonnenbrillen, Tücher, Schuhe, vor allem Schmuck. Sie war auch nicht auf die richtige Weise zurechtgemacht. Pamela fühlte sich zu stolz, in diese Augen hineinzulügen, auch kein Drumherum. Tizian kam ihr zu Hilfe.

»Richtig ist es so: Wir sind große Verehrer und Bewunderer der Bilder Ihres Mannes. Da hat mein Freund, der Galerist, recht.« Jetzt wandte er sich an Serge Mestril: »Ich bin Oberkommissar Füssli von der kantonalen Mordkommission. Wir untersuchen den Mordfall Tonja Utz und möchten gern mit Ihnen reden. Eigentlich sind wir beide aber doch wegen der Bilder hier.« Pamela schluckte. Sie hatten sich unter falschem Etikett den Zugang erschlichen.

Doch da lachte die Frau: »Die Polizisten habe ich euch gleich schon auf dem Monitor angesehen und gedacht, ihr seid wegen des Motorrads meines Mannes hier. Doch das ist längst nach Vorschrift ausgestattet.«

Serge Mestril trat näher, streckte ihnen aber die Hand nicht mehr entgegen. Sein Gesicht zeigte jetzt einen höflichen, aber etwas harten Ausdruck. Pamela dachte, immer diese Masken. Er bat sie ins Haus. Offensichtlich war die Absicht, sie möglichst schmerzlos wieder loszuwerden.

Die Frau sagte: »Ich gehe dann wieder in den Gemüsegarten, ich muss die Tomatenstöcke noch fertig unterlegen.« Pamela überlegte kurz, was das wohl heiße.

Das Haus schien aus dem Norden hergezaubert zu sein, warme Farben, klare Linien, Holzdielen, eine geflieste Küche, alles weiträumig, ein einziges seiner Werke. Es war erst vorgestern gewesen, dass sie im Spital in eines dieser Bilder gestarrt hatte, gemeint hatte, Emily sterbe, ihr eigenes verzerrtes Gesicht im Bild gesehen hatte. Der Raum hier wurde von Teppichen dominiert, sie hingen an den Wänden, lagen am Boden, sogar auf den Möbeln, überall Webteppiche, rot, rosa, gelb. Irgendwo musste hier ein Webstuhl stehen, möglicherweise auch eine Töpferscheibe, denn auf Simsen und Gestellen standen auch künstlerische Tongefäße. Das war das Haus der Frau. Sie setzten sich in großbemessene Designermöbel mit einem Panoramablick weit über den See in den Jurazug, wieder dachte sie, nordisch.

Natürlich erinnerte er sich an Tonja Utz, sie hatten ja dieselbe Klasse besucht. Sie war ein dunkles, sehr vitales Mädchen gewesen, lebendig und stark eben. Sie hatten sich auch in einer Gruppe hin und wieder in der Freizeit getroffen, wie Jugendliche dies eben tun, da geschieht nichts Gefährliches, wenn man nicht provoziert wird. Sie war dann kurz vor dem Abitur mit ihrer Mutter weggezogen, die die Stelle gewechselt hatte. Dann habe sie eine Hotelfachschule besucht. Er hatte nie wieder etwas von ihr gehört. Dann zeigte er sich gebührend beeindruckt, dass sie vor noch nicht einer Woche ermordet worden sei. Nein, er hatte nichts davon gehört. Er arbeite auf eine wichtige Ausstellung hin.

Er erinnerte sich an Elmar Fasel. Elmar hat er in seiner Jugend gekannt, weil dieser sein leichtes Motorrad, das er damals fuhr, günstig reparierte. Da hatten sie sich denn hin und wieder in der Werkstatt von Elmars Vater getroffen, gefachsimpelt und ein Bier getrunken. Auch an diese Behinderte erinnerte er sich schwach, er hat sie in dieser Werkstatt ein paar Mal gesehen. Sie störte jeweils in der Kirche, wenn sie grölend mitsang. Niemand hatte dafür Verständnis, vor allem der Pfarrer nicht. Dann war diese Geschichte. Keiner aus der Gruppe hätte diese Behinderte auch nur angerührt. Dieser Elmar war von Anfang an zu gefühlvoll gewesen. Das zeigte sich ja dann, als er diese Kleine geschwängert hatte. Sie haben ihn ja in der Vernehmung so weit gebracht, dass er wildeste Geschichten erfand. Er verlor völlig den Verstand, hat sich schließlich sogar umgebracht. Er war nicht stark, das lag in seinen Genen. Wäre etwas von seinen Bezichtigungen wahr gewesen, hätte er damit sogar Kameradenverrat begangen. Doch der eigentliche Skandal damals war doch, dass eine jugendliche Behinderte frei herumlief.

Pamela wagte nicht, zu Tizian hinzusehen, was für Worte, das mochte zu den Germanen oder Kelten oder wem auch immer passen. So nach dem Motto, ich bin ein freier Künstler, meine Genialität erlaubt, dass ich aus der langweiligen Masse herausrage. Hatte nicht dieser junge Krepp einen ähnlichen Ton angeschlagen? Es mochte auch der Ton sein, der zu gewissen Männercliquen gehörte. Rutschte es ihm heraus, weil er nicht ganz auf die Nuancen seiner Worte achtete, weil er Wichtigeres damit verdeckte? Oder kümmerte sich ein bildender Künstler prinzipiell nicht um seine Wortwahl? Das passte aber nicht ganz dazu, dass er wirklich gut redete.

Konnte er sich daran erinnern, dass Marie Güdel Mundharmonika spielte? Nein, er wurde nicht gern unterbrochen. Wie sollte er sich an eine Mundharmonika erinnern? Pamela schaute gebannt auf diese Luftschicht um seinen Körper. Sie wurde eng, sie dehnte sich wieder aus in Pamelas Richtung, als streckten sich feinste Fühler aus, die ihr Wissen, ihre Hintergedanken suchten. Auf ihre Frage hin, was Elmar Fasel dazu getrieben hatte, sich in jener Nacht vor der Kirche zu erhängen?

Wenn sie es sage. Das Erhängen hätte sich bei ihm nicht festgesetzt. Sein Kopf funktioniere selektiv. Was ihm nicht wichtig erscheine, lasse er sofort fallen. Seither hat sich sein Leben kraftvoll entwickelt, seine Gedanken gehen sehr weit. Er schaute nicht rückwärts, immer nur nach vorn. Er sagte dies überzeugend, glaubte, was er sagte.

Das war schon alles. Sie waren die Gäste, er war der Hausherr, doch zu trinken gab es nichts. Serge Mestril schien mit sich zufrieden zu sein, erklärte etwas von oben herab, da sie schon hier seien, er habe sich ja für eine Atelierführung bereit erklärt, sie könnten herüberkommen. Herüber – das war die Tenne. Sie war überwältigend. Die eine Längsseite war gegen die Seeseite hin verglast, ebenso war das große Dach durch verglaste Lichtkanäle geöffnet, sodass die ganze Tenne ein Lichtraum war. Sie war durch große, weiße Leinenbahnen in Ausstellungs- und Arbeitsbereich unterteilt. Doch auch der Ausstellungsbereich war ein Work-in-Progress, verschiedene Computerinstallationen, Mehrfachleinwände, Spiegelungen, gespannte Drähte, an denen sich aufgehängte Gebilde bewegten. Vorherrschende Farben waren weiß, gläsern und metallen, blitzend und flirrend. Diese Tenne war ein großes, sich entwickelndes, sehr bewegliches Ganzes. Pamela konnte auch Tizians Begeisterung spüren. So hatte sie sich eine Werkstatt nicht vorgestellt. Jetzt sah sie diesen Mann mit anderen Augen, er musste genial sein. Doch es widerstrebte ihr, die üblichen Kunstfloskeln von sich zu geben, überhaupt irgendwie auf Konversation einzusteigen. Tizian mochte es ähnlich gehen. Man wird nicht gern als Polizist deklassiert. Sie verabschiedeten sich mit ehrlicher Hochachtung. Serge Mestril meinte, sie könnten sich auch in der Umgebung noch umsehen, es stünden hier und dort Freilandplastiken. Das Areal könnten sie dort verlassen, wo sie es betreten hätten. Es sei gut umzäunt wegen der Hunde, die sollten nicht jagen, doch eigentlich hatte es die Versicherung der Bilder verlangt. Dann kam der letzte Satz, vordergründig freundlich, falls sie weitere Fragen hätten, stehe er der Polizei immer gern zur Verfügung. Das war höhnisch.

Schweigend gingen sie um das Haus herum, sahen die Frau im Gemüsegarten, doch sie schaute in die andere Richtung, schien ihren Gruß nicht zu hören. Sie gingen zum See hinunter, hier wandelte sich das Gelände in gestaltete Naturlandschaft mit seltsamen künstlerischen Eingriffen und Ergänzungen. Ein schöpferischer Mensch. Im Schilf stand ein verwunschenes Holzhaus auf Pfählen, vielleicht eine Sauna, ein Steg führte dazu. Schon war Tizian dort, Pamela folgte. Die Tür stand offen. Der Anblick war krass. An der Decke hingen zwei ausgeweidete Tiere, eines schien groß zu sein. Darunter stand noch der Zuber mit dem Blut. In einem Trog schwamm und blubberte etwas Weißliches, es wurden Därme geschwemmt. In einem weiteren Zuber schwamm ein Schafskopf mit blauen Augen.

Sie erschraken, hinter ihnen stand die Frau und meinte mit unbeweglichem Gesicht: »Es wird Blutwürste daraus geben, dazu aus der Leber Leberwürste mit eigenen getrockneten Pflaumen darin.« Als sie schwiegen, fuhr sie fort. »Es ist alles legal. Der Dorfmetzger kommt einmal im Herbst auf die Stör, er wird morgen hier fertig werden. Wir haben einen großen Gefrierschrank, wir sind fast Eigenversorger.«

Pamela schaute auf das Becken mit dem Blut, eine dünne Haut hatte sich darüber gezogen, vibrierte. Sie fühlte, wie ihr schwarz vor den Augen wurde, rasch setzte sie sich auf den Bretterboden, so fiel sie nicht.

Es drängt gegen sie an, als verdichte die Luft, Kleinstpartikel. Das Blut gibt seine Schwingung ab. Der Klumpen des Grauens, wie geronnenes Blut, der in Blut und Kotze und Unrat erstickte Schrei.

Jetzt meinte sie es zu sehen. Die Katze, er hat ihr die Stimmbänder durchgeschnitten, wie sie es in den Tierversuchen tun, damit die Frau die Stimme nicht hören muss. Weil sich die Fellhaare erst richtig aufrichten und stehen bleiben, wenn man ihnen lebendig das Fell abzieht. So haben sie es vor Stalingrad gemacht, den Hunden die Stimmbänder vorher durchgeschnitten. Man muss das können, für den Fall, dass es wieder einmal so kalt wird. Wenn die Haare stehen, sind die Felle doppelt so warm. Sie hörte von draußen ein Singen, einen seltsam wilden Gesang einer Sopranstimme, auf und ab, als schreie ein Tier, Pamela standen die kurzen Nackenhaare zu Berge. Sie flüsterte, ›komm, wir klopfen, wir müssen hinein.‹ Jetzt waren es mehrere Stimmen. Es könnte ein Ritual sein, irgendwie eine heilige Handlung. In der Mitte des Raums lag auf einem Tisch ein frisch gehäutetes Tier, ein Hase oder eine Katze. Um den Tisch tanzte der singende Maler. Über den Schultern lag eine Pferdecke über einem zottligen Schaffell, die Beine waren nackt, kräftige Männerbeine. Auf dem Kopf eine kanadische Bärenmütze, sein Gesicht war mit Blut bemalt. Er sah sie an, sie konnte seinem Blick nicht entgehen. Sie wusste nicht, dachte er es oder sang er es: ›Es ist die Kraft des Blutes. Das frische Blut haben schon die Germanen ihren kleinen Kindern zu trinken gegeben. Es gibt nichts Kräftigenderes als dieses Schreien.‹

Pamela grenzte sich ab, dachte: Das ist der Unterschied zu einem Zen-Meister. Ein Schamane verbindet sich intensiv mit seinem Körper und mit der Welt, sinnenbesessen. Auch Ekstase kann zu einer Gotteserfahrung führen. Doch letztlich brauchte er seinen Schamanismus zum Erreichen seiner persönlichen Macht und seines persönlichen Reichtums.

Pamela kam zu sich. Sie war nicht gefallen, saß auf dem Bretterboden. Die Frau des Malers kniete neben ihr, hielt ihr ein Glas Wasser vor das Gesicht. Um nichts in der Welt würde sie hier einen Tropfen Wasser trinken. Tizian schaute besorgt. Er reichte Pamela die Hand, fasste sie unter dem Arm, half ihr hochzukommen. Er drängte: »Wir müssen hier heraus, es ist spät geworden.« Sie verabschiedeten sich rasch, ohne Händedruck. Die Frau gab den Weg frei. Schon waren sie auf dem Steg.

Pamela sog die Luft ein, nicht zu tief. Nicht daran denken, es war schon fast verweht.

In der Ferne vor dem Wohnhaus stand Serge Mestril, reglos, die Arme vor der Brust gekreuzt. Er hatte große Handgelenke, sie gefielen ihr nicht. Hände wie Hämmer. Er schlüge mit den Fäusten zu, wenn einer sich ihm nicht unterordnen wollte.

*

Pamela war ganz langsam die Treppen zur Wohnung von Frau Fasel hochgegangen, läutete. Sie entschuldigte sich, sie fühle sich zu schlecht, um am Nachtessen teilzunehmen. Ihr schien, Frau Fasel durchbohre sie mit den Blicken. Wusste sie, was hier vor sich ging? Pamela wollte sie keinesfalls als Mutter dieses irgendwie armen Jungen sehen. Noch immer schaute sie starr, hatte sie jetzt ihre Gedanken gespürt?

Frau Fasel schüttelte die Schultern, schaute ihr besorgt ins Gesicht. »Sie sehen wirklich miserabel aus, blass wie ein Leintuch, und sind jetzt alle die Treppen hochgekommen. Vielleicht zu rasch. Wollen Sie kurz hereinkommen, ich kann Ihnen eine Tasse Tee machen. Kriegen Sie eine Grippe?«

Pamela zögerte, doch dann wehrte sie ab. Keinen Moment würde sie jetzt die Luft dieser Wohnung atmen können. Sie erklärte, sie habe nur den einen Wunsch, sich hinzulegen. Sie werde es noch bis in ihren Turm schaffen.

Kurz entschlossen fasste Frau Fasel sie unter dem

Arm, bestimmte: »Ich begleite Sie, dass Sie gut hinüberkommen.«

Pamela war direkt erleichtert, das war nett. Im Gästeturm hielt sie sich beim Hochsteigen am Treppengeländer fest. Endlich waren sie oben. Pamela tippte den Code ein. Frau Fasel kam mit herein. Sie vergewisserte sich, dass Pamelas Handy eingestellt war. Dann suchte sie in der Küche nach einem Zettel, schrieb ihre eigene Nummer hin, für alle Fälle. Wenn sie sich schlecht fühle, solle sie anrufen, dazu sei sie ja da. In einer Stunde bringe sie eine Suppe, Pamela solle also nicht erschrecken, wenn sie an der Tür klingle.

Dann war sie weg. Was für ein verrückter Nachmittag. Als wäre sie in einen anderen Raum gefallen. Nach zehn Minuten auf dem Bett fühlte sie sich wieder gut. Sie rief Hubert an, Emily ging es viel besser, sie würde sich über einen Besuch freuen. Sie rief in Alaska an, Alice und Luzius waren Frühaufsteher, wegen der Tiere. Sie erzählte von der Bibliothek. Alice berichtete von einer Gemeindeveranstaltung, sie hatte mehrere Liter Kürbissuppe geliefert. Pamela stellte die Frage nicht, die sich ihr aufdrängte, was taten die Eltern mit ihren Ziegen, wenn sie Junge hatten? Sie hatten doch Junge gehabt. Gaben Ziegen nur Milch, wenn Zicklein da waren? Sie war etwas einsilbig. Dann erzählte sie von ihrem Besuch bei Serge Mestril, von der Tenne, nicht vom Wohnhaus, nicht vom Schilfhaus. Alice war beeindruckt. Mit Interesse nahm sie zur Kenntnis, dass Pamela mit Tizian dort gewesen war. Pamela hörte dies am Ton.

Auf einem Tablett brachte Frau Fasel eine kleine Schüssel mit einer gut duftenden Gerstensuppe, dazu einen kleinen Grießpudding mit Quittensauce, dazu eine Thermoskanne mit Tee. Herr Gilli sei sehr besorgt und wünsche ihr gute Besserung. Sie solle morgen ausschlafen. Jetzt lächelte Frau Fasel das erste Mal, als belustigte sie dies wirklich. Merlin war mit Frau Fasel hereingekommen. Frau Fasel liebte Katzen, Pamela staunte, wo war die harte Frau geblieben. Sie freute sich, dass jetzt eine weitere Katze auf dem Château lebe, so sei sie im Turm auch nicht ganz so allein. Ob Merlin den Katzenweg schon gefunden habe. Drüben im Château gebe es innere Katzenwege, überall Durchschlupfe und hohles Gemäuer. Das hätte man beim Erbauen so eingerichtet. Nach den großen Pestzügen sei das so aufgekommen. Dann ging sie.

Pamela überlegte. Die Ratten verbreiteten die Pest. Taten sie das, weil sie die Leichen fraßen, taten sie das vor allem in Kriegen? Das war doch wieder schauerlich. Nein, sie war nicht zimperlich. Das Blut war widerlich gewesen. Tizian hatte gesagt, er hätte sich um ein Haar übergeben. Auf dem Land war das Schlachten auf den Höfen früher durchaus üblich gewesen. Bei kleinen Höfen wurde das heute noch so gemacht. Nur Stadtmenschen aßen Fleisch ohne die Bilder vom Schlachten im Kopf. Wie konnte sie überhaupt den Gedanken ernst nehmen, nur Dinge zu essen, die keine Augen hatten? Sie war hier Gast.

*

Am nächsten Morgen fühlte sie sich gut. Sie hatte eine Schmerztablette geschluckt und traumlos geschlafen. Nach der Dusche starrte sie zum Fenster hinaus. Diese Alpen, heute Morgen erschienen sie schwarz und bedrohlich. Das konnte ja ein guter Tag werden – und das nach gestern. Nein. Sie glaubte an die Kraft ihrer Gedanken. Ein Tag entwickelte sich nach dem Morgenmuster, sie hatte es in der Hand, sie konnte nachbessern. Also sah sie jetzt diesen Berg nicht dunkel, sondern konzentrierte sich auf den hellen Himmel dahinter, einen im Licht fließenden Morgenraum. Ebenso schaute sie nicht auf Emilys Leiden, sondern auf ihre Lebenskraft, ihre Augen. Also dachte sie nicht schon wieder an Blut, sie konnte an Merlin denken. An sein Fell zu denken als lebendigen, weichen Katzenpelz, an seine lebendigen Augen, seine vibrierenden Pfoten. Schleunigst von der Katze wegzudenken. Sich auf ein schönes Trakehnerpferd zu konzentrieren, seine Lebenskraft. Hallo, sie fühlte sich gut, heute Nachmittag ginge sie zu Emily, morgen würde sie reiten.

*

Emily saß aufgestützt in ihrem Spitalbett. Sie blätterte in einem Buntglanzheft, Alaska, Kreuzfahrten. Es ging ihr viel besser. Natürlich würde sie keine Kreuzfahrt machen, doch sie hatte ja jetzt Zeit zum Träumen.

»Du musst es dir wahr träumen, als wärst du dort. Du musst dir den Meerwind vorstellen. Denk, du besuchst meine Eltern, mit Hubert, ihr macht Ferien. Dann startet ihr in Anchorage und das Schiff fährt die Pazifikküste herunter. Du liegst auf Deck, vielleicht in eine Decke gewickelt, und irgendjemand bringt dir etwas Heißes oder etwas Kaltes zu trinken, du kannst wählen. Und zwischendurch wird gelandet, dort gibt es kalbende Gletscher, Inuitdörfer und Heiße Quellen, weiter unten sogar heiße Fontänen. Du machst mit Hubert einen Spaziergang und er kauft dir ein Souvenir, irgendeinen Schlüsselanhänger oder Untersatz aus Fischbein. Ihr seid fröhlich. Später erinnerst du dich daran, wenn du den Schlüsselanhänger in der Hand hast, darum heißt er auch Souvenir, du kannst nicht anders.« Sie lachten.

Sie sahen einander an. Pamela fasste Emilys Hand. »Du darfst nie zurückschauen, die Zeit nie messen. Du füllst dieses Zimmer mit Bildern einer anderen Realität.« Sie erzählte von ihrem Besuch bei Serge Mestril, von der Frau mit dem Kind, den Hunden, den Teppichen, dem Haus, vor allem mit Begeisterung von der Tenne. »Dort hat einer die Sprache gefunden für die Realität, dass Dimensionen aufgebrochen sind. Vielleicht ist seine Tenne ein Spiegel des Gehirns. Alles dort, alles drin, alles ein Spiegel der Erde.« Wieder lächelte Emily. Pamela kam in Fahrt. »Figuren wie Serge Mestril gibt es heute überall, selbst ernannte und echte Gurus und Schamanen. Leute, Männer und Frauen, die sich scheinbar oder echt außerhalb der materialistischen Zivilisation und Leistungsgesellschaft bewegen, die sich ausgeklinkt haben. Du weißt, ich bin ausgerechnet in einem anderen Stockwerk dieses Spitals auf eines seiner Bilder gestoßen, ist das nicht Zufall? Doch wenn er in seiner Jugend mit anderen Jugendlichen eine moralische Grenze überschritten hat, soll man das als eine Vorstufe seines außergewöhnlichen Wegs einfach akzeptieren? Von ihm aus gesehen vertrete ich eine kleinliche Wertehaltung. Wann wage ich es, meine Werte einzufordern?« Vom Schilfhaus erzählte Pamela nichts und auch nicht vom Besuch im Pflegeheim. Emily hatte genug mit sich zu tun. Sie fragte auch nicht, ob das jetzt gelogen sei, die Vorspiegelung einer Welt, wie sie nicht ist. Doch wie hatte Finn gesagt? Wenn es um einen Freund geht, wenn es darum geht, ihn durchzureißen, dann konnte sie jetzt nur ihrem Instinkt vertrauen, was gut für Emily war und was ihr möglicherweise schaden könnte.

»Was schleppst du eigentlich in deiner kleinen Tasche herum?«

War Emily hellsichtig? Pamela hatte neben Autoschlüssel, Brieftasche, Papiertaschentüchern und Phone auch das Spray hineingesteckt, und da es so auffällig war, hatte sie es in ein Nickituch gewickelt. Das beulte die Tasche etwas aus, eigentlich sah man es kaum. »Nichts Besonderes, Krimskrams. Ich habe auch schon wieder das Gefühl, die Taschen werden immer kleiner. Es sieht vielleicht blöd aus und ich werde mir eine größere kaufen. Ich komme im Moment nicht dazu, Burg hat keine richtigen Geschäfte. Ich will ja nicht irgendeine Tasche. Wenn du wieder auf den Beinen bist, werden wir gemeinsam eine Tasche kaufen. Ich werde dir eine schenken, keine Sorge, ich bin Großverdienerin mit einem Minimum an Ausgaben, unwahrscheinliches Glück. Welche Tasche würdest du dir erträumen?«

*

Ihr Heimweg führte an der Kapelle vorbei. Sie bremste, fuhr die kleine Straße hoch, parkte seitwärts an der Mauer. Vielleicht war Frau Maigold drinnen, ordnete Blumen, spielte Orgel. Wenn sie sie sah, würde sie sie grüßen, den Kontakt aufnehmen.

Da war niemand. Pamela hatte das Bedürfnis zu beten, setzte sich in die zweitvorderste Bank. Doch jetzt setzte die Orgel ein, also war sie doch da. Pamela konnte ebenso gut zuhören. Ihre Welt hatte einen kleinen Riss erhalten. Der Raum wirkte harmlos. Schräg durch ein Fenster fiel jetzt die Abendsonne ein, zeichnete ein Viereck auf die Steinfliesen, irgendwie verschoben, ein verschobener Rand, als wäre es der Rand eines Musikstücks, dessen Komponisten sie nicht mit Sicherheit einordnen konnte. Wie lange es dauern mochte? Diese Musik brachte den süßlich, schweren Geruch nach Weihrauch, Kerzen, Menschen und Tod. Er schien sie zu umschlingen, als hätte er auf sie gewartet. Sie schaute auf die Madonna. Diese wirkte nicht lieb, nicht mütterlich, was Alice in ihrem New Age allumfassenden Lebenskult immerhin vermittelt hatte. Sie war kalt, herrschsüchtig, bedrohlich. Wie weit sie hier und heute noch verehrt werden mochte? Hier drin war es kühl, und wieder war dieses unwirkliche Gefühl da, als säße Pamela 40 Zentimeter verschoben neben sich, sähe sich selbst als kleine Frau von leicht schräg oben, eine farblose, blasse, möglicherweise blutarme Frau.

Pamela hustete, ein Kratzen im Hals lenkte sie ab, jetzt hustete sie so richtig, sie sollte das neu erstandene Zigarettenpäckchen wegwerfen. Die Musik spielte noch immer. Pamela hatte genug, fast fluchtartig verließ sie die Kapelle, da war der Husten auch schon weg.

Sie ging zu der Gräberreihe, stellte sich vor das zugeschüttete, planierte Grab, man hatte es sogar wieder mit Schottersteinen bedeckt, der Umgebung angeglichen. Es sah aus, als wäre hier nie ein Loch gewesen. Sie sah das Gesicht der toten Tonja Utz. Was hatte es mit ihr zu tun, weshalb stand sie jetzt hier? Sie hatte ja nicht einmal ein Grab und würde keines kriegen. Musste der, der getötet wurde, sein Leben aufgegeben haben? Oder zumindest aufs Spiel gesetzt haben?

Wie gestochen wirbelte sie herum, jemand hatte ihr von hinten auf die Schulter getippt. Da stand Frau Maigold, wich ihrerseits jetzt einen Schritt zurück, sagte mit ihrer Kleinmädchenstimme: »Ich wollte Sie nicht erschrecken, doch Sie stehen genau hier, wo sie ermordet wurde.«

Pamela sagte ebenso freundlich: »Ich war gestern mit dem Kommissar im Pflegeheim, bei Ihrem Bruder, das wissen Sie sicher. Es ist für Sie natürlich nichts Neues, dass die Ermordete Elmar Fasel kannte, der in diesem Grab hier liegt. Auch bei der Polizei erinnert man sich an seine Geschichte. Tonja Utz, die Tote, gehörte in die Gruppe von Jugendlichen, die damals in den Missbrauch eines behinderten Mädchens verwickelt war.«

Es rutschte Frau Maigold heraus: »Ist das jetzt klar?«

Pamela fragte ebenso rasch: »Sie wussten es?« Frau Maigold schaute unsicher, dann verständnislos. Pamela war ihrerseits verunsichert, was wollte sie? »Es gibt dazu vor allem die Aussage der Mutter von Tonja Utz. Ich habe mit ihr gesprochen. Es wäre der Sache dienlich gewesen, Ihr Bruder hätte uns sagen können, was er wirklich wusste. Dies ist jetzt leider definitiv nicht möglich. Hauptkommissar Füssli hofft, Sie könnten weiterhelfen, Sie seien damals seine engste Vertraute gewesen?«, fuhr sie fort.

Irma Maigold schaute hilflos durch die dicken Brillengläser, jammervoll: »Mein Bruder hat mich nie beruflich ins Vertrauen gezogen, er war ja Richter.« Als erklärte das alles … Jetzt hatte sie sich wieder gefasst. »Was ich weiß, weiß ich aus der Zeitung. Von dieser Geschichte stand nie etwas drin. Sie können das auch gleich Hauptkommissar Füssli sagen. Es kam alles nur bis zur Polizei, sie hat damals Einvernahmen gemacht, sie hätte sich eigentlich weiter darum kümmern müssen.« Fast erbittert presste sie die Lippen zusammen, Punkt und Schluss. Dass sie log, war mit Händen zu greifen.

So schnell ließ sich Pamela nicht abwimmeln. »Ich frage mich«, sie schaute mit einem Kamerablick den Horizont entlang, »was geschah in dieser Nacht, was ging in dem Täter vor? Musste er nicht befürchten, von irgendwoher entdeckt zu werden? Dieser Platz hier ist doch einzusehen. In der Runde liegen die Hügel von Coulins. Von jedem dieser Punkte ist dieser Platz zu sehen. Um den Friedhof und die Kapelle führt die große Mauer. Wie kamen Täter und Opfer herein und er wieder hinaus, ohne erkannt zu werden? War unten auf der Postautostraße denn kein Verkehr? Man könnte sich vorstellen, dass der Täter schon vorher hierher kam, um den Ort auszukundschaften. Sie seien oft hier in der Kapelle, vielleicht ist Ihnen jemand aufgefallen, der nicht hierher gehörte?«

Irma Maigold schien redend zu überlegen: »Der Friedhof wird vom Friedhofsgärtner betreut, der gleichzeitig die Kapelle sauber hält. Er öffnet am Morgen und schließt jeden Abend.« Ein leichter Wind kam vom Hügel, wehte Pamela eine Haarsträhne ins Gesicht. An Irma Maigolds Frisur bewegte sich kein Löckchen. Ebenso glatt blieb ihr Gesicht. Doch hinter der Stirn schien es zu arbeiten. Lieb lächelnd meinte sie: »Sie sind doch neu hier in der Gegend. Ich finde es aufregend, einen neuen Menschen kennenzulernen. Sie sind Bibliothekarin, ich interessiere mich auch für Bücher. Hätten Sie Lust, an einem der nächsten Tage mit mir eine Tasse Tee zu trinken? Ich lade Sie einfach zu einem Englischen Tee ein mit Scones und belegten Brötchen.«

Pamela fand diese kleine Frau mit einem Mal sympathisch, nett. Es war durchaus möglich, dass sie doch etwas wusste. Übermorgen war schon wieder Freitag, das ginge gut. Auf Irma Maigolds Vorschlag hin tauschten sie die Telefonnummern aus, für alle Fälle. Offensichtlich war sie nicht so weltfremd, wie es auf den ersten Blick schien.

Es war ein Fehler, rückwärts vom Parkplatz zu fahren, die hinteren Seitenfenster ihres Autos waren etwas klein und die Karosserie war ihr plötzlich nicht mehr vertraut, wie sollte sie fühlen, wo genau sie endete.

Sie war schon angegurtet, deshalb guckte sie zunächst in den Rück-, dann in die Seitenspiegel, dann erschien ihr der rechte Rand der Karosserie gefährdet, sie hatte doch im Seitenspiegel einen Pflock gesehen, jetzt stand dieser Peugeot, so wendig er war, definitiv zu schräg. Um zu korrigieren, drehte sie einfach den Kopf. Sie hätte die Gurte lösen, den Arm auf die Rücklehne legen und die Drehung mit dem ganzen Oberkörper machen sollen, der Schmerz schoss wie ein Blitz den Hals hoch in den Schädelbasisknochen, dort blieb er, hinter dem rechten Ohr. Pamela drückte auf die Bremse, nur jetzt nicht ein zusätzliches Fehlmanöver. Dann blieb sie reglos sitzen. Der Schmerz war da, füllte den ganzen Kopf. Sie war so überrascht, Tränen liefen die Wangen herunter. War es das, was sich mit den Sehstörungen angekündet hatte? In Zeitlupe drehte sie den Kopf gerade. Ganz langsam fuhr sie einen Meter weiter zurück, erwartete den Stoß an der Karosserie, nichts. Jetzt stellte sie den Motor erst einmal ab. Ein stechender Schmerz, so stark, dass sie ihn innerhalb der Begrenzung ihres Schädels gar nicht richtig lokalisieren konnte. Entweder mit dem Handy Hilfe organisieren oder versuchen zu fahren.

Sie fuhr so langsam und gleichmäßig als möglich zum Château. Zunächst blieb sie im Auto unter den Pferdeschädeln sitzen. Nur rasch eine Pause. Hier konnte ihr ja nichts geschehen. Dann stand Frau Fasel da. Sie hatte auf dem Monitor gesehen, dass etwas nicht stimmte. Sie holte Herrn Gilli. Auf jeden Fall landete sie in der Praxis eines Chiropraktikers. Dieser, ein Mittvierziger, blond, stämmig, Dreitagebart, weißer Ärztekittel über

Jeans, weiße Turnschuhe, hatte sich gleich am Telefon erkundigt, ob sie in den vergangenen Tagen oder Wochen einen Schlag gekriegt oder einen Unfall gehabt hätte. Wenn sie schon ein Schleudertrauma hatte, das vielleicht noch nicht erkannt war, brauchte es nur eine dumme Bewegung, und ein Nerv wurde eingeklemmt, was den Schmerzen nach der Fall zu sein scheine. Jetzt berührte er nur hier und dort leicht, streckte und bog den Arm, den Nacken ganz sanft, es tat ja so höllisch weh. Dann saß sie auf einem Stuhl, er stellte sich hinter sie, sagte: »Es tut jetzt gleich einen Moment ein bisschen weh.« Doch bevor er es fertig gesagt hatte, ruckte er schon mit einer entsetzlich harten Bewegung ihren Kopf von ihrer Schulter und hieb ihr das Knie in den Rücken. Sie meinte, Feuer zu sehen, doch der Schmerz war wie durch ein Wunder weg, nicht mehr da. Der Mann massierte ihren Nacken, die Schulter. Dann rieb er beides mit einer streng riechenden Salbe ein. »Sehen Sie, es war nur der Nerv.« Pamela schüttelte sich. Dann meinte er: »Der Nerv ist jetzt wieder frei. Doch das kann wieder geschehen. Ich mache Ihnen einen Stützverband, und Sie müssen eine Zeit lang einen Halskragen tragen, vor allem, bevor Sie ihn belasten. Ein IMR bringt im Moment nicht viel. Das heißt, ich empfehle, in etwa zwei Wochen eines zu machen. Physiotherapie empfehle ich auch.«

»Und Reiten?«

»Das Reiten vergessen Sie jetzt ein paar Wochen. Das Problem ist nicht das Reiten an sich, es sind die Bewegungen beim Auf- und Absitzen, ganz abgesehen von einem Sturz, jeder Sturz könnte die Halswirbel in der jetzigen Situation extrem gefährden. Auch vom Autofahren rate ich Ihnen dringend ab. Lassen Sie sich fahren.«

Das war schlimm.

Herr Gilli und Frau Fasel hatten gewartet. Herr Gilli ordnete an, Frau Fasel stehe für Chauffeurdienste in der näheren Umgebung zur Verfügung und übernehme kleinere Besorgungen. Sie sollten sich absprechen. Er selbst fahre hie und da nach Bern. Falls sie nach Bern müsse, lasse sich das problemlos einrichten. Sie solle den Kopf nicht so hängen lassen. Es waren die Schmerzen. Es ging ihr schlecht. Sie schluckte die vorgegebenen Tabletten.

Was war anders? Die Madonna hatte ein schwarzes Gesicht, war die todbringende Istar. Sie war jetzt 32, hatte sich sicher, behütet und geliebt gewusst, hatte in einem stützenden, wärmenden Kokon gelebt, davon war nichts geblieben. Da gab es etwas, das war wie ein Land, das sie noch nicht einmal als weißen Fleck auf einer Karte gesehen hatte. Was war, wenn es das Böse gab? Nicht als das Gute, bloß mit anderen Vorzeichen, sondern als das Zerstörerische, zerreißen, zerquetschen, zermalmen. Die gnadenlose Lust am Leiden der anderen. Die Ekstase in der Qual des anderen.

5

Pamela ging behutsam die Treppen hinunter, eine Stufe um die andere, war dankbar für den Stützverband, den Kragen, fühlte sich gehalten und geschützt, den Kopfschmerz fühlte sie nur noch leise. Den Schmerz von gestern spürte sie noch, darum war es erstaunlich, wie gut das Gehen ging, es lag nur am steifen Oberkörper, dass sie sich so puppenhaft bewegte. Sie überquerte den Vorplatz, um die Ecke der alten Stallung bog der Sicherheitsbeauftragte mit seinem Hund. Er kam offensichtlich erst vom Nachtdienst zurück: Er war mittelgroß, drahtig, schwarzer Kampfanzug mit Dreckspuren, schmutzige Schnürstiefel, schwarze Police-Mütze. Sie erinnerte sich, Herr Künzli, grüßte. Der Hund hieß Ringo, ein Schäferhund. Herr Künzli sah hohlwangig aus, schlecht ernährt. Auch der Hund wirkte geschafft. Er hatte von ihrem Malheur gehört, erkundigte sich nach ihrem Stützkragen, war beruhigt, dass niemand sonst beteiligt war, kein Mensch und kein technisches Versagen ihres Autos. Er wünschte gute Besserung. Ja, sie war von Natur aus neugierig. Sie hatte nicht darüber nachgedacht, doch sie hatte gemeint, er sei immer hier auf dem Château. Nein, im Schnitt war er vier Stunden täglich auch an anderen Orten im Einsatz, am Tag. Heute Nacht war ausnahmsweise ein Ausbildungskurs. Herr Gilli und die Sicherheitsfirma hätten seinen exakten Wochenplan. Fiele er einmal wirklich aus, käme ein Ersatz. Pamela fühlte sich nicht mehr so gut.

Auf der Veranda wartete schon Frau Fasel. Wie hatte Pamela geschlafen? Sie hatte einen Stuhl mit Armlehnen zum Frühstückstisch gestellt und zusätzlich zwei Kissen bereitgelegt. Sie schien in ihrem Element zu sein, ihre Distanziertheit war weg. Sie suche im Estrich einen geeigneten Stuhl für die Bibliothek. Sie war geradezu enttäuscht, dass Pamela die Reitstunde telefonisch absagen wollte. Diesen Reithof hätte sie zu gern einmal gesehen. Selbstverständlich werde sie Pamela heute zu Frau Maigold chauffieren und dort auch wieder abholen.

Auch Herr Gilli begrüßte sie familiär fürsorglich, was sie schon fast belustigte, sie sah sich mit diesem Kragen im Spiegel und freute sich nicht, es sah grässlich aus und der rosa Pullover darunter lag viel zu eng an. Herr Gilli war skeptisch, im Grunde sei sie arbeitsunfähig. Wie Pamela heftig verneinte, meinte er, Frau Fasel solle eine Chaiselongue ins Archiv hinunterbringen. Er hätte vorgehabt, heute mit ihr mit dem Sichten anzufangen. Sie könnten es trotz allem versuchen. Pamela könne zuschauen.

Dann saß sie doch auf einem ganz normalen Stuhl mit gerader Lehne, denn auf dem Liegestuhl hatte sie keine vernünftige Position einnehmen können; es war gut, den Kopf genau in der Senkrechten zu halten. Jetzt war sie neugierig. Der neue Entstauber summte ganz leise. Sie warf einen Seitenblick zu den Gipsköpfen.

Schon der Auftakt war überraschend. Robert Gilli schickte Frau Fasel weg. Dann schloss er die Tür elektronisch über seinen Rechner. Er tippte weiter, es klickte, dann kam ein Summton, der gleich wieder verstummte. Befriedigt meinte er: »Die Überwachungsanlage ist jetzt ausgeschaltet, sie zeigt als Standbild den Raum.« Pamela war irritiert. Jetzt zog er einen echten Schlüssel aus der Tasche und öffnete den großen, in der Ecke stehenden Eichenschrank. Im oberen Drittel waren Tablare, gefüllt mit Aktenordnern und Büchern. Der untere Teil wurde auf der ganzen Breite von einem Stahlschrank eingenommen. Robert Gilli blickte sie an, setzte sich zu ihr an den Tisch, räusperte sich. Wieder dachte Pamela, mein Gott, wenn er wüsste, wie er mein Zwerchfell zum Flattern bringt. Ich traue ihm, was immer jetzt kommt. Und sie verspottete sich, war das jetzt ein Schwur gewesen, Schwur mit Halskrause?

Er sagte: »Ich bin mir noch nicht sicher, was mein Bruder beabsichtigt. Er ist es, der Sie sozusagen hierher schickte und damit veranlasste, dass die Bibliothek endlich archiviert wird. Ich ahne nicht, wie weit er über den Inhalt dieses Schranks wirklich Bescheid weiß. Ich nehme an, er vermutet nur. Meinem Bruder traue ich nicht, doch das ist ja nichts Neues unter Brüdern. Warum ziehe ich Sie da mit hinein? Ihnen vertraue ich. Sie haben etwas Unbestechliches, sind loyal und ich denke, auch mutig. Aber es geht nicht um Komplimente, die werde ich bei unserem nächsten Cheminéegespräch vor Ihnen ausbreiten. Sie sind jung. Für Sie ist das alles sehr lange her. Mein Bruder und ich lebten in unserer Jugend in Maine bei meinem Patenonkel, einem Freund unseres Vaters, denn während des Krieges hielten viele damals auch die Schweiz für nicht sicher. Wir kamen erst für unsere Abschlussstudien Jahre nach dem Krieg in die Schweiz zurück. Da waren unsere Eltern alt und freuten sich, wenn wir sie besuchten. Das Château stammt von unseren Großeltern mütterlicherseits.«

Pamela hörte aufmerksam zu, Familiengeschichten waren immer vielschichtig.

»Was hier drin ist, ist nicht für die Geschichte bestimmt, nicht das, was in diesem Raum ist und nicht das im Kassenschrank. Es ist auch heute noch eine Gefahr, andererseits ist es ein Teil der Wahrheit.«

Pamela fühlte sich leicht dusselig, was redete er da?

»Unsere Mutter war um einiges jünger als mein Vater. Im Krieg war sie zwischen 30 und 40, sie hatte wunderbare lange Haare. Sie richtete diesen Keller ein und brachte diese Akten hierher. Dies alles habe ich nach ihrem Tod übernommen und seither unter Verschluss gehalten. Ich weiß, was sie enthalten, grob gesagt ist es ein SS-Archiv aus der Zeit des letzten Kriegsjahres, es ist aber noch mehr. Heute bin ich dafür verantwortlich. Ich vertraue Ihnen und bitte Sie, auch mir zu vertrauen.«

Diese Häufung von Vertrauen, Pamela versteifte sich auch innerlich. Log er, oder war er einfach bloß angespannt? Sie vermied, zur Kamera hochzusehen, war sie überhaupt ausgeschaltet? Robert Gilli nahm wahllos ein paar Schriften von einem der Tablare, las mit unbewegtem Gesicht Titel vor. Es waren Briefwechsel aus der okkulten Szene Deutschlands zur Zeit der Weimarer Republik, Briefwechsel zur Gründung des Germanen-Ordens, der Thule-Gesellschaft, der VRIL-Gesellschaft, Statuten und Protokolle. Pamela hatte keinen dieser Namen je gehört. Unbewegt meinte Robert Gilli, das alles sind die Leute, die dann auch die SS als geheimen Orden aufbauten und führten.

Jetzt drückte er sorgsam die Tasten des Zahlenschlosses, es klickte, er öffnete den Stahlschrank. »Sehen Sie, hier drin ist etwas anderes. Kommen Sie her, das müssen Sie sich anschauen.« Im Schrank lagen Orden, Urkunden, Ringe, Petschaften, Blanko-Pässe der 40er-Jahre, Schweiz, Malta, Italien, Argentinien, Stempel. Vor allem aber ein Stoß zum Teil gehefteter Namenslisten, alle mit der SS-Rune versehen. Robert Gilli blätterte, wies auf die Kennzeichnung für vermisst, verschollen, viele waren dick durchgestrichen. Oft war mit Bleistift ein anderer Name danebengeschrieben und eine Passsignatur. »Sehen Sie, ich hatte es so in Erinnerung, Sie können sich wieder setzen.« Er stand lässig an den Schrank gelehnt, redete zu sich selbst. »Meine Eltern waren überzeugte Nazis, das gab es damals überall, ich würde fast sagen, weltweit. Es war nicht nur ein Wahn, eine Religion. So wie ich meine Mutter erlebte, war es die Hoffnung auf eine bessere Welt. Wie ich das Archiv nach ihrem Tod sah, wusste ich, was sie so aufrecht gehalten hatte. Sie hatte die Gewissheit, dass das, was in Europa unterging, an einem anderen Platz überlebte, sie hatte dafür ihre Kraft, ihren Verstand gegeben, es wartete, und würde zur richtigen Zeit neu entstehen. Was sie hier erstaunlicherweise nicht vernichtete, waren Unterlagen der ominösen Odessa-Linie, der Organisation der ehemaligen SS-Angehörigen, die beim Zusammenbruch des Reichs möglichst vielen und vor allem den höheren Chargen die Flucht aus Europa organisierte. Einer der Wege führte in und durch die Schweiz. Das ist ja auch nicht erstaunlich, hätte doch der Teil der Schweiz, der im Mittelalter zu Burgund gehörte, Teil des glänzenden SS-Staates sein sollen, der sich über den Jura bis Solothurn und Payerne gezogen hätte. Zunächst dachte ich, diese Geschichte sei versandet, mit der Zeit verglüht, endgültig weg, sie hätte im Altersstarrsinn an Unterlagen festgehalten, die längst ihre Bedeutung verloren hätten, hätte sie nicht vernichten können, weil ihr Herz einmal daran hing. Möglicherweise ist es nicht so, und diese Dokumente wären heute von hoher Brisanz, auf jeden Fall wichtiger, als wofür ich es hielt. Das könnte das Interesse meines Bruders erklären. Es wären die Listen. Sie sind lang. Dies hier ist eine ganz normale Liste der alten und der neuen Namen, dann ist da eine Suchliste, und schließlich diese hier, das ist die Liste jener, die, anscheinend ohne auf der SS-Liste zu sein, mit Pässen versorgt wurden. Das Unglaublichste sind die Listen der Destinationen und vor allem auch Adressen, an die sich jene, die untertauchten, wenden konnten. Falls diese Dokumente nur einmal existieren, könnten sie für jene, die nachfolgten, von großem Wert sein. Das Netzwerk könnte zerlöchert und gerissen sein. Es ließe sich wieder knüpfen. Denken Sie nicht, das seien Hirngespinste. Wer den innersten Kreisen zugehörte, der war durch Rituale und Eide gebunden. So etwas geht ins Blut. Es ist mehr als

Autosuggestion, Selbsthypnose; Rituale verändern den Raum zwischen den Genen, eine Art Trübung, doch nicht im wertenden Sinn. Es bildet sich dort etwas bleibend Neues und dieses Neue vererbt sich. Es wäre eine Neigung, eine Bereitschaft, auf diese Schwingung, wenn sie reaktiviert wird, in der nächsten oder übernächsten Generation zu reagieren. Genau das wollte meine Mutter an uns weitergeben, bei einem ihrer Nachkommen würde es Resonanz auslösen. In diesem Sinn gibt es überall auf der Welt diese nächste und übernächste Generation, die auf diese auslösende Information wartet. Dazuzugehören.« Jetzt guckte er sie doch besorgt an. Pamelas Kopfschmerzen waren schlimmer geworden. Als sie steif aufstehen wollte, um die Teekanne zu erreichen, sich gleich wieder hinsetzte und den Tränen nah war, meinte Gilli, sie sehe eher wie ein Wiedergänger aus, etwas sehr blass, er denke, für heute Morgen sei es genug. Pamela fühlte sich, als hätte sie eine Erwartung nicht erfüllt, sie war das Gegenteil seiner Mutter. Er legte alles zurück, schloss die Schränke, drückte wieder auf seinem Rechner herum, sie verließen das Archiv.

Pamela trank Pfefferminztee, Robert Gilli hatte sich Campari pur eingeschenkt. Er war wieder ganz der Grandseigneur. Sie wisse nun, was wirklich hier liege. Hinter dem Anstoß seines Bruders könnte eine Absicht liegen. Er hoffe, nach Durchsicht dieser Bücher und Schriften die Antwort zu wissen. Da werde ihm ihr unbefangener Blick helfen. Und ein bisschen habe er seine Neugierde auf jetzt verschoben, da er die Entdeckung mit jemandem teilen könne. Er schätze Pamela so ein, dass sie mithalte, mitmache und durchhalte.

Pamela fühlte sich, als wäre die Tablette, die sie zum Frühstück geschluckt hatte, auf ein Pferd ausgerichtet gewesen. Doch sie konnte sich nicht einfach in ihren Turm zurückziehen. Verschliefe sie den Nachmittag, würde sie nachts nicht mehr schlafen können; das brächte Albträume. Zudem durfte ein Teebesuch nicht ein paar Stunden vorher abgesagt werden, da möglicherweise schon ein Cake im Backofen steckte. Sie besprach sich mit Edith Fasel, eine halbe Stunde konnte genügen. Keinesfalls würde Frau Fasel mit hineinkommen, doch pünktlich nach einer halben Stunde würde sie auf dem kleinen Parkplatz gleich um die Ecke im Auto warten.

*

Frau Fasel fuhr Pamela ins Städtchen bis vors Haus, in dem Irma Maigold wohnte. Es waren vier Steinstufen zur Tür. Frau Fasel fuhr weg, Frau Maigold öffnete, ganz in hellblauem Strick. Pamela betrat einen schmalen Korridor, in dem parallel eine Treppe ins nächste Stockwerk führte. Sie schnüffelte leicht, da war ein seltsamer Geruch. Alles etwas dunkel, trotz der Lampe und trotz einem gefleckten antiken Spiegel in breitem Goldrahmen. Auf einer dunklen Truhe lag eine Klöppeldecke mit koptischem Muster, auf den Fliesen ein etwas zerschlissener echter Läufer, ein Kelim. An den Wänden hingen Stiche in Goldrahmen, Schweizertrachten. Das Wohnzimmer war in der üblichen Möblierung eingerichtet mit Bücherwand, Sitzgruppe mit altem TV-Gerät, an den Wänden hingen Bilder von flachen Landschaften, ein Aquarell einer Backsteinkirche, ein großer Kupferstich einer Stadt mit gotischen Türmen und Befestigungen, keine Grünpflanzen. Das Überraschendste war der Ausblick über die Dächer der unteren Stadt bis hinüber zum See und an die Rebberge des Mont Pétrel. Jetzt erst bemerkte Frau Maigold Pamelas Stützkragen. Wie reizend, dass sie trotzdem hier wäre, sie hätte extra knusprige Brezeln gebacken.

Pamela konzentrierte sich, sich nicht von Frau Maigolds summender Kleinmädchenstimme nervös machen zu lassen. Fast beiläufig bot sie ihr eben an, bei ihr zu wohnen. Sie stelle es sich unheimlich vor im Château, es sei gewissermaßen ein Gefängnis. Ob sie das Verlies unter dem Turm kenne. Da seien früher die unbotmäßigen Menschen gefangen gehalten worden, Leibeigenschaft sei dasselbe gewesen wie Sklavenhaltung.

»Hier nicht.« Pamela widersprach mit Sicherheit. Hier war mit viel Engagement eine wundervolle Bibliothek aufgebaut worden. Die Menschen lasen, was die Denker ihrer Zeit schrieben. Da waren christliche Grundschriften, Calvin, da waren die Schriften der Reformatoren, der Voraufklärung und der Aufklärung, da waren die Engländer, die Franzosen. Die Besitzer dieses Schlosses teilten diese Gedanken, also konnten sie nicht gleichzeitig Sklaventreiber sein.

Was lag hinter dieser runden, glatten Stirn? Pamela meinte, Gedanken zu fühlen: ›Die Bücher meines Bruders las ich heimlich. Literatur war nichts für Mädchen. Ich flüchtete ans Klavier. Später hatte ich die Orgel. Handfertigkeit und Wohlverhalten. Zur Disziplinierung gehörten die Klavierstunden, das stundenlange Üben, stundenlanges Stillsitzen mit durchgestrecktem Rücken, geschlossenen Beinen, die Füße parallel am Boden, nur die Finger dürfen sich bewegen, der Kopf folgt diszipliniert der Notenschrift.‹

Warum meinte sie, diese kleine Frau überzeugen zu müssen? Überzeugte sie sich selber? Kein Mensch, der an Christus glaubte, konnte einen anderen Menschen unterdrücken oder gar besitzen. Diese Leute hier verwalteten ihren Besitz, sie gründeten Schulen und Spitäler. Sie standen im Widerspruch zur aristokratischen Herrschaft in Bern, in Fribourg. Sie waren klug und zurückhaltend. Keine Höflinge, keine Günstlinge, keine Kriegsgurgeln. Das gab es schon damals. Nichts da von bösen Geistern auf dem Schloss. Sie meinte, Robert Gillis Stimme sagen zu hören: ›Es gibt diese Ziele noch heute. Die Gegner des freien Denkens haben eine Mimikry vollbracht, sodass sie äußerlich von denen, die sie einst verfolgten, fast nicht zu unterscheiden sind. Man kann sie unterscheiden an der Freiheit des Einzelnen und andererseits am Verrat dieser Freiheit unter dem Deckmäntelchen der Selbstdisziplin, der Selbsthingabe, des Gehorsams.‹

Die beklemmende Atmosphäre schien aus den Sofakissen aufzusteigen, es war geradezu eine Ausdünstung des Raums. Irma Maigold hatte ihr Klöppelkissen auf den Tisch gelegt, darauf steckte eine angefangene Arbeit, ein breites Band mit großen Rosenblüten. Liebevoll erkundigte sie sich nach ihrer heutigen Tätigkeit. Sie selbst besuchte ihren Bruder, sein Zustand blieb immer gleich, sehr traurig. Man tue alles, ihn schmerzfrei zu halten.

Was für eine Kindheit mochte Irma Maigold erlebt haben? Eine Verletzung zeigt sich ein Leben lang, weil den eigenen guten Gefühlen kaum zu trauen ist. Es geht um das Errichten von Unterwürfigkeit und Abhängigkeit. Körperliche Gewalt und mentale Gewalt, es unterscheidet sich nicht.

Irma Maigold erzählte von ihrer Musikbegeisterung. Ihre zwei Schildkröten trugen die Namen berühmter Komponisten, Ravel und Debussy. Sie waren ganz sicher 50 Jahre alt. Früher gehörte eine dritte dazu, Berlioz. Sie ist ihr vor mehr als zehn Jahren entlaufen und nie wieder aufgetaucht. Der halbe Ort wusste, dass sie eine ihrer Schildkröten vermisste, die dunkle mit der elfenbeinfarbigen Zeichnung. Berlioz musste sich königlich wohlgefühlt haben, wie sie, in eiligem Schildkrötengang, von nichts gehindert endlich geradeaus, einem unbekannten Ziel entgegenschaukelte. So hatte Irma es vor ihrem inneren Auge gesehen. Sie würde Schnecken, Würmer, Pflanzen fressen, ihre Lippen glichen doch Krokodilszähnchen. Die Schildkröten waren hier nicht heimisch.

Was war das? Wieder meinte Pamela, Gedanken zu lesen: ›Bis Elmar beiläufig erzählte, einmal habe Arno eine Schildkröte gebracht. Nachts auf einem abgelegenen Picknickplatz hätten sie diese auf einem offenen Grillfeuer in einem Campingkessel lebendig gekocht. Gemeinsam hätten sie die Suppe gegessen. Das war der Punkt, an dem es kein Zurück gab.‹

Irma erzählte von Berlioz. Wenn sie ein paar Töne auf der Mundharmonika spielte, streckte diese den Kopf weit aus ihrem Panzer, hatte ein dünnes, faltiges Hälslein wie ein alter Mann, wendete den Kopf langsam in Richtung der Musik und hielt ihn schräg, sie lauschte immer so lange, bis sie nicht mehr spielte. Anschließend erhielt sie eine Beere, das schien sie genau begriffen zu haben.

Pamela schrak zusammen. Sie saß in diesem weichen Sessel, ihr Teeglas war leer, Irma Maigold klöppelte, erzählte von ihrer Jugend. »Mein Bruder und ich wurden mit Arbeit und Pflichten eingedeckt. Lieblosigkeit und Härte als Grundkomponenten unserer Kindheit und Jugend. Daraus werden die pflichtbewussten, gut funktionierenden Erwachsenen, nützliche Glieder unserer Gesellschaft.«

Schon wieder schien etwas anderes deutlich dahinter zu stehen: ›Vater lehrte uns, Krankheit und Schwäche zu verachten und zu vernichten, ein Hund, der alt oder krank ist, muss abgetan werden, sagte er. Als er den ersten leichten Schlaganfall hatte, besorgte ich die Tabletten, er nahm sie selbstständig ein.‹

Sie lächelte noch immer. In der Bücherwand stand ein silberner Fotorahmen mit Familienfoto, Eltern, zwei Kindern. Daneben entdeckte Pamela eine Delfter Totentanzfigur, der Tod und das Mädchen. Sie gehörte in dieselbe Serie wie die Figur, die sie im Schrankfuß versenkt hatte.

Irma Maigold sagte gerade: »Ich habe Handarbeitslehrerin gelernt. Da ich nicht heiraten würde, beschloss ich, Organistin zu werden. Dann führte ich meinem Bruder den Haushalt. Auch er hat nicht geheiratet. Wir haben nie darüber gesprochen. Meine Pflicht war, Tobias zu umsorgen. Ich beschaffte uns eine Fritteuse. Er wurde fett.«

Pamela kam auf den Todesfall zu sprechen, auf ihr zufälliges Dazugeraten, auch dass sie den ermittelnden Kommissar von früher kannte. Irgendwie mochte sie diese kleine Organistin im handgestrickten, himmelblauen Angora-Outfit.

Pamela bewunderte das geschnitzte Elfenbeinrohr, das Behältnis für die Klöppel. Ein Souvenir ihres Vaters aus Afrika. Sie durfte es in die Hände nehmen. Das ornamentale Muster mit Pferdeköpfen ähnelte keltischen Dolchverzierungen. Waren nicht sogar Goten und Vandalen nach Nordafrika gewandert, Marokko, das Atlasgebirge, Tunesien? Diese Arbeit war natürlich neu. Der Schraubdeckel ließ sich reibungslos auf und zu drehen. Im Hintergrund tönte Klaviermusik von Saint-Saëns. Pamela war unkonzentriert.

Sie erzählte von den Vermutungen der Polizei, die zu Elmar Fasel und zu diesem Gerichtsfall Marie Güdel führten. Erinnerte sich Frau Maigold? Pamela sei bei der Mutter der Ermordeten gewesen, diese habe erwähnt, damals habe Irma Maigolds Bruder den Fall bewusst versanden lassen. Ob sie sich erinnere, ihr Bruder habe diese Marie Güdel ohne jedes Verfahren verwahren lassen. Sowohl Tonja Utz als auch der junge Krepp hatten den Ort verlassen. Was für eine Selbstherrlichkeit daraus spreche, wenn Eltern einfach so über Jugendliche verfügten. Sie hätten sie sogar daran gehindert, während der Ferien zurückzukommen, auf die weiche Art, mit Auslandsaufenthalten und Reisen. Der Erfolg habe ihnen recht gegeben. Da seien die Kontakte zerrissen und die Karrieren wurden zielsicher gebaut.

Irma Maigold sah sinnend vor sich hin, redete weich: »Es ist dieselbe Haltung, in der ich erzogen wurde, Blut und Boden. Ich war 15, als ich von der Nazi-Vergangenheit meines Vaters erfuhr. Ich erlebte zu Hause gerade die ganze Härte einer grundlegenden Feindschaft gegen intelligente Frauen, die Vernichtung meines Denkens. Ich war zu schwach, zerbrach. In der Biologie hatte ich mich für Mendel, Darwin, Genetik begeistert. Es ging auch um ererbte Intelligenz, ererbte Grundcharakterzüge. Am Morgen erwachte ich mit dem Wissen, dass mein Vater recht hatte. Frauen sollen nicht denken. Ich trug Gene, die meine Kinder zu Tötungsmaschinen machen konnten. Ich würde nie Kinder in die Welt setzen.« Irma Maigold schenkte lächelnd Tee ein, mit Zucker und Zitrone. »Lieben Sie Barockmusik?« Sie legte eine neuartige Interpretation von Vivaldis Jahreszeiten in den Player, sie hörten einen Moment zu.

»Nein, ich hatte Mariechen vorher kaum gekannt. Sie erhielt die Bedeutung für mich erst mit dem Wegwischen des Gerichtsfalls, mit dem Urteil, sie einzusperren. Das war die Fortsetzung der Eugenikgesetze, sie waren in meinen Bruder übergegangen. Mit meiner damaligen Entscheidung hatte ich die innere Gewissheit, das Unrecht meines Vaters etwas auszugleichen, mit meinem Leben. Das hat mein Bruder mit seinem Urteil umgestoßen. Nicht selbstständig lebensfähig.«

Pamela unterbrach. Sie müsse in fünf Minuten schon gehen, sie werde abgeholt. Was sie unbedingt fragen wollte, wie sah Frau Maigold das Zurückkommen der Tonja Utz?

Irma Maigold nahm die Unterbrechung nicht zur Kenntnis. »Für mich war dies der Punkt, an dem es kein Zurück gibt. Später dachte ich hin und wieder, mein Vater sei in ihn übergegangen. Tobias war Asthmatiker. An einem Abend tat ich ihm ein Valium in den Wein, was prompt Atemnot und eine unwiderstehliche Müdigkeit auslöste. Wie er beduselt am Atmungsgerät atmete, stellte ich den Sauerstoff zurück, Tobias wurde bewusstlos. Erst als der Puls längere Aussetzer hatte, drehte ich den Sauerstoff wieder hoch. Jetzt rief ich den Arzt. Er starb nicht, doch die Unterversorgung mit Sauerstoff hatte ihn zum bewegungslosen Pflegefall gemacht. Er war nicht tot, er war besser als tot, lebendig verfaulend, körperlich, in seiner Substanz. Er erlebte äußerlich und innerlich, wie es ist, lebensunwert zu sein.«

Rache wofür? Für ein verlorenes Leben? Pamela sah zur Delfter Figur, das Mädchen mit dem tänzerischen Schritt, die Füßchen nach außen gedreht. Sie blickte auf die Uhr, Irma Maigold trug seltsamerweise eine rosarote Swatch, wie rasch die Zeit vergangen war! Frau Fasel wartete.

Um auf den Punkt zu kommen: Der Polizeichef, Weidenhuber, habe sich gedacht, Frau Maigold könne vielleicht die Kommunikation mit ihrem Bruder aufnehmen. Dagegen wolle der Leiter der Mordkommission, Füssli, unverzüglich einen Spezialisten beiziehen; es gebe eine neue Kommunikationssoftware, mit der Gehirngeschädigte befragt werden könnten. Sie bringe erstaunliche Resultate. Sie solle sich das doch überlegen.

Wieder schaute Irma Maigold, als gebe es einen Punkt gleich hinter Pamelas Kopf. Pamela sah in das glatte, ausdruckslose Gesicht, in die kindlich großen blauen Augen hinter den Gläsern. Es schien, als decke das liebe, scheue Lächeln der kleinen Marie alles zu.

Auf der Rückfahrt spürte Pamela hin und wieder Frau Fasels Blick von der Seite. Da sie offensichtlich nicht reden wollte, brach diese schließlich das Schweigen. »Irma Maigold hatte hin und wieder mit dem Fahrrad Probleme. Mit ihr redete Elmar, als er mit allen anderen schwieg. Er fühlte sich zunehmend verfolgt, behauptete, er höre Mariechen die Mundharmonika spielen, spielte selbst, immer die gleiche Melodie. Natürlich wusste ich, was er da spielte. Die Kleine hatte oft genug in der Küche gesessen und endlos brummelnd das Gleiche psalmodiert, es konnte schon an die Nerven gehen.«

*

Am frühen Nachmittag des nächsten Tages rief Tizian Pamela an. Der Richter war tot. Der Alarm aus dem Pflegeheim war soeben eingetroffen, er und Weidenhuber hätten gerade begonnen, den Fall zu besprechen. Die Leiterin des Pflegeheims, Frau Holzer, habe den Tod gemeldet, da entgegen den Vorschriften niemand vom Pflegepersonal im Zimmer war, als er starb, er war erstickt. Sie hatten ihn tot im Bett gefunden. Weil er eben allein gewesen sei, müsse für den amtlich beglaubigten Totenschein auch die Polizei ihn in Augenschein nehmen. Doktor Kindler sei schon unterwegs. Auch die Schwester des Richters sei benachrichtigt. Tizian machte eine Atempause. Dann ging es eindringlich weiter.

»Es ist Weidenhuber, der dich ausdrücklich mit dabei haben will. Und jetzt hör gut zu, stell dir vor, Weidenhuber, der ja nun wirklich ein guter Freund dieses Richters war, der hat einfach zweimal mit der Zunge geschnalzt, und dann sagte er ganz trocken: ›Das kommt ja wie bestellt. Jetzt können wir uns den Befragungsfachmann einsparen.‹ Was Weidenhuber da von sich gab, war einfach unpassend. Doch wie er es sagte, der Ton und das Zungenschnalzen, es spricht für sich. Du musst unbedingt kommen, jetzt gleich.« Er hängte auf.

Pamela wusste nicht, wollte sie sich ärgern. Zumindest hätte er sagen können, wohin sie jetzt gleich kommen sollte: Einer der beiden hätte daran denken können, dass sie vorgestern vor heftigen Schmerzen die Sternlein gesehen hatte, gestern noch hatte sie sich herumgeschleppt. Jetzt lachte sie, so reagieren wirklich gute

Freunde. Sie vergessen, dass du ein Zuckerpüppchen bist, und haben recht. Wenn du einen Halskragen trägst, bilden sich sofort die Muskeln zurück. Würde sie auch nur einen halben Tag länger an diesen Hals denken, stellte sich ein Dauerschaden ein. Und sie hasste ihn.

Schon saß sie im Auto. Sie stoppte den Start, befreite sich noch unter den Pferdeschädeln von diesem Kragen, reckte und streckte sorgfältig den Hals. Da fühlst du dich gleich als neuer Mensch. Den Kragen warf sie ohne sich umzudrehen auf den Hintersitz, startete. Finns roher Satz war nicht die vielgepriesene Abgebrühtheit eines alternden Polizisten, schon gar nicht der eines Jagdkollegen. War er nicht einfach ein Schnelldenker? Jetzt holte das schnelle Denken endlich auch sie ein. Die Befragung durch einen Spezialisten! Gestern hatte sie zu Irma Maigold davon geplaudert. Hatte dies heute Irma ihrem Bruder mitgeteilt, und er hatte sich dermaßen aufgeregt, dass er erstickte?

Zu dritt betraten sie das Zimmer. Hinter dem Bett stand Frau Holzer. Vor dem Bett stand ein braunlockiger Mann, über die Leiche gebeugt. Er richtete sich auf, sah sich um, es war Doktor Kindler. Er begrüßte Finn per Du, der Ort war übersichtlich.

»Es ist ein Fall für die Gerichtsmedizin, die Lippen und Wangen zeigen ganz leichte Druckstellen auf die Zähne und die Wangenknochen. Auf den ersten Blick zeigt keines der Kissen Spuren. Es ist erst ein Gedanke. Man muss das noch nicht nach außen kommunizieren, auch nicht den Angehörigen, sonst gibt es Gerüchte«, schnarrte er.

Frau Holzer unterbrach ihn eifrig. »Diese Stellen können von der Maske des Sauerstoffgeräts stammen. Normalerweise benötigt er es in der Nacht, für uns ist es eine Sicherheit.«

In diesem Moment öffnete sich die Tür, Irma Maigold kam herein, heute in einem femininen Hosenanzug mit flachen Schuhen. Sie nickte allen verschwommen zu, ging zum Bett, stand da, Tränen kullerten über die weichen Wangen. Mit einem Finger fuhr sie unter der Brille irgendwie durch, dann trat sie einen Schritt zur Seite, zog eines ihrer Batist-Taschentücher aus der Tasche, putzte Brille, Augen, Nase.

Frau Holzer ging zu ihr hin, legte ihr die Hand auf den Arm, flüsterte halblaut, immerhin lag da ein Toter, vielleicht stand es auch direkt so im Handbuch für Heimleiter: »Mein herzliches Beileid, Frau Maigold. Es tut uns so leid, es ist plötzlich gekommen. Doktor Kindler kennen Sie und die Herren von der Polizei. Wir mussten sie informieren, weil bei seinem plötzlichen Tod niemand im Zimmer war, eine reine Formsache.«

Irma Maigold redete lauter, alle konnten es hören. Wie sehr dieser Tod sie treffe, wie sie mit ihrem Bruder bis eben jetzt ein wunderschönes Verhältnis pflegte, trotz seiner Invalidität. Wie man ja für ihn den Tod immer gewünscht habe, und wie er jetzt doch aus heiterem Himmel gekommen sei.

In Pamelas Ohren klingelte es. Der Tote war vor zwei Stunden noch lebendig gewesen. Wie weit weg war seine Seele? Schwebte sie jetzt im Zimmer an der Decke und hörte, was seine Schwester sagte, sah sie so adrett hier stehen, über die Leiche wegblicken? Warum ging sie nicht, strich über seine jetzt weiße Stirn, seine blutleeren Hände? Hier drinnen war die Luft beklemmend, viel zu viele Menschen. Früher hatte man doch gleich die Fenster spaltweit geöffnet, dass die Seele den Ausgang fand. Das war jetzt die zweite Leiche in so kurzer Zeit. War jene von Tonja Utz auch da, begrüßte jene des Richters, wie würde sie ihn begrüßen? Spöttisch? Warum sollte Tonja Utz spöttisch reagieren? Weil jemand gestürzt war, der sie einmal hätte verurteilen können? Weil es ihm nicht besser ergangen war? Alle gehen auf dieses Ende zu.

Pamela lauschte aufmerksam, da war nichts als Ohrensausen. Hieße ›nicht besser ergangen‹, er wurde gleichfalls ermordet? War das jetzt weibliche Intuition, wenn ihre Gedanken neben einem Toten wild spekulierten?

Alle verließen das Zimmer, gingen in Frau Holzers Besprechungszimmer. Der jungenhafte Doktor Kindler redete zu Irma Maigold. Er war sich nicht sicher, sollte der Tote gerichtsmedizinisch begutachtet werden oder nicht. Falls er erstickt war, könnte dies durch seinen eigenen Speichel geschehen sein. Falls es ein Herzversagen war, war dies seit Jahren vorauszusehen, ja zu hoffen gewesen. Möglicherweise hatte das eine das andere ausgelöst. Wenn Frau Maigold eine genaue Abklärung wünschte, würde dies natürlich gemacht, auch wenn es nicht viel bringe. Irma Maigold widersprach mit zitternder Stimme. Sie hat eine frühere Erklärung ihres Bruders mitgebracht, seine ausdrückliche Weigerung zur Organspende. Der Gedanke, zerstückelt zu werden, habe ihn angewidert. Falls ein Zweifel bestehe, stimme sie aber einer Obduktion zu. Wieder rollte eine Träne über ihre Wange.

»Es ist für die Hinterbliebene zu belastend.« Doktor Kindler redete fast schon väterlich, verteidigte die hilflose Frau sich selbst gegenüber: Was er sagen wollte, eine Obduktion bringe keine Gewissheit, also mache sie auch keinen Sinn. Ersticken oder Herzversagen, man könne in diesem speziellen Fall davon ausgehen, keine Fremdeinwirkung beweisen zu können. Er sei der Vertrauensarzt der Familie und ein einfacher Landarzt. Man könne den Totenschein jetzt ausstellen.

Pamela erhaschte Finns drängenden Blick. Sie zog unmerklich die Augenbrauen hoch, stellte den Kopf mit einem minimalen Ruck leicht schräg, es hieß Nein.

Finns Stimme wirkte laut, polternd: »Wir sollten uns einen Augenblick ohne die Angehörige unterhalten, gehen wir nach draußen.«

Irma Maigold blieb zurück, Frau Holzer hatte die administrativen Unterlagen zur Bearbeitung eines Todesfalls schon vor sich auf dem Tisch, sie stelle ihr bei den kommenden organisatorischen und behördlichen Fragen selbstverständlich ihre Hilfe zur Verfügung.

Pamela, Tizian und Finn setzten sich in die Sitzgruppe hinten im Korridor. Ausgerechnet hier hing eines der frühen Bilder von Serge Mestril. Finn räusperte sich. »Wir wären nicht hier, wenn alles normal gegangen wäre. Ich wüsste noch nicht einmal, dass er tot ist. Wir können dies nicht als Normalfall durchgehen lassen, weil ein Zusammenhang zum Mord an Tonja Utz noch nicht auszuschließen ist.«

Pamela unterbrach ihn, etwas verlegen: »Gestern war ich kurz bei Frau Maigold zum Tee, das wisst ihr ja. Es ging darum, von ihr zu hören, ob sie sich an irgendetwas Auffälliges zu diesem Jugendgerichtsfall erinnere, etwas, das sie aufgeschnappt haben könnte. Sie lebt in einem düsteren, finsteren Haus. Ganz anders als ihr Auftreten. Dazu klöppelt sie fanatisch. Sie scheint eine einsame Frau zu sein, die vordergründig gut damit zurechtkommt. Doch das ist nicht der springende Punkt. Ich habe ihr davon erzählt, dass die Polizei beabsichtigt, jemanden einzufliegen, der die Kommunikation mit ihrem Bruder herstellte. Vielleicht wollte ich sie ein klein wenig provozieren. Das Problem ist, dass diese Frau eine wandelnde Bombe ist, voll unterdrückter Gefühle, dass sie ihren Vater und ihren Bruder hasste. Ich traue ihr einen Mord zu.«

Finn guckte perplex. Tizian rieb sich die Nase, zog ein Augenlid herunter: »Das haben wir jetzt von deiner weiblichen Intuition. Die konkreten Anhaltspunkte bleibst du uns natürlich schuldig?«

Wie im Traum sah sie die psychedelisch leuchtende Delfter Figur in Irma Maigolds Bücherwand vor sich, es war der Tod, doch es war der Tod mit dem tänzerischen Mädchen, es war nicht der, der den Richter holte.

Pamela konterte: »Außer dem, dass der Richter heute tot ist. Du hast gesagt, ich sei hier, um zu spüren. Sie hatte eine Erziehung zur Selbstdisziplin und Haltung.

Was du siehst, ist das Geschöpf, das ihr Vater aus ihr machen wollte. Sie ist aus reinem Selbsterhaltungstrieb zu dieser Puppe geworden. Hätte sie heute gesungen, es wäre eine Fanfare gewesen, ein Triumphgesang, oder, wenn du es biblisch willst, ein freudiges Frohlocken im Sinn, wir haben unsere Feinde niedergerungen und Gott war mit uns.«

Finn unterbrach etwas gereizt: »Das sind keine Fakten!« Er fuhr sich mit beiden Händen durch die dichten grauen Haare, sodass sie wirr vom Kopf standen. »In meinen Ohren klingt das etwas sehr nach Animositäten zwischen Frauen. Halten wir uns an die Fakten.«

Tizian sprang beruhigend ein. »Fakt ist, der Richter starb zwischen 13 Uhr, da war er noch lebendig, und 13.30 Uhr, da war er tot. Bei den Pflegefällen schaut im Halbstundentakt jemand herein. Zusätzlich ist in den Zimmern ein Kommen und Gehen. Da wird Tee gebracht, der Urinbeutel gewechselt, der Laminatboden geglänzt, jemand bringt frische Wäsche oder gibt den Blumen frisches Wasser, und da ist schon wieder jemand, der den Blutdruck misst. Immer Frauen. Niemandem wäre etwas aufgefallen. Frau Maigold hat gesagt, sie habe an der Orgel geübt. In dieser Zeit habe dieses Friedhoffaktotum Eisele im Inneren der Kirche geputzt. Sie habe ihn von oben gesehen, er könne ihr Spiel bezeugen.«

Pamela strahlte. Sie sah die Dinge genau vor sich, sie brauchte nur durchzugehen, mit leichter Hand zu ordnen. Sie redete konzentriert mit halb geschlossenen

Augen: »Irma Maigold besitzt einen erstklassigen CD-Player. Wir haben gestern zusammen Musik gehört, sie hat ihn mir vorgeführt, übrigens ist sie technisch begabt. Wollen wir einmal davon ausgehen, sie hatte die Absicht, ihren Bruder zu töten.« Jetzt redete Pamela, als wäre sie in Trance. Tizian gab sich den Anschein, er bemerke es nicht. »Irma Maigold wäre heute Morgen wie so oft mit ihrem Mazda zur Kapelle gefahren. Dort hätte sie ihn wie immer auf den Parkplatz gestellt. Sie wäre in die Kapelle gegangen, hätte den Player auf der Empore installiert, hätte die vorbereitete CD auf sehr guter Lautstärke eingeschaltet, es würden auch leisere Passagen kommen. Dann wäre sie bei laut schallender Orgelmusik wieder die Treppe hinuntergegangen, hätte sicher auch die Gittertür geschlossen, sodass niemand zum Player gelangen konnte. Vielleicht hätte sie einen Moment zugehört und sich eingestanden, dass ihr Spiel eben nie so perfekt wäre. Aus dem Heck ihres Autos hätte sie das Klapprad geholt, wäre in aller unauffälligen Gelassenheit die zwei Kilometer zum Heim gefahren. Sie wäre einfach hineinspaziert, ungesehen, wäre ins Zimmer ihres Bruders gegangen, hätte ihn erstickt, nicht vorhandene Fingerabdrücke auffällig weggewischt, zum Beispiel von der Vorderkante des Nachttisches, als hätte jemand diese berührt und saubergewischt, ebenso die Klappe der Schublade, ebenso den Fenstergriff und das Fensterbrett. Das Fenster hätte sie einen Spaltbreit geöffnet, wozu auch immer. Schon hätte sie das Zimmer wieder verlassen, ein Mäuschen. Dann wäre sie ebenso unauffällig zurückgeradelt, hätte womöglich die andere Route genommen, wäre in der Kapelle zurück gewesen und weg mit dem Player in die unauffällige Stofftasche. Sie hätte hier oder zu Hause auf den Anruf gewartet. Weil die Musik so laut war, hätte dieser Siegrist, hätte er sie denn gesehen, sie eben doch nicht gesehen.«

Tizian schien zumindest zu versuchen, diese Möglichkeit durchzudenken. »Was könnte diese Hypothese stützen?« Das kam sehr unenthusiastisch, offensichtlich war ihm selbst diese Frage nicht geheuer.

Pamela zog die Schultern hoch. »Man könnte feststellen, bei welcher Gelegenheit Frau Maigold diesen Hosenanzug schon getragen hat. Er modelliert gnadenlos jedes Pölsterchen, alles. Die Art Röcke, die sie trägt, mit denen steigst du nicht auf ein Fahrrad, sie sind zu eng über dem Hintern, schon beim Aufsteigen, spätestens bei der ersten Tretbewegung würden sie zerreißen, zudem kriegst du die Knie nicht weit genug auseinander, um sitzend treten zu können. Es zöge die Blicke auf sich. Auch der Anzug, den sie heute trägt, ist zu elegant zum Radfahren. Hätte sie aber die Jacke mit irgendeiner gewöhnlichen Strickjacke vertauscht oder einem Anorak, sie wäre unauffällig durchgegangen. Anschließend hätte sie die Jacke wieder vertauscht, und voilà!«

Tizian lachte, was Pamela irritierte. Sie habe sich selbst übertroffen. Die Idee sei spitze. So ein graues Mäuschen, das sich durch scharfe Raubtierzähnchen auszeichnete. Dann das Vorgehen, das käme glatt hin. Er gehe davon aus, dass die Maigold wirklich ein

Fahrrad besitze. Ja, Pamela hatte es in Irma Maigolds Korridor unter der Treppe gesehen.

»Dass dieses Mäuschen ginge und nach Jahren eines Morgens ihrem Bruder, einem Wehrlosen die Sauerstoffzufuhr abstellte oder ein Kissen auf das Gesicht drückte …«, seufzte Tizian. Er redete nicht weiter. Tizian und Finn wechselten Blicke, Schulterzucken.

Pamela ereiferte sich. »Genau das kommt hin, gerade bei so überangepassten Frauen, da kann ich dir viele Untersuchungen dazu heraussuchen.«

Tizian schüttelte vehement den Kopf: »Rein zeitlich oder logisch könnte man es versuchen, doch schau sie dir an, es bleibt absurd.«

»So absurd, wie es ist, sie sich radfahrend vorzustellen? So absurd, wie es ist, dass so ein harmloses Dummerchen, das sie uns zeigt, imstande ist, ein schwieriges Bachkonzert zu spielen? Das braucht etwas mehr als einen himmelblauen Blick!«

Finn schlug mit der Hand auf den kleinen Tisch, dass dieser wackelte. »Lassen wir die Leiche obduzieren. Er war mein Freund, ich bin es ihm schuldig. Offiziell, damit wir den Verdacht auf Fremdeinwirkung ausschließen können. Er besteht durch die zeitliche Nähe zum Mordfall auf dem Friedhof. Es ist übrigens unsere einzige Spur, nicht zum Friedhof hin, sondern vom Friedhof weg.«

Jetzt war es Tizian, der unpassend jungenhaft strahlte. »Der Zeitpunkt des Todes von Richter Maigold so kurz nach unserem Friedhofsmord wäre ein Indiz dafür, dass der Mord an Tonja Utz mit dem damaligen Gerichtsfall zusammenhängt. Zumindest hier kommen wir weiter!«

Zum Abschied meinte Finn: »Hast du euren Wächter auf dem Schloss heute schon gesehen? Er wird dir von jetzt an täglich sagen, um welche Zeit er seine Runde macht, sonst stolpert ihr unversehens übereinander oder aber du weißt nicht, wen du vor dir hast, wenn du ihm im Dunkeln begegnest.«

Das Wort Wächter ging ihr durch Mark und Bein. Wie hatte es Irma Maigold gesagt, etwas von Gefängnis. Das machte ihr schlagartig wieder klar, wie ungewiss alles war. Sie befand sich möglicherweise im Auge des Sturms und hatte es mit unzimperlichen Zeitgenossen zu tun. Tizian schaute überrascht von einem zum anderen. Pamela hatte ihm nichts von einem Sicherheitsbeamten auf dem Château gesagt. Nein, natürlich war das in Ordnung, sehr sogar. Das war eine gute Maßnahme. War es Weidenhuber oder der Schlossherr, der den Sicherheitsdienst bestimmt hatte? – Pamela dachte, typisches Kompetenzgerangel!

*

Hier kriegte man ja den Koller. Pamela war ein freier Mensch und lief durch die Gegend, wann und wo es ihr passte und ohne jemandem Rechenschaft schuldig zu sein. Keiner sollte ihr verbieten, im Regen herumzulaufen, sie brauchte Bewegung, Luft. Sie war seit einer Stunde unterwegs, jetzt ging sie in lockerem Schritt einen Karrweg hinunter.

Der Regen schlug ihr ins Gesicht, Regen machte hübsch, die Kapuze rutschte weg. Pamela zog die Mütze so tief sie konnte über die Ohren und schlug die weite Kapuze wieder hoch. Es war ärgerlich, der oberste Riegel ließ sich wegen dieser Halsstütze nicht schließen; sie war aus Kunststoff, völlig unflexibel. Pamela hoffte, sie würde sich nicht aufweichen. Die Pelerine würde noch eine Zeit lang dicht bleiben. In dieser Vermummung jedenfalls würde kein Mensch sie erkennen. Rasch schob sie den Gedanken weg, dass gerade diese Kleidung hier wohl unüblich sei, sie zum weißen Raben stempelte.

Der Karrweg bog in einer leichten Kurve um den Hang, um dann unvermittelt scharf leicht versenkt zwischen landwirtschaftlichen Feldern nach unten gegen den nächsten Waldrand zu führen. Da schien irgendwoher ein Motor zu dröhnen, doch auf diese Distanz mit der Mütze und der Kapuze über den Ohren war es doch nicht auszumachen. Sie musste sich umdrehen, um zurückzusehen, schaute den Weg hoch. Oben in der Kurve schoss ein Traktor hervor, er schien ungebremst den viel zu schmalen Weg nach unten direkt auf sie zuzurasen. Springen – die eine wie die andere Seite war zu steil, kriegte sie es nicht gleich hin, rutschte sie gar, hatte sie keine Chance. Hinlegen ging nicht, der Weg war in der Mitte zu hoch. Sie rannte bergab, dort wurden die Wegränder niedriger. Mit dem Schwung vom Laufen stieß sie sich ab, hechtete, war oben, da donnerte der Traktor auch schon neben ihr durch. Das war knapp. Der Traktor verschwand in

Richtung des nächsten Dorfes. Die Halsstütze drückte aufs Schlüsselbein.

Pamela rappelte sich hoch, sah an sich herunter, war von oben bis unten verdreckt. Wo war sie da bloß hingeraten? Also trottete sie jetzt zum Auto zurück. Erschöpft schob sie sich in den Autositz, sie musste sich so rasch als möglich säubern.

*

Pamela hat Emily ein kartoniertes Poster mitgebracht, eines der Traumbilder von Serge Mestril, Friponnerie oder Schelmenstück, an einer Schnur aufzuhängen. Damit deckte sie jetzt erst einmal diese düstere Industrielandschaft ab. Emily war gerührt, weinte unvermittelt. Pamela tröstete.

»Siehst du, wie sehr es dir besser geht, das letzte Mal bemerktest du nicht einmal mehr, was um dich herum vorging.« Sie lenkte ab, fischte geschäftig das ›Magische Hasenbuch‹ aus ihrer Tasche. Alice hatte es geschickt. In Alaska geben sie das den Krabbelkindern ins Laufgitter, es erweitere die Variationen, etwas zu sehen. Die Bilderbücher, an denen die Kinder lernten, die dreidimensionale Welt in der Fläche wiederzuerkennen, seien eben flach. Das sei ja der Witz. Dadurch würden aber die vieldimensionalen Möglichkeiten des Auges reduziert. Es werde bequem, weil das zu genügen scheine, Umrisse, hell-dunkel. Doch dreidimensionale Bilder zeigten, wie sehr das Auge in der Fläche getäuscht werde, es lerne, wie dieser

Täuschungseffekt durch das Zusammenziehen der Muskeln zu bedienen sei. Derartige Bilder könne man nur mit dem Computer konstruieren. Emily lächelte müde. Pamela redete begeistert und eindringlich. »Es ist wichtig, dass du etwas anderes, Neues denkst, deinem Gehirn eine Richtung gibst, die es noch nicht kennt. Du musst es anstrengen, das wirkt innerlich, als würdest du joggen. Es wird mehr Blut benötigt, und das wiederum gibt deinem Körper den Eindruck, du seist gesund und das weckt deinen Lebensmut, hörst du! Ich lese dir jetzt aus dem Klappentext vor: ›Alle Bilder bestehen aus sich wiederholenden Mustern. Um ein magisches Bild zu sehen, müssen zwei Dinge geschehen: Zunächst fixiert eines Ihrer Augen einen bestimmten Punkt im Muster des Bildes. Währenddessen tastet das andere Auge das Bild nach dem entsprechenden Punkt im nächsten Muster ab. Ist dies geschehen, lassen Sie die Augen immer in dieser Position ruhen, bis Ihr Gehirn die 3-D-Informationen, die in den wiederkehrenden Mustern der Bilder versteckt sind, aufgeschlüsselt hat.‹

Pamela machte eine Pause, schaute hoch. Emily hatte die Augen geschlossen. »Schläfst du?« Nein, sie waren wieder offen. Wie blöd von ihr. Emily war noch schwach. Sie musste etwas Spannenderes erzählen. Beim Posteransehen würde Emily sich an das Gehörte erinnern. »Es ist ganz einfach, du musst den Fixpunkt nicht auf der Bildfläche suchen, sondern bewusst etwa 20 Zentimeter davor oder dahinter, dann siehst du auf einen Schlag in die Tiefe.«

»Stell dir vor, gestern hätte mich ein Traktor um

ein Haar zu Tode gefahren.« Also doch, Emily drehte den Kopf ganz langsam in Pamelas Richtung, schaute aufmerksam, fragend, jetzt lächelte sie ungläubig, als mache Pamela einen eher schlechten Scherz. Zelebrierte sie ihre Krankheit? – Pamela schämte sich, diesen Gedanken zu haben. Doch ein Krankenzimmer wird zu einem Biotop. Wieder schämte sie sich, Emily kämpfte im Moment um ihr Leben und wusste es. Die Welt draußen musste ihr eitel vorkommen im Sinn von nichtig und eingebildet.

Nein, es war zu früh, Emily diese ganze Geschichte darzulegen. Menschen, die andere töteten, wären für sie eine Beleidigung und waren sie noch so unheimlich real und bedrohlich nah bei ihrer besten Freundin.

Doch jetzt, etwas veränderte sich. Emily schien aus ihrer Krise hochzukommen, als fiele etwas von ihr ab. Sie bat leise: »Ich sehe dich gar nicht richtig, frag meine Augen, der Winkel stimmt nicht. Kannst du mir bitte das Bettoberteil schräg stellen, nicht ganz, ein wenig.«

Pamela fand das Schaltbrett, studierte die Knöpfe, die Pfeile, studierte die Scharniere an der Unterseite des Betts, denen sie gedanklich die Knöpfe zuordnete. Sie wusste, zu welch idiotischen Kapriolen diese Mechanik fähig war, sie drückte. Ohne Ruck ging das Kopfteil in die Höhe und stoppte mehr oder weniger sanft nach genau 15 Zentimetern. Pamela seufzte erleichtert, war stolz, als hätte sie wer weiß was vollbracht, schob ganz sorgfältig das Kissen an die richtige Stelle.

Emily lag jetzt etwas aufgerichtet. Das erfüllte sie offensichtlich mit Freude. Sie sah leicht jämmerlich aus, schloss die Augen.

»Du musst ein paar Minuten Geduld haben, dein Kreislauf muss sich umstellen und in den Kopf pumpen.« Die Haare standen in Büscheln, das Gesicht war eingefallen, jetzt sah man deutlich, wie mager sie in dieser kurzen Zeit geworden war. Wieder wies Pamela sich zurecht, womit verglich sie denn! Sie wies auf die Aussicht aus dem Fenster hin. Jetzt konnte Emily den Kopf besser bewegen, konnte den Ahorn wieder sehen, diese goldene Pracht seiner Herbstfärbung. Wenn sie so aufgerichtet war, könnte sie ihr helfen, aus dem Becher zu trinken, das Gefühl des Trinkens wecke die Lebensgeister.

Unvermittelt öffnete Emily die Augen wieder, ihr Blick war da. Ja, sie wollte trinken, sie wollte auch wieder einmal reden. »Ich habe jetzt so viel Zeit, um nachzudenken. Ich habe auch über das nachgedacht, was du erlebst. Wenn dir einer K.-o.-Tropfen gibt, und er missbraucht dich oder bringt dich um oder beides, soll das jetzt Schicksal sein, Karma? Wie ist es, wenn eine Frau in unserem Alter ein Leben führt, das in einem Grabloch endet, wo sie ausblutet. Soll sie das irgendwann bejaht haben, ganz abgesehen davon, wie sinnvoll es ist?«

Pamela schluckte innerlich, das war happig. Sie musste etwas sagen und nicht heulen. »Wenn du so redest, spüre ich, wie stark du bist, vielleicht geworden bist. Du weißt, dass ich so denke.«

Emily wirkte schon wieder müde, doch sie wehrte Fürsorge ab. Sie musste das sagen. »Zuerst habe ich gedacht, wenn ich jetzt Krebs habe und meine Lebenszeit vor meinen Augen wegschmilzt, wenn ich spüre, wie mein Körper einen beschleunigten Zerfallsprozess eingeschlagen hat, genau das müsse ich lernen, genau das müsse ich annehmen. Ich wäre auf die Welt gekommen, weil in meinen Genen eben dieses frühe Ende vorprogrammiert war, um genau dies zu erleben. Doch es gibt die andere Möglichkeit. Dass ich nämlich auf die Welt gekommen wäre, um genau hier dies zu denken und zu wissen, dass es in meiner Macht steht, mich dagegen zu wehren und das erfolgreich. Dass dies Freiheit wäre. Die Antwort weiß ich erst, wenn es durchgestanden ist.«

Pamela zog Verzweiflung mimend die Schultern hoch, hob die Hände in Nichtwissen, dazu ein Clownsgesicht, in ihrem Kopf war eine Sicherheit. »Ich denke wirklich, es ist die Lebensaufgabe, sich für das Leben-Wollen zu entscheiden und es durchzustieren.« Pamela hörte sich die Worte sagen, doch sie hatte sie nicht überlegt. Wollte Emily wissen, was sie wirklich dachte?

»Der Körper ist nur die Hülle auf dieser Welt, in dieser Materie, in dieser Dimensionalität. Materie ist das, was zur Existenz genügt, dass wir es wahrnehmen. Dieser Erde angepasst. Der Geist, die Seele, die ist viel weiter, flüssiger, lebendiger, in einer ganz anderen Dimension. Sie durchdringt den Körper, formt ihn und kann doch ein wenig außerhalb sein. Wir sind nur so grobstofflich, das genügt im Normalfall.«

Forschend guckte sie in Emilys Gesicht. »Weißt du, es könnte so sein, es ist das alte esoterische Wissen.«

Wie Emily bestätigend nickte, fast ungeduldig, sie wolle noch mehr hören, fuhr sie, es mit den Händen unterstreichend, fort: »Es wäre dann so: Die, die Schmerzen haben, bei denen ist etwas kaputt oder geschwollen oder es zerstört sich durch einen Prozess. Schmerzen dienen dazu, die Aufmerksamkeit auf diesen Schaden zu lenken. Wäre die Aufmerksamkeit vorher auf dieser Stelle, die gütige, lebensbegeisterte, positive Aufmerksamkeit, so hätte sie sich nicht bemerkbar machen müssen. Unsere Aufmerksamkeit kann Energie sein, die die Stelle heilt, das glaube ich. Doch ich denke, es kann auch eine andere Ursache geben. Es kann etwas sein, das nicht mehr geheilt werden will oder kann.« Sie zögerte, sollte sie wirklich fortfahren. Emily schaute intensiv.

»Vielleicht sind wir Freundinnen, weil ich das weiß, und weil ich dir in diesem Moment das sagen will. Es ist einfach so, wie ich denke.«

Wieder nickte Emily: »Bitte, mach nur weiter, es haut mich nicht um, ich liege ja schon.«

»Also, es wäre so: Vielleicht will die Seele endlich wieder frei sein, außerhalb eines Körpers, der entweder seine Funktion erfüllt hat, oder der ihr nicht mehr passt. Das Gehen ist immer ein Entschluss. Deine Seele weiß viel besser als dein Verstand, was für sie wann das Richtige ist.«

*

Emily war wieder zu Hause, Hubert arbeitete nur noch Teilzeit, er kümmere sich recht gut um sie, wobei, und dazu hatte Emily gelacht, es geriet sehr viel schief, nicht einmal der Einkauf klappte, immer zu viel und zu teuer, eine Trotzreaktion gegen ihr Liegen, gegen dieses Leben. Pamela fühlte Emilys Lebensfaden dünn wie einen Klöppelfaden. Spinnfäden sind im Verhältnis zu ihrer Dünne stärker als vergleichsweise ein Stahlseil. Ein Leben ist mit Tausenden von Fäden abgesichert. Sie machte sich ein Bild dieser vielen Fäden. Dann rief sie Hubert an, ob sie schon an eine Misteltherapie gedacht hätten. Man höre auch von den Krankenkassen viel Gutes darüber.

Zum Nachtessen legte Pamela wieder die Halsstütze um. Objektiv gesehen war dies sogar angenehm, sie stützte eben; sie konnte darauf vertrauen, dass der Kopf dort blieb, wo er sollte, nämlich direkt auf den obersten Halswirbeln, schön gerade. Ohne Stütze würde sie möglicherweise zerbrechen.

Frau Fasel hatte sie im Korridor abgepasst. Die erste Frage galt Pamelas Schulter und Hals und ob die Schmerzen erträglich seien. Ob sie sich heute nicht zu viel zugemutet habe, sie sei im Pflegeheim gewesen mit der Polizei. Sie habe gehört, Richter Maigold sei tot.

Pamela fröstelte. Da war weder Neugierde noch Anteilnahme, es waren Feststellungen. Pamela überlegte, der Richter hatte ein Verfahren so gebogen, dass ihr Sohn aus den Maschen schlüpfen konnte. Also war sie ihm dankbar, zu Dank verpflichtet. Sie gab Auskunft: »Ja. Man geht davon aus, dass er erstickt sei. Das konnte auch die Maschine nicht ewig verhindern. Leider war es nicht mehr möglich, dass der Spezialist für Kommunikation mit Sprachgelähmten bei ihm war. Man wollte ihn vor allem zu Tonja Utz befragen. Jetzt ist er weg.«

Frau Fasel legte ihr sogar fürsorglich die Hand auf den Arm. »Sie müssen besser nach sich schauen. Heute Abend habe ich extra eine Kraftbrühe für Sie gekocht, mit einem Markbein drin, drei Stunden hat sie geköchelt, sie wirkt blutbildend. Dann gibt es Rotzunge und vor allem viel Gemüse. Gemüse ist gut für die Heilung des Nervengewebes.«

Nach dem Essen bat Robert Gilli sie, ihm beim Kaminfeuer Gesellschaft zu leisten, ein schönes Feuer und einen guten Cognac, quasi als Ergänzungsprogramm zum heutigen Nachmittag. Auch er hatte schon davon gehört. Unser Sicherheitsmann müsse Derartiges natürlich wissen.

Sie war gar nicht überrascht, das Kaminzimmer befand sich im ersten Stock, war groß, in warmen Pastellfarben gehalten, Teppich, Vorhänge, ein Wandbehang, Landschaftsbilder, relativ moderne Möbel, Lesesessel, Leselampen, heller Parkettboden, an der Decke hell lasierte Balken. An der einen Wand stand ein rötliches Klavier, Bodenfenster auf der Parkseite und eben der Kamin gegenüber. Wieder dachte sie an Emily, immer, wenn ihr etwas gefiel. Emily hätte Spaß an diesem Raum. Sie wollte sie hierher einladen, es war ein richtiges Schloss. Emily würde mit ihr lachen, dass sie es schon fast zur Schlossherrin gebracht hatte. Sie beide fänden es vergnüglich, hier am Kamin zu sitzen.

Jetzt saß sie da mit Robert Gilli, der fast doppelt so alt sein mochte wie sie, seine Stimme brachte ihre verborgensten Teilchen zum Schwingen. Pamela mahnte sich zu Vernunft. Gut, sein Sprechen war wohlklingend, angenehm. Hier konnte sie sich entspannen, doch das war durchaus der Tablette zuzuschreiben. Wenn sie anlehnungsbedürftig war, lud dieser weiche Sessel dazu ein. Sie redeten vertraut, als wären sie ein Liebespaar.

Sie hatte sich anstelle des Cognacs für einen Kentucky Bourbon, Jim Beam, entschieden, des Namens wegen. Er schmeckte weich und leicht nach Pferden. Dazu stellte Robert Gilli eine Büchse mit Mandelplätzchen, Frau Fasel hatte frisch gebacken. Er schlug vor, sie sollten sich beim Vornamen nennen.

»Ein Feuer, einen Bourbon und die Vornamen.« Sie hoben die Gläser, keine Umarmung. Mit großer Sorgfalt legte er das Feuer an. Ein Kaminfeuer gehöre für ihn zu den Glücksgefühlen des Lebens. Es gebe Behaglichkeit, Geborgenheit, zudem lasse sich ein pyromanischer Charakterzug ausleben. Sie blickte ins Feuer, die in allen Farben züngelnden, dann wieder lohenden, sprühenden, sprutzelnden und schon wieder nur glimmenden Flammen und Flämmchen, ihr stetes Ausgreifen, Übergreifen, scheinbares Zurückziehen, wieder Ausdehnen, Erfassen, Entflammen, Aufflammen. In jeder Flamme glühte Sonne, ihre Hitze war Wachstum geworden, dann die Verhärtung, die der Wiedergabe in Wärme vorausging, im Feuer diese Sonne zu sehen.

Schon wieder erkundigte er sich, ob sie genügend mit Kissen gestützt sei, ob ihr Nacken auch sicher nicht zu sehr schmerze. Pamela hörte auf seine Stimme.

Er kam relativ rasch auf Tonja Utz zu sprechen. Er habe sich darüber Gedanken gemacht. »Wenn also Tonja Utz' Blut abgenommen wurde und verschwunden ist, so spricht dies für ein Blutritual. Dies wiederum könnte auf einen Bezug zu der Zeit vor 14 Jahren hindeuten.«

»Jugendliche sind empfänglich für Rituale, vielleicht geradezu begierig. Sie brauchen das in einem Gruppenerleben mit Romantik und Schwüren und etwas Heiligem oder eben Gruseligem. Wenn die Religion nicht mehr da ist, suchen sie halt anderswo Ersatz.«

Endlich brannte das Feuer gleichmäßig.

»In Maine waren mein Bruder und ich bei den Pfadfindern, es gab für uns nichts Höheres als die Sonnwendfeiern um die Fasnacht und an Johanni. Entweder wurden Feuerrädchen in die Luft geschleudert oder wir sind über das Feuer gesprungen. Es wurde gesungen, jemand las einen Text, ja, wir haben das Versprechen abgelegt, ethischen Zielen zu folgen, uns mit allen unseren Kräften zu guten Menschen zu bilden und der Gemeinschaft zu dienen. Jugendliche in ihrem Idealismus sind weich wie Wachs. Doch wehe, wenn dies in die falschen Kanäle geleitet wird. Weiter vorn auf dem Hügel, ganz vorn, wo früher der Schwurstein stand, wurde bei den Sonnwendfeiern bis heute ins Heidnische zurückgehendes Brauchtum gepflegt. Doch das war Folklore unter dem Patronat des Keltenvereins und des regionalen Tourismusbüros. Heute ist so ein Stein nur noch ein Name und ein Stein, Prechtenstein, denn die Fähigkeit, seine erhöhte Schwingung zu spüren, ist weg. Die Kirche wusste, warum sie diese Steine bannte, sie für viel Übel verantwortlich gemacht hat. Da sie wiederentdeckt zu werden drohten, hat man versucht, sie aus dem Blickfeld zu nehmen. Jetzt liegt er an der falschen Stelle, die geomantischen Punkte stimmen so nicht mehr. Keltenverehrer wollen ihn nächstens wieder auf den angestammten Platz setzen.«

Nach einer Weile fuhr er fort: »Blutrituale sind immer schwarzmagisch, reichen immer in die Ebenen dahinter, sind immer mit dämonischen Kräften verbunden. Die Menschen öffnen eine Tür mit einem Verlassen des Menschlichen. Immer gehört dazu Grausamkeit, das Vernichten des Ich, die Übergabe an Dämonen. Die Übergänge von harmloser Pfadfinderromantik zu Magie sind fließend.« Robert Gilli drehte sein Glas, sodass der Cognac im Lichtschein funkelte.

»Ich habe mich mit Frau Fasel unterhalten. Bei dieser Gruppe von Jugendlichen hier muss genau das geschehen sein. Sie sagt, Elmar habe in seinen Halluzinationen auch davon gesprochen, wie Frösche und Mäuse lebendig zerrissen wurden, wie sie rohes Blut eines getöteten Huhns tranken. Das Quälen und grausame Töten von Tieren bringen die dunklen Kräfte herbei. Das Ergebnis ist deutlich genug: Diese kleinc Behinderte starb nach zwei Jahren. Frau Fasels

Sohn folgte freiwillig fünf Jahre später. Tonja Utz ist jetzt ebenfalls tot.«

Er kniete sich wieder zum Feuer, rückte mit dem Haken ein Scheit zurecht. Pamela nahm einen großen Schluck. Woher wusste er das?

Er rückte seinen Sessel näher, machte ein belustigtes Gesicht, das Feuer brachte alle Lachfältchen zum Spielen. »Das ist der Vorteil des zunehmenden Alters, man sammelt. Die einen sammeln Dinge, freuen sich an Gegenständen, schönen Sachen, viele sammeln schöne Frauen, ich habe möglicherweise Wissen gesammelt. Wissen um des Wissens willen, aus Neugierde, Wissen, weil ich weiß, es gehört zu mir. Mich interessiert, was hinter den Dingen ist, hinter meinem Wahrnehmen, das Denken. Doch im Unterschied zu anderen will ich keine Macht, nur dadurch kann ich meine Freiheit bewahren.«

Pamela schaute in sein Gesicht, atmete tief ein. Sie hatte es spätestens gewusst, als sie ihm zugeschaut hatte, wie er das Feuer machte, sie hatte sich hundertprozentig in ihn verliebt.

Er trank sein Glas leer. »Das Blut spielt in vielen Kulten eine Rolle, man muss nur an den ganzen Märtyrer- und Blutkult, an die Verwandlung in der Heiligen Messe oder die Blutmale von Heiligen denken. Wobei es im Christentum um die Vergeistigung, die Ätherisation des Bluts, also um die Überwindung der dunklen Kulte ging. Doch immer ist auch dieser Weg in den alten, sogenannten Linken Pfad gekippt, den der Grausamkeit und des Tötens. Hier heißen die Ideale Erfolg,

Reichtum, Macht und Lebensverlängerung. Das Vergrößern des Ichs durch Grausamkeit zur Teilhabe an der großen, dunklen Macht. Dazu führen die schwarzmagischen Praktiken, Unterjochung, Vernichtung, vor allem die Übernahme der Lebenskraft eines anderen, eben nicht nur seelisch, grundlegend körperlich auch seines Bluts. Mystizismus ist immer auch Magie, reicht in die Anderswelt.«

»Und das hat mit dem Mord an Tonja Utz zu tun?«

Plötzlich war Merlin da. Pamela war überrascht, rief ihn zu sich, hob ihn zu sich auf den Sessel.

»Wie kommt der jetzt plötzlich hier herein?« Sanft fuhr sie mit den Fingern durch die feinen, dichten Haare, spürte die Wirbelsäule.

Robert Gilli freute sich schon wieder. »Du liebst Katzen! Wer ist denn das? Die kenne ich gar nicht.«

»Er ist mir zugelaufen. Frau Fasel meinte, für ihn sei noch Platz, er heißt jetzt Merlin, wegen seines seidig silbergrauen Pelzes, wie der Mantel eines Zauberers. Er schläft bei mir.« Das tönte blöd, Pamelas Wangen wurden warm. Sie lauschte auf Robert Gillis Stimme.

»Er ist durch eine der Katzenpforten hier hereingekommen. Das ganze Château ist im Grunde genommen für die Katzen gebaut. Nein, natürlich nicht, aber es wurde zu einer Zeit gebaut, da waren die Katzen lebenswichtig für die Menschen, für jede Gemeinschaft, und ein Schloss war ja eine Großgemeinschaft. Besonders in schlechten Zeiten war es überlebenswichtig, dass nicht Mäuse und Ratten das Getreide und die sonstigen Vorräte fraßen, und wo Katzen lebten, lebten eben keine Nager. Die Menschen wussten, in einem Schloss mit vielen Katzen gibt es keine Pest. Sie waren eben Glücksbringer. Das hat man damals beim Erbauen des Schlösschens ganz selbstverständlich berücksichtigt. So haben die Katzen auch hier zu jedem Raum und hinter jedem Balken freien Zugang, man hat ihnen die Katzenpforten dazu gebaut, von allem Anfang an. Schau, hier in der Wand neben dem Kamin ist dieses relativ kleine Loch. Man achtet nicht darauf. Man meint, es gehört zum Kamin, was es eben nicht tut. Dahinter ist die Wand hohl, und wenn dein Kater verschwindet, kann er im Korridor oder in der Küche herauskommen. Hier im Château können die Katzen auch ungesehen die Stockwerke wechseln. Ich habe mir einmal die Mühe gemacht, die Verbindungen festzustellen. Es ist faszinierend. Mit Merlin wohnen jetzt sieben Katzen im Schloss. Zwei sind sehr alt und zwei hausen drüben in der Garage. Das sind dann neun. Im Augenblick sollten alle Miezen kastriert sein.«

Pamela verkniff ein Lächeln beim Gedanken, dass in Zürich nie jemand auch nur entfernt daran gedacht hätte, sie könnte eine Katze lieben.

»Du hast ihm einen keltischen Namen gegeben, die Katzen wurden bei den Kelten verehrt. Weiß der Kuckuck, das liegt hier in der Luft. Du siehst ja, ich habe die Pferdeschädel an unserer Garage bisher hängen lassen. Sie waren schon immer da, auch sie sollen Glück bringen und Unheil abwenden. Wer will schon ein Glückszeichen entfernen? Dieses ganze Keltengetue ist nicht meine Welt, einerseits achte ich die, die altes Wissen zu bewahren suchen. Doch es geht um mehr. Es geht um das, von dem ich schon gesprochen habe. Es stammt aus einer Zeit, in der Magie eine normale Dimension des Lebens war. Man könnte auf den ersten Blick denken, dieses Keltentum sei rückwärtsgerichtete Folklore, man wolle Verlorenes in eine bessere Zukunft retten, wolle alte Stammeswerte zur Stärkung eines sozialen Organismus wieder hochleben lassen. Darüber ließe sich diskutieren. Doch es ist etwas anderes. Im letzten Jahrhundert erhielt es ein neues Leben. Die Geschichtsschreibung hat aus sehr unterschiedlichen Gründen einen großen Bogen um die magische Seite des Faschismus gemacht, der im Übrigen eine weltumspannende Ideologie war. Das Keltentum wurde zur Massenkultur aufgebaut und sehr gekonnt rituell schwarzmagisch aufgeladen, die Zerstörungsorgie war gewollt, das Entsetzliche ist, wenn weitere Dimensionen, Räume und Gegenräume angenommen werden, kann sogar die Selbstzerstörung eines ganzen Volks als Notwendigkeit wegphilosophiert werden. So etwas lässt sich nicht rückgängig machen, bestimmte Gruppen wollen das auch heute nicht. Im Gegenteil. Es gibt Menschen, die haben den schwarzmagischen Weg nie verlassen. Heute, da Magie eine Renaissance feiert, treten auch diese Praktiken ungeniert aus dem Dunkel. Sie sind nicht bloß eine fragwürdige, etwas lächerliche Moderichtung. Du bist eine junge Frau. Alle diese Rockbands heute mit den blutrünstigen, todessüchtigen

Namen und den entsprechenden Texten und ätzenden Rhythmen haben sich für den linken Pfad entschieden. Das sind nicht analpubertäre Wortmeiereien. Wer nicht sieht, was hier vor sich geht, ist Opfer und Teil einer riesigen Täuschung. Themenwechsel. Wenn du, Pamela, Auskunft geben müsstest, was du mit 18 tatest, dachtest, fühltest, du wüsstest es. Sag es spontan!«

»Ich wollte Theologie studieren.«

Robert Gilli sah sie fasziniert an, nickte.

»Es war nur konsequent. Ich glaubte an Gott. Wenn es einen Gott gab, war er das Höchste. Er gab meinem Leben den Sinn. Er war das alles Bewegende, das alles Durchdringende. Er hielt mich in seiner Hand, ich konnte mich auf ihn konzentrieren, dann war ich ein Lichtpunkt, der in seinem Punkt gespiegelt wurde und mehr, er war der Lichtpunkt in mir. Wenn das alles stimmte, dann musste das Leben auf ihn ausgerichtet, in ihm konzentriert sein. Das gefiel mir.« Pamela redete weiter. »Ich habe mir einmal geschworen, mir nie etwas vorzumachen. Durch unsere Schulbildung wurden wir zu totalen Materialisten erzogen. Was war also, wenn es Gott nicht gab? Wenn er nur in meiner Vorstellung, in der Vorstellung vieler existierte? Was war, wenn Gott nur eine Konvention war, eine Übereinkunft, ein Konstrukt mit dem Zweck, die Menschen führbar zu machen, durch eine Priesterkaste, eine Machtelite, der Anfang jeder sozialen Organisation? Hier die Masse der Schafe, da die Herrschenden. Nun, ich konnte das Problem nicht lösen und hatte keine Gnade der Erleuchtung, also wurde ich Realistin. Es war bescheidener und vor allem ehrlich, zunächst ganz einfach einmal für meine Existenz aufzukommen. Es war Zeit, dass ich mithalf, Steuern und Sozialabgaben zu erarbeiten.«

»Und jetzt?«

Pamela dachte, ein väterlicher Freund ist besser als gar kein Freund. War sie nicht glücklich, zu jemandem über Dinge zu reden, die sie bisher nur allein bedacht hatte? Sie flüchtete vor so viel Offenheit, sagte leichthin, ironisierend: »Jetzt genau bin ich auf dem Nullpunkt und denke über den Tod nach. Das reicht mir für den Moment.« Ihre Blicke kreuzten sich, er wusste, dass sie nicht nur spottete.

Robert hatte sich beim Zuhören leicht vorgebeugt, jetzt nahm er den leichten Ton auf. »Hat dir je jemand gesagt, wie absolut umwerfend du bist in deiner Jugend? Das ist ein Kompliment.« Er setzte sich wieder zurück in den Sessel, lächelte. »Ich habe es gewusst, wir sind einander sehr ähnlich.«

Pamela bewegte leicht zweifelnd den Kopf schräg, dachte, nur nicht den Kopf verlieren.

Robert Gilli schob die letzten Gluten zusammen, stellte den Kaminschirm davor. »Unser Gespräch war mir wichtig. Wir konnten das thematisieren, von dem ich meine, es erhelle eine Dimension des Ganzen. Es gehört immer alles zusammen. Dass du hier bist, genau in dem Moment, da ein vernetztes System ins Wanken kommt, ist ebenso ein Punkt, möglicherweise deckungsgleich mit dem ersten. Coulins ist ein alter Schnittpunkt auf blutgetränktem Boden im buchstäblichen Sinn, vor gut 500 Jahren wurde hier in der Nähe mit Tausenden von Toten der westliche Blutwall um die Eidgenossenschaft errichtet. Davon zeugen das Beinhaus, die Schwarze Madonna, der alte Schwurstein auf dem Hügel, der aus keltischer Zeit stammt. Wer bin ich? Der Träger einer alten Blutlinie, die seit möglicherweise tausend Jahren an diesem Ort lebt, liebt, denkt, stirbt, was auch immer. Dass wir einander treffen, ist ein wichtiger Koordinationspunkt. Du bewegst dich, und alles um dich herum gerät in Aufruhr. Deshalb musstest du diese dunkle Seite der Machtaneignung zur Kenntnis nehmen. Sprich mit den Polizisten darüber. Wobei ich der Meinung bin, hier läuft etwas ab, das nicht aufzuhalten ist. Aber du sollst um alles in der Welt davor geschützt bleiben. Es sind nicht irgendwelche dämonischen Mächte oder Geister oder was auch immer, was sich hier manifestiert, es sind heutige Kräfte und lebendige Menschen.«

Robert Gilli begleitete sie über den Vorplatz, sie lächelte, so stellte sie sich die höfischen Sitten in noch nicht so lang vergangenen Zeiten vor, sicher nicht bei den Kelten. Ein Gentlemen, der die Dame nach Hause führt. Ein Schatten kam aus dem Dunkeln, Herr Künzli mit Ringo. Blitzschnell hob Pamela Merlin vom Boden, hielt ihn fest. Er sollte jetzt nicht wegrennen, sie wollte oben in ihrer Wohnung nicht allein sein.

Im Traum trifft sie auf Merlin. Sein Fell glänzt silbrig. Ausgerechnet er beklagt sich über die Schwarze Madonna, die kein Herz habe, vor der er sich verstecken müsse, sie töte. Pamela verspricht im Traum, sie werde mit der Madonna reden, und denkt im Traum, Merlin weiß ganz genau, was ich träume, leider die Madonna auch. Im Traum denkt sie, es ist trotzdem schön, mit Tieren wirklich zu reden.

Gib acht. Was dir begegnet ist das Gegenteil von dem, als das es erscheint. Es kommt einzig auf die Balance an, das Gleichgewicht. Mach es wie der asiatische Kämpfer, handle aus der Mitte. Jeder Mensch kommt an die Weggabelung, entscheide dich! Jetzt blickt sie in den Spiegel, Tonja Utz blickt ihr entgegen, eine Frau mit einem verführerischen Lächeln. Wie jung sie ist. Sie ist an der Weggabelung den anderen Weg gegangen. Lust, Sex, Orgasmus und Ekstase als Mittel zur Überhöhung des Ich, zur Steigerung der Macht über andere. Grenzen sind dazu da, überschritten zu werden. Rituale sind dazu da, Zusatzkräfte aus anderen Zeiten und Räumen zu bündeln. Lust an der Abhängigkeit von anderen, an ihrem Leiden. Der jugendliche Körper als Trumpf. Jemand hat sie Schwarze Madonna genannt, ein Schicksalsspruch. Das heisere Flüstern Merlins: Dein Spiegelbild ist diesen anderen Weg gegangen, stellvertretend. Das ermöglicht dir, bei der Weggabelung nicht zu zögern.

*

Pamela sagte telefonisch die Reitstunde ab, erklärte das Verbot des Arztes, auf ein Pferd zu steigen. Yvonne Krepp lud sie ein, sich eine Dressurstunde anzusehen, falls sie Lust habe. Mit Begeisterung ließ sie sich darauf ein, so etwas wollte Pamela sich nicht entgehen lassen, und wer weiß, ob sie ein nächstes Mal aufgefordert würde. Sie hatte den Stützkragen umgeschnallt. Frau Fasel, erstaunlicherweise in einem sandfarbenen Hosenanzug mit braunem Ledergürtel, chauffierte sie.

Sie saßen nebeneinander auf der Bank vor der Stallung und schauten zu. Yvonne Krepp trainierte ein gesatteltes Pferd auf dem Sandplatz, ein dunkles Halbblut, das offensichtlich Fjord hieß. Er wurde longiert, mit hellen Kommandorufen und der langen Peitsche angeleitet, die Hufe seitwärts zu setzen oder höher zu heben. Anscheinend mit Verspätung kam Arno Krepp dazu. Frau Fasel atmete hörbar ein, sagte aber nichts. Pamela sah sie von der Seite an, die spitze Nase war weiß.

»Sie kennen Arno Krepp. Ich lernte ihn kennen, als ich das erste Mal hier war.«

Frau Fasel antwortete fast unhörbar, räusperte sich. Jetzt hustete sie, es war der Strohgeruch, darauf reagiere sie allergisch. Es sei wohl besser, sie warte im Auto auf Pamela, oder noch besser, sie fahre rasch ins Einkaufszentrum, sei aber in einer Dreiviertelstunde wieder hier. Pamela solle sich ruhig die ganze Stunde ansehen.

Pamela vergaß, wo sie war. Die Konzentration der kleinen Gruppe ging auf sie über, Yvonne Krepp leitete, bewegte sich mit ihrem ganzen Körper in den Bewegungen von Pferd und Reiter, die immer tänzerischer ihren Bewegungen und Befehlen folgten. Ab und zu brach sie ab, korrigierte, dann begann es von Neuem.

Der Vorgang war Musik, war Harmonie, war beseelt. Pamela sah und war mit dabei und fühlte das Glück dieser Gruppe. Noch nie hatte sie etwas so Schönes erlebt.

Nachher kam Yvonne, ob sie gesehen habe, wie wundervoll Fjord gegangen sei, ob sie nicht den Wunsch habe, einmal Dressur zu reiten. Sie bedauerte Pamelas Missgeschick, doch aufgeschoben war ja nicht aufgehoben. Wenn das MRI nichts zeige, würde sie neben Physiotherapie auch Reiten empfehlen, sanftes Reiten: Es stärke die Rückenmuskulatur von zuunterst bis zuoberst, dazu komme die Energie des Pferdes. Da könne man nur gesund werden. Spontan dachte Pamela an Emily.

Arno Krepp hatte inzwischen diesen Fjord auf die Koppel gebracht, hatte ihm den Sattel abgenommen, ihn kurz abgerieben. Das Pferd trabte tänzerisch zum anderen Ende der Koppel, schüttelte sich.

Mit dem Sattelzeug auf dem Arm kam Arno Krepp zur Stallung, grüßte, lächelte höflich, sie hatten ja schon die Bekanntschaft gemacht.

Pamela verstand, warum Frau Fasel der Begegnung ausgewichen war: ein strahlend gesunder, junger Mann, ein früherer Kumpel ihres Elmar, doch Elmar war tot und dieser lebte ein Herrenleben. Oder hatte Frau Fasel genau dies sehen wollen?

Pamela überdachte Robert Gillis Darlegungen von gestern Abend, bei Tageslicht war so etwas weit weg. Macht, ja, doch Rituale passten überhaupt nicht zu diesem sonnengebräunten Arno Krepp. Der Blick, mit dem er sie maß, taxierte sie auf das Allerletzte. Doch er nahm ihn sofort zurück. Offensichtlich wieder einer, der sexy aussah und mit Blick, Gang und Gehabe den Macho markierte, mehr als das letzte Mal, das mochte das Reiten verstärkt haben. So selbstverständlich wie möglich fragte sie mutig. Nein, sein Büro hatte er in Bern, Bern lag zentral. Er war selbstständig, Export-Import. Für das Werk seines Vaters arbeitete er sporadisch in Einzelaufträgen. Pamela verabschiedete sich rasch von Mutter und Sohn, er schaute sie gründlich abwägend an, als suchte er das Alter und den Charakter eines Pferds zu ergründen, wandte sich mit einer abrupten Drehung ab, verschwand im Stall. Yvonne Krepp forderte Pamela auf, sich das mit dem behutsamen Reitunterricht durch den Kopf gehen zu lassen.

Frau Fasel war noch nicht da. Pamela fasste wieder einmal zur Kontrolle nach dem Spray in ihrer Tasche. Was hatte Robert von den Punkten im Koordinatensystem gesagt? Sie, Pamela, bringe das Netz durcheinander, allein durch ihre Anwesenheit? Jetzt war sie schon wieder über einen dieser Punkte gestolpert. Vielleicht hatte dieser Arno Krepp doch Blut getrunken, sie korrigierte nach unten, oder von klein auf stärkende Vitaminpräparate erhalten. Auf jeden Fall gehörte er zu denen, die von den Frauen gesehen wurden. Einer, der den Zweikampf mit einem Rivalen eben gewänne, der dann auch genügend Nahrung für sein Weibchen und seine Jungen herbeischleppte, was jeweils zu einer arroganten Haltung führt. Oder täuschte sie sich? Redete er einfach in der höflichen Sprache der Oberschicht, in der Frauen grundsätzlich leicht geschmeichelt wird, das hebt ringsum die Stimmung, wirkt vitalisierend. Frauen, die das nicht von Kindsbeinen an gewohnt sind, verwechseln da leicht etwas. Wie sie es gestern bei Robert Gilli getan hat. Wie peinlich eine derartige Überlegung war. Doch Krepp und Gilli gehörten zur selben Gesellschaftsschicht. Dazu die Pferdeschädel. Wo täuschte sie sich?

*

Auf der Rückfahrt redeten sie vom Beinhaus. Frau Fasel meinte, Pamela hätte es bemerken müssen. Natürlich liege es etwas versteckt hinter den Zypressen und ein paar alten Grabsteinen. Auch gehe man etwas nach links zum oberen Ausgang des Friedhofs. Dieses Beinhaus sei interessant, es sei im kantonalen Kulturführer vermerkt. Von unten bis oben Wände aus Schädeln, die hinteren aus dem Burgunderkrieg, die vorderen die Franzosen. Sie sagte es mit Stolz. In ihrer Jugend hätte man vor der Beerdigung die Leichen hier aufgebahrt, jene, die nicht zu Hause die Totenwache erhielten. Seit dem Bau der neuen Aufbahrungshalle bei der Stadtkirche sei das nicht mehr nötig. Das Beinhaus werde nicht mehr benutzt. Pamela solle ruhig hochgehen und es sich ansehen, ihr sei es recht, sie schaue inzwischen nach dem Grab ihres Sohnes.

Sie fand das Beinhaus ganz oben an der Mauer. Es war in den Hang gebaut, in den Fels, zwei Stufen führten nach unten. Hier drinnen war es kalt. Es war nicht stockfinster, irgendwoher aus der Höhe kam Licht. Der Raum war klein, sie erschrak, kannte sie ihn aus ihren Träumen? Jetzt hatte sie sich an das Dämmerlicht gewöhnt, sie war umgeben von Wänden aus Schädeln. Das war schon etwas gewöhnungsbedürftig. Pamela wollte die Schultern hochziehen, war sich wieder einmal ihrer Halsstütze bewusst, es ging nicht. Es war echt gruselig. Pamela hatte noch nie wirklich Wände aus Schädeln gesehen, hatte nicht einmal gewusst, dass es dies gab. Menschen hatten hier die Schädel von Toten einfach in Reihen übereinandergeschichtet, als wären es Mauersteine. Doch man konnte sich nicht täuschen, es waren Glotzschädel. Das alles waren Männerköpfe gewesen, auf lebendigen Menschen, die dreingeschlagen hatten, töteten und schließlich selbst tot umfielen. Sie wollte sich gar nicht vorstellen, wieso und in welchem Zustand man diese Köpfe zusammengetragen und hier aufgeschichtet hatte. Doch dann dachte sie unvermittelt, sie würde einen schnellen Tod einem Krebstod auf jeden Fall vorziehen. Wie viele Menschen gab es denn, die einen ganzen Lebensbogen lebten und zuletzt friedlich im Bett einschliefen? Das war doch ein Märchen. Diese Schädelwände könnten das Szenario eines Gruselfilms abgeben. Was sollte diese Kapelle? Die Geister der Toten hier festhalten im Sinn einer Abschreckung für künftige Angreifer. Das könnte sogar gelingen. Sie starrte in einen ganz kleinen Schädel. War es möglich, dass Kinder mit den Soldaten mitgezogen waren? Täuschte sie sich, oder war es unmerklich im Raum noch kälter geworden? Pamela fror den Rücken hinunter, trotzdem schwitzte sie an den Handflächen. Diese Totenköpfe strahlten Gewalt aus, sie waren im Kreis aufgeschichtet. Hier drinnen war eine Stimmung, eine sich aufschaukelnde böse Schwingung, die mit den Händen zu greifen war. Es war eine Gruft, und diese wollte sie so schnell sie konnte verlassen. Es gelang ihr nicht, sich zu bewegen, nicht ihre Beine, nicht ihre Arme oder Hände, sie waren taub. Doch das Schlimme geschah an den Füßen. Mit Grausen sah sie zu ihren Füßen hinunter. Sie meinte, in sich bewegendem, hellem Blut zu stehen. Es schien von allen Seiten herzufließen, ansteigend. Pamela konnte den Kopf nicht wenden. Eine Gewalt fasste nach ihrer Schulter, hielt sie fest, presste sie zusammen, gleich würde sie nicht mehr atmen können. Sie wollte schreien, doch da kam kein Ton heraus.

»Ich dachte, ich hätte Sie verloren«, drang Frau Fasels Stimme in ihre Ohrmuschel. Noch immer bewegte Pamela sich nicht, doch sie fühlte sich da stehen, die Wärme kehrte in ihren Körper zurück. Frau Fasels Gesicht war plötzlich nah: »Fühlen Sie sich gut? Sie sind schneeweiß!« Frau Fasel drehte Pamela herum, sie fühlte sich wie eine Puppe. Sie fasste nach ihren Händen, rief erschrocken: »Die sind ja eiskalt, wir müssen hier sofort hinaus, ein Wunder, dass Sie noch stehen.« Energisch schob sie Pamela zu den Stufen. Als Pamela die Füße nicht richtig hob, ging Frau Fasel um sie herum, zog sie nach draußen, hieß sie, sich auf den Boden zu setzen. Sie redete ununterbrochen. Es war die Luft dort drinnen, wie in einem Grab, kein Sauerstoff.

Das war ja gefährlich, man musste dafür sorgen, dass dieses Beinhaus mit einem Gitter versperrt wurde.

Das Gehen tat ihr gut. Sie redeten nicht, sie fühlte Frau Fasels Blick von der Seite. Unvermutet meinte diese: »So schlecht fühlte ich mich, als ich mein Kind erwartete.«

Das kam so überraschend, Pamela lachte laut heraus: »Da ist keine Gefahr.« Zu laut. Sie erschrak gleichzeitig über das Gesagte und über das Lachen, schwächte innerlich ab, schob alles auf die Tabletten.

Auf der kurzen Rückfahrt in Frau Fasels Auto roch es durchdringend nach Blumen, Pamela sah sich suchend um. Nirgendwo ein neuer Duftanhänger, auf dem Hintersitz lag ein großer Dahlienstrauß. Frau Fasel werde noch Beerenzweige schneiden, der Garten gebe im Augenblick zu wenig her.

Nachts im Bett lag Pamela schon wieder wach, konnte nicht zur Ruhe kommen, versuchte zu beten, um einzuschlafen. Ihr Kopf fühlte sich an, als läge er da, und ihr Denken breite sich lautlos über die Gegend aus, wie ein Nebelschleier. Sie erinnerte sich an den Tag, den Friedhof, den Reithof, die Bibliothek und auch an gestern Abend. Alles war gleichzeitig. Dann schlief sie ein.

Das Kleid der Madonna ist weiß wie Schnee, ihr Gesicht ist aus schwarzem Holz, die Lippen sind kirschrot. Der Saum ihres Kleids wird bedeckt von den Blütenblättern roter Blumen. Das schwarze Gesicht verschwimmt, wie im Spiegel eines dunklen Fensters erscheint darin ein kindliches Mäuschengesicht mit erschreckten großen Augen. Das Mäuschengesicht im weißen Kleid mit blutrotem Mund streut rote Blütenblätter in einem Kreis, der Kreis bebt, Blätter bewegen, heben sich, beginnen zu drehen, immer schneller, wirbeln hoch zu einer Windhose, ziehen als großer, summender Insektenschwarm den Hügel hoch hinüber zum Mont Pétrel, umschwärmen in einer Wolke den Prechtenstein, lassen sich auf ihm nieder, dahlienrot.

6

Finn Weidenhuber rief um acht Uhr am Morgen an. Es sei Samstag und sie arbeite doch heute nicht, ob er sie geweckt habe. Pamela wollte die Achseln zucken, hörte sofort auf, das könnte wehtun! Sie reagierte resigniert, geweckt war geweckt. Es sei schon in Ordnung, heute war ja nicht Sonntag. Sie hatte sich zwar zugeredet, länger schlafen zu müssen. Doch jetzt war es nun, wie es war, sie war wach, was er wolle. Finn war es nicht recht, sie hörte es an seiner zaudernden Stimme, was sie ein wenig besänftigte. Er und Tizian würden sich gleich zusammensetzen, zu einer Besprechung. Sie versuchten, zu ordnen, was sie hatten. Es sei eine Bitte. Ob sie dabei sein könnte. Waren das jetzt ihre neu-alten Freunde, ihre Gruppe?

»Nicht vor neun, und ich muss schauen, ob Frau Fasel mich fahren kann, wegen der Kupplung.«

Finn paffte seine penetrante Pfeife. Morgens um neun und das Büro war verqualmt. Emily hatte nie geraucht, war nie extrem Passivraucherin gewesen und hatte Krebs, nicht in der Lunge, also musste man das nicht denken. Gab es in diesem Kanton kein Rauchverbot in öffentlichen Gebäuden? Finn grinste etwas schief, unter den Augen ausgeprägte Hängesäcke, er sah übernächtigt aus.

»Willst du mich verklagen, weil ich mit Nikotin besser denke?«

Tizian kam schwungvoll herein, begrüßte sie übertrieben enthusiastisch: »Willkommen im Dream-Team!«

Sogar Finn schmunzelte. »Komm, setz dich.« Vor ihm auf dem Tisch lag eine Akte. »Seit dem Tod dieser Utz sind jetzt schon bald zwei Wochen vergangen, wenn wir da nicht bald etwas Handfestes haben, kommt nichts mehr.« Er schob die Akte über den Tisch. »Tobias Maigold ist an seinem eigenen Schleim erstickt. Keine Fremdwirkung. Keinerlei Verdachtsmomente.«

Als wäre ein Kartenhaus zusammengefallen und läge als flache Akte da. Sie wusste genau, Finns Meinung über den Wert von Psychologen und Frauen hatte sich bestätigt, zumindest was ihre Arbeit anging. Sie war enttäuscht. Sie war sich sicher gewesen, hatte auf ihre Intuition vertraut. Sie sah sich bei dieser Irma Maigold beim Tee. Die beklemmende Atmosphäre des Wohnzimmers, diese Porzellanfigur. Pamela fuhr sich mit der Zunge über die Lippen, fühlte den leichten Pfirsichgeschmack des Lippenstifts, meinte gedankenverloren: »Die Porzellanfiguren gehen mir nicht aus dem Kopf. Warum steht eine bei ihrem Bruder im Regal, wenn er sie gar nicht sehen konnte? Siehst du denn nicht? Der schwarze Talar. Das war vielleicht gar nicht ein Pfaffe, ein Pfarrer hatte damals doch ein Kreuz in der Hand. Seine Figur trägt ein Buch. Das kann doch geradeso gut ein Gesetzbuch sein. Sie hat ihm den ›Tod und der Richter‹ hingestellt. Wenn er das nicht sehen konnte, wer sollte es denn sehen?«

Finn schob die Brille nach unten, blickte Pamela

über den Rand weg an, schüttelte ungeduldig den Kopf, paffte.

Dubi kam herein, sah aus wie aus dem Ei gepellt, brachte Papier und frische Hörnchen. Nein, Pamela wollte nicht zwischendurch essen. Sie wurde täglich bekocht, sie wollte nicht neue Hosen kaufen. Keine Hörnchen mitten in den Morgen, auch nicht aus Freundschaft.

Dubi fasste zusammen: Das Täterprofil ließ zu wünschen übrig. Zunächst einmal fanden sie keinen Parallelfall, bei dem eine Frau auf einem Friedhof im Grab eines anderen verblutet worden wäre. Es gab Friedhofsmorde, Friedhofstäter, bei denen es sich auffallend immer um Männer handelte, Grabschändungen, Leichenschändungen auf Friedhöfen, Ritualmorde mit Blutopfern, doch diese wieder nicht auf Friedhöfen und schon gar nicht in Gräbern. Es gab Nuttenmorde mit der ganzen Skala perverser Nebenhandlungen und Kindsmorde im Zusammenhang mit Organentnahme, es gab diverse Vampirmorde und Vampirtaten allgemein. Dubi hatte immer monotoner gelesen, machte eine Pause. Ein Blitz erhellte das Sitzungszimmer, das sich verdunkelt hatte. Draußen regnete es jetzt in Strömen, Burg musste das Regenloch der Schweiz sein.

Pamela schottete sich ab. Diese Sammlung zu Profilzwecken war Kloake pur des Menschengeschlechts. Das Wort Menschengeschlecht stammte doch aus dem Weltentwurf der Aufklärer – Lessing, Schiller und die ganze Bibliothek ließen grüßen – es bedeutete etwas Hohes, Hehres, ins Heilige Reichendes. Das Ziel, die Hoffnung, es zu verwirklichen, war in die Köpfe gesetzt. Pamela hatte das Gefühl, in einer Zeit am Gegenpol der Aufklärung, in einem Schlachthaus gelandet zu sein. Das, womit du dich beschäftigst, färbt auf dich ab.

Mit einem Ausruf brach Pamela den Bann. »Das alles ist unerfreulich und unappetitlich! Offensichtlich hat es erbracht, dass es nichts gebracht hat.« Damit war dieser Punkt abgehakt.

Tizian unterrichtete die Anwesenden über die Ermittlungen der Genfer Polizei zu Tonja Utz. Sie waren, wie man sich eben Ermittlungen in Genf vorstellt, anspruchsvoll. Das hieß, jetzt musste man sich ganz auf die Kontakte verlassen, die man im Lauf der Jahre aufgebaut hatte. Harte Fakten und Namen werden nie zu erhalten sein.

So viel zur Einleitung. »Fest steht, Tonja Utz hat ein Doppelleben geführt, die Möglichkeit haben wir ja erwogen. Da war einerseits die strebsame, effiziente Hotelangestellte, die bis zum Umfallen arbeitete, andererseits eine Frau, die sich seltsam geschminkt nachts auf einem Friedhof herumtrieb. Da gab es nichts Persönliches, und das bei einer 33-Jährigen. Als achtete sie genau darauf, keine Spuren zu ziehen. Es gab keinen Freundeskreis. Sie war Kollegin, mehr nicht. Nach den Ferien redete sie von Fortbildung oder von einer organisierten Reise. Zunächst schien es, diese hübsche Rezeptionistin sei sehr isoliert, das ist heute nichts Ungewöhnliches. Viel Stress im Beruf, am Abend ein Bad und eine TV-Serie, etwas Weiterbildung, um den Wert, den man erreicht hat, den man darstellt, zu erfüllen. Zunächst ergab die Anrufliste nichts. Doch am Empfang eines Hotels ist ein stetes Kommen und Gehen, Briefe werden abgegeben, mündliche Vereinbarungen getroffen.« Tizian leerte in einem Zug seinen Kaffeebecher. »Einer meiner Gewährsleute stellte einiges klar, er gehört in einen der Kreise, die in diesem Hotel ihren Standort haben. Im Hotel Helvétique halten insgesamt drei Serviceclubs ihre wöchentlichen Meetings. Es gibt zwei Clubräume, in denen Sitzungen abgehalten werden können, einen Clubraum mit den obligaten Sesseln. Dazu gibt es in einem vierten Raum eine Bibliothek mit Leseecke. Sie steht den Mitgliedern des Bibliotheksvereins zur Verfügung. Die Benutzernamen würden sich auf Karteikarten in hölzernen Karteikästchen finden. Doch es mache keinen Sinn, sich die anzusehen, falls jemand seinen Namen verdecken wollte, wäre dieser jetzt längst weg. Alle diese Clubs sind reine Männerangelegenheiten. Mein Bekannter ist Mitglied eines dieser Clubs. Er meinte: Wüsste er, dass Tonja Utz die Geliebte einer bestimmten öffentlichen Person gewesen sei, kein Callgirl, eine Sonderstellung, so würde er es natürlich sagen. Da er es nicht sage, könne sie es nicht gewesen sein. Es sei reine Spekulation, weil das ihre Abkapselung genügend erklären würde. In gewissen Kreisen sei auch eine bestimmte Schminkart sehr beliebt. Doch daraus lasse sich nichts schließen, schminken könne sich eine Frau nach Lust und Laune. Natürlich habe er auch diese Bibliothek nur genannt, weil sie eben im Hotel Helvétique ihren Standort habe, hätte ich ihn näher nach dieser Bibliothek gefragt, hätte er gesagt, der Grundbestand sei die Schenkung einer gebildeten Einzelperson, Geschichte, Klassiker, etwas verstaubt. Ganz zuletzt informierte mich mein Freund, einmal müsse er sich verhört haben, als er meinte, jemand habe von Tonja Utz als von der Schwarzen Madonna geredet. Sei sie nicht eher der helle Typ gewesen?«

Pamela musste jetzt unbedingt einen Becher Kaffee trinken, schwarz und ohne Zucker. Sie hatte das Gefühl, genau dies gleichfalls schon geträumt zu haben.

War das schon vorgestern gewesen? Hatte Robert Gilli wirklich gemeint, sie könne Finn eine Geschichte von Kelten und Blut und Boden erzählen und das ausgerechnet jetzt, da sie sich mit weiblicher Intuition so richtig lächerlich gemacht hatte. Pamela schluckte, sie wusste, sie lag nicht falsch. Ganz deutlich hörte sie es. So deutlich, dass sie es sich wiederholen hörte, aus ihrem Mund.

»Noch einmal zum Richter Tobias Maigold, ich denke, ich liege nicht falsch.« Tizians Kopf ruckte überrascht hoch, Finn saß hölzern da. Dubi hörte auf zu schreiben. »Ich bleibe dabei, dass es Fremdeinwirkung war. Ich halte sogar meinen Verdacht auf Irma Maigold aufrecht. Aber ich bin gar nicht deswegen hier. Ich musste das bloß abschließend sagen, weil ich gleich einen weiteren, ebenso seltsamen Punkt anführe, der diese These nicht stützt. Ich hatte einen friedlichen Abend mit Herrn Gilli«, mit Blick auf Tizian fügte sie an, »am Kaminfeuer.«

Tizian zog, wie erwartet, die Brauen spöttisch hoch.

Sie gab ihm einen Blick, so von oben herab. »Robert Gilli weiß viel, kennt viel. Er machte lange Ausführungen zu Blutritualen, die Bedeutung, die das Blut in Geheimbünden hat. Er hat es nicht ausdrücklich gesagt, doch weil er klug ist, denke ich, meinte er genau das: Diese Jugendgruppe hat versucht, Magie zu betreiben, mit Tieropfern und mit Gewalt gegen ein behindertes Mädchen. Dann hat Robert Gilli von okkulten Seiten der Macht geredet. Dass Herrschaftseliten des Linken Pfads schon immer Blutorgien ausgeübt hätten. Dass der Faschismus diese Seite sehr wohl benutzt hätte, dass Kriege bewusste Blutorgien seien. Dass man deshalb diese Symbole nicht mehr benutzen könne, dass sich aber der Keltenverein in diese Traditionen stelle. Die Pferdeschädel gehören zum Keltenkult. Es könnte sein, diese Gruppe von Jugendlichen hat sich auf diese dunklen Ideen hin orientiert. Der grausliche Tod von Tonja Utz zeigt, dass die Geister, die sie damals riefen …« Finns Handy, das auf dem Tisch lag, ruckte summend über die Tischplatte. Pamela beendete halblaut den Satz: »… überhaupt nicht verschwunden sind.«

Finn nahm den Anruf entgegen. Sein Gesicht zeigte einen Ausdruck des Erschreckens, er biss sich auf die Lippen, seine Nasenflügel verengten sich, seine Hand presste sich an das Handy. Er schaltete den Lautsprecher ein. Eine Männerstimme sagte eben, der Anruf schien über eine knatternde Funkleitung hereinzukommen, »... lässt sich nicht aufrichten, viel zu schwer. Ein Laster aus dem Steinbruch kommt, sobald sich ein Fahrer findet an einem Samstagmorgen. Er ist natürlich breiter als ein Traktor. Ja natürlich muss er durchkommen, sonst kann er gleich unten bleiben.«

Finn redete laut, abgehackt. »Ist ein Arzt da?«

»Der Notarzt sollte gleich eintreffen.«

»Geht es denn nicht mit einer einfachen Seilwinde? Wenn ein richtiger Baum da wäre?«

»Das ist das Problem, dieser Traktor ist ein paar Tonnen schwer. Wir können nicht einfach schleifen, die Leiche würde sonst noch mehr zu Mus.«

»So nehmt doch Herrgottnocheinmal die Wagenheber«, regte Finn sich auf. »Ihr müsst den Traktor anheben, mit den großen Hebern, nicht den kleinen. Sie sind im Magazin, holt sie schon, ich bin in zehn Minuten oben.« Mittlerweile stand er. Seine Hände zitterten, er stützte sie auf die Tischplatte, damit man es nicht sehen konnte.

»Wir beenden die Sitzung. Auf dem Mont Pétrel hat sich ein schwerer Unfall ereignet. Beim Prechtenstein ist der junge Krepp unter einen Großtraktor geraten, er wurde erdrückt. Der Fahrer habe sich mit einem Sprung retten können. Drossel hat angerufen. Dubi, Sie übernehmen diese Bandaufzeichnung wörtlich in eine neue Akte. Sie kommen mit. Herr Füssli, wenn Sie mitkommen, ist es mir recht.« Er verließ den Tisch, holte seine Waffe, die Jacke. »Pamela, du kommst nicht mit. Auf das, was du eben sagtest, kommen wir zurück. Wenn es bei dir passt, am Montagnachmittag.« Schon waren er und Dubi draußen.

Tizian hielt inne. »Einen Moment, Pamela. Was haben die Pferdeschädel mit diesen Jugendlichen zu tun?«

Pamela atmete tief: »Die Pferdeschädel sind Geisterträger. Der Pferdekult gehört zu den Kelten. Den Schädel an Serge Mestrils Tenne hast du gesehen, am Reitstall der Krepp hängen ein paar, an der Garage im Schloss, die eine Stallung war, hängen zwei. Die auf dem Schloss sind alt, die im Gestüt sind neueren Datums. Man kann sich noch fragen, Folklore oder Neuheidentum. Und noch etwas. Vincent Gilli, ein Keltenspezialist, ist der Patenonkel von Arno Krepp. Und noch etwas. Arno Krepp ist jetzt schon der dritte.«

Und weg waren sie. Pamela saß allein im verrauchten Sitzungszimmer. Frustriert langte sie jetzt doch nach einem Hörnchen, trank ihren lauwarmen, bitteren Kaffee. An der Wand hing eine Wanderkarte mit rot markierten Gebieten. Pamela starrte darauf, konnte sich die schräg gestreiften Bereiche nicht erklären. Dann sah sie, und es interessierte sie, das waren die Gebiete ohne Handyempfang. Als hätte die Gegend die Röteln. Das musste an den Hügeln und an der Besiedelungsdichte liegen. Pamela war überrascht. So etwas musste man wissen. Aus der Stadt war sie es gewohnt, überall und jederzeit erreichbar zu sein. Sie guckte sich die Strecken an, die sie gejoggt war. Es waren recht große Längen, die sie ohne Kontaktmöglichkeit gelaufen war. Sie erinnerte sich an Robert Gillis Rat, nicht mehr zu laufen.

Irgendwann würde sie sich daran halten. Es beschlich sie ein mulmiges Gefühl. Was war, wenn ein Verbrecher diese Karte kannte?

In Alaska war es jetzt elf Uhr abends. Sie rief an. Wie sie erwartet hatte, war Luzius noch in seiner Orchesterprobe, Hausmusik. Nein, es gab keinen besonderen Grund anzurufen, sie hat sich den Hals etwas verrenkt. Ihr Arbeitgeber ist sehr nett, doch sie trifft sich auch mit Tizian. Nein, von Stefan hört sie nichts, natürlich nicht, und es interessiert sie nicht, wie es ihm geht. Wenn Alice so etwas wissen will, soll sie daran denken, wie sehr er sie getäuscht hat. Ja, wenn Alice ihm zum Geburtstag eine Karte schicken will, ist das ihre Sache. Zürich, das war in einem anderen Leben, an frühere Leben hast du keine Erinnerung. Sie legt jetzt auf, denn sie will noch vor dem Mittag Emily besuchen. Ja, sie wird Emily grüßen lassen.

Die Gespräche mit Alaska taten jeweils gut, weil sie so normal waren. Da waren lebendige Menschen, die sie uneigennützig liebten, die sie ebenso zurückliebte, zu denen sie gehörte. Liebe hieß nun ja nicht, dass sie ihrer Mutter gleich erzählen musste, da liege schon wieder eine Leiche in der Gegend herum, außerdem habe sie gestern noch mit ihm gesprochen. Auch dass sie sich verliebt hatte und zwar hoffnungslos, musste sie nicht gleich loswerden. Ebenso wenig brauchte Alice das Wort Stützkragen zu hören oder wie schlecht Pamela träumte. Sie hatte vergessen, ihr von Merlin zu erzählen. Von Merlin würde sie sich nicht mehr trennen. Emily. Sie konnte sie nicht besuchen, mit diesem empfindlichen Nacken saß sie ja noch immer relativ fest. Das hatte sie jetzt wieder von einer spontanen Eingebung, schon war sie an der harten Realität zerbrochen. Pamela langte nach einem nächsten Butterhörnchen, griff erneut zum Handy.

Emilys Stimme klang viel besser. Sie freute sich über den Anruf, bedauerte Pamelas Nackenschmerzen. Pamela erzählte heile Welt, von einem Abend am Kaminfeuer, von ihrem Besuch in einem Beinhaus, wollte zu der wunderschönen Dressurstunde von gestern übergehen. Dieser Teil der Erzählung stockte im zweiten Satz. Einzig wie schön Pferde waren, blieb davon übrig. Ja, Emily interessierte sich für Pamelas zugelaufenen Kater. Und jetzt erklärte sie, zwar mit recht schwacher Stimme, Pamela müsse zuhören, es sei ihr wichtig: »Ich denke noch immer viel. Sobald ich mich etwas erholt habe, werde ich in meinem Leben einiges ändern. Du hast die Chance ergriffen und ein neues Leben angefangen. Eigentlich musst du Stefan dankbar sein, er hat es dir leicht gemacht. Wenn ich dich höre, deine Begeisterung über lange Spaziergänge, über Bilder und diesen Mestril, über eine Katze, die Schönheit eines Pferds und Menschen, die ganz anders ticken als jene in Zürich, und du lernst seltsame Leben kennen, dann weiß ich, was in meinem Leben fehlt, die Natur, die Bewegung, vor allem die Luft.« Das Gespräch wurde gestört. Akku aufladen.

Ein rasches »Ciao« und aus.

Pamela blieb unschlüssig am Ausgang des Polizeipostens stehen, ach Gott, dieser Regen. Möglicherweise regnete es in Zürich genauso oft, doch es spielte nicht die gleiche Rolle. Sollte sie zum Bahnhof gehen, ins Postauto steigen und zum Château zurückkehren, oder wollte sie im Einkaufszentrum oder im Städtchen ein paar lebenswichtige Dinge besorgen? Mit quietschenden Reifen kurvte ein Streifenwagen in einen der Parkplätze, der rothaarige Drossel stürzte heraus, lief im Eilschritt auf sie zu. Vor ihr stoppte er, sein Gesicht zuckte. Er müsse etwas holen. Jetzt redete er in einer unglaublichen Schnelligkeit, sein Adamsapfel fuhr den dünnen Hals hoch und nieder. Es sei gut, dass er Frau Thoma noch treffe. Ihr Handy sei andauernd besetzt gewesen und jetzt ausgeschaltet. Oberkommissar Füssli lasse ausrichten, falls sie noch hier sei, solle er, Drossel, sie bitten, mitzukommen. Sie hätten beim Unfallort im nahen Gehöft einen Stützpunkt eingerichtet; da es doch eine Strecke sei hier herunter und weil es so mordsmäßig regne. Dort oben würden die ersten Zeugenaussagen protokolliert. Er hole Ölzeug, Stiefel, Planen, Scheinwerfer und Kaffee. Es werde Stunden dauern, bis sie den Traktor aufgestellt hätten, die Spurensicherung werde im Morast untergehen. Zuerst habe es nur genieselt, doch jetzt gerade gehe ein Sturm drüber.

Drossel fuhr halsbrecherisch schnell, bog unterhalb des großen Rebbergs von der Straße ab, fuhr jetzt durch ein Fahrverbot. Das könnte doch heißen, dass die Straße unpassierbar wurde. Aber sie wurde bloß sehr schmal und führte geradewegs nach oben, das Auto schien zwischen den Stützmauern stecken bleiben zu müssen. Regen prasselte hart, die Scheibenwischer fuhren hektisch hin und her. Drossel saß zuvorderst auf dem Sitz, den Hals gereckt, das Steuer in den Händen, als führte er einen Rammbock, und zwar bergauf. Schon wieder spulten die Reifen im losen Grund, jetzt ein großer Hopser, Drossel bremste abrupt ab, kurvte scharf nach rechts, sie fuhren in der Querstraße, waren oben. Der Wind schien das Auto von allen Seiten zu fassen, Regen prasselte an die Scheiben, die Sicht war gleich null, doch die Straße ging geradeaus. Jetzt waren die Rebberge zurückgeblieben, links Gebüsch, auf Pamelas Seite Gras. Jetzt krachte auch noch ein Donner.

»Sauwetter«, Drossel kam wieder zum Sprechen. »Oberkommissar Füssli hat die Leitung übernommen, für fahrlässige Tötung wäre der Polizeikommandant zuständig, also ist es ein außergewöhnlicher Todesfall, Selbstmord oder Mord. Der Staatsanwalt ist auch schon aufgeboten. Es wird nicht lange dauern, bis die Presse merkt, dass sich hier oben mehr als ein spektakulärer Unfall ereignet hat.« Jetzt bog er ab. Ein Blitz erhellte einen Vorplatz, auf dem mehrere Autos standen. Schon fuhr der Donner nach. Mit Schwung kurvte Drossel unter das große Vordach, bremste. Sie waren da.

Es mochte an den Halswirbeln liegen oder am Gewitter, das voll niederprasselte, die Kopfschmerzen machten sich wieder bemerkbar. Mit Mühe öffnete Drossel eine Scheunentür, gegen den Wind, sie pressten sich durch, waren im Trockenen, in einem von einer Glühbirne spärlich beleuchteten Durchgang. Der nächste Donner war gedämpft zu hören. Gleich nach dieser

Protokollaufnahme würde Pamela sich heimfahren lassen, um sich hinzulegen. Sie verzog das Gesicht, es musste ihr ja sehr elend sein, dass sie das Schloss als Zuhause empfand. In der Tasche suchte sie nach einer ihrer Schmerztabletten, spülte sie mit einem Schluck Wasser aus der Sportflasche herunter.

In der hohen Tenne war ein provisorisches Büro eingerichtet. An einem hölzernen Küchentisch schrieb Dubi am Laptop. Neben ihm auf einer Klappbank saß Tizian. Der Zeuge hatte ihr den Rücken zugewandt, ein Hüne in einer dunkelblauen Wetterjacke mit einem nassen Pferdeschwanz. Er musste sich gar nicht umdrehen, es war Serge Mestril.

Tizian erblickte sie, sprang auf, zog sie zur Seite. Mestril schaute zu ihnen her. Tizian redete halblaut. »Weidenhuber ist draußen. Sie versuchen, den Traktor aufzurichten, eines dieser Großkaliber. Mestril behauptet, er sei gefahren. Der Traktor stammt aber aus den Krepp-Werken und Mestril hat gar keinen Ausweis, um ein derartiges Ungetüm fahren zu dürfen. Der meint einfach, er kann alles. Weiß der Kuckuck, warum nicht ein ausgewiesener Werkführer diesen Traktor fuhr. Und es ist überhaupt nicht nachvollziehbar, warum sie diesen Stein ausgerechnet heute rückplatzieren wollten, und wieso die beiden.«

Trotz der Flimmertablette fühlte Pamela einen neuen Schmerz im Kiefer. Sie durfte nicht an eine zerschlagene Masse Mensch denken, zerquetscht zwischen einer tonnenschweren Riesenmaschine und Boden. Dieser Großtraktor war krachend auf einen Menschen gestürzt, dessen fassungsloses Gesicht sie vor sich sehen konnte, wie er den Tod kommen sah. Sie hatte ihn verdächtigt, der blutige Mörder von Tonja Utz zu sein, ebenso war sie sich sicher gewesen, er sei die treibende Kraft beim Missbrauch dieser kleinen Behinderten gewesen, sie hatte ihm ein wasserfestes Täterprofil zugelegt, jetzt war er Matsch. Schmerzhaft verzog Pamela das Gesicht, ihre Speiseröhre krampfte.

Tizian fasste nach ihrem Arm. »Geht es dir gut?«

Einmal mehr gab sie sich einen Ruck, versuchte ein schiefes Lächeln, es reichte nicht weiter als zu den Mundwinkeln, räusperte sich: »Ich mag bloß keine zerquetschten Leichen. Danke, ich komme klar.«

Robert hatte von diesem Stein gesprochen. Ein Schwurstein, der damals bei der Wiederherstellung des Karrwegs in einem Grabenloch gelandet war; dass man ihn an seinen angestammten Platz zurückversetzen werde. Es gab Karten, die ihn in Dreiecken mit anderen großen Steinen über Frankreich bis zu den Britischen Inseln verbanden, ein Kultstein bis in die neuere Zeit und anscheinend noch heute. Der Schmerz ließ nach.

Serge Mestril schaute ihr zwar ins Gesicht, doch sein Blick war flach, als fixierte er einen Punkt hinter ihrem Kopf. Mit bewusst ausdrucksloser Stimme meinte er: »Die Kunstkennerin und wie ich höre, Bibliothekarin. Wie war doch gleich Ihr Name?«

War das jetzt der Schock oder lag Herablassung darin? Pamela verbot sich zu interpretieren.

Tizian mischte sich ein. »Frau Dr. Thoma hat ihren

Abschluss in Psychologie gemacht. Ich habe sie gebeten, bei den Zeugenbefragungen dabei zu sein.«

Anschließend fasste er in genauso ausdruckslosem Ton zusammen: »Herr Serge Mestril und der Verunfallte sind seit der Jugendzeit gute Freunde. Die berufliche Tätigkeit ließ die Wege auseinandergehen. Im Verein zur Förderung keltischer Kultur haben sie sich wiedergetroffen. Der Keltische Kulturverein bezweckt die Förderung des Wissens über das europäische Keltentum. Er ist regional organisiert. Es gibt eine internationale Fachzeitschrift, Anschaffungen von keltischen Kulturgegenständen und deren fachgerechte Präsentation in Ausstellungen.«

Tizian wandte sich an Serge Mestril. »Sie haben gesagt, Arno Krepp sei vor allem ein zahlendes Mitglied gewesen. Im Unterschied dazu hätten Sie sich voll dem Keltentum verschrieben, ist das richtig? Sie sagten aber auch, es sei Arno Krepp gewesen, der diesen Hinkelstein unbedingt wieder an den richtigen Platz stellen wollte. Es ist nicht wichtig, es geht um die Korrektheit des Protokolls.«

Serge Mestril gab ein knappes »Richtig« von sich.

»Kommen wir zum Unfallhergang, wir haben bisher Folgendes protokolliert.« Dubi fasste zusammen: Auf Veranlassung von Arno Krepp wurde dieser Traktor von einem Angestellten der Firma Krepp noch gestern Abend hier nach oben gefahren, damit Arno Krepp und Serge Mestril heute diesen Stein versetzen konnten. Es handelt sich um einen Menhir. Bis in die neuere Zeit war er ein Schwurstein, ein Ort, an den sich ein Übeltäter flüchten konnte und außerhalb der menschlichen Gerichtsbarkeit stand. Der Stein habe dem Besitzer des Lands immer Glück und Ehre gebracht. Er stand bis vor etwa einem Jahr auf dem Platz, wo er schon gesetzt worden war. Beim Neubau der Straße wurde er nach Aussage von Serge Mestril mutwillig wegbewegt, bis er in die Mulde hinunterrollte. Für die Mitglieder des Keltenvereins war klar, er musste so bald als möglich wieder zurück. Der sogenannte Prechtenstein sollte auf den Punkt im Gelände gestellt werden, auf dem er seit Urzeiten stand.

Jetzt wandte sich Tizian an Serge Mestril: »Hat einer von euch heute Bedenken gehabt wegen des starken Regens?«

Pamela wusste genau, was Serge Mestril jetzt dachte. Sie hier waren zu blöd, als dass er ihnen von Sonnen- und Mondstand redete. Er hatte die Stäbe geworfen und es war gut gewesen. Dies hier war das Zurückführen in einen Zustand, der vorher richtig war. Ein Neubeginn auch, doch das wäre dann das Weihedatum des Steins.

Ebenso ausdruckslos wie vorher meinte Serge Mestril: »Der Bauer wusste, dass wir es heute tun wollten. Arno hat ihm versprochen, allfälligen Flurschaden zu begleichen. Bei einem Traktor dieses Typs ist das Wetter nicht so wichtig für die Durchführung, nur der Flurschaden wird viel größer.« Mestril schaute starr an Pamela vorbei. »Ich habe den Traktor gefahren, vielleicht, weil ich kräftiger bin, zudem besitze ich selbst einen kleinen Traktor, kann damit umgehen, das mag den Ausschlag gegeben haben.«

Er führte weiter aus. Sie hätten den Stein am vorgesehenen Platz hingestellt, seien ganz euphorisch gewesen, weil sie es geschafft hatten. Sie hätten ihn noch ausgerichtet. Deswegen stand der Traktor zuletzt hangabwärts. Dann habe er das Drahtseil vom Traktor gelöst. Er habe auf dem Trittbrett gestanden, gleich vor dem großen Hinterrad. Unvermutet habe Arno den Traktor gestartet und sei schräg in den steilen Hang gefahren. Mestril kniff die Augen zusammen, seine Kiefer mahlten, er schaute nach innen: »Ich habe zu langsam reagiert, bin nicht gleich abgesprungen, weil zu wenig Platz war, um vor dem großen Rad in den Hang zu springen. Ich versuchte, in die Führerkabine zu klettern, da war der Traktor führerlos, Arno stand sprungbereit auf der anderen Seite. Mit einem Ruck drehten sich die Vorderräder vom Hang weg, es musste eine Bodenwelle sein. Der Traktor neigte sich in die Steilseite. Da bin ich in den Hang gesprungen, haarscharf ging das Hinterrad an mir vorbei, als er wegkippte. Arno musste irgendwo hängen geblieben sein, denn wenn er so gesprungen wäre, wie ich es sah, wäre er nicht daruntergekommen.«

Jetzt hatte er die Augen wieder geöffnet, Pamela fühlte die Kälte. Mestril war stärker als Arno Krepp. Sie sah Serge Mestrils sehnige, große Hände den Traktor steuern, meinte Arno Krepp zu sehen, der hilflos an seinem Gürtel an einem seitlichen Hebel hing.

Krachend flog die kleine Tenntüre auf, eine Gruppe

Männer in Ölzeug kam herein, blieb abwartend stehen. Tizian reckte sich, beendete die Befragung. »Das war's. Es tut mir leid, dass Ihr Freund Arno Krepp so grausam ums Leben kam. Vielen Dank für Ihre genauen Auskünfte. Unsere Leute werden den Hergang rekonstruieren. Heute ist Samstag. Bitte kommen Sie am Montagmorgen um zehn Uhr auf das Polizeikommando Burg, wir werden alles noch einmal durchgehen müssen. Sie werden dann das Protokoll unterschreiben. Einer unserer Leute fährt Sie jetzt nach Hause. Ihr Auto wird im Lauf des Nachmittags gleichfalls gebracht.«

Finns Beschreibung des Unfallorts entsprach Serge Mestrils Angaben. Sie hatten den Traktor angehoben, wobei die Leiche jetzt noch darunter lag. Großen, der Staatsanwalt, war noch nicht da. Offensichtlich war Krepp beim Sprung abgerutscht oder vom Traktor eingeholt worden, er war unglücklich hinten am Rücken an seinem Gürtel hängen geblieben. Er hatte keine Chance.

Pamela schluckte, reckte etwas den Kopf in diesem Kragen seitwärts und nach vorn, ergänzte, leise, unspektakulär, als sagte sie es nebenbei: »Oder er hing schon so da. Wenn er so gehangen hätte, als der Traktor noch stand, und wenn ihn einer so hingehängt hätte?«

Finn verbrühte sich an seinem Kaffee, kriegte für einen Augenblick kaum Luft. Tizian schaute überrascht, rieb sich die Nase. »Gibt es irgendwelche Details, die dazu passen könnten? Unbedingt auf Kampfspuren achten. Unbedingt nachstellen, ob einer, der hängt, irgendwo Tritt fassen könnte. Wobei das dann wieder eine Zeitfrage ist. Wie schnell käme so einer los?« Er schüttelte mehrmals den Kopf.

Finn ergänzte grimmig: »Er ist an einer der großen seitlichen Schrauben hängen geblieben. Die haben breite Krampen, da rutscht mit aller Gewalt nichts wieder nach oben.«

*

Ja, Pamela hatte nichts anderes zu tun und sie war bereit, mit Tizian den Eltern Arno Krepps die Nachricht zu überbringen. Nach der hektischen Fahrt mit Drossel war es beruhigend, neben Tizian zu sitzen, er hatte es nicht eilig, Pamela entspannte sich.

Tizian hatte Arno Krepp in seinem Büro aufgesucht.

»Wenn ich denke, dass der so alt war wie wir … Der machte Geld wie Heu, oder der Papa hat ihn ausstaffiert.«

»Ach Gott.« Pamela musste unterbrechen. »Er ist tot, steck dein Klassendenken weg.«

Tizian zog düster die Brauen zusammen. »Ich dachte, es interessiert dich! Arno Krepp hatte sein Büro in einem dieser schmalen Stadthäuser der früheren Ringmauer mit einem Panoramablick über die Dächer der Unterstadt zum Pier mit den alten Hafenlampen und über das Wasser hinüber zum Mont Pétrel. Es war so stinkreich protzig, alte Mauern, ein antiker Parkettboden, restaurierte dunkle Balkendecke und der Rest blitzender Chrom und Glas, an den Wänden düstere Schwarz-Weiß-Bilder sowie farblose Kreationen von Serge Mestril, natürlich Originale. Ich habe noch gedacht, das würde in dein schickes Zürich passen. Ich durfte da sein, damit er mich beeindrucken konnte. Auf dem Tisch hatte er nichts als ein metallisch glänzendes Notebook. Ich saß auf einer echt unbequemen antiken Stabelle, er selbst saß auf einem hochlehnigen Lederstuhl. Was arbeitete er, wo war das Büro, das Sekretariat, wo waren die Papiere? Er arbeite, wo nötig, mit Freelancerinnen, immer denselben. Spezialistinnen, die auf Abruf zugeschaltet werden. Das sei sinnvoll, es gebe ja nicht nur Englisch und Chinesisch auf der Welt; wenn es um Verträge gehe, seien die besten Übersetzungen gerade gut genug. Dasselbe gelte für juristische Fragen, internationales und nationales Recht oder für Qualitätsprüfungen. Das große Geschäft lasse sich wie schon immer mit den Lizenzen und Patenten machen. Er kaufe, verschiebe und verkaufe. Er hatte Tizian von oben her behandelt, so im Sinn von: Meine Ebene ist für dich, kleiner Kommissar, sowieso unerreichbar. Arno Krepp hatte sich entsetzt gezeigt über die Details von Tonja Utz' Tod, er hatte sogar den Ausdruck ›verblutet wie ein geschächtetes Tier‹ gebracht, habe genau wissen wollen, wie der Schnitt geführt gewesen sei. Dann habe er wieder juristisch argumentiert, habe es abenteuerlich genannt, einen Zusammenhang zu einer losen Gruppe Jugendlicher damals und einem unglaublich grausigen Tod heute zu konstruieren. Dann habe er provozierend ironisch gesagt, wenn die Polizei in dieser Gruppe nach einem Täter suche, sei die Auswahl nicht sehr groß. Sie könnten zwischen Serge Mestril und ihm selbst wählen. Er sehe das Problem.«

Sie waren da. Tizian fuhr langsam an der Zufahrt zum Kreppschen Reitstall vorbei. Da, ein nächster weiß gestrichener Zaun, wieder eine geteerte Zufahrt, er bog ab. Sie fuhren zu einer umzäunten Anlage, Büsche und Bäume verwehrten die Sicht. Sie passierten ein zweiflüglig offen stehendes weißes Tor.

Sie standen vor einer breit ausladenden, zweistöckigen Villa aus den 50er-Jahren, die unteren Fenster vergittert, ein windgeschützter Eingangsbereich, links und rechts blaue Hortensien, die Fassade mit Weinlaub bewachsen. Auch hier war der große Vorplatz sorgfältig gepflastert. Seitlich eine Garage mit Wohnung, Mauer und Eisentür zum dahinterliegenden Garten. Lange reagierte niemand auf ihr Klingeln, es war mittags ein Uhr. Endlich ging die Tür auf. Yvonne Krepp in einem karierten Hemd in Jeans mit umgebundener Küchenschürze öffnete. Sie war offensichtlich erstaunt, Pamela mit Tizian vor ihrer Tür zu sehen. Da war ein Zögern, ein Erschrecken.

»Hallo, Frau Thoma«, kein Duzen. Sie schaute fragend.

Tizian, gewandt wie immer, stellte sich gemessen vor: »Füssli, Oberkommissar Kantonspolizei. Meine Begleiterin, Frau Dr. Thoma, ist Psychologin. Wie würden gern drinnen mit Ihnen und Ihrem Mann reden. Dürfen wir hereinkommen?«

Yvonne Krepps Gesicht wurde reglos, die Augen schienen noch dunkler zu werden. Wortlos ließ sie sie eintreten, hieß sie in einem hellen, nach Chrysanthemen duftenden Eingang warten, ein großer Strauß stand auf einer lackglänzenden Kommode. An den Wänden hingen alte Landschafts-, Pferde- und Hundebilder. Sie kam mit ihrem Mann in Begleitung eines rauhaarigen Vorstehhunds zurück. Den Hund brachte sie in die Küche, kam zurück. Hugo Krepp in Kordhose und blauem Markenpullover musterte sie von oben bis unten, Tizians schlammbespritzte Schuhe, Pamelas hochgeschlossenes Regenzeug. Auch er streckte keine Hand aus: »Sie sind dienstlich hier?«

Tizian fasste sich kurz. Arno Krepp hat heute Morgen mit seinem Freund Serge Mestril oben auf dem Mont Pétrel den Prechtenstein an den ursprünglichen Platz zurückversetzt. Der genaue Hergang des Unglücks wird abgeklärt. Der Traktor kippte, Arno Krepp, blieb unglücklich hängen, wurde erdrückt. Er muss auf der Stelle tot gewesen sein. Yvonne Krepp war blass geworden.

»Nein! Bitte nicht«, flüsterte sie heiser. »Bitte nicht!« Sie fasste nach Hugo Krepps Hand, umklammerte sie.

Sein Gesicht war eiserne Selbstbeherrschung, ganz wenig zuckte sein rechtes Auge. Er blickte von Tizian zu Pamela und zurück. Tizian drückte sein Beileid aus. Dann wandte er sich an Hugo Krepp, fragte: »Es ist richtig, dass Ihr Sohn nicht verheiratet war? Seine Adresse ist die Wohnung in der Stadt?« Rücksichtsvoll wandte er sich an Yvonne Krepp. »Wir müssen noch ein paar Details klären. Wir sind durchnässt und erledigen es gleich hier. Wenn Sie uns allein lassen, geht das in Ordnung.« Yvonne Krepp verabschiedete sich mit einem Händedruck.

Es ging um Formalitäten, Bestätigung der Adresse im Städtchen. Ja, sein Sohn hatte ihn wegen dieses Steins informiert. Auch über den Traktor und dass die Jungen ihn fuhren sei er im Bild gewesen. Es seien erwachsene Männer und sie hätten sich positiv engagiert. Im Übrigen seien auch er und seine Frau Mitglieder im Keltenverein. Pamelas Innenohr trommelte. Hugo Krepp wog jedes Wort sorgfältig ab. Das waren keine belanglosen Fragen. Bei der Frage nach Arno Krepps PC und Notebook wehrte er ab. Er sehe keine Veranlassung, dass sich die Polizei dies ansehe, da es um einen Unfall gehe. Sein Sohn habe natürlich alle Geschäftsdaten und seine eigenen geschäftlichen Aktivitäten elektronisch gespeichert. Wenn so etwas in die falschen Hände gerate, sei ein Geschäft leicht zu zerstören. Unvermittelt zitterten seine Hände. Er bat Tizian und Pamela in den Salon, wo er sich ein großes Cognacglas halbvoll einschenkte, auch ihnen bot er einen Cognac an, was sie trotz der nassen Kleider ablehnten. Tizian war im Dienst, Pamela tat es ohne Begründung. Hugo Krepp leerte sein Glas.

»Sehen Sie, was Arno in seinem PC gespeichert hat, das versteht kein anderer. Übrigens würde niemand von Ihnen etwas anfangen können mit seinen Daten. Mein Sohn war nicht nur Betriebswirt, er war ein guter Informatiker und zudem spezialisiert in Handelsrecht. Ohne ihn geht in unserer Firma gar nichts mehr. Er war so vital, hatte einfach Freude daran, daneben sein eigenes Geschäft in so kurzer Zeit so erfolgreich aufgebaut zu haben. Das ist nicht selbstverständlich, wenn man der Sohn eines erfolgreichen Vaters ist. Ganz abgesehen von mir, wozu sollte ich jetzt noch eine Firma führen, wenn kein Sohn da ist, der mit mir zieht, sich mit mir freut, der mein Kamerad ist?« Tizian biss sich auf die Lippen, auch Pamela verstand den Schmerz. In einem kalten Ton kam Hugo Krepp zum Schluss: »Wir werden einen Berater engagieren, der die Firma zum Verkauf vorbereitet, das sollte jemand in einem halben Jahr schaffen, wenn er am Montag anfängt.«

Tizian schnaubte leicht. Herr Krepp verkenne etwas. Im Moment sprächen sie von einem Unfall. So, wie Mestril den Hergang beschreibe, habe Arno Krepp ihn zumindest verursacht. Er hätte so manövriert, dass Mestril tot sein könnte. Daraus sei der Unfall entstanden.

Hugo Krepp war aufmerksam: »Hat Mestril dazu irgendeine Erklärung geliefert?«

Tizian schaute abwägend: »Wir halten uns an die Fakten. Tatsache ist, dass vor zehn Tagen eine junge Frau, Tonja Utz, getötet wurde, und zwar neben dem Grab eines jungen Selbstmörders, den sie gekannt hatte. Ihr Sohn gehörte vor vielen Jahren zu dieser Gruppe von Jugendlichen.«

Hugo Krepp unterbrach ihn ungehalten: »Mein Sohn ist tot! Warum habe ich das Gefühl, Sie wollen meinem

Jungen etwas anhängen? Ein Junge, den er kannte, hat damals eine Behinderte geschwängert. Es wurde auf die richtige Größe heruntergebracht, so etwas ist nicht weltbewegend. Für uns war damals klar, dass der Ort für unseren Jungen zu eng war. Er kam in eine neue Umgebung und hat nie mehr zurückgeschaut.«

Schärfer als nötig schnappte Tizian zurück: »Offensichtlich hat Tonja Utz zurückgeschaut. Sie arbeitete in Genf im Hotel Helvétique und starb auf dem Friedhof von Coulins. Hatte Ihr Sohn noch irgendwelche Kontakte zu Tonja Utz?«

Hugo Krepp hatte sich wieder in der Hand: »Wenn Sie das Hotel Helvétique nennen, so müssten Sie eher mich fragen, denn ich treffe in diesem Hotel ab und zu Geschäftspartner zum Essen. Es ist einer der diskreten Plätze Genfs. Es ist auch ein Kennzeichen des Personals, unsichtbar zu sein.« Jetzt blickte er wieder undurchdringlich, schien sich zu besinnen. In einem gönnerhaften Ton fuhr er fort: »Es ging um Geschäfte, einzig um recht große Geschäfte. Arno hat mit Tonja Utz nichts zu tun gehabt, das habe ich erledigt. Sie hat immer wieder für gutes Geld für uns gearbeitet. Sie war eine Nachrichtendrehscheibe. Nichts eignet sich dafür so gut wie die Rezeption eines Hotels. Es geht vorbei, wer zum Lift, zum Hotel, zum Restaurant, zur Bar geht, um jemanden zu treffen, es können auch bloß Nachrichten hinterlassen und abgeholt werden, hinter dem Tresen geht es direkt zur Küche, dem Service, der Reinigung und dem Hinterausgang des Hotels. Sie hat Dinge hin und her geschoben, es ging um Steuern, um Behörden. Sie war clever und wollte ganz nach oben. Ihr Privatleben stand dem nicht entgegen. Das sind Kontakte, die erscheinen nicht in den Bilanzen. Es gibt Dinge, die lassen sich nicht offenlegen, und das wird dann als Steuerbetrug fehlgedeutet, wobei wir den natürlich in der Folge auch machen. In unserem Bereich geht es um die Eroberung und Befestigung von Forschungsbereichen und Märkten. Wenn Gegner, Kunden oder Staaten unser Wissen und unsere Zahlen kennten, würden wir ausgetrickst. Zahlen, die man den Steuerbehörden liefert, könnte man ebenso gut ins Netz stellen. Wir würden zum Spielball. Das könnt ihr von der Polizei nicht verstehen, da ihr der Staat seid. Mit Mord hat das nichts zu tun.« Unvermittelt meinte Hugo Krepp spöttisch: »Wenn Sie bis heute sowohl meinen Sohn als auch Mestril irgendwie verdächtigten, so bleibt Ihnen jetzt ja noch einer. Sie sehen, wie Sie sich verrannt haben. Ich denke, Sie gehen jetzt.«

Auch Pamela wünschte aufrichtiges Beileid, schon waren sie draußen. Es regnete nur noch schwach, das Gewitter war hier vorbei.

Aufatmend saßen sie wieder in Tizians Wagen. Er wollte erst einmal Pamela nach Hause bringen, anschließend fahre er gleich wieder zum Unfallort.

Pamela beklagte sich. Das Gespräch war nicht so gewesen, wie sie sich ein Gespräch mit Hinterbliebenen gedacht hätte und wozu sie mitgekommen war. Sie kannte sich mit derartigen Leuten definitiv nicht aus. »Normalerweise fühle ich, was Menschen denken oder verbergen. Hier war eine Wand, und ich hatte das

Gefühl, er hat sie bewusst hochgezogen. Er hat mit uns Katze und Maus gespielt, und das zu der Zeit, da sein Sohn zerquetscht noch dort oben liegt.«

Tizian fuhr ebenso sorgfältig, wie er hergefahren war. Pamela schaute ihn einmal mehr von der Seite an, bewunderte das klassisch romanische Profil, erinnerte sich nur zu gut, wie hingerissen sie früher von seiner Schönheit gewesen war. Tizian, Stefan, bisher hatte sie in ihrem Liebesleben eher Mist gebaut. Sie schaute auf seine Hände und wusste genau, wie zärtlich sie jeweils gewesen waren. Zurück in die Realität, sie war aus irgendeinem Grund in ihrem innersten Gefüge gelockert, überhaupt nicht sie selbst, wer immer sie je gewesen war. Tizian war ein liebender Ehemann, sie kannte seine Claudia nicht, keiner ging zweimal in denselben Fluss.

»Du fährst auch nicht mehr so temperamentvoll wie früher.«

Seine Antwort kam zu schnell, rechtfertigend: »Es geht doch um deinen Hals!« Pamela wusste genau, auch er hatte an frühere Zeiten gedacht. Wie sie es so gut kannte, zog er jetzt die Unterlippe zwischen den Zähnen durch, also riss er sich zusammen:

»Wenn du mich nach diesem Krepp fragst, ich glaube dem kein Wort. Natürlich ist er am Boden zerstört. Doch du siehst, wie derartige Leute funktionieren: Sohn tot, Nachfolger weg, Glaubwürdigkeit bei den Banken und Behörden in Gefahr, also verkaufen, bevor diese etwas wittern. Jetzt ist der höchste Preis noch möglich. Und schon sind sie über den Tod weggerutscht, und wenn es das Liebste ist. Bei denen lässt sich Liebe eben in Renditen ausdrücken.«

Pamela musste einfach ergänzen: »Wenn ich zum selben Schluss komme, dann mit einer anderen Grundfärbung, es geht sicher um Macht. Aber vielleicht haben wir auch den klassischen Vater-Sohn-Konflikt. Tüchtige Männer haben oft Frauen, die durchaus Verstand haben können und eine ethisch und kulturell wertvolle Erziehung liefern. Yvonne Krepp schätze ich so ein. Die Männer arbeiten hart, geben den Frauen Geld für Wohltätigkeit, Kultur und das Errichten einer heilen Welt zu Hause mit allem Drum und Dran. Die Söhne, die darin aufwachsen, kommen in Konflikt, sobald sie wach sehen, wie die Welt wirklich läuft. Das Maß ist das des Stärkeren, gute Worte sind die Verbrämung.« Sie machte eine Pause, schwieg.

Tizian schüttelte den Kopf: »Wie weiter? Was ziehst du daraus für einen Schluss?«

»Noch keinen, es gehört, wie ich sagte, zu meiner Grundfärbung. Sag jetzt nicht, typisch Frau, kratzt am Verputz und es zeigen sich Risse.«

»Da kommst du mit deiner Ethik nicht mehr durch. Der Intelligentere trickst den anderen aus. Trickreiches Handeln ist eine wichtige Voraussetzung, um zu Macht zu kommen. Schau dir die Tiere an, die Natur, das Leben überhaupt. Fressen oder gefressen werden. Was sagt dir besser zu? Unterstützung gibt es nur in der Gruppe, die eine gemeinsame Überlebensstrategie hat, die Erhaltung der Art.«

Wieder überlegte sie: »Warum kann es nicht einfach

ein Unfall sein?« Tizian schnalzte mit der Zunge: »Weil Mestril uns den detaillierten Hergang erzählt hat, Arno Krepp hat überraschend den Traktor in Gang gebracht, auf dem Mestril stand. Krepp wollte in der Schrägspur am Hang abspringen. Es war Mestril wichtig, uns dies filmreif vorzukauen, in Bildern, denen wir von jetzt an folgen, weil er uns damit eine einleuchtende Geschichte zu der seltsamen Tatsache serviert, dass Arno Krepp so an dieser Schraube hing, wie er es allein nicht schaffen konnte.«

Am Bahnhofskiosk holte Tizian für sich ein Sandwich und einen Becher Kaffee, etwas musste der Mensch ja essen. Pamela würde Frau Fasels Kühlschrank prüfen. Sie fuhren an der Kapelle vorbei. Kannte Tizian das Beinhaus? Dort drin war es echt gruselig, wohl weil alle diese Köpfe gewaltsam ums Leben gekommen waren. Auf dem Parkplatz stand Irma Maigolds hellblauer Mazda.

*

In der Nacht hörte es endlich auf zu regnen. Pamela träumte.

Wieder geht sie auf jenem Waldweg, der zur Hütte führt, wo das Pferd angebunden war. Da ist alles leer. Sie geht weiter an einem Weiher vorbei und findet sich unvermittelt am Waldrand oberhalb des Kreppschen Reitstalls, da ist schon die Koppel, der Reitplatz. Auch hier ist alles entsetzlich öd in ein rötliches Lich getaucht, die Torstangen liegen auf der Seite. Auf dem obersten Balken des Gatters balanciert Merlin. Ein Klick, eine Verschiebung, ein Ineinanderlegen der Bilder, wie eine japanische Papierblume falten sie sich neu auseinander: ein Grabloch, darin Tonja Utz mit aufgeschlitzter Kehle, Elmar Fasel, aufgehängt am Tympanon, Tobias Maigold reglos im Pflegebett, Arno Krepp zerquetscht beim Prechtenstein, und jetzt, grauenvoll, Fjord in seiner Boxe im Stall liegend, am Hals eine schwarz klaffende Wunde, aus der rot das Blut fließt, das Stroh ist dunkel nass davon, seine Kehle ist durchschnitten. Sie kniet neben ihm, versucht seinen Kopf zu halten. Da betritt jemand hinter ihr die Box. Sie sieht schwarz die Gestalt eines Mannes, hört in ihrem Kopf Tizians erschrockenen Ausruf: Direkt auf den Magneten zugerast.

Pamela erwachte, ihr Herz klopfte heftig, sie suchte den Lichtschalter, der Wecker zeigte halb vier Uhr. Der Traum hatte sie geweckt, oder sie war erwacht und hatte geträumt, weil sich um diese Zeit der Stoffwechsel ändert. Sie schlug die Hände vor die Augen, um das schreckliche Bild des toten Fjords wegzuscheuchen, meinte, süßlichen Blutgeruch zu riechen.

Was für verdammte Träume! Sie hätte sich gefreut, einen Druidenwald zu betreten, eine Feen- und Drachenwelt zu entdecken mit Waldgeistern und Riesen, und was bot ihr ihr Unbewusstes? Fjord, die Projektion ihrer Wünsche und Sehnsüchte, lag mit aufgeschlitztem Hals in einem Stall, und einen Täter hatte sie auch noch serviert bekommen. Das hatte sie jetzt von ihrem Ausflug in die heile Welt. Sie hatte im Traum sogar das Blut gerochen, süßlich, hatte jetzt noch sein tiefes Gurgeln im Ohr. Sie musste hin.

Da sie um diese Zeit sowieso selbst fahren musste, schnallte sie schön brav den Stützkragen um, das beruhigte das Gewissen, ein kontrollierender Griff in den Beutel, da war das Handy, der Fahrausweis, das Spray. Zaudernd ging ihr Blick zwischen dem Gasspray und ihrem Messer hin und her. Sie schnallte das Messer um; da genügte ein rascher Griff und man wüsste, was man täte und ob man es wollte. Das Spray schob sie ins Kopfkissen.

Sie fuhr zum Parktor, gab den Code ein, blickte zur Kamera, fühlte sich hellwach. Sie fuhr die menschenleere Straße durch Coulins, bog vor Burg Richtung Norden ab, fuhr in die Hügel. Sie zweifelte keine Sekunde an der Dringlichkeit ihres Fahrens, Fjord war in Gefahr, deutlich sah sie seine rollenden Augen vor sich. Am Ende des Waldes verlangsamte sie, jetzt kämen gleich die offenen Felder, die Abzweigung zum Reitstall, der Parkplatz. Was war Traum, was real? Raste sie jetzt geradewegs in einen Magneten? Sie stoppte, hörte im Handy den Wetterbericht, Bewölkung in der Stratosphäre, jetzt acht Grad, schaltete das Handy aus. Das war real. Sie war hier, weil sie überzeugt war, Fjord sei in Gefahr oder es sei ein Unglück geschehen. Sie war hier, weil sie das verhindern wollte. Sie konnte niemanden wecken wegen eines Traums, dazu lagen die Nerven zu blank.

Sie setzte das Auto 20 Meter zurück, ohne den Kopf zu drehen, bog vorwärts in einen geschotterten Waldweg, der parallel zum Waldrand zu verlaufen schien, die Scheinwerfer erfassten Fahrrinnen, Waldboden, nichts mehr von gutem Weg, schon schleifte das Chassis. Für einen Waldweg mochte ein Peugeot ungeeignet sein, und voilà, sie steckte fest. Dieser Weg war ganz offensichtlich kein Fahrweg, also konnte sie das Auto hier stehen lassen. Rückwärts würde sie bei Tageslicht vielleicht wieder loskommen. Der Reitstall musste relativ nah sein. Sie schaltete die Scheinwerfer, den Motor aus, verließ das Auto, gewöhnte sich an das Waldesdunkel, knipste das Minilämpchen des Schlüsselrings an, so sah sie zumindest, wohin sie trat. Kurz darauf stand Pamela am Waldrand, etwa 200 Meter vom schräg unterhalb liegenden Reitstall entfernt, der Morgen dämmerte. Zwei Rehe erhoben sich als dunkle Schattenrisse aus dem Gras, sie hatten dort geschlafen, begannen zu äsen. Also konnte sie sich auf die Radar-Ohren der Rehe verlassen. Ein Auto fuhr zum Areal, ein Mann stieg aus, fuhr durch das große Tor hinein, der Sicherheitsdienst. Nach etwa einer Viertelstunde fuhr er wieder weg. Alles war in Ordnung. Sie starrte.

Wenn jemand einem der Pferde etwas zuleide tun wollte, wäre dies längst geschehen. Wenn sie jetzt zum Stall ginge, wäre dies eine reine Kontrolle, dass nichts passiert war. Man könnte in den nächsten Tagen die Pferde bewachen lassen, besser noch, woanders unterbringen, vorübergehend.

Falls jemand sie, von wo aus auch immer, längst mit

einem Nachtsichtgerät erfasst hätte, brauchte sie sich dieser Stallung auch nicht heimlich anzunähern. Sie sah auf die Uhr, halb fünf. Noch einmal zögerte sie, wählte jetzt die Nummer des Polizeipostens. In der Leitung war ein unbekannter Polizeiwachtmeister. Sie war sich bewusst, sein Band nahm alles auf. Sie nannte ihren Namen. Sie hätte gedacht, es könnte richtig sein, wenn sie sich meldete. Sie hätte ein mulmiges Gefühl wegen der Reitpferde der Familie Krepp, wolle diese aber in der jetzigen Situation nicht weiter belasten. Im Augenblick befinde sie sich oberhalb des Kreppschen Reitstalls. Es scheine alles ruhig zu sein, sie beobachte. Sie gehe jetzt näher heran, vergewissere sich, dass alles ruhig sei. Falls zufällig eine Streife in der Nähe herumfahre, könnte diese ja vorbeischauen, es gäbe ihr eine gewisse Sicherheit. Während sie sprach, war ihr Telefonpartner hellwach geworden. Natürlich hatte sie nichts dagegen, wenn er seinen Vorgesetzten informierte, doch sie bezweifelte, dass dieser sich gern wecken ließ. Sie hätte gedacht, es sei beruhigend, eine Streife in Rufnähe zu wissen. Der Wachtmeister war nicht beruhigt. Im Gegenteil, er bezweifelte, dass sie tun sollte, was sie tun wollte. Also hatte sie jetzt keine Zeit, denn sie befürchtete doch real, ein Spinner könnte sich an einem der Pferde vergreifen. Sie schaltete das Handy jetzt auf stumm. In einem Notfall könnte sie diese Nummer aktivieren.

Geradeaus ging sie durch die noch nasse Wiese, die Rehe hüpften weg in die Dämmerung. Es war heller geworden, sie musste in der Silhouette schon zu erkennen sein. Da war der Lattenzaun, sie kletterte darüber, der Kragen war etwas hinderlich. Auf der anderen Seite waren die Torbalken zur Seite gelegt, schon war sie beim Stall.

Lautlos drückte sie die Klinke nach unten. Die vordere Stalltür, die der Wachmann kontrolliert hatte, war verschlossen. Sie schlich um die Ecke. Da war eine weitere Tür, jene zur Futtertenne. Sie war ebenfalls verschlossen. Wieder um die Ecke und wieder eine Tür. Sie ließ sich öffnen, was für ein Wachdienst! Pamela knipste ihr winziges Licht ein, betrat einen Pferdewaschraum, gefliest, Handduschen, Striegelkasten, Besen. Geradeaus ging es zu den Boxen. Der Geruch nach Pferd umgab sie, doch da war das andere. Pamela sog die Luft scharf ein, der Geruch aus ihrem Traum, der Geruch nach Blut. War sie jetzt direkt auf den Köder zugelaufen? Ein Schritt weiter, und eine Sprengbombe würde sie zerfetzten? Also stopp. Sie zündete, da rechts war eine Tür, der Riegel auf dieser Seite war vorgeschoben, folglich war niemand dahinter. Da war eine Holztreppe, der Aufgang zum Heuboden. Bei ihrem Besuch hatte sie in der Holzdecke der Boxen die offenen Luken für Heu und Stroh gesehen, sie musste sich vorsehen. Sie leuchtete auf den Bretterboden vor ihren Füßen, spähte nach den Öffnungen. An einer Stelle der Wand waren Spalten, das Tor zum Heuboden, dort drang schon graues Tageslicht durch. Mit dem Fuß stieß sie an einen Gegenstand, eine Heugabel. Da war die Luke. Jetzt spähte sie nach unten. Die erste Box war leer. Waren die Pferde gar nicht da?

Unter der zweiten Luke im Stroh lag etwas im Dunkeln, ein massiger Körper, reglos, tot, Fjord. Plötzlich erstrahlte die Box unter ihr im grellen Licht, in der Helle glänzte die klaffende, blutrote Wunde an Fjords Hals. Das war der Moment, auf den Knopf des Handys zu drücken. Pamela befahl sich, die Nerven zu behalten. Das Licht könnte ein Pferdebetreuer eingeschaltet haben, der seine Arbeit aufnahm. Doch sie hatte keine Tür gehört, nichts. Jemand war schon da gewesen, hatte im Dunkeln gewartet, hatte in dem Augenblick Licht gemacht, in dem sie nach unten schaute. Sie war zu hören gewesen, wie sie um den Stall ging, hereinkam, die Treppe hochstieg. Jetzt sollte sie das tote Pferd genau sehen, Fjord.

Sie wich zum Heustock zurück, den Treppenaufgang im Auge. Wer ein Pferd tötet, tötet auch einen Menschen.

Da war der Geruch wieder, Pferd, Blut, sie meinte, den Tod auf der Zunge zu schmecken. Angst hat nur, wer den Tod fürchtet. Erstaunt stellte sie fest, der Tod erschreckte sie nicht, also konnte sie sich auch nicht fürchten. Es wäre ein Blödsinn, hier in Angst gebannt zu warten, bis jemand die Treppe hochstiege, womöglich mit einem Messer oder einer Axt in der Hand, woran noch Pferdeblut klebte, und sie könnte keinen Schritt weiter ins Heu zurückweichen, weil sie nämlich schon am Heustock stand. Furcht würde sie blind machen. Sie wäre auch nicht verrückt und versuchte, auf der Treppe hier wegzukommen. Sie würde auch nicht den Sprung in die andere Box tun. Wer immer hier auf sie gewartet hätte, er meinte, sie täte das eine oder das andere. Bei den Ritzen in der Wand musste ein Teil der Wand zu öffnen sein. Schon stand sie dort, eine Schiebetür, doch die Verriegelung war mit einem großen Vorhängeschloss gesichert.

Von der Treppe hörte sie ein schiebendes Knacken. Sie war im Vorteil, solange der andere keine Bewegungsfreiheit hatte. Sie tastete nach ihrem Messer, erinnerte sich an die Heugabel, packte diese, stellte sich damit neben den Aufgang. Wer immer da käme, würde gleich beim Betreten des Heustocks um diese Ecke angreifen. Ein Lichtschalter knackte in der Umdrehung, zwei Lampen erstrahlten; Schalter befinden sich jeweils zuunterst und zuoberst an einer Treppe. Der andere musste hinter diesen Brettern direkt neben ihr stehen. Falls er eine Pistole hatte, durfte sie ihn nicht auf Distanz lassen.

Intensiv dachte sie an Fjord, Fjord war so vital, Pamela fühlte rote Wut in jeder Faser, war bereit. Draußen knallte eine Autotür, doch da traf ein erster heftiger Schlag schon auf ihre Heugabel, der Stiel zersplitterte, das eiserne Gabelteil flog weg. Sie sah eine schmale Sichel, eine große Hand, er trug das verdammte schwarze Schamanengewand, vor dem Gesicht eine Pferdemaske. Zeit, sich zu ärgern oder zu wundern war später. Mit Wut führte sie ihren armseligen Kampfstab, stieß blitzschnell zu, schneller, als sie es je in einem Kurs gelernt hätte, traf die Pferdemaske mit Wucht, sie war ja beängstigend nah, taumelte für einen Moment zurück: Sofort stieß sie nach, haute schräg auf die Stelle zwischen Maske und Schulter, den einzig verlässlich schwachen Punkt bei stumpfer Waffe. In dem Moment blitzte die Sichel auf, sauste gegen ihren Hals, eigentlich sollte ihr Kopf jetzt halb abgetrennt baumeln, so heftig war der Abprall. Sie fühlte keinen Schmerz, der Kopf war auch noch da. Sie stürzte sich auf diese Hand, packte sie, biss mit aller Kraft ihrer Kiefer zu, fühlte ihre Zähne und biss weiter zu, es sollte schmerzen. Die Sichel fiel zu Boden, jetzt knallte ihr eine Faust ins Gesicht, sie meinte, ihre Wange werde krachend zermalmt. Da hatte sie ihr Messer in der Hand, doch wie sie mit aller Kraft zustieß, rutschte die Gestalt vor ihr weg, es mochte der zerbrochene Stil der Heugabel sein, er fiel der Länge nach auf den Rücken, gab einen Schrei von sich – es war surreal, aus der Brust ragten drei der vier Gabelzinken. Seine Bewegungen kamen zum Stillstand, er sank buchstäblich langsam in diese Gabel, die schräg aufgerichtet stehen blieb. Aufgespießt. Mit einem Satz nach hinten entfernte sie sich, blieb stehen. Der nächste Moment war der gefährlichste, sie wusste es aus Krimis. Es hieß überhaupt nichts, wenn einer keinen Mucks mehr machte. Die Sichel stieß sie mit dem Schuh weit weg, ging Schritt für Schritt rückwärts, gewärtig, notfalls doch zuzustechen, weg von diesem Haufen Dreck – und stürzte durch die eine Luke in den Pferdestall hinunter. Im Fallen dachte sie, bitte nicht auf den toten Fjord und nicht in mein Messer, das fehlte mir gerade noch. Einigermaßen kugelnd landete sie auf einer Strohschütte, es war die Nebenbox.

Da bückte sich auch schon der rothaarige Drossel über sie und Dubi stand daneben.

»Himmelherrgott, das darf nicht wahr sein«, überdeutlich flüsterte Drossel es in ihr Gesicht. Beide starrten erschrocken. In der Box nebenan lag das Pferd.

Pamela zeigte nach oben: »Er wollte mich töten.« Sie schmeckte Blut. »Er ist gefährlich.« Sie spuckte, tastete mit der Hand nach ihrer Wange, Blut, dachte, schon wieder das Gesicht. »Wenn er nicht tot ist, tötet er.« Sie verschwanden.

Pamela rappelte sich hoch, saß im Stroh, lauschte, hörte Gepolter, Stille, jetzt über ihrem Kopf Schritte. Dubis Gesicht erschien in der Luke, sah unwirklich aus.

»Der ist mausetot.«

Beide waren wieder da, kümmerten sich um sie. Wie schlimm war sie verletzt? Diesmal nur das Gesicht. Pamela griff sich an den Hals, der erst jetzt heftig schmerzte. Dubi half, den Ritterkragen abzunehmen. Es war unglaublich, vorn über die ganze Breite lief eine tiefe Kerbe, so ein Panzerkragen und um ein Haar durchgeschnitten! Man musste aber auch die Schneide dieser Sichel gesehen haben, scharf wie eine Rasierklinge!

Drossel und Dubi starrten ängstlich auf ihren Hals, wo sich ein Bluterguss entwickelte. Dubi presste ungeschickt die Hand darauf, da musste unter der Haut etwas geplatzt sein. Drossel kam mit Eisspray aus dem Waschraum. »Was für Pferde gut ist, kann auch bei Menschen angewendet werden«, und schon bettete er sie zurück ins Stroh, den Kopf etwas erhöht, er sprayte. Pamela hatte überhaupt kein Empfinden im Hals. Konzentriert legte er einen leichten Druckverband darauf, was immer das sein sollte, er hatte das im Erste-Hilfe-Kurs gelernt, sie hätten aber nicht direkt vom Hals gesprochen, da gebe es bloß heikle Punkte. Der Notarzt musste sowieso her. Dubi telefonierte gerade.

Pamela dämmerte vor sich hin.

Das wäre jetzt der Augenblick gewesen, in dem du mutig dem Tod ins Auge geblickt hättest. Das war leider nicht so, trotz aller mentalen Vorbereitung. Du siehst in seine Augen, die leider die Augen eines Irren sind, eines Rasenden, starre Killeraugen. Das war nicht schön. Ob du dich von der Angst lähmen lässt oder ob du dich wehrst, liegt nicht bei dir. Mit Mut hat es nichts zu tun. Augen zu und durch und sei es bis zum allerschlimmsten Ende.

Ich bin noch immer nicht tot. Weil ich mich nicht gefürchtet habe. Real, weil ich einen Stützkragen aus was für Raketenmaterial auch immer trug. Warum ging der Todesschnitt so haarscharf daneben? Was sollte der Scherz! So etwas überlebt nur der Dummling, und es ist ein Wunder, dass ich keinen Menschen getötet habe. Ich war besinnungslos bereit dazu. Jetzt kommt alles auf einmal, der Schreck, die Erleichterung. Als wäre mein Kopf abgetrennt. Bin ich geköpft worden?

Drossel war real, sie hörte auf seine helle Stimme. Dubi sichere das Gelände, er, Drossel, habe bei Pamela zu warten, der Notarzt werde gleich da sein, ebenso Weidenhuber und die Spurensicherung, sie hätten auch die Staatsanwaltschaft und die Mordkommission angefordert, das volle Programm. Das höre ja nicht mehr auf.

*

Kleinlaut rief sie Frau Fasel an, konnte kaum sprechen, krächzte. Sie komme nicht zum Frühstück, wisse nicht, wie lange sie aussagen müsse, solle noch in eine Klinik gebracht werden, damit ein Facharzt sich den Hals ansehe, wobei sie nicht richtig verletzt sei, nicht lebensbedrohlich, es gehe bloß um ein Hämatom. Was wirklich schmerze, sei der Wangenknochen. Frau Fasel fiel aus allen Wolken. Wo war sie im Augenblick? Schon wieder ein Todesfall und sie mittendrin! Sie denke, sie komme sofort hin, Herr Gilli würde das auch so sehen, sie rede gleich mit ihm. Pamela solle sich nicht aufregen. Um ein Haar blieb Pamela der Mund offen stehen, das durfte ja nicht wahr sein! Bis jetzt hatte sie sich nicht aufgeregt, doch jetzt. Das Blut, Mestril so riesenhaft, das Bild des Tods mit der Sichel, ihr Biss mit aller Kraft in eine lebendige Hand, das Gefühl saß noch im Kiefer, doch diese nervige Hand, das knochige Handgelenk, begannen jetzt schon sich zu zersetzen, blutige Gabelzinken, die durch Menschenfleisch gefahren waren. Ihr Magen rebellierte, doch sie durfte sich jetzt nicht übergeben. Sie geriet in Panik, ihre Speiseröhre könnte reißen, sie könnte verbluten wie er.

*

Dubi stützte Pamela, brachte sie in den Aufenthaltsraum mit der Bar, setzte sie in die Ecke hinter den Tisch. Sirenen, Martinshorn, alle trafen gleichzeitig ein: Weidenhuber mit vier weiteren Polizisten, Yvonne Krepp in schweren Schaftstiefeln, ihr Mann war abwesend, komme aber umgehend, ein Tierarzt war aufgeboten, schon wieder Doktor Kindler, Tizian, die Spurensicherung war unterwegs, Robert und Frau Fasel.

Es war ein unglaubliches Durcheinander. Als Erstes wurde das Gelände abgesperrt, um elf Uhr gebe man der Presse Auskunft. Doktor Kindler betastete Pamelas Prellungen. Man könne noch röntgen, doch die Behandlung am Hals mit dem Eisspray sei maximal gewesen, wirke. Drossel grinste stolz. Robert Gilli stritt sich mit Finn und Tizian gleichzeitig herum, da sie ihn und Frau Fasel ohne Pamela wegschicken wollten. Pamela könne erst nach ihrer Aussage gehen, da ihr nicht viel fehle, benötigten sie sie dringend zu einer Lagebesprechung. Robert Gilli widersprach heftig, redete denn niemand von Schock, sie hatte doch ein zerschlagenes Gesicht, sie musste außer dem Hieb am Hals und dem Sturz von einem Tennenboden einen heftigen Schlag gekriegt haben. Tizian putzte ihn spöttisch ab.

»Ein Kratzer, den merkt sie kaum. Sie ist zäh wie Ziegenleder und kippt uns schon nicht um. Das ist jetzt so ein Moment, da stehen uns ein Schlossherr und seine Wirtschafterin im Weg.« Robert Gillli lief puterrot an, Wut hätte Pamela zuallerletzt von ihm erwartet. Schließlich einigten sie sich darauf, dass Gilli in einer

Stunde wiederkomme und Pamela zu einer ärztlichen Untersuchung bringe.

Kaum waren sie weg, ging es richtig los.

Tizian tönte richtig befriedigt: »Jetzt können wir es zusammenhängen. Tonja wurde der Schnitt im Hals mit derselben Sichel zugefügt. Also ist er auch ihr Mörder.«

»Er lebte noch, wäre ich nicht gekommen. Da oben liegt ein Toter, ausgeblutet«, ergänzte Pamela leise.

Tizians welsche Stimme überschlug sich. »Dir ist nicht zu helfen! Er wollte dich töten! Er war ein Künstler, er hat Bilder gemacht, wie keiner. Aber der ist durchgeknallt. Du hast ihn gestoppt, als er dich abschlachten wollte, und unter Einsatz von Leib und Leben hast du mitgeholfen, diesen Fall zu lösen. Es gibt überhaupt keinen Grund, dass du dir Vorwürfe machst und philosophisch fühlst.«

Pamela zog sich in sich zurück, folgte nur äußerlich dem Geschehen, nahm Bruchstücke wahr.

Drossels Stimme: »Sie hat gesagt, sie wollte ihn erstechen, doch da sei er gerutscht und in die Gabel gestürzt. Es wäre Notwehr gewesen, sie hatte ja keine Pistole, mit der sie ihn hätte in Schach halten können.«

»Dass sie ein Messer bei sich trägt und damit umzugehen weiß, ist absonderlich.«

»Auf die Polizei darf kein Schatten fallen. Es kommt alles nur darauf an, wie die Pressemitteilung verfasst ist. Berühmter Maler in geistiger Umnachtung. Zuerst der Friedhof, dann das Pferd. Im Blutrausch von einer Psychologin überrascht, im Handgemenge unglücklich in eine Heugabel gestürzt, verblutet.«

»Seine Witwe kann zufrieden sein, der Wert seiner Bilder wird sich mindestens noch einmal verdoppeln. Waren sie überhaupt verheiratet?«

»Wäre Pamela direkt zur Box gegangen, hätte sie gegen Mestril keine Chance gehabt.«

Pamela folgte einem seltsamen Gedanken, Mestril hätte ihr das Bild des Auges eines Pferds in ihre Träume geschickt. Sie wäre ihm nachgegangen, als hätte er sie hypnotisiert. Das mit Fjord verstand sie, er war Arnos Pferd und sollte ihm ins Jenseits folgen. Doch er wollte auch sie hier töten, warum? Früher gab es Sühneopfer. Musste er ihr eine Schuld geben, um sie zum Opfer zu nehmen oder wäre sie ihm einfach vor die Füsse gelaufen?

Finn legte ihr die Hand auf den Arm. »Hörst du überhaupt zu! Du bist überreizt. Nur weil einer sich kleidet wie ein Schamane und die Urtraditionen wieder erwecken will, sich in schamanischen Ritualen, woher auch immer er sie hat, übt, heißt das noch lange nicht, dass er auch über magische Fähigkeiten verfügt.«

Pamela schüttelte noch und noch den Kopf, sodass Tizian Doktor Kindler bat, ihr doch irgendetwas zu geben, Tablette, Spritze, was auch immer.

Pamela reagierte hektisch, das war kein Schock und sie verbat sich Beruhigungsmittel. Sie bewegten sich in die falsche Richtung. Wenn dieses Geläufe hier aufhöre, könne man auch vernünftig reden. Doktor Kindler fasste beruhigend ihre Hand, lächelte vertrauenerweckend. Es war doch objektiv gesehen etwas viel für eine so junge Frau. Es ging bloß um eine Stabilisierung, gerade weil sie noch gebraucht wurde. Vorbeugend, einem derartigen Schock könnte ein Zusammenbruch folgen. Hatte sie jetzt verstehend genickt? Schon steckte er eine Spritze in ihren Arm. Sie solle sich einen Moment entspannen.

Endlich. Einmal mehr tranken sie Kaffee. Es saßen nur noch Tizian, Finn und Drossel am Tisch, die übrigen Beamten hatten sich in den Stall und auf den Heuboden verteilt, hier und dort war ein Gepolter zu hören.

Pamela fühlte sich sitzen, betastete vorsichtig den Hals, das Gesicht, da waren keine Schmerzen. Sie fühlte sich leicht und fast fröhlich, das war die Spritze. Einzig die Stimme war weg. Sie konnte nur flüstern, das wiederum belustigte sie: »Es bewegt sich alles, als sei Mestrils Kunst lebendig geworden: Wir schauen auf die Fläche, das Bild entspricht unserer Logik. Serge Mestril hat eine Sichel, mit dieser will er mir den Kopf abschneiden, zumindest die Kehle aufschlitzen. Dem Pferd hat er den Hals aufgeschnitten, mit seiner Druidensichel. Der Hals von Tonja Utz wurde mit einem Sichelschnitt aufgeschlitzt, dieselbe klaffende Wunde, ein klaffender Pfirsich. Ein Täter wird uns auf dem Tablett präsentiert.«

Finn meinte trocken: »Natürlich haben wir ihn. Serge Mestril hat Tonja Utz getötet, weil sie aussteigen wollte. Sie hat den Schwur der Jugendlichen provokativ gebrochen. Er tötet Arno Krepp in einem Streit, weil dieser darauf gekommen ist und weil er ihn schon immer beneidet hat. Dann tötet er Arno Krepps Pferd, ein Ritual, das Pferd folgt seinem Reiter in den Tod. Er ist im Blutrausch, wie er von Pamela überrascht wird, außer sich, verrückt. Sie sollte auch getötet werden. Machen wir eine Auslegeordnung: Elmar Fasel gehört nicht in Mestrils Spiel. Der hatte eine spätpubertäre Depression. Übrigens hat er wirklich jene Aknesalbe benutzt, die Depressionen auslösen konnte. Er hat sich mit eigenen Händen aufgeknüpft, keine Zweitbeteiligung. Hugo Krepps Beziehung zu Tonja Utz war geschäftlich und seine Privatsache. Weil sein Sohn tot ist, ist sein Leben sinnlos.

Irma Maigold ist eine reizende, etwas hilflose, ältere Frau, die keiner Fliege etwas zuleide täte.« Unterstützung heischend schaute Finn von einem zum anderen.

Tizian schaute zweifelnd: »Da fehlt noch einiges, es ist unbefriedigend.« Auffordernd blickte er zu Pamela. Drossel war fleißig mit Schreiben beschäftigt.

Pamelas Stimme pfiff kläglich, doch es spielte keine Rolle, sie steigerte sich, half mit den Händen nach, natürlich war sie von dieser Spritze beschwipst. »Es ist zu logisch. Alles ist zu klar. Serge Mestril war Künstler, ja. Er ist geistig ganz vorn auf dem Wellenkamm geritten. Es ist die alte Frage, was zuerst ist, die Erkenntnis des Abgrunds oder die Form der Kunst, Kunst ist Wellenreiten. Der Schritt beim Überschreiten der ethischen Norm würde vielleicht nicht einmal bemerkt. Er war verrückt und fertig. So sollten wir es sehen. Es stimmt, und es stimmt nicht.« Jetzt lachte sie laut, Zustimmung heischend. »Er verstand sich selbst als Magier, der mit den Naturkräften und dem Unsichtbaren umzugehen weiß. Ja. Er hat Blutrituale durchgeführt, um zu Ruhm und Macht zu kommen. Ja, er hat sich in die Traditionen von Thule gestellt, da müssten wir noch wissen, was das heissen soll. Doch was ist, wenn wir neben ihm durchsehen? Vielleicht müsste man das flache Bild in ein mehrdimensionales verschieben, einen Fixpunkt vor oder hinter der Fläche anschauen, darauf starren. Der vor der Fläche wäre spontan Hugo Krepp, der hinter der Fläche Irma Maigold.«

Was Pamela wirklich verblüffte war, sowohl Tizian als auch Finn folgten konzentriert ihrer spontanen Bilderklärung. Sogar Drossel war ganz Ohr, hatte mit Schreiben aufgehört. Nervös bewegte Pamela die Hände auf dem Tisch. »Das Raffinierte daran wäre, wenn wir uns mit der Flächenlogik zufriedengeben, gibt es keinen Mordfall mehr, der noch aufzuklären wäre.« Jetzt half sie erläuternd mit den Händen nach, zeichnete Finns Logik in eine klar umrissene Fläche in die Luft, die Linien der Kausalität darin. Dann zeigte sie ausgreifend den Punkt davor und den dahinter. Diese mochten sich in andere Flächen ausdehnen, ihrerseits aber sternförmig in alle sichtbaren Realitätsflächen wirken. Triumphierend tippte sie sie an. »Es gibt ein Bild darüber und eines darunter, genau wie in einem dieser optisch verschobenen 3-D-Bilder, genau wie in Serge Mestrils Kunstwerken.« Plötzlich weinte sie.

Tizian und Finn sahen verlegen an ihr vorbei. Endlich ging Tizian zur Theke, holte einen Stoss Papierservietten, kam zurück, legte die Servietten vor sie hin, strich ihr über die Schulter: »Es war doch etwas anstrengend für dich, wir sind gleich durch, aber deine Ausführung eben war genau das, was du hier bringst, komm, putz die Nase und trink endlich deinen Kaffee.«

Tizian zeichnete auf eine der Servietten, murmelte zwischen den Zähnen: »Ich habe deine anspruchsvolle Logik schon immer geliebt, so weiblich.«

Jetzt war er fertig. Er hatte vom hinteren Punkt aus Striche in eine rhombische Fläche gezogen. »Das, was alle miteinander verband, war die Jugendgeschichte mit Marie. Seht ihr, jetzt sind alle, die damals beteiligt waren, tot.«

Finn meinte ungläubig: »Wir denken wirklich an Rache?«

»Rache oder Gerechtigkeit. Das passte zu Irma Maigold. Und sie hätte sich die Hände nicht schmutzig gemacht. Das passte doch zum weiblichen Täterprofil«, Pamelas Stimme wackelte. Sie schniefte, doch sie hielt durch. »Ich komme auf die Bach spielende klöppelnde Organistin zurück. Sie hätte alles irgendwie in Gang gesetzt und darauf vertraut, wie es sich entwickelt.«

»Du vergisst etwas. Wir vergessen etwas.« Das war Roberts Stimme. Aufgeschreckt schauten sie sich um. Pamela lächelte breit. Robert stand lässig hinter ihnen an die Theke gelehnt. Er musste zur Tür dahinter hereingekommen sein. Wie lange mochte er schon zugehört haben?

»In Gang gesetzt wurde das Ganze dadurch, dass Pamela hier auftauchte und auf den ersten Blick mit Tonja Utz verwechselt werden konnte. Das musste der Auslöser gewesen sein. Hierher gebracht hat sie mein Bruder Vincent. Doch dass Pamela überhaupt irgendwohin gehen wollte, war ihr eigener freier Entschluss. Schicksal. Meine Herren«, Robert war wieder höflicher Gentleman. »Sie entschuldigen, wenn ich mithörte. Es war augenscheinlich wichtig, Pamela mit dabei zu haben. Falls niemand etwas dagegen hat, Pamela, du könntest jetzt mit mir zu einer ärztlichen Untersuchung in die Notfallabteilung des Spitals fahren, das heißt, eigentlich wirst du dort erwartet. Das ist ganz sicher auch im Sinn der Protokollaufnahme.«

*

Tizian wartete bei Roberts Auto auf dem Parkplatz vor der Notfallabteilung. Jetzt war er froh, dass Pamela mit einem Pflästerchen auf der Wange entlassen war. Ihren Peugeot hatten Finns Leute im Wald geholt und aufs Château gebracht. Dann berichtete er knapp. Finn hatte das Pressegespräch geleitet: geistige Verwirrung nach dem Unfalltod eines engen Freundes. Tizian selber sei einfach anwesend gewesen, es ging immerhin um einen bekannten Künstler. Er habe das übliche Statement abgegeben. Dubi sei zu Frau Brigitte Mestril gefahren, um ihr den Tod ihres Mannes mitzuteilen. Dubi habe relativ verstört angerufen, das sei sonst nicht seine Art. Die Frau hatte ihm zugesetzt. Sie habe ihn beschimpft, doch damit ist beim Überbringen einer Todesnachricht zu rechnen. Doch sie habe ihn, uns und besonders dich verflucht. Tizian zuckte lässig die Schultern.

»Bei Dubi scheint das nachhaltig hängen geblieben zu sein. Wir nehmen es nicht so ernst, wie gesagt, es sind absehbare Reaktionen. Wichtig ist, Brigitte Mestril behauptet, ihr Mann habe Tonja Utz keinesfalls umgebracht. Er war in jener Nacht bei ihr zu Hause und habe sich am nächsten Morgen schrecklich über eine von Arno Krepp weitergeleitete E-Mail von Tonja Utz aufgeregt, die er am Abend nicht geöffnet hätte. Hätte er sie gelesen, wäre er zum Friedhof gegangen. Ihr Mann sei überzeugt gewesen, Arno Krepp sei der Mörder von Tonja Utz. Er habe dies gebilligt. Wir werden in Arno Krepps Notebook und PC diese Mail suchen müssen. Dies nur zu deiner Information.« Pamela hatte aufmerksam zugehört.

Jetzt endlich kam Tizian auf sein Anliegen zu sprechen. »Die Schlussfolgerungen von heute Morgen sind ja noch etwas vage, nicht mehr als Hypothesen. Man müsste so rasch wie möglich bei Irma Maigold auf den Busch klopfen, ob es da eine Fläche hinter der Fläche gibt, irgendwo müssen wir ja anfangen. Du hast eine Beziehung zu ihr aufgebaut. Entweder sie ist jetzt zu Hause oder sie spielt Orgel, jede Messe ist jetzt sowieso zu Ende. Wenn die Wirkung dieser Wunderspritze noch etwas anhält, wäre es ideal, du erwischtest sie, bevor sie von Mestrils Tod weiß. Stünde er auf ihrer spekulativen Todesliste, würde sie sich in der Überraschung vielleicht verraten.«

»Das geht jetzt eindeutig zu weit!« Empört fuhr Robert Gilli dazwischen. »Frau Thoma ist keine Polizeibeamtin. Vor ein paar Stunden wäre sie um ein Haar getötet worden: Sie kommt jetzt ins Château und verbringt die nächsten Tage mit nichts anderem als schlafen, lesen, Musikhören, essen und plaudern. Irgendetwas anderes ist überhaupt nicht mehr zu verantworten.«

Tizian gab blitzschnell zurück, wurde zynisch. »Monsieur Gilli, Sie mögen der Schlossbesitzer sein, doch Sie verfügen über Frau Thoma, als wäre sie unmündig oder als wären Sie ihr Patron oder beides!« Das Wort Patron spuckte Tizian verächtlich aus. »Im Übrigen ist heute Sonntag, in einem regulären Arbeitsverhältnis ein freier Tag. Sie wollen doch nicht den Eindruck erwecken, Sie behinderten unsere Polizeiarbeit?«

Die beiden maßen sich mit den Blicken. Es war Pamela unangenehm, sie ging dazwischen. »Vielleicht habe ich auch etwas dazu zu sagen?« Ihre Stimme klang schon viel besser.

*

Frauenlogik, beide hatten recht, und es beiden recht zu machen, schloss sich nicht aus. Ein Besuch bei Irma Maigold konnte eine Zehnminuten-Stehparty sein, man betritt den Korridor, geht unter gar keinen Umständen auch nur einen halben Schritt in ein Zimmer, sagt, was zu sagen ist, schaut auf die Uhr und ist mit allen Höflichkeiten nach zehn Minuten wieder draußen. Das funktioniert auch bei einem schmalen Korridor mit Perserläufer und einem Fahrrad unter einer Treppe. Tizian und Robert warteten gemeinsam auf dem Parkplatz um die Ecke, sie wären mit einem Knopfdruck über das Handy zu erreichen.

Irma Maigold öffnete die Tür, trug einen mauvefarbigen Hausdress, adrett wie immer. Sie war nicht überrascht. Der Mord auf dem Friedhof war jetzt also aufgeklärt, hatte einen Zusammenhang mit dem gestrigen Unfall beim Prechtenstein und der Mörder war heute Morgen in eine Stallgabel gestürzt und ebenfalls tot. Es war nicht so, dass Irma Maigold direkt Freude zeigte bei der Mitteilung von Serge Mestrils grässlichem Tod, zumindest nicht im Gesicht. Doch es schien Pamela, sie werde unvermittelt größer. Ein freudiges Lächeln ging über ihr Gesicht, doch durch die Brillengläser blieben die Augen immer gleich, jetzt aber wirkte sie vitaler. Bestätigend wiederholte sie: »Es war offensichtlich Serge Mestril, und den hat nun der Zufall gerichtet.«

Wenn sie denn log, Pamela war überzeugt, jeder Lügendetektor bliebe still.

»Warten Sie! Wie Sie das letzte Mal hier waren, dachte ich, Ihnen etwas zu schenken. Grundlos, aus Freundlichkeit, weil es zu Ihnen passt. Sie dürfen aber nicht nein sagen. Ich schenke Ihnen meine Delfter Figur, jetzt. Ich habe doch die meines Bruders geerbt.«

Pamela stand sprachlos in diesem Korridor. Irma Maigold trippelte nach hinten, Pamela hörte sie im Zimmer hin und her gehen. Schon kam sie zurück, in den Händen hielt sie die Figur, hatte sie halbwegs in ein Geschirrtuch gewickelt. Jetzt stellte sie sie auf die Kommode.

»Nein, ich bedauere keinen dieser Toten. Sie alle haben damals ein großes Unrecht getan, sie haben Mariechens Vertrauen missbraucht, die kleine Seele gestohlen, vielleicht sogar zerstört. Sie haben das Kind getötet. Das hat sich jetzt gerächt. Glauben Sie an Gerechtigkeit?«

Pamela erschrak. Das war die Wahrheit, Elmar Fasel, Tonja Utz, Tobias Maigold, Arno Krepp und Serge Mestril. Irma Maigold glaubte an einen gerechten Gott, einen Rächergott. Ja, sie selber durfte gleichfalls nicht daran denken, was genau damals geschah, schwankte zwischen Wut und Hilflosigkeit. Konnte es sein, dass Irma Maigold das spürte? Als Kind, bei Gleichaltrigen, Pamela hätte diese Jungen verprügelt und wenn sie untergegangen wäre dabei. Damals hatte sie Gerechtigkeitssinn. Hatte ihr das Leben, übrigens objektiv gesehen bis jetzt ein kurzes Leben, hatte ihr kurzes Leben sie dermaßen an die Realität gebunden, dass sie das jetzt nicht mehr glauben konnte?

Ginge sie von Gedankenkraft aus, glaubte sie an Gegenräume, rein hypothetisch natürlich, so wäre es durchaus logisch, dass Irma Maigolds Gedanken die Ereignisse bewegten. Sie hätte aus Verzweiflung über das Böse dem einen wie allen anderen, jedem so sehr den Tod gewünscht, dass es eingetreten wäre. Unvermittelt strahlte Pamela Irma Maigold an, nur mit den Gedanken, nicht mit den Händen. Im Rechtswesen war Denken nicht strafbar.

Pamela schaute auf Irma Maigolds ineinandergelegte Patschhändchen, meinte, ohne aufzuschauen: »Die Polizei hat in Arno Krepps Safe eines dieser uralten Tonbandgeräte mit Bändchen gefunden, es waren Erdspuren daran. Auf dem Bändchen ist einzig eine Mundharmonika zu hören. Auf dem Gerät waren Arno Krepps Fingerabdrücke, natürlich.« Nein, Irma Maigold konnte sich keinen Reim darauf machen.

Wenn Pamela im innersten Kern die geblieben war, die sie als Jugendliche war, dann nahm sie Irma Maigolds Figur jetzt dankend an, diesen Tod mit dem Mädchen. Nein, es glich nicht ihr. Es hatte zwar ein sehr gleichmäßiges Gesicht, etwas dreieckig, doch die langen, offenen Haare waren blond. Im Übrigen war sie längst erwachsen. Sorgfältig wickelte sie das Tuch darum.

Wäre das ein Beweis, wenn sie denn etwas beweisen wollte? Pamela zwang sich zum nächsten Kontrollblick auf die Uhr, neun Minuten, sie kamen zum Schluss.

Zurück bei Tizian und Robert Gilli staunten diese zunächst über das kostbare Geschenk. Für Tizian war es ein weiterer Beweis für die immer wieder verblüffende Art der Frauen. Pamela lächelte, ein Sympathiegeschenk, sie hatte überhaupt keine Mühe damit, dies anzunehmen. Sie fasste zusammen, was Frau Maigold unter anderem gesagt hatte: Sie war beeindruckt, dass Serge Mestril ein Schamanengewand trug und eine Druidensichel bei sich hatte. Eine antike Druidensichel sei im Stadthaus ausgestellt, sie gehöre Hugo Krepp. Dieser trete immer wieder als großer Gönner der Kelten-Vereinigung auf, ihr Bruder sei dort ebenfalls Mitglied gewesen. Die Firma Krepp habe die Vitrinen im Stadthaus gespendet. Sie wusste von Brigitte Mestril, dass Hugo Krepp ihrem Mann oft die Vorlagen zu seinen Bildern gab, elektronisch. Natürlich hatten sie Computeraustausch. Ja, Irma Maigold hatte vor Jahren ihren ersten Computerkurs in der Volkshochschule gemacht, seither besuchte sie auch Auffrischungskurse. Die Leiterin ist jeweils die Personalleiterin der Krepp Electronics.

Sie trennten sich von Tizian, fuhren zum Château zurück. Nach der Abzweigung von der Hauptstraße entdeckte Robert im Rückspiegel den roten Volvo Station; möglicherweise hatte er irgendwo gewartet. Robert verlangsamte die Fahrt, schaltete das Autotelefon zum Sicherheitsdienst, telefonierte mit Herrn Künzli. Dieser war im Château. Er riet, den Volvo gleich auf dem Parkplatz zu erwarten, das Garagentor zu öffnen. Er werde dahinter in der Garage versteckt warten. Robert Gilli fuhr sehr langsam, beobachtete im Rückspiegel, nickte bestätigend, meinte: »Du brauchst von ihr nichts zu befürchten. Steh einfach ganz nah bei mir, es wird dich beruhigen.« Dann waren sie da. Robert fuhr direkt neben Pamelas Peugeot vor das zweite Garagentor, betätigte den automatischen Toröffner. Dann stieg er rasch aus und kam um das Auto herum auf ihre Seite, öffnete ihre Tür und half ihr galant beim Aussteigen, was Pamela so noch nie erlebt hatte. Da stand diese Brigitte Mestril auch schon neben ihr, sehr nah. Robert Gilli ließ Pamelas Arm nicht los, drückte beruhigend.

Diesmal war sie weiß gekleidet mit einer schafwollenen Jacke über dem langen Gewand, groß und schwer, das Gesicht vom Weinen leicht verschwollen. Aber sie redete eiskalt. »Mörderin, du hast meinen Mann umgebracht!«

Pamela erstarrte.

»Ohne dich lebte er noch.«

Pamela nickte. Es stimmte, doch sie fürchtete sich nicht, blickte in diese Augen, las darin nur Hass, bemühte sich, versöhnlich zu atmen.

Brigitte Mestril ging im Bogen vor ihnen hin und her, blieb wieder direkt vor Pamela stehen. »Er war der größte Maler und Schamane unserer Zeit, das kannst du nicht verstehen. Wie du das alles nicht verstehst, was hier geschieht. Das Pferd folgt seinem Reiter ins Reich der Toten. Wenn es Zeit ist, gehen wir alle dorthin. Du hast ihn besiegt, das mag verstehen, wer da will. Für dich ist die Zeit noch nicht da, und ich bin kein Werkzeug des Pferdegottes!«

Pamela war froh über diese Mitteilung, ein Funke Vernunft schien doch da zu sein. »Was wollen Sie von mir?«

»Du bist mit dem Polizisten gekommen, warum?«

»Die tote Frau war mein Abbild, ich muss wissen, was das mit mir zu tun hat.«

Brigitte Mestril starrte sie an, kam jetzt Verstehen in ihre Augen?

»Es geht anders herum. Die kleine Fromme hat sie alle auf dem Gewissen. Wenn du schon die Wahrheit suchst, sie liegt lang zurück, möglicherweise länger, als du denkst. Sie waren jung, knapp über die Pubertät hinaus, entdeckten neue Welten, in ihren Köpfen, in Blut und Boden. Sie versetzten die kleine Marie in Trance. Ja, sie haben sie benutzt, das war kein Unrecht; die Marie hat es nicht gestört, sie war zwischen den Welten geboren. Eine wie du versteht das nicht. Eine wie diese bigotte Jungfer versteht das auch nicht. Die wollte bloß die Sünder bestraft sehen. Elmar war der Weichste, der Beeinflussbarste, ein Nichts. Er hat alles mitgemacht, ihre Erniedrigung, ihren Missbrauch. Er hat die Marie gemocht, vielleicht sogar geliebt. Diese Kirchgängerin hat mit dem Lied Elmar in den Tod getrieben. Sie ist clever, seht ihr denn nicht, sie sieht aus wie die Marie.« Die letzten Worte stieß sie verächtlich hervor. Jetzt fixierte sie wortlos Robert Gilli, doch abrupt wandte sie sich wieder an Pamela. »Sie haben den Schwur zur Machtgewinnung geleistet. Er ging den Pfad konsequent, folgte seinem Schicksal. Der schöpferische Rausch umfasst weit mehr als Kunst. Es ist die Beherrschung der Materie. Eure Gesetze reichen nicht in die Welt, in der wir uns bewegen. Die Gesetze in der Anderswelt sind ebenso hart, von einer ganz anderen Seite aus. Nie wirst du Zugang haben zu dieser

Welt, und doch hast du Serge getötet, einen Schamanen. Wie konnte das geschehen?«

Pamela fror unter ihrem Blick. Ohne ein weiteres Wort ging Brigitte Mestril zurück zu ihrem Auto, wendete den Volvo mit Schwung, fuhr zur Ausfahrt. Das Tor, das seltsamerweise wieder geschlossen war, öffnete sich automatisch, jemand musste irgendwo drücken, sie fuhr durch. Jetzt kam Herr Künzli aus der Garage, ohne Hund, grüßte.

»Das wär's dann gewesen.« Robert Gilli ließ Pamelas Arm los, meinte relativ knapp: »Ein guter Zufall, dass sie gekommen ist, als Sie hier waren. Man konnte ja nicht wissen, wie sich so etwas entwickelt.«

Nein, der Griff unter ihren Arm hatte ihr nicht gepasst, sie war nicht sein Zuckerpüppchen und hatte es nicht nötig, dass etwas Derartiges vorgespielt wurde, weder vor einer starken Frau wie Brigitte Mestril noch vor einem Sicherheitsbeamten. Robert Gilli hatte nicht über sie zu bestimmen, mit 32 war sie jung und fit und konnte einiges wegstecken, das schien er nicht ganz richtig einzuschätzen.

Sie hob die Hand. »Wart einen Moment, ich muss noch einmal telefonieren.« Dann trat sie ein paar Schritte zur Seite.

Tizian war wieder am Unglücksort in der Stallung. Sie konnten sich in einer halben Stunde im Polizeikommando treffen.

Pamela wandte sich an Robert, redete in ganz selbstverständlichem Ton, distanzschaffend. »Ich mache mich kurz frisch. Dann muss ich noch einmal den Kommissar treffen, möglicherweise muss man nochmals rasch handeln. Ich werde mich morgen ausruhen – und vielen Dank fürs Mitkommen. Ja, beim Nachtessen bin ich selbstverständlich wieder da.« Sie sah in seine Augen, traute ihnen nicht.

*

Nein, diesmal trank sie keinen amtlichen Kaffee, diese Sorte brannte jedes Mal im Magen. Sie hatte sich am Kiosk ein Fertiggetränk geholt, Latte macchiato, allein schon die Verpackung unterschied sich wohltuend von einem Pappbecher. Doch, ein paar dieser trockenen Biskuits aus Finns Vorrat waren willkommen. Sie hatten sich im Sitzungszimmer niedergelassen, nur Tizian und Pamela, der Computer summte. Jetzt rauchte sogar Tizian eine Zigarette, benutzte einen Becher als Ascher. Anscheinend gingen auch an ihm vier Leichen in so kurzer Zeit nicht spurlos vorüber. Natürlich war es wichtig, sonst wäre sie nicht nochmals hergekommen. In der Notfallabteilung hatte sie eine weitere Tablette erhalten, sie war jetzt wieder nüchtern.

»Wenn weder Serge Mestril noch Arno Krepp auf dem Friedhof war, wer war es dann? Irma Maigold beherrscht den PC so gut, wie sie Orgel spielt, wenn sie zudem PC-Kontakt hat zu einem Computer der Firma Krepp, dann war es ihr ein Leichtes, dieses Treffen auf dem Friedhof zu arrangieren. Das ist das eine, sie hat alles angestoßen. Das andere ist der Sichelschnitt, es gibt diese zweite

Keltensichel in der Vitrine im Stadthaus, Leihgabe oder Geschenk von Hugo Krepp. Jetzt wissen wir von seinem engen Kontakt mit Serge Mestril und wir wissen von seiner Korrespondenz mit Serge Mestril. Er kann sich denken, dass die Polizei sich eher früher als später im Fischerhaus umsehen wird. Dort steht Mestrils PC. Dort drauf muss diese E-Mail von Arno Krepp sein, das nur nebenbei, aber auch Hugo Krepps eigene, anscheinend große Korrespondenz mit ihm. Zwar weiß er noch nicht, dass wir uns die Sichel in der Vitrine ansehen werden. Aber er hat so schon allen Grund, so rasch als möglich seine Verbindungsspuren zu Mestril zu löschen.«

Tizian rauchte, überlegte kurz, spöttelte kameradschaftlich. »Je mehr Schläge du kriegst, desto schneller denkst du.« Gedankenverloren zündete er eine weitere Zigarette an. »Wenn es dort ein derartiges Beweisstück gibt, könnte Brigitte Mestril ihn damit erpressen. Auch das ist keine gute Aussicht. Er hat diese Trakehnerzucht wieder hochgezogen, das heißt, Rasse- und Blutlinien sind ihm wichtig. Vielleicht hat er mit diesem Mord seinen Sohn geschützt, dann wollte er ihn Mestril anhängen. Ich denke, der Verlust seines Sohns macht ihn unberechenbar.« Unvermittelt schoss Tizian hoch, ging an den Computer: »Wir können nachsehen, wo Krepps Auto sich jetzt gerade befindet.« Die Zigarette zwischen den Lippen tippte er den Code ein, registrierte, bestätigte, tippte einen weiteren Code, er war drin. »Es darf nicht wahr sein! Das Privatauto Hugo Krepps steht in einem Seitenweg zum Fischerhaus.«

Noch ein hastiger Zug, er drückte sie im Becher aus,

Pamela griff nach dem Jackett, trank im Gehen ihren Plastikbecher leer, schon waren sie unterwegs.

*

Hugo Krepps grauer Lancia stand verdeckt geparkt; ohne die Koordinaten der Zentrale hätten sie ihn nicht in diesem halb zugewachsenen Reiterweg vermutet, hätten den Weg glatt übersehen. Tizian ortete jetzt Krepps Handy. Sie warteten.

Tizian zog Pamela an sich. Dienst hin oder her, hielt einfach den Arm um sie, während er sein Phone bearbeitete. Pamela fühlte sein Gesicht auf ihren Haaren, nur kurz, rückte von ihm ab, massierte sich den Hals. Es mochte Fürsorge sein. Heute war Sonntag, seine Frau und seine Kinder hatten ihn in den vergangenen Tagen kaum gesehen.

»Hoppla«, seine Stimme tönte, als wäre nichts, konzentriert. »Das Handy hatte seine letzte Ortsangabe hier im Fischerhaus, dann schaltete es sich im Funkloch weg, auf dem Waldweg zum hinteren Moor. Ich habe ein schlechtes Gefühl. Komm, wir müssen uns bewaffnen.« Aus dem Handschuhfach holte er einen Revolver, maß sie mit den Blicken. »Du kannst damit umgehen.« Pamela schniefte, das konnte alles heißen. Sich selbst schnallte er im Laufschritt den Pistolenhalter um, kontrollierte das Magazin, steckte die Pistole zurück. »Ich kommandiere, du tust immer genau das, was ich sage. Wir schauen nach, was im Haus ist. Er ist nicht mehr dort.« Sie rannten durch die Einfahrt, die Masken schaukelten im Wind. Es roch nach Regen und See.

Pamela schnaufte: »Denk an die Hunde!«

Da war schon das Gebelle. Die Haustür stand halb offen. Das Gekläffe kam von hinten. Sie liefen ums Haus herum, da war ein Zwinger. Jetzt hörten die Hunde auf zu bellen, jaulten und winselten, der struppige sprang am Gitter hoch. Sie waren offensichtlich eingesperrt. Sie liefen zur Vordertür zurück, Tizian stieß sie auf, mit einer energischen Handbewegung wies er Pamela hinter sich. Quer im Eingang lag ein gekippter Gemüsekorb, Radieschen, Salat, ein Schnittmesser und ein Schnuller lagen verstreut auf den Fliesen. Vorsichtig betraten sie das Haus. Im Wohnzimmer lag ein umgestürzter Stuhl auf einem verrutschten Teppich. Keine Brigitte Mestril, kein Kind, in der Ecke am Boden ein Kinderschuh. Im Schlafzimmer offene Schubladen. Auf dem Bett eine offene Schere, ein offenes Päckchen Verbandpflaster, als wären sie in großer Eile benutzt worden.

Tizian biss auf seiner Lippe herum. »Das sieht nach überstürztem Weggang aus, nach erzwungenem Weggang. Wenn er mit ihnen beim Gletscherloch unterwegs ist, stimmt alles nicht. Er könnte sie mit dem Kind erpressen. Er könnte sie umbringen wollen. Er könnte sie in den Waldsee schmeißen, noch besser in den Morast. Morgen regnet es schon wieder, die Spuren wären schnell verwischt.«

Blutspuren. Pamela meinte, Blut zu riechen, meinte wieder, im Raum schwebe rauchiger Dunst, meinte, im Augenwinkel Fledermausschatten wahrzunehmen, sah orange kleine Blitze über die Wand huschen. Wenn sie nicht daneben durchschaute, sah sie im Augenwinkel die Rune.

Tizian schaute sich suchend um. »Bei diesen Leuten weiß man nie, haben sie jetzt Überwachung eingerichtet oder nicht. Wir gehen etwas vom Haus weg.« Wie Pamela nicht zuzuhören schien, fasste er sie am Arm. »Komm nach draußen, da ist nichts mehr.« Sie blinzelte, fühlte Tizians prüfenden Blick. 50 Meter vom Haus entfernt telefonierte er, mit Blick auf die Tennwand mit den Pferdeschädeln.

»Sofort Einsatz mit allen zur Verfügung stehenden Kräften. Hugo Krepp hat möglicherweise Brigitte Mestril und das Kind bei sich, möglicherweise als Geiseln. So rasch als möglich die Wege zum hinteren Waldsee und dem Gletscherloch sichern, langsames Vorrücken, gleichzeitig Sichtkontrolle des dazwischenliegenden Waldes. Sein Fahrzeug steht 40 Meter vom Polizeifahrzeug in einem Seitenweg, 200 Meter vom Fischerhaus entfernt. Er könnte es zu erreichen versuchen. Also hier sofort Sperre. Er steht unter Mordverdacht, ist wahrscheinlich bewaffnet, Schusswaffe und Messer, sehr gefährlich. Im Ernstfall zuerst schießen, immer mit Rücksicht auf die Frau und das kleine Kind.« Er wandte sich an Pamela. »Du bist fit? Zeig deine Waffe!« Er nahm sie ihr aus der Hand, entsicherte, hielt sie ihr hin. »Du gibst mir vor allem Deckung, wenn es nötig ist. Also: Hier schaust du durch, hier drückst du ab, hier ziehst du zum Nachladen und sie ist wieder schussbereit. Aber halt dich vor allem hinten, und wenn du läufst, schau, wo deine Füße sind, und fall nicht hin.«

Wenn er sie für so blöd hielt, warum gab er ihr denn eine Waffe! Pamela schnalzte zum Einverständnis bloß mit der Zunge. Sie staunte, wie selbstverständlich ihr dieser Film erschien. Sie würde gleich mit einer geladenen Waffe hinter einem Mörder herrennen, der eine Frau und ein kleines Kind in seiner Gewalt hatte.

Jetzt keuchte sie hinter Tizian durch den Wald, er hatte die bessere Kondition. Er stand abrupt still, flüsterte. »Noch etwa 200 Meter. Ich kommandiere, du bist im Einsatz, du schaffst es.«

Sie schleiche jetzt seitwärts durch den Wald bis auf die Höhe des Weihers oder weiter. Ihre Aufgabe sei, ein seitliches Ausbrechen oder dann eine Flucht nach vorn zu verhindern, sie decke Tizians Vorgehen. Die ersten zwei Mann der Verstärkung seien von vorn zu erwarten. Zwei Mann warteten bei den Autos. Zwei sollten von hinten folgen. Er bleibe so lange als möglich unbemerkt auf dem Fußweg. In einer Notlage greife sie ein, sofort. Doch wenn immer möglich warte sie ab. Er werde handeln, sie gebe Deckung. »Pass auf dich auf.«

Pamela lief fast lautlos auf dem Waldboden. Also traute Tizian ihr zu, sie sei durchs Dickicht schneller als er. Ein Ast knackte, sie verwünschte sich, sie könnte ein Wildschwein sein. Den Revolver hielt sie fest in der Hand, beim Schießen an den Zielpunkt denken, dann triffst du. Schräg rechts etwa 60 Meter vor sich sah sie Tizian, der jetzt am Wegrand von Baum zu Baum Deckung nahm. Da hörte sie eher links eine Stimme und ein klägliches Kinderwimmern. Die waren nicht dort, wohin Tizian sich bewegte. Hörte er es denn nicht? Pamela wandte sich vorsichtig nach links, jetzt ihrerseits hinter Baumstämmen. Eine Männerstimme. Sie schien recht nah zu sein, doch hier kam sie nicht durch, Dickicht versperrte Sicht und Weg. Dort, wo die Stimmen waren, musste ein Pfad hinführen, sie entschied, das Dickicht schräg rückwärts links zu umgehen.

Warum nur weinte das Kind so seltsam, Pamela wurde ganz nervös bei diesen Tönen. Sie hatte es gelesen. Weibliche Polizisten reagierten mit Stress auf Kinderweinen. Also kein Stress, das Weinen abstrahieren, was genau ging vor sich? Jetzt hörte sie die Frauenstimme, Brigitte Mestrils Stimme, stoßweise. »Bitte, tu's nicht. Wenigstens das Kind. Ich würde es dir sagen, wenn ich es wüsste, das siehst du doch. Wenn nicht um mein Leben, so doch um das meines Kindes.« Pamela konzentrierte sich auf ihre Füße, auf die Waffe, keine Emotionen, nur nicht unbedarft plötzlich auftauchen. Vorsichtig erfühlen, wo genau sie sind.

»Es ist zu spät. Falls du es dir nicht noch einmal überlegst, ist es zu spät.« Es war die kalte Stimme Hugo Krepps.

Sie sang. Pamela lief es kalt den Rücken herunter. Sie sang ein Schutzgebet zu irgendwelchen Waldgöttern, legte ihnen ihr Leben und das Leben ihres Kindes in die Hand. Jetzt rief sie schrill: »Hilfe, Hilfe!«

Hugo Krepp schrie sie an. »Wenn du noch einmal schreist, erschieß ich das Kind vor deinen Augen.« Pamela meinte, unmittelbar danebenzustehen, vielleicht acht Meter, ein Dickicht von Tannenbäumen und Unterholz versperrte noch immer jede Sicht. Zumindest war auch sie unsichtbar. Links vorn könnte ein Weg sein.

Jetzt war Brigitte Mestrils Stimme wie die eines kleinen, bösen Tiers. »Der Wolf wird auf deinen Fersen sein, die Rachegötter werden dich in Stücke reißen, wenn du das tust!« Das war eine Verwünschung. Schritt für Schritt rückte Pamela vor, Hugo Krepps unerbittliche Stimme leitete sie. »Leute, wie du eine bist und Serge einer war, sind Narren. Über Narren geht die Geschichte hinweg.«

Brigitte Mestrils Stimme tönte seltsam gepresst. »Schieß jetzt, erschieß uns. Oder freut es dich zuzusehen, wie wir ersticken und versinken?«

Jetzt rief er es triumphierend. »Es geht nur am Anfang langsam, du kannst dich trösten, es geht dann aufs Mal eher schnell.« Er erregte sich. »Aber du hast recht. Es ist aufregend, in einem derartigen Moment Herr über Leben und Tod zu sein. Du leidest und das Kind stirbt, eure Kraft geht vielfach in mich. Ich trinke euer Od und lebe ewig wie die Meister vor mir und nach mir.«

Jetzt war sein Rücken in Sicht und Pamela dankte Gott, dass es der Rücken war. Breitbeinig in langer Lederhose, Schnürstiefeln und einer hellen Weste stand er am Rand eines dieser großen Sumpflöcher. Er hielt ein Kurzgewehr im Anschlag, linkshändig. Ganz ruhig zielte Pamela auf ihn, bewegte sich nicht.

Der Rand dieses Lochs ging etwa einen halben Meter steil nach unten. Dann kam brauner Sumpf, gegen die Mitte ragte Brigitte Mestrils Oberkörper heraus. Vor ihr auf dem Morast lag das Kind, möglicherweise bremste dies das Versinken beider. Das Kind wimmerte wieder, die untere Hälfte des Gesichtchens war mit Verbandspflaster verklebt, es konnte gar nicht schreien. Sie durfte nicht auf das Kind schauen, musste sich zwingen, das Gesamtbild im Auge zu halten, sonst verlöre sie die Nerven.

Endlich Tizians Stimme, erschreckend laut, er rief es befehlend. »Geben Sie auf, Krepp, Sie kommen hier nicht weg, hier spricht die Polizei.«

Hugo Krepp wandte sich etwas zur Seite, katzenhaft geschmeidig machte Pamela in Übereinstimmung einen Seitenschritt. Jetzt sah sie Tizian. Er stand hinter einem Baum auf der gegenüberliegenden Seite des Lochs, er war doch schneller gewesen als sie. Pamela bewegte sich vorsichtig noch etwas weiter nach links. Sie hatte jetzt Krepp von der Seite her voll in der Schusslinie, seinen Kopf, seine Hände, den Lauf seines Gewehrs, der, das sah sie jetzt, noch immer auf Brigitte Mestril gerichtet war. Er war klug. Eben versank die Frau mit einem Ruck bis über die Taille, das Kind lag schon fast auf ihrer Brusthöhe. Sie stöhnte laut wie ein Tier.

Pamela hielt die Waffe auf Hugo Krepps Kopf gerichtet, den würde sie treffen. Dachte Tizian, was

Pamela dachte. Dieser Kerl überlegte, wie er als Erster Tizian erschießen konnte und dass anderenfalls Tizian ihn abknallte, dass aber Tizian gar nichts tun würde, solange das Gewehr auf die Frau gerichtet war. Er war im Vorteil. Genauso höhnte er jetzt zu Tizian.

»Sie werfen jetzt Ihre Waffe vor den Baum, dass ich sie sehe. Wenn Sie wollen, können Sie sich sogar Zeit lassen, doch Sie werden es auf jeden Fall tun.« Schon purzelte Tizians Revolver nach vorn. Pamela wusste, Tizian sah sie, die Waffe im Anschlag.

Hugo Krepp bellte. »Sie bleiben dort, wo Sie sind, es sei denn, Sie wollen, dass sie den Gnadenschuss erhält.«

Tizians Stimme kam laut und ruhig, Pamela fragte sich, ob andere Polizisten schon in der Nähe sein könnten. »Geben Sie auf, Sie kommen hier nicht raus, es reicht, dass Sie Tonja Utz getötet haben.«

Ganz langsam bewegte Hugo Krepp sich nach rückwärts, seitwärts in die einzige Lücke, genau in Pamelas Richtung. Wollte er sich absetzen? Nein, Pamela korrigierte sich, jetzt hatte er die bessere Schussbahn in Tizians Richtung. Sie dagegen sah seine Hände und sein Gewehr nicht mehr. Es blieb der Kopf. Noch ein Schritt, und dieser dicke Baumstamm verdeckte auch den. Pamelas Kiefer wurde hart.

Sie bog den Finger, zog. Den Schuss hörte sie im Augenblick, da sie selbst durchzog, sein Kopf spritzte seitwärts weg. Krepp fiel schwer und gerade, so fallen Bäume. Sie stand und guckte. Ihr Schuss hätte den Kopf von hinten nach vorn durchgeschlagen. Es war nicht ihr Schuss, der Gedanke verursachte eine helle Welle von Glück.

Tizian bückte sich im Laufen nach seiner Waffe, mit Riesenschritten stürmte Dubi seitlich aus den Büschen, sie selbst rannte. Sie hatte zwei Gedanken: Es war nicht mein Schuss, Dubi war schneller. Und die Frau muss aus dem Sumpf, jetzt.

Da war auch schon Finn beim im Dreck liegenden Krepp, stieß ihn mit dem Fuß an, er bewegte sich nicht. Finn nahm mit einem Taschentuch als Erstes die Waffe aus seiner ausgestreckten Hand, sicher war sicher.

Schon standen sie zu viert am Rand des Lochs. Brigitte Mestril war am Versinken, hielt das reglose Kind noch immer fest.

Tizian war etwas außer Atem, rief: »Nicht bewegen, so bleiben. Wir brauchen Leitern. Bis zum Haus und zurück, das dauert eine Viertelstunde, bis dahin ist sie weg.«

Pamela hörte überrascht ihre eigene Stimme. »Wenn man auf dem Morast liegt und sich ganz flach nur ganz langsam vorwärtsbewegt, sinkt man nicht gleich ab.«

»Wenn einer geht, dann ich, alles andere kann ich nicht verantworten«, sagte Tizian schneidend.

Blitzartig wusste Pamela, nur ein paar Meter weiter rechts lag ein langer dicker Stock, sie hatte vermieden, darauf zu treten. »Du bist zu schwer, ich weiß wie.« Sie war selbst überrascht. Sie sah genau das Bild vor sich, das sie einmal in einem witzigen Überlebenskalender gesehen hat. Eine Anleitung, wie man sich aus Treibsand wegbewegte. Schon stand sie mit diesem Stock am Rand, ließ sich abrutschen, betrat vorsichtig die Fläche. Diese schien recht fest zu sein. Hier wuchsen gelbe Iris, Breitgras. Sie sah sich nicht um. Hin und wieder schmatzte es unter ihrem Tritt, sie biss auf die Zähne, ertastete den Grund vor ihr. Wie aus weiter Ferne hörte sie Tizians Stimme.

»Wir brauchen lange dicke Äste, auch belaubte Zweige und Tannäste.« Sie hatte etwa vier Meter geschafft, als sie mit dem ganzen Fuß bis über den Knöchel einsank. Sie bückte sich langsam, legte den Stock quer vor sich, ganz sorgfältig ließ sie sich in ihrer ganzen Länge auf den Morast nieder, den Stock unter der Hüfte. Pamela schaute nicht zurück, hörte auch nicht nach hinten. Sie versuchte, sich breit abstützend in einer Bewegung, bei der so viel wie möglich auflag, vorwärts zu bewegen.

Ihr Blick suchte den von Brigitte Mestril, die sie einfach nur anstarrte. Das Kind guckte mit leeren Augen, rührte sich nicht. Gleich war sie da.

»Wir werfen dir einen Stock zu, sie kann ihn quer hinlegen, sich daran halten.«

Tizian schrie weiter. »Noch sind ihre Arme draußen. Pamela, du kannst diesen Stock langsam angeln, bloß keine erschütternde Bewegung. Du stößt ihn schräg zu Brigitte Mestril, vor das Kind.« Jetzt rief er sanfter, beschwörend. »Frau Mestril, hören Sie mich, verstehen Sie, was ich sage, antworten Sie.«

Gepresst und tonlos kam ein »Bitte« zurück.

Tizian beschwor weiter. »Schieben Sie ganz langsam

das Kind von sich weg, wir können es nehmen. Dann packen Sie den Ast, er verstärkt Ihre Arme. Wir können Sie herausholen, nicht bewegen.«

Das Kind ruckte. Es wäre nicht zu schwer, doch es zappelte. Sofort bildete sich eine glänzende Fläche, ein See, es fing an zu sinken.

Pamela streckte sich, dachte wieder, nur keine schnelle Vibration. Sie erreichte es knapp mit der Hand, erwischte es an einem Händchen, fasste das winzige Handgelenk fest, zog es relativ schnell näher, um es aus dieser Sinkstelle wegzubewegen. Gleichzeitig gab der Morast unter ihr nach, senkte sich. Die grauen Kinderaugen waren gleich vor ihr, sie konzentrierte sich darauf. Es hatte den Kopf gedreht, sah sie. Ihr eigener Kopf lag im Dreck, doch sie redete. Sie schickte ihm ihren Willen. Du bewegst dich nicht, ich halte dich fest, es ist alles gut, ich ziehe dich jetzt von Mama weg, sie kommt später. Sie wusste nicht, wie alt das Kind war, ob es verstand, was sie meinte, es kam einzig auf die Kraft des Gedankens an.

Jetzt aber konnte sie diesen Stock nicht mehr manövrieren, er musste mit seinem Knick irgendwo festhängen.

»Ich sinke ab.« Sie versuchte, dies nicht hysterisch zu schreien, bloß zu rufen. Das Kind zuckte, war wieder ruhig. Pamela atmete tief, murmelte: »Nicht aufgeben, wir gehen jetzt da raus.« In einem Halbkreis zog sie das Kind mit der einen Hand um sich herum, drehte sich selbst ganz sorgfältig über den Stock dem sicheren Ufer zu. Während dieses Manövers wurde das

Kind schlaff. Der Stock unter ihr hielt noch immer, blieb aber schräg festgehakt. Ihre Beine lagen jetzt im ansaugenden Morast, doch unter ihrem Oberkörper schien der Sumpf fester zu sein. Sie mussten es schaffen, sie schaute auf ihr Ziel. Einer stand dort, eingesunken bis zu den Knien. Ein zweiter reichte ihm vom Ufer her Stöcke, die er vor sich hin in ihre Richtung warf. Eben kam ein dritter gelaufen mit einem halbwegs entasteten kleinen Baum.

Der, der im Sumpf stand, war Finn. Schon lag der Baum auf den ausgelegten Ästen, als wäre ein Steg gelegt. Seine Zweige reichten bis zu ihr, sie konntc das leblose Kind darauf legen, die Arme um das Kind legen, dass es nicht verrutschte, hielt sich fest. Ganz langsam wurden sie gezogen, sie sah nichts mehr, doch das Kind würde sie nicht mehr loslassen.

Dann hielt Finn sie ganz fest an der Hand, sie wurde gepackt und hochgezogen und saß irgendeinmal im Kraut auf der festen Erde. Man hatte ihr das Kind abgenommen, eine Decke um sie gelegt, den Puls gemessen, einen Becher Kaffee gegeben. Jetzt ging es um die Frau, die im Sumpf feststeckte, doch jetzt konnte man schon bis zu ihr gelangen, sie stabilisieren. Man würde sie herausziehen.

Das ganze Gewimmel um sie herum wurde von Tizian geleitet. Sie alle waren im Dienst. Was sie bräuchte, wäre ein Bad. Ein Sanitätsauto stand weiter vorn auf dem Weg, das Kind lebte, erhielt Sauerstoff, würde gleich ins Spital gefahren. Pamela starrte in diese Richtung. Sie hatte gemeint, ein totes Kind vor sich zu halten und nichts tun zu können. Nie wird sie diese Not vergessen. Wie ein Blitzstrahl kam die Erinnerung, da, gleich hinter ihr, lag der erschossene Hugo Krepp. Irgendwann würde man von ihr ein Protokoll wollen.

Und irgendwann legte sich eine Hand auf ihre Schulter. Robert stand neben ihr, ging in die Hocke, meinte trocken: »Super siehst du aus.« Der Ausdruck passte nicht zu ihm, zu salopp und die Stimme wackelte. Er schaute sich um, meinte, das hier ist ja ein Albtraum. Ich will schauen, dass du so rasch wie möglich hier wegkommst. Warte hier.« Das Letztere war grotesk, sie war froh, einfach zu sitzen. Sie schaute ihm nach, er ging zu Tizian, redete kurz mit ihm, kam zurück. »Hier ist alles etwas eng, sie brauchen jeden Mann. Kannst du gehen, wenn ich dich stütze? Ich bringe dich heim.« Pamelas Lippen zitterten, sie nickte. Er stellte sie auf die Füße, Tizian kam, umarmte sie. Er war froh, wenn sie gut von hier wegkam. Er werde anrufen, das Protokoll könnten sie im Schloss aufnehmen.

»Pfleg dich gut!«

Robert hatte Pamela überzeugt, es war einfacher, er fuhr sie noch einmal ins Polizeipräsidium zu dieser Protokollaufnahme.

»Es ist dann amtlich, nicht informell.« Huschte ein Schatten über den Kamin? Pamela schaute sich um, es hätte ein verspäteter verirrter Schmetterling sein können, doch da war nichts, Einbildungen. Sie hatte bloß für einen Sekundenbruchteil gedacht, Robert gehe es darum, Tizian nicht im Schloss zu haben. Wie käme er dazu? Sie schalt sich, Robert war kein Feigling, er würde Menschen, mit denen er irgendein Problem hatte, wohlerzogen und gastfreundlich hereinlassen.

Eine Stunde später fuhren sie ins Städtchen ins Präsidium. Robert setzte sich in den Empfang und wartete. Susi vom Sekretariat würde das Protokoll schreiben, schon wieder war Abend, im Augenblick war Großeinsatz. Sie brachte lächelnd zwei große Tassen Schokolade, Herrn Gilli im Empfang habe sie gleichfalls damit versorgt, er studiere die Kriminalistische Rundschau. Offensichtlich hatte sie ein Kompliment gekriegt.

Großen, der Staatsanwalt, kam herein. Er würde die Protokollaufnahme leiten, da Tizian selbst am Einsatz beteiligt war. Er skizzierte am Flipchart das Zeitgerüst, so konnte alles gleich an die richtige Stelle gesetzt werden, und es würde nicht Zeit verloren mit Nebensächlichem.

Dann bemühten sie sich um äußerste Knappheit. Sie wurden nur dort exakt, wo es rechtlich wichtig war, also beim Mitnehmen der geladenen Waffen, beim Betreten des Hauses, bei den genauen Standorten und Bewegungen am Weiher, den zeitlichen Abläufen bis zum Schuss.

Eben hatte Pamela unterschrieben, als auch Finn hereinpolterte. Hinter ihm drückte sich Robert durch die Tür. Finn war von oben bis unten verschlammt. So hatte auch sie vor Kurzem noch ausgesehen. Susi stieß einen Schrei aus: »Nicht hier herein!«

Finn fuhr sie an: »Es gibt wichtige und unwichtige Dinge, Dreck kann man putzen, und wärst du es, die das tut.« Er ließ sich erschöpft auf einen Stuhl fallen. »Bitte für mich auch eine Schokolade.«

»Wir haben Brigitte Mestril mit der Seilwinde aus dem Morast gezogen, Zentimeter um Zentimeter, das Sumpfloch schien sie nicht mehr hergeben zu wollen, sie war wie angesaugt. Sie ist im Spital. Das Schlimmste jetzt ist die Unterkühlung, sie ist aber auch vom Seil verletzt.« Er wandte sich an Tizian. »Deine Leute sind immer noch dran, mit denen von der Spurensicherung. Sie machen es gut, aber sie wissen auch, worum es geht, immerhin hat Dubi einen tödlichen Rettungsschuss abgegeben. Zudem ist der Erschossene ein bekannter Unternehmer.« Finn schlug die Hände vor das Gesicht, es schüttelte ihn. »Das ist jetzt schon der fünfte, das schwappt einfach über uns weg«, er sagte es tonlos.

Pamela und Tizian sahen einander nur an. Susi ging zu Finn, legte ihm die Hand auf den Arm, meinte tröstend: »Es muss furchtbar gewesen sein, so etwas haut den stärksten Ochsen um.«

Finn fasste sich wieder. »Sie war die ganze Zeit bei Bewusstsein. Als wir sie in die Decken gewickelt und auf die Bahre gelegt hatten, habe ich sie gefragt, was Hugo Krepp von ihr wollte. Es war ein PC-Stick. Ihr Mann habe Daten auf einen Stick geladen. Sie hätte Krepp diesen Stick gegeben, wenn sie gewusst hätte, wo er sei, doch sie wisse es nicht. Sie hat gesagt, ›Hugo wusste das genau, es ging ihm nicht mehr um den Stick, er wollte zusehen, wie wir sterben.‹ Sie war kaum bei Bewusstsein, aber sie lässt dich grüßen und dankt dir für das Kind. Ich soll dir sagen, es heißt Juliette.«

Jetzt musste noch das Bulletin für die Presse heraus. Tizian hatte es schon aufgesetzt, es ging nur hier und dort noch um die richtige Formulierung. Die Pressemitteilung ging im Lauf der Nacht über das Netz:

Ein Geiselnehmer wurde im Lauf der Geiselbefreiung gestern beim hinteren Gletscherweiher mit einem finalen Rettungsschuss durch einen Polizisten erschossen. Die Geiseln, eine Mutter mit ihrem Kleinkind, befinden sich in kritischem Zustand im Spital in Burg. Der Grund der Geiselnahme ist noch nicht klar, die polizeilichen Ermittlungen laufen.

Wie bei der Pressekonferenz ausgeführt wurde, handelt es sich sowohl beim Geiselnehmer als auch bei den Geiseln um Einwohner der Region. Es besteht möglicherweise ein Zusammenhang zu der brutalen Tötung eines Reitpferdes, bei welcher der Täter in einem Handgemenge tödlich verunfallte. Die Polizei ermittelt einerseits in Richtung eines Beziehungsdeliktes, kann aber im jetzigen Moment einen Zusammenhang mit Wirtschaftskriminalität nicht ausschließen. Wie der Leiter der Polizeistelle Burg ausführte, sind die beiden Fälle personell verknüpft. Die Ermittlungen gehen in alle Richtungen. Dass es zu der Erschießung des Geiselnehmers kam, wird von der Einsatzleitung zutiefst bedauert, doch war es nicht zu vermeiden, da das Leben mehrerer Personen direkt bedroht war. Einzelheiten können wir leider erst nach Abschluss der laufenden Ermittlungen bekannt geben. Diese sind nicht vor Mitte der nächsten Woche zu erwarten.

Robert hatte sich auf den Stuhl neben Pamela gesetzt. Jetzt legte er seine Hand auf Pamelas Hand, oder tat er nur so, als wäre es ihm nicht bewusst? Das sollte ewig so dauern. Sie gab sich gleichfalls den Anschein, sie merke es kaum, zumindest nicht sofort, bis es zu lang, zu auffällig wurde. Als wäre nichts, zog sie ihre Hand zurück, griff nach ihrer Tasse, trank einen Schluck, der gar nicht mehr da war.

*

Er fuhr sie nach Hause. »Dein Auto holen wir morgen, es ist erstaunlich, dass du noch auf den Beinen stehst, du bist jetzt sicher seit bald 20 Stunden unterwegs.«

Pamela durfte kaum daran denken. Da waren der Traum von Fjord, Fjords Tod, Serge Mestrils grauenvoller Auftritt, das Gespräch mit Irma Maigold, die Vorwürfe Brigitte Mestrils, das Betreten des verlassenen Fischerhauses, die Verfolgung durch den Wald, das Herausholen des Babys und schon wieder das Präsidium.

Frau Fasel servierte zuerst ein Süppchen, dann ein wunderbares, mit Steinpilzen gefülltes Omelette, dann eine Apfeltarte. Bei jedem Gang fielen Pamela die Augen zu.

Wieder brachte Robert sie zu ihrem Turm, den Arm leicht um sie gelegt. Ein leichter Kuss unter der Tür war alles. Pamela wusste sich vom Kameraauge bewacht. Sie schaute in seine Augen, wieder sah sie den hellen Rand um die Iris. Was für ein seltsames Château, was für ein faszinierender Schlossbesitzer. Zu ihrer Überraschung zog er sie an sich, murmelte in ihre Haare: »Ich liebe dich.« Vielleicht hatte sie sich verhört. Sie wagte nicht, sich zu bewegen. »Diese Ereignisse sind verflochten und noch nicht zu ihrem Ende gekommen. Wir sind uns nah, doch könnte unser Zusammenkommen unabsehbare neue Verwicklungen bringen. Wir müssen davon ausgehen, dass sich die halbe Welt dafür interessierte.«

Pamela hörte Worte, sie konnte sie nicht zusammenreimen. Hatte sie jetzt weiche Knie gekriegt? Sie schrieb dies ihrem unwiderstehlichen Schlafbedürfnis zu.

Dann lag sie im Bett und genoss es, einfach so liegen zu können. Vielleicht wäre sie zu müde zum Schlafen.

Sie hatte eine Grenze überschritten, an die nicht jeder kam und die von ihrem Land und von ihrer Erziehung her sehr weit weglag. Notwehr galt seit je als vertretbar, doch sie hatte auch dies bisher nicht für normal gehalten. Ein Mensch löscht das Leben eines anderen Menschen aus. Theoretisch wollte sie das nie tun, doch heute hatte sie zugestochen und geschossen, da war kein Zögern. Das Überraschende war, es erschreckte sie auch jetzt nicht.

Merlin sprang mit einem Satz auf ihr Bett. Sie platzierte ihn neben sich auf die Decke, legte ihre Hand in sein Fell, roch den herben Katzengeruch.

Im Gedanken an das Kind und an Brigitte Mestril, die nicht im Sumpf versackten, schlief sie so richtig glücklich ein.

7

Am Nachmittag fuhr sie mit Tizian zum Fischerhaus, aus Freundschaft.

Tizian berichtete, dass wieder er es gewesen war, der Yvonne Krepp die Nachricht vom Tod ihres Manns überbracht hatte, diesmal mit Drossel. Sie war zusammengebrochen. Sie mussten ihren Hausarzt rufen, mitten in der Nacht. Der versorgte sie natürlich mit Medikamenten. Dann kam eine ihrer Freundinnen aus der Trakehnervereinigung, sie werde sich in den nächsten Tagen um sie kümmern.

Tizian hat heute gegen Mittag natürlich gleich nachgefragt. Yvonne Krepp sei noch nicht ansprechbar. Die Freundin erklärte, sie wolle nichts als schlafen. Die zwei Frauen könnten nicht nachvollziehen, dass Hugo Krepp jemanden bedroht haben sollte. Die Freundin habe angedeutet, wenn man das Ganze sehe, könnten nicht zufällig drei so wundervolle Männer so rasch hintereinander ums Leben kommen. Da scheine eher ein Plan dahinter zu stehen. Tizian wiederholte dies missbilligend, schüttelte nachdrücklich den Kopf.

Sie stellten das Auto vorn bei der Absperrung ab, neben einen blauen Saab Kombi, das Fahrzeug der Spurensicherung. Die Absperrung galt Neugierigen, auch der Presse; im Augenblick war da Ruhe. Schon kontaktierte Finn über Funk, er und seine Leute waren noch beim Sumpfloch, werden anschließend zum Haus kommen. Natürlich kannten sie ihren Auftrag. Es ging um diesen Stick.

Pamela und Tizian gingen den Zufahrtsweg zum Haus, seitlich summten die Metallmasken. Hätte Pamela damals, als sie das erste Mal hier ging, das Drama fühlen sollen? Sie wischte den Gedanken an die Seele der Toten weg, die an den Ort ihres Wirkens zurückkehren sollen. Wenn überhaupt, dann suchte Mestril seine Frau und sein Kind. Sähe er sie als seine Mörderin?

Tizian unterbrach den abstrusen Gedanken. »Wir schauen uns einfach gründlich um. Wir sind ja jetzt das dritte Mal hier.«

Sogar innerhalb des Hauses hingen Pferdeschädel. Pamela hatte Fjord vor Augen. Ob Hugo Krepp Fjords Schädel hätte präparieren lassen? Und Yvonne Krepp? In einer Vitrine lagen keltische Kultgegenstände, vielleicht auch einfach keltische Gegenstände. Die Vitrine schien bruchresistent zu sein. Hier herrschte Reichtum, das war in der Qualität des Vorhandenen zu sehen, von den handwerklich wertvollen Möbeln bis zu den Pfannen oder der großen marmornen Badewanne; alles leuchtete in warmen Farben. In einem der oberen Zimmer standen der Webstuhl und in der Ecke ein Spinnrad, auf dem zwar kein Werg steckte, doch mit Blick auf die Kissen und Decken war sehr gut möglich, dass Brigitte Mestril auch den Faden spinnen konnte.

Dubi und ein Unbekannter waren im Keller am Werk. Sie trugen die weißen Handschuhe und waren frustriert, denn wie sollte man in einem weitläufigen, so handwerklichen Haus einen Stick finden. Ihr Tun war reine Zeitverschwendung. Alle drei schauten Pamela erwartungsvoll an. Sie winkte ab.

Sie fuhren zurück. Tizian lud Pamela zum Nachtessen ein, für übernächste Woche. Seine Frau Claudia möchte sie gern kennenlernen. Natürlich sagte sie zu.

Pamela kreuzte Robert auf dem Vorplatz des Châteaus, Zufall, doch möglicherweise hatte er auf sie gewartet. Er war froh, sie zu sehen, heute musste er leider noch weg und er werde erst spät zurückkommen. Sie würde allein essen. Bewegte sich ein Schatten in der Garagenwohnung. Bewegte sich ein Vorhang oben bei Frau Fasel? Waren denn nicht bei beiden Monitore installiert?

Pamela rief Emily an. Sie wollte klagen, wie müde sie sich fühle, wie leer. Doch dann hörte sie Emilys frohe Stimme, Emily war dankbar über diesen Anruf, es ging ihr viel besser, sie glaubte wieder an ihre Zukunft. »Stell dir vor, ich beginne zu vergessen, wie schlimm es war. Bald werden wir unseren ersten Ausflug machen. Hubert hat versprochen, dass wir zu dir nach Coulins fahren, vielleicht in zwei Wochen. Ich muss doch sehen, wo du lebst und mit welchen Leuten du zusammenkommst«, sie jubelte. Pamela atmete tief durch, also kein Gejammere, also Mitfreude. Sie legte ihre ganze mögliche Unbekümmertheit in ihre Stimme, redete von den Dingen der vergangenen Wochen, die es so nicht mehr gab. Sie erschrak, sie würde Emily weder den Reitstall noch das Fischerhaus noch das Beinhaus noch die Kapelle oder auch nur den Keltenstein zeigen. Was blieb denn noch?

»Du wirst dich freuen, Frau Fasel, Robert, Merlin kennenzulernen. Mehr wäre zu viel für den Anfang!« Sie lachten. Jetzt musste sie sich verabschieden. »Alles Gute für dich und tschüss.«

*

Pamela träumte.

Sie legt die Hand behutsam auf die weichen Nüstern, sie sind weicher als Samt, als atme jede Pore, die bebenden Härchen daran kitzeln stachelig. Sie ist eins mit diesem einen Pferd, atmet, spürt, wie empfindsam es ist, sie könnte weinen im Traum, denn die Menschen gehen mit ihnen um, als wüssten sie es nicht.

Wieder sieht sie die schwarze Gestalt neben dem erregten Fjord stehen; dessen Ohren sind flach zurückgelegt, ein Zittern läuft in Wellen über sein Fell, die großen Augen bewegen sich nervös, scheinen zu leuchten, es sind Nachtaugen. Pamela hört das Murmeln ›Bluot ze Bluote‹. Pamela sieht den Mann trinken. Entsetzt spürt sie im Traum süßlichen Blutgeschmack auf der Zunge.

Die Szene steht überscharf in ihrem Auge, unmerklich verändert sich die Sehachse, sie sieht das Bild dahinter, ganz groß die Sichel mit dem verfärbten Elfenbeingriff, mit der er das Pferd tötet. Der Blickwinkel hat sich von der Schneide auf den Griff verschoben, es ist der Griff, der ihr entgegenragt. Er ähnelt insofern Irma Maigolds Klöppelbüchse, als er in einem drehbaren Schraubverschluss endet.

Pamela war halbwach in ihrem Traum.

Etwas stimmt nicht mit dem Griff der Sichel, er verändert sich, wird schwarz. Räumlich ragt ihr ein schwarzer Sichelgriff aus der Fläche entgegen, dreidimensional, doch die Fläche selbst ist ein schwarzes Loch, ist ein Grab.

Pamela duselte weiter, sie könnte Robert eine Haarsträhne abschneiden und sie in einer Sichel aufbewahren, bloß hatte sie keine. Seltsam, dass sie von Hugo Krepps Sichel träumte.

Schlagartig war sie wach, die zwei Druidensicheln!

Hugo Krepps Sichel, die mit dem schwarzen Griff aus Ebenholz, hat sie in der Vitrine im Stadthaus gesehen, sie war als Legat beschriftet. Die Vitrinen waren mit einem Sechskant zu öffnen. Wenn er an einem Nachmittag die Sichel holte und sie am nächsten Tag wieder hinlegte, bemerkte das niemand. Hätte jemand das Fehlen bemerkt, wäre er der Erste gewesen, der benachrichtigt worden wäre. Tonja Utz wurde die Kehle mit einer stumpfen Schneide aufgeschlitzt. Dieses Beweisstück lag vor aller Augen auch jetzt in der Vitrine. Die Sichel, mit der Fjord getötet wurde, war die mit der scharfen Schneide. Sie hatte es im Traum gesehen, ihr Griff war hohl wie Irma Maigolds Klöppelbüchse. Warum sollte man einen Memory-Stick nicht in einen hohlen Sichelgriff stecken?

Jetzt nicht überreagieren. Sie wollte sich nicht wieder lächerlich machen.

*

Voll Tatendrang betrat Pamela Finns Büro. Er guckte seltsam. Hatte sie die Flecken im Gesicht nicht genügend abgedeckt? Sie zögerte.

»Ich will mich nicht lächerlich machen. Hat man die Sichel, mit der Fjord getötet wurde, schon genauer untersucht?« Wie schwerfällig Finn war! Er sah sie weiterhin so durchdringend an, bis er endlich reagierte:

»Ich meine, man hat die Laboruntersuchung der Klinge gemacht, da war außer dem Blut von Fjord und Spuren von möglicherweise Hasenblut nichts daran. Was meinst du?«

Pamela setzte jedes Wort genau. »Es geht um den Griff. Ich habe von diesem Elfenbeingriff geträumt, ich habe den ganzen Albtraum noch einmal durchgemacht, es war schlimmer als real, doch der Sichelgriff war hohl. Wäre er hohl, könnte er doch gerade groß genug sein, dass ein Memory-Stick darin Platz fände!«

Finn hatte sie unentwegt fixiert, sein Gesichtsausdruck wurde aufmerksam, überrumpelt, nicht begeistert.

Diese Sichel lag in einer Box in der Kriminalistik im Schrank.

Schon waren sie in Dubis Büro, er war noch nicht

da. Finn öffnete den Schrank. Irgendwo musste diese Box sein. Hier, sie war sogar mit ›Sichel‹ beschriftet. Darin lag sie, die Sichel vom Heustock, die Sichel aus ihrem Traum, die Sichel, mit der ihr fast der Kopf abgetrennt worden war. Pamela fasste ganz behutsam mit der Hand nach ihrem Hals, fühlte dankbar die Wärme. Sie trugen die Box in Finns Büro, setzten sich an sein Pult. Jetzt fühlte sie sich kribbelig vor Erwartung. Schon hatte Finn Sanitätshandschuhe übergestreift, hielt jetzt die Sichel abwägend in den Händen, schüttelte. Nichts rutschte darin herum. Sie begutachteten den Griff. Oben lief rundum eine gut sichtbare Kerbe, eine Zierkerbe. Es war ein seltsamer Moment. Leise sagte Pamela, in meinem Traum schien Fjord einverstanden zu sein mit seinem Tod. Sie schaute nur kurz in Finns Gesicht, begegnete seinem nachdenklichen Blick. War er in ihre Welt eingesponnen? Er hielt diese Sichel sanft in der Hand, fast ehrfürchtig. Mit Sperberaugen entdeckte sie auf der Griffkappe ein weniger als millimetergroßes Bohrloch.

»Hast du eine Stricknadel, einen Nagel?« Ein Schweizer Messer mit Ahle taugte auch. Sorgfältig stieß Finn sie ins Löchlein, schien gleichzeitig zu drücken und zu drehen, als wäre dies ein keltischer Kinderverschluss – er drehte einen kleinen Deckel, zog ihn weg. Mit der Ahle angelte er hellblaue, moderne Watte heraus und jetzt den Stick.

Finn atmete mühsam. Er schloss den Deckel, legte die Sichel zurück in die Schachtel. In Zeitlupe steckte er den Stick in sein E-Phone.

»Warum das Phone und nicht den PC, wir könnten besser sehen?«

Finn antwortete knurrend: »Der PC ist permanent am Netz. Wir wissen ja nicht, was drauf ist, das soll nicht gleich jeder mitlesen.« Dann blätterte er langsam Hunderte Seiten durch, es wollte nicht enden. Zwar ließ er Pamela das Bild sehen, doch natürlich war alles so klein, dass sie nichts erkennen konnte. Abschliessend meinte er: »Das scheinen Daten aus Serge Mestrils PC zu sein, Daten zu seinen Bildern, möglicherweise die exakten Entschlüsselungen und dann die Codes der Verschlüsselung. Es sind Texte, Symbole, Anleitungen, sichtbar unsichtbar. Die Grunddaten scheint Hugo Krepp gesendet zu haben. Es sind auch diverse Korrespondenzen von Hugo Krepp auf dem Stick. Daraus geht hervor, dass dieser die Verschlüsselungen in Auftrag gegeben hat, die Bilder, die dann auf der ganzen Welt gezielt verteilt wurden. Jedes wird hier exakt mit der Adresse und den genauen Personalien der heutigen Besitzer aufgeführt.« Finn saß etwas zusammengesunken auf seinem Stuhl, schaute sie nachdenklich an. Pamela wusste nichts zu sagen, wartete. Finn holte sich ein Glas Wasser, ohne ihr etwas anzubieten, schluckte eine Tablette. Dann überlegte er kopfschüttelnd: »Hätten wir gleich nach dem Tod Mestrils diesen PC geholt, wäre es nicht zu diesem Drama am Weiher gekommen und zumindest Hugo Krepp lebte noch. Er war eine der starken Figuren der Kelten-Vereinigung. Für ihn war klar, da waren Daten, die nicht dem Verfassungsschutz und nicht der Mordkommission in die Hände fallen durften. Er ist ins Fischerhaus gegangen und hat alles profimäßig von Mestrils PC gelöscht, auch von der Festplatte. Dabei muss er festgestellt haben, dass genau jene Daten auf einen Stick übertragen worden waren. Hugo Krepp wusste, dass die früheren Verbündeten seiner Organisation, die heute wieder ihre mächtigen Gegner waren, alles täten, um die Daten dieses Sticks zu kennen.

Offensichtlich hat Serge Mestril nach dem Tod von Arno Krepp im PC von Hugo Krepp gehackt. Er hat Zahlungsanweisungen von Hugo Krepp an Tonja Utz heruntergeholt, er hat sie mit Firmenzahlungen verglichen. Aber das wissen wir ja schon.« Wieder sah Finn Pamela durchdringend an, meinte: »Du gehörst zur gleichen Generation wie Mestril und Arno Krepp.« Er brach ab. Irgendetwas machte ihm Kopfzerbrechen. »Kommen wir zum Stick zurück.«

Jetzt legte er seinen A4-Block quer vor sich hin, sortierte Punkte, machte dicke und dünne Verbindungsstriche von einem zum anderen, erklärte. »Serge Mestril hat hier eine Dokumentation zusammengestellt, nach der Hugo Krepp im Briefkasten seines Sohns eine E-Mail fand, in der Tonja Utz ihre Loyalität aufkündigte. Er hat dies auf das Geschäft bezogen. Tonja Utz musste zum Schweigen gebracht werden, doch natürlich war Arno rauszuhalten. Es war naheliegend, es selbst zu erledigen und bei allfälligen Schwierigkeiten in Serge Mestril einen Sündenbock zu schaffen.

Das war schiefgegangen, doch Serge Mestril stellte die Beweise dafür zusammen, und zwar erst nach Arno

Krepps Tod.« Finn schien erleichtert: »Glückwunsch. Deine vordere Ebene ist damit bewiesen, Hugo Krepp ist eindeutig der Mörder von Tonja Utz und er ist tot!«

Pamela war fast überrascht, es war logisch, sollte sie jetzt glücklich sein? Finn rieb sich die Nase, wirkte weiterhin unschlüssig

Pamela überlegte, jetzt sah auch sie die Ereignisse in der richtigen Reihenfolge vor sich. »Möglicherweise hat er Arno hochgehoben und an seinem Gürtel an diese Schraube gehakt. Da sollte er zappeln und zugeben. Stattdessen kippte der Traktor um und zerquetschte ihn. So könnte es gewesen sein. Weil aber Arno so hartnäckig geleugnet hatte, brachte dies Mestril dazu, weiter hacken zu gehen. Jetzt hatte er die Wahrheit. Er lud sie zu den anderen Daten und steckte sie in die Sichel, dann ging er, um als letzten Freundschaftsdienst Arnos Pferd zu seinem Reiter ins Jenseits zu schicken. Dass er den Stick an den sichersten Ort der Welt, nämlich den Sichelgriff steckte, war logisch. Dort waren sie sicherer als in einem Banksafe. Er hat sie einfach in der Sichel mitgenommen.« Pamela atmete auf. »Das war das, was Hugo Krepp um jeden Preis von Brigitte Mestril haben musste, die Daten der Bilder. Sie sind die innersten Botschaften der Kelten-Vereinigung. Er war verzweifelt.«

Gedankenverloren schaute Finn sie an, meinte: »Du hast eine wirklich seltene Kombinationsgabe.« Er schüttelte den Kopf. »Es wird sich zeigen, ob jemand diese Vereinigung weiterführt. Jetzt fehlen drei starke Köpfe. Bis das sich zeigt, sind die Daten sicher in diesem Stick in dieser Sichel aufgehoben.« Fast beiläufig fügte er bei: »Es wird das Beste sein, wir reden nicht zu viel darüber. Es hat genug Unglück gebracht.«

*

Rauchend stand Pamela auf der großen Terrasse, schaute in die Parkanlage, wusste dahinter die nahen Voralpen, Blätter segelten von den Platanen. Irgendeinmal müsste hier kräftig ausgeholzt werden. Sie war überhaupt noch nicht wieder im Gleichgewicht. Dass sie in diesen Momenten an diesen Schnittpunkten der Ereignisse stand – sollte das jetzt Schicksal sein? Sie hatte getan, was getan werden musste, Terminator ließ grüßen. Sie würde genau das Gleiche wieder tun. Es war nicht so leicht, einen Menschen sich aufspießen, einen menschlichen Kopf wegspritzen zu sehen.

Ein erwachsener Mensch sollte mit dem Tod klarkommen. Wie sollte sie je ein Kind erziehen, wenn sie an derartigen Fragen strauchelte? Pferde lernten, sicher über Hindernisse zu setzen. Menschen lernten das auch. Sie würde reiten lernen, sie brauchte die Nähe zu Pferden. War Fjord der Einzige, um den sie wirklich trauerte? Sie wischte eine Träne weg.

»Du rauchst!« Ein ungläubiger Ausruf, Robert war hinter ihr auf die Terrasse herausgekommen, legte den Arm um sie. »Geht es dir gut?«

»Wie du siehst, wunderbar.« Pamela wusste, es klang abweisend. Sie wischte mit einem Finger unter den Augen durch und guckte auf das Mascara. Wenn sie keine anderen Probleme hatte, war das ja bestens. Sie machte einen Schritt nach vorn, er ließ den Arm sinken. Sie drehte sich ihm zu. »Es war alles in allem vielleicht etwas anstrengend. Jetzt bin ich dann wieder voll für meine Arbeit da, deine Bibliothek soll auf einem Toplevel stehen. Ich denke, ich werde in Bern reiten lernen, jeweils an einem Nachmittag die Woche. Ich werde meine Freundin überzeugen, dass Reiten für sie der richtige Sport ist. Dann können wir uns regelmäßig sehen. Zuerst dachte ich, hier wegzugehen. Doch meine Eltern haben mir nachhaltig beigebracht, nie wegzulaufen, offene Fragen würden mitlaufen.« Mittlerweile hatte sie die Fassung wieder gewonnen, nahm einen letzten Zug, drückte die Zigarette im Tellerchen aus. Hinter dem Fenster sah sie Edith Fasels Silhouette. Mittlerweile war sie ihr sympathisch, es war gut, Menschen um sich zu haben. So ein Château hatte eine gewisse Ähnlichkeit mit einem Dorf in Alaska, permanente Sozialkontrolle. Über Generationen machte das die Leute einfach etwas steif.

»Es tut mir leid, ich hätte gestern nicht weggehen sollen, doch ich musste etwas Dringendes erledigen. Bitte, denk nicht daran, vorzeitig abzureisen. Ich denke, es wäre gut, im kommenden Winter auch die Pläne für die Gartenanlage voranzutreiben, wir beide zusammen. Allein schon die Evaluation des richtigen Architekten bringt Betrieb.«

Sie blickte in seine Augen, da waren sie wieder, die Schmetterlinge im Bauch, sie atmete tief durch.

*

Robert hatte sie förmlich gebeten, mit ihm den Abend zu verbringen, stilvoll, Apéro, richtiges Diner, Kaminfeuer.

Sie sagte belustigt zu, er freute sich, Frau Fasel liebe es sowieso, richtig zu kochen.

Dann hatte sie das Tenü-Problem. Robert würde ihrer Jugend zuliebe keine Krawatte tragen, doch ganz sicher ein Jackett. Sie hatte kein entsprechendes Kleid. Was Stefan gefallen hatte, hatte sie im Affekt zur Sammelstelle der Kirchgemeinde gebracht, die Winterkleider ruhten mit ein paar andern Sachen in Emilys Estrich. Sie erwog kurz, nach Fribourg zu fahren, sich etwas ›kleines Schwarzes‹ und Schuhe mit Absätzen zu kaufen. Doch Robert hatte ihr eingeschärft, die nächsten paar Tage im Schutz des Châteaus zu bleiben, auch wegen der Presseleute. Er hatte versprochen, ihr dazu eine gute Begründung nachzuliefern. Die war heute Abend fällig.

Pamela musterte die wenigen Kleider, die sie hier hatte. In der einen Schublade ihrer Küche lag eine brandneue, scharfe Schere. Wenn sie ihren bordeauxroten Schwimmanzug als Body benutzte, hatte sie einzig das Problem, dass sie nicht zur Toilette gehen konnte. Sie entschloss sich, ihn zum Shirt zu kürzen, das sähe gut aus wegen der Brustabnäher. Das Oberteil ihrer schwarzen Pelerine ergab einen glänzenden, seitlich gerafften, kurzen Glockenrock. Mit zwei Knöpfen der Pelerine war das fixiert. Sie würde nachher entscheiden, verwandelte sie das zurück in eine Pelerine oder kaufte sie ein Kleid. Aufgeschnitten ergab das langweilige schwarze Shirt eine kleine Jacke, die schwarzen flachen Pumps blieben Pumps, fertig. Dieses Outfit brachte ihre einfache Uhr und die schmale Goldkette mit dem Anhänger als sozusagen elegant zur Geltung. Sie freute sich kindlich, wiegte sich vor dem Spiegel, der kleine Rock schwang mit wie eine Blume, es war höchste Zeit gewesen, dass sie wieder einmal ihre Hände gebraucht hatte. Zuletzt griff sie nach dem dicken roten Wollschal, den sie seit Jahren als Notdecke auf Reisen mitnahm. Er verdarb ein wenig das Kleid, doch sie hatte keine Lust, sich zu erkälten, würde ihn bei Bedarf umlegen.

Robert erwartete sie auf der Terrasse, im hellen Blazer, ein gepflegter Mann. »Wie schön du aussiehst, so feminin.«

»Ich habe mich auch gefreut, dass es heute besonders sein soll.« Pamela atmete auf, sie hatte nicht daneben gegriffen.

Er schenkte ein Glas Champagner ein. »Auf das Glück, dass du gesund und munter, dass du heil durch diese Gefahren gekommen bist und dass wir einen schönen Abend erleben können.«

»Auf die Freude, an einem so schönen Ort zu arbeiten«, gab sie zurück.

Sie plauderten über den Park, die Berge, die man früher von der Terrasse aus sehen konnte. Sobald das Laub unten sei, könne geholzt werden, dass der Park vor dem Schneefall geräumt sei. Es werde traumhaft sein, von hier aus in die verschneite Landschaft der Fribourger Alpen zu schauen. Sie spazierten die paar Schritte in den Park, in den früheren Knotengarten, der nur noch mit sehr viel Vorstellungsvermögen als solcher zu erkennen war, zu der Stelle, an der ein neuer Liliengarten angelegt würde, in die Allee mit den riesigen morschen Bäumen. Pamela beglückwünschte sich zu ihren flachen Pumps. In Stöckelschuhen wäre sie jetzt kläglich gescheitert.

In den 40er-Jahren des letzten Jahrhunderts waren diese Anlagen im allerbesten Zustand. Seine Mutter war eine tatkräftige Frau, sie hielt das Ganze in Schwung. Er hatte es schon gesagt, sie war eine glühende Bewunderin der Faschisten, vor allem Mussolinis. Ebenso hatte er schon gesagt, dass er und sein Bruder damals schon weg waren, sie wurden weltoffen erzogen. Sie reagierten mit Unverständnis, als sie es begriffen. Natürlich verurteilten sie ihre Eltern, in den USA wurde seiner Generation der Hass auf den Nationalsozialismus eingeimpft. Er lehnte ihn auch ab, als er später differenzieren konnte. Für seine Eltern musste dies hart gewesen sein, wobei es nie zur Sprache kam. Sein Vater starb ja sehr bald, möglicherweise ist seine Mutter davon ausgegangen, sie würden dann schon zur Einsicht kommen. Nach außen hatten seine Eltern nach guter Schweizer Art zurückgezogen gelebt. Alles spielte sich in kleinen privaten Kreisen ab, und er denke, je engagierter seine Mutter war, desto weniger war das zu bemerken. Damit er nicht einen abendfüllenden Vortrag von ein paar Stunden halte, schlug Robert vor, das, was er ihr unbedingt an Informationen geben wolle, in drei Teile zu staffeln. Der erste sei jetzt schon einmal eingeleitet, warum nämlich das Château mit dem Archiv Ausgangspunkt sei.

Am Tisch könnten sie dann hin und wieder auf die SS zu sprechen kommen, da sich die Kelten-Vereinigung vor Ort in deren direkte Tradition stelle.

Beim Kaffee wären sie dann bei der Aktualität heute angelangt, der Erklärung für die Toten dieser Tage.

Pamela dachte leicht beschwipst, eine weitere magische Ebene. Sie sah eine SS-Rune als Brennpunkt über ihrem dreidimensionalen Gebilde schweben, was ulkig war, das Bild war auch schon wieder weggerutscht. Wenn sie nicht sofort aufhörte, an ihrem Glas zu nippen, sähe sie noch weitere Dimensionen. Fast hätte sie erschreckt aufgelacht, spürte die züngelnde andere Wirklichkeit dahinter.

Sie liebte das Gespräch, das Hin und Her, das Aufnehmen von Gedanken und Weiterführen, das Ergänzen und Hinterfragen. Es war ein Spiel, weit mehr als ein Zeitvertreib, das Aufscheinen einer farbigen Wirklichkeit, Sprechen als Verständigung und Neuschöpfung.

»Woher wusste man heute überhaupt, wie Kelten dachten? War dies nicht zu einem großen Teil das hingebungsvolle Einfühlungsvermögen von Forschern des 19. Jahrhunderts?«

»Die lasen in ein paar alten Münzen wie andere Leute im Kaffeesatz. Das war jetzt etwas salopp. Richtig war, es waren medial begabte Menschen, Crowly, Gurdjieff, Blavatsky, Besant, Männer und Frauen, die ihr Wissen möglicherweise aus einer anderen Ebene erhielten. Die seriöse Keltenforschung reicht wirklich nicht weiter zurück. Es wurden dabei abenteuerliche Theorien formuliert. Die mythisch-mystische Grundlage einer Thule-, einer VRIL-Gesellschaft geht darauf zurück, sie bildete dann auch die okkulte Grundlage des Nationalsozialismus. Oder anders herum, die SS war nicht nur die auserlesene Kampf- und Zukunfts-Elite, sie war die gralshütende Organisation. Logischerweise musste sie sich und ihr okkultes Wissen aus der Niederlage retten. Das tat sie, indem sie sich weltweit verteilte.« Wieder kam Robert in Fahrt, es war ihm wichtig, dass sie diesen Strang der Geschichte zu fassen kriegte. »Wir haben es unten im Archiv gesehen, hier durch ging eine ihrer Fluchtrouten. Sie wurden mit falschen Papieren ausgestattet und ihre Wege führten nicht nur nach Südamerika, Afrika und Indonesien, auch die USA und Neuseeland waren das Ziel. Diese SS-Männer waren nicht auf sich allein angewiesen. Unterstützung boten dieselben Kräfte, die schon beim Aufstieg des Nationalsozialismus kräftig mitgeholfen hatten, kirchliche Kreise und weltweite Hochfinanz.« Jetzt zog Robert ein etwas spöttisches Gesicht. »Übrigens, erst in den 70er-Jahren kam dieses Wissen in einer Übereinstimmung mit einem Urwissen von Indianern, Inuit und Aborigines unter dem Deckmäntelchen des Hippiekults zurück aus den USA nach Europa, gelangte, so rehabilitiert, wieder an die Oberfläche. So richtig Fuß fassen konnte es weltweit im schwarzmagischen Teil der Popkultur. Unglaublich, nicht wahr?«

Pamela war fasziniert und gleichzeitig erbost: »Du weißt das, ich nehme an, dein Bruder weiß das auch. Warum hat er uns in seinen Vorlesungen und Seminaren nie darauf aufmerksam gemacht, dass es einen irrationalen Strang in der Geschichte gibt, der vielleicht alles erklärt. Oder warum hat er die Rolle der Geheimgesellschaften nie auch nur erwähnt? Dadurch hat er uns ja bewusst Geschichtsfälschung gelehrt!«

»Genau das ist das Problem. Erstens. Dieser Teil der Geschichte wird systematisch wegretuschiert, denn ein Wissen, das zu Macht führt, das deshalb nur ausgewählten sicheren Kreisen vorbehalten ist, ist an sich antidemokratisch, das ist das okkulte Wissen. Die Geschichte des 20. Jahrhunderts wurde aber als die Geschichte des Sieges der Demokratie über den Totalitarismus geschrieben. Professor kann nur sein, wer dieser Vorgabe zustimmt. Zweitens folgt daraus: Wir meinen, in einer demokratischen Gesellschaft zu leben, Gewaltentrennung, Volkssouveränität, demokratische Grundrechte. Mitmachen darf, wer leicht zu führen ist.«

Pamela suchte nach den Spottfältchen um Roberts Augen. Konnte sich nicht auch ein Mensch, der äußerlich weise wirkte, täuschen? Es würde die Grundlage ihres Staatsverständnisses zerstören. Was hätte er davon?

Robert schien ihre Gedanken lesen zu können, wobei das im Moment nicht allzu schwierig sein musste. »Warum ich dir das sage? Warum ich es dir nicht verschweige? Weil du eine Stärke hast, damit umzugehen. Es gibt einen Grund, dass Nichtwissen für das Ganze besser ist: Dieses Wissen brächte dem Ganzen nur Schwierigkeiten. Wenn die Leute das, was man ihnen als Ideale gegeben hat, wirklich real eins zu eins in ihrer Welt durchführen wollten, in dem Moment sähen sich jene, die unsichtbar die Macht wirklich halten, gezwungen, das demokratische Experiment als gescheitert zu erklären, die Massen anders zu verwalten. Warum? In den vergangenen Jahrhunderten wurde mehrmals vorgeführt und durchgespielt, wie Umwälzungen in die totale Zerstörung führen. Keiner will das wiederholen.« Pamela schob eine glasierte Kastanie im Mund hin und her, genoss das süßliche Parfüm. Es ging nicht darum, mit denen zu hadern, die ihr wesentliche Fakten zu den Zusammenhängen vorenthalten hatten. Sie würde darüber nachdenken, ihre Koordinaten überprüfen, später. Zumindest heute noch durfte sie den Abend genießen.

»Um auf meinen Bruder Vincent zurückzukommen. Er steht im Sold der einen dieser Cliquen. Ich habe das in den vergangenen Tagen verifiziert. Er weiß, was in unserem Familienarchiv gelagert ist. Erstens das, was von politischer Tragweite ist, die Grundlage der Netzwerke, die damals weltweit ausgebreitet wurden; zweitens aber das, was den nationalsozialistischen Faschismus mit seinen geistigen Wurzeln verbunden hat, dem dunklen Pol der Welt, seinen esoterischen Inhalt. Ich musste mich ja fragen, warum er die Sache mit der Registrierung der Bibliothek angestoßen hat. Wie ich dir sagte, oft lässt sich etwas, das nicht gleich zu durchschauen ist, in der zeitlichen Abfolge einiges später aus der Wirkung rückschließen. Beide Seiten wussten das Archiv gut verschlossen und von mir gehütet. Das Öffnen des Archivs hat einen von Vincents Gegnerkreisen, den, den er meinte, der in der Tradition der linksdrehenden Swastika steht, an die Oberfläche gebracht; er wurde in den letzten Tagen hier lokal empfindlich getroffen wenn nicht in seiner Führung ausgelöscht. Also lässt sich daraus schließen, dass dies eines seiner Ziele war. Er hat damals seine Seele verkauft um eines Professorenhonorars willen. Dann wurde er genehm und dann ist es unumkehrbar wie in den alten Mysterien: Wer weiß, redet nicht, wer redet, weiß nicht, wer weiß und redet, tut das nicht lang.«

Pamela hatte das dringende Bedürfnis, sich am Hals zu kratzen oder ihr sattanliegendes Oberteil etwas zurechtzurücken oder beides. Was wollte Robert von ihr, und wer war er in diesem spekulativen Geflecht?

Den Kaffee in einer Wärmekanne und Süßigkeiten hatte Frau Fasel wieder im ersten Stockwerk im Kaminzimmer aufgestellt. Diesmal brannte das Feuer schon, das Gitter war davor gestellt. Robert ging noch einmal nach unten in die Küche, um Frau Fasel mit einer Extraflasche ihres Lieblingslikörs für das wunderbare Essen zu danken. Er kam zurück mit der Bemerkung, Frau Fasel habe sich schon zurückgezogen, es laufe ein Film mit diesem Amerikaner mit dem auffallend ovalen Gesicht in der Hauptrolle, er spiele einen Engel.

Robert rückte seinen Sessel näher zum Sofa. »Nach schamanischem Wissen gibt es zu unserem Raum mindestens einen Gegenraum. Es spielt keine Rolle, spiegeln wir die anderen oder sie uns. Geschieht auf einer Ebene ein Unrecht, spiegelt auch das sich auf allen anderen. Die Bilder von Serge Mestril zeigen eine Verbindung zwischen Welten.«

Robert strich über ihren Arm, sie schloss die Augen, um zu fühlen, dann schluckte sie, dachte an den Slogan von Alices Generation, Taten statt Worte, ein unpassender Gedanke nach einer zärtlichen Geste, schon belustigte es sie. Sie sollte abrücken. Hörte sie auf ihren Verstand, war sie überhaupt nicht erpicht auf welche Art einer Beziehung auch immer, Freundschaft war gut, und sie machte sich nichts vor, an einem Abend wie diesem nach einer Woche wie dieser waren Sentimentalitäten einfach wunderbar.

Also stand sie jetzt auf, vertrat sich ein wenig die Beine, ging sogar zum Cheminée, um ein Scheit nachzulegen. Sie redete ins Feuer: »Wenn das Jahr vorbei ist, ich die Bibliothek geordnet habe und das Archiv registriert ist, werde ich mich irgendwohin zurückziehen, aufs Land, mit Tieren, mit einem Garten. Ich werde als Psychologin arbeiten, vielleicht für eine

Gemeinde oder mit Kindern.« Robert sah ihr gelassen zu, sie fühlte es. Spontan dachte sie, als zähmte er ein etwas nervöses Pferd. Das war der leicht aufreizende Nachteil mit jemandem, der älter war.

Sie schaute sich nach ihm um, er lächelte.

Doch jetzt sah er auf die Uhr, Pamela war perplex, das hatte sie zuletzt erwartet. Er stand elastisch auf, ging zum mit Schnitzereien verzierten hellen Schrank, öffnete beide Türen, da war ein großer Flachbildschirm drin. Sie war verblüfft.

Er entschuldigte sich: »Ich will absolut fair zu dir sein, das heißt ehrlich, nichts wird verheimlicht. Das hier ist nicht nur ein Fernsehgerät, dazu wäre es etwas groß. Es lassen sich die Monitore der Sicherheits- und Überwachungsanlage des Châteaus darauf schalten. Ich denke, wir haben beide unser kleines Diner genossen, jetzt kommt das Impromptu, der abenteuerliche Teil. Künzli spielt falsch. Jetzt ist die Zeit seiner Abwesenheit, er ist seit einer Stunde nicht da und kommt erst in drei Stunden zurück. Er hat die Anlage so programmiert, dass sie in zehn Minuten ausfällt, ohne dass der automatische Sicherheitsalarm ausgelöst wird. Er ist ein erstaunlich guter Techniker.« Pamela traute ihren Ohren nicht. »Es wird auch nicht so gehen, wie er es plante, denn ich habe ja seine Störung auf meine Weise umprogrammiert. Du brauchst dich nicht zu beunruhigen.« Pamela schaute mehr als skeptisch. »Erstens sind wir hier drinnen in einer der Sicherheitszonen des Châteaus. Die Tür ist von außen nicht zu öffnen und nicht zu zerstören. Die Wände, der Fußboden und die Decke sind betoniert und die Fenster sind aus Panzerglas. Der Fernseher läuft über eine Spezialleitung und wir haben hier drinnen ein Notstromaggregat. Frau Fasel ist oben in ihrer Wohnung gesichert. Sie schläft vom Likör und wird nicht bemerken, wenn die Monitore ausfallen.« Er hörte auf zu reden, denn jetzt piepste und blinkte der große Flachbildschirm. »Es ist soweit.« Schlagartig war der Bildschirm mit sicher 20 Kamerabildern bedeckt. Daneben der Netzplan der Gesamtanlage. Der Kameraplan zeigte blaue Linien und blinkende punktierte Rotlinien. Das Bild bewegte sich. Gelassen schob Robert zwei Sessel zurecht: »Komm setz dich, wir schauen, was geschieht. Was rot blinkt, sollte ausfallen, blau ist der Ersatz. Du siehst, die meisten Bilder wären jetzt weg und wir hätten Standbilder, was wir nicht wüssten. Du siehst, ebenso ist der Strom ausgefallen. Er hat es so programmiert, dass die meisten Türen zu öffnen sind. Wir sehen ja, was geschieht, notfalls greife ich direkt ein. Wer auch immer hereinkommt, auf ihn wirkt es, als wäre die Anlage planmäßig außer Betrieb. Schauen wir einmal, was vor sich geht.« Robert schaltete das Bild der Einfahrt groß. Ein Mann mit einer Golfmütze und einem Schal vor dem Gesicht kam sehr rasch gegen das Schloss, fast lief er, etwas vornübergebeugt. Offensichtlich war er durch das Tor hereingekommen. Jetzt sah man, er hatte einen Rucksack umgeschnallt. Robert versuchte, per Handy Herrn Künzli anzurufen. Er meldete sich nicht. Schon ging der Eindringling vor der Garage durch, kam auf die Seitentür zu, dem Dienstboteneingang. Pamela sah scharf auf die leicht, aber ganz klar kreisende Bewegung der Schultern, der Arme, der Hüften. Im gleichen Moment ein leiser, überraschter Ausruf von Robert:

»Das ist eine Frau! Also doch, Yvonne!« Pamela starrte ungläubig. Die vermummte Frau betrat auf einem anderen Bild einen Nebeneingang, eilte jetzt durch einen Korridor. Pamela schaute scharf hin, sie war sich nicht sicher, war da ein Hinken oder bildete sie es sich ein. Auf einem nächsten Bild war die Frau plötzlich in der großen Eingangshalle. Sie schaute sich suchend um, wandte sich in Richtung der Bibliothek. Kurze Zeit darauf war sie am Kamin der Bibliothek, drehte zielsicher den Stein. Man sah die verdeckte Tür aufschwingen. Da sah Pamela Merlin, er tauchte direkt vor diesem Durchgang auf. Gleichzeitig löste der Monitor einen Code Rouge aus. Pamela wollte aufspringen, doch das brächte nichts, wo war Merlin! Sie fühlte sich in einer Falle.

Robert nahm das Handy. »Es ist Zeit, den Kommissar Füssli aufzuscheuchen.« Nach zwei Klingeltönen war Tizian am Apparat, die Frau war schon unten an der Steintreppe angekommen, ging gerade durch den schmalen Gang, hinter ihr ging Merlin mit hoch erhobenem Schwanz. Robert schlug Alarm. Die Sicherheitsanlage sei ausgefallen, er befinde sich mit Frau Thoma in der Sicherheitszone des Châteaus, die Wirtschafterin sei seiner Meinung nach gleichfalls sicher oben in ihrem Appartement. Er wisse nicht, was geschehe. Sie hätten vor Bildausfall das Bild einer Einzelperson auf dem Schirm gehabt. Er rufe Kommissar Füssli an und nicht die örtliche Polizei, weil möglicherweise die Panne durch eine Fehlmanipulation des Beauftragten der Sicherheitsfirma verursacht wurde, der ja bekanntlich von Finn Weidenhuber empfohlen war. Tizian redete in knappem Befehlston. Er war im Auto unterwegs, war zufällig wieder in Burg, werde in zehn Minuten da sein.

Während des Gesprächs hatte die Frau den Archivraum betreten. Robert Gilli schüttelte leicht den Kopf als fiele ihm schwer, zu glauben was er sah, sein Mund war ein Strich. Pamela suchte auf allen Bildern nach Merlin. Jetzt zeigte das Großbild das Innere des Archivs. Die Frau stand vor dem Barockschrank, öffnete ihn. Gerade als Pamela Merlins Hinterteil zu sehen meinte, war dieses Bild weg. Eine Nahaufnahme zeigte die vermummte Frau von hinten, ohne jedes Zögern justierte sie die Kombination des Tresors, auf dem Monitor war jede einzelne Zahl zu erkennen. Pamela verstand das nicht.

»Wie ist das möglich, was geht hier vor, wo ist Merlin?« Sie konnte das Flattern in ihrer Stimme hören.

Robert fasste beruhigend ihre Hand. »Es ist genau, wie ich es vermutet habe, genau so hat sie die Kombination von Künzli, er hat mir zugeschaut.«

Pamela stutzte. »Wie wir gemeinsam unten waren, hast du die Kamera ausgeschaltet. Du hast es nicht immer getan?« Robert schaute ungerührt auf den Bildschirm. Sie fasste seinen Arm. »Was willst du? Was will sie? Warum hast du sie hereingelassen?«

»Es gibt Dinge, die muss man geschehen lassen, sonst gibt es einen Stau. Du wirst gleich sehen, doch reg dich nicht auf, auch nicht wegen Merlin. Katzen laufen nicht in eine Gefahr. Es hat alles seine Richtigkeit. Du musst einfach daran denken, es sind diverse Sicherheitsstufen aktiviert. Die wichtigste ist die, keiner kann hier hereinkommen. Andererseits können wir diesen Raum auch nicht ohne Weiteres verlassen, auch das zu unserer Sicherheit, keiner kann uns zwingen. Im Notfall könnten wir sprengen.« Sollte das jetzt beruhigend sein!

Inzwischen hatte die noch immer unkenntliche Frau die Tür des Archivs von innen verschlossen, die Eisenriegel krachend in die Halterung gelegt, zusätzlich einen der Stühle über die Fliesen zur Tür geschoben und die Lehne unter die Türfalle geklemmt. Sie riss die Mütze vom Kopf, schleuderte Mütze, Schal und Jacke mit Wucht zu Boden – es war die zierliche Yvonne Krepp, wobei das Bild sie doch etwas verzerrt zeigte. Pamela schaute fassungslos, wie sie jetzt wahllos alles Material, Dokumente, Ordner, Mäppchen, Filmspulen aus den Regalen und Schränken zerrte, alles zu einem Haufen auf den Steinboden warf. Zuletzt leerte sie bedächtig den Kassenschrank, ein Hefter nach dem andern wurde auseinandergerissen und ebenso heftig auf den Haufen geschmissen. Geschmeidig trat sie vor die Kamera, blickte prüfend in die Linse. Sie verzog kein Gesicht. Also ging sie davon aus, dass alles ausgeschaltet war, es war ein Reflex gewesen. Sie ging zurück zum großen Materialhaufen. Aus ihrem Rucksack beförderte sie zwei Flaschen, goss den Inhalt der einen über den Haufen, wuschelte wahllos das Unterste zuoberst, goss und verteilte den Inhalt der zweiten im ganzen Raum, holte ein Feuerzeug und eine dritte Flasche aus dem Sack, den sie zu Boden gleiten ließ. Mit dieser dritten übergoss sie sich selbst, über die Schultern, vorne, hinten, die Arme, die Beine, die Flüssigkeit floss, die Kleider saugten sie auf, und dann, und das war das Entsetzlichste, leerte sie den Rest, und das mochte noch gut ein Drittel sein, über ihren Kopf, die Haare schmiegten sich an, sie fuhr mit der Hand darüber. Das geschah schnell, selbst wenn der Raum nicht verriegelt gewesen wäre, sie hätten keine Zeit gehabt, zu ihr zu gelangen. Robert fasste Pamelas Hand, hielt sie fest. Sein Gesicht war eine Maske. Und jetzt, es knackte im Lautsprecher, der Ton schien sich automatisch einzumitten. Laut und deutlich sagte Yvonne Krepp Verse, seltsam klingende Reime, langsam, Wort für Wort:

> ...Ein Altar war erhöht
> Von Felsen und der Eichen heil'gen Stämmen
> Ein frisches Grün umzog den äussern Rand,
> Mit Blumen war das Heilige behangen,
> Und feiernd standen nach der Väter Weise
> Die Priester um ihn her im dichtgedrängten
> Kreise.

Jetzt kam ein Knall, eine Stichflamme schoss über das Bild, das Bild des Archivs fiel aus. Sie saßen starr.

Pamela sah nur dieses eine schwarze Viereck auf dem Bildschirm.

Irgendeinmal bemerkte sie, dass sich in einem andern Feld etwas bewegte. Automatisch fuhr sie über ihr Gesicht, nahm erstaunt die Tränen wahr, die über ihre Wangen liefen.

Sie hatte nicht gesehen, wie ein Auto zugefahren war. Doch jetzt gerade stand es direkt vor dem Haupteingang. Die Tür öffnete sich, jemand sprang heraus, rannte zu der verschlossenen Eingangstür, riegelte, sah hektisch nach allen Seiten, es wirkte grotesk, als liefe ein beschleunigter Stummfilm, Modern Times – trotz der Verzerrungen war Tizian zu erkennen. Geduckt rannte er die Fassade entlang zur westlichen Seitentür. Jetzt war er auf dem nächsten Bild, er schlich durch die Tür herein, hielt eine Waffe in der Hand, eilte die paar Treppenstufen hoch, presste sich in den Schatten der ersten Türnische, aus der Gürteltasche nestelte er sein Handy.

Endlich bewegte sich Robert. Er schaltete die Monitore aus, betätigte auf dem Sender ein paar Knöpfe und sagte: »Alles ist bis zum Anfang rückgespult, nichts ist aufgezeichnet. Du musst wissen, Tizian Füssli ist mit Vincent befreundet, überlass mir das Weitere.«

Pamela begriff nicht, Tizian hatte nichts dergleichen erwähnt, da stimmte etwas nicht. »Seit wann weißt du das?«

Doch schon klingelte Roberts Handy. »Nein, wir können von hier aus die Lage nicht beurteilen, wir sind im Sicherheitsraum im ersten Stock eingeriegelt,

Frau Fasel sollte sich in ihrem Appartement im zweiten Stock befinden, auch dieses ist gesichert. Wenn es irgendwo brennt, bitte rufen Sie die Feuerwehr! Sie meinen, im Keller ist ein Feuer, aus einem Schacht dringt ätzender Rauch? Dann kann es nur der Archivraum sein. Nein, dort wurde nie eine Sprinkleranlage eingerichtet. Ein allfälliges Feuer könnte sich aber auch nicht ausbreiten, der Raum ist feuersicher nachgerüstet. Doch, es herrscht eine stete Luftzufuhr, wenn es brennt, wird das Archiv völlig ausbrennen. Ich habe versucht, Herrn Künzli, unseren Sicherheitsmann, zu erreichen. Er hat sich noch immer nicht gemeldet. Es ist unerklärlich, dass das genau jetzt nicht klappt. Er kann an den Code gelangen, mit dem die Sicherheitszellen wieder zu öffnen sind.«

Robert wandte sich jetzt wieder Pamela zu: »Es wird eine Weile dauern, wir haben viel Zeit.« Er schenkte Cognac ein.

Pamela zitterte am ganzen Körper. Sie schmiegte sich so tief sie konnte in ihren Sessel, zog ihren roten Schal eng um sich. Merlin war dort unten. Robert drehte ihren Sessel zurück zum Sofa, setzte sich neben sie.

»Komm, trink! Ich wollte es dir beim Kaffee erklären, jetzt sind wir eben schon beim Cognac angelangt: Du hast gerade einen möglichen Schluss gesehen, die Vernichtung des ODESSA-Archivs und das Selbstopfer einer Führungsfrau der heutigen Organisation, die sich SWASTIKA nennt. Die Keltenvereinigung war eine ihrer Tarnorganisationen.«

War Merlin tot? Pamela hatte das Gefühl, sie halte ihn in ihren Händen.

»Die SS sind damals auf dem Pfad der Linken Hand zur Macht gegangen, der genaue Weg lag in diesem Archiv. Es geht um diese Anleitung. Nur eine Bemerkung zu Yvonne Krepp: Untergang und Zerstörung gelten bei ihnen nicht als negativ, es sind notwendige Stufen der Entwicklung. Der Tod auf dem Schlachtfeld ist der glückliche Tod.

Ich komme auf diese Spiegelräume zurück, wir haben dazu alle Zeit. Du musst in andern Räumen denken, in Quanten-Einheiten, es ist die Realität, die man bis vor Kurzem noch meinte mit dem abwertenden Begriff Mystik aus der Welt schaffen zu können. In diesen Räumen bewegt sich das Okkulte. Stell dir einfach vor, es wäre ein Überbewusstsein vorhanden. Quasi eine Entität, umfassend, ein durch Rituale installiertes, geschaffenes, neues Wesen, das den Geist der dafür Vorbereiteten beherrscht, erfüllt, ersetzt, überschattet, wie auch immer. Wie weit dies zurückreicht, im Moment spielt es keine Rolle, ob ich das weiß oder nicht, möglicherweise sehr weit, möglicherweise hat dies mit der Entstehungsgeschichte des menschlichen Bewusstseins, oder besser gesagt, Herkunftsgeschichte, zu tun. Da sind wir schon mitten im Gebiet, das vielleicht Spekulation ist, möglicherweise aber nicht. Es wäre eine Ungeheuerlichkeit. Ein brutales Ritual in einer Jugendgruppe hätte den Sinn, die Spreu vom Weizen zu trennen, das Ich abzuspalten, Mitleidsregungen abzustumpfen, das Ich für etwas anderes empfänglich zu machen, für diese Überschattung.

Der langen Überlegungen kurzer Sinn: Hier geht es um die dunklen Hintergründe des Nationalsozialismus, jene aus den Räumen hinter der Realität, aus realen geistigen Ebenen. Nehmen wir dies einmal an, stellte sich automatisch die Frage nach den heutigen menschlichen Exponenten. Seit wann sie existieren wäre eine weitere Frage, doch wann sind sie abgetaucht, wer ist Teil davon und wo bewegen sie sich heute? Könnte es sein, die rechtsradikale Szene wäre ein bloßes Ablenkungsmanöver, ein Betätigungsfeld für dumme, leicht manipulierbare Jungen, hätte mit dem realen Netz keine Berührungspunkte, im Gegenteil, könnte diese Glatzkopfszene aufgezogen sein, um den Blick auf die wirklichen Träger zu verstellen? Doch lassen wir die Spekulation!«

Robert sah auf die Uhr. »Es wird noch eine Weile dauern, fühlst du dich etwas besser?« Er lächelte aufmunternd, bot Kaffee und Schokoladeplätzchen an. »Real ist: Beim Tod meiner Mutter verlor SWASTIKA das Archiv an die Organisation der Leute, die sich als Wächter verstehen, der Name spielt keine Rolle. Ich gehöre zu ihnen. Wir sorgen dafür, dass es nicht wieder in die falschen Hände gelangt. Die falschen Hände wäre aber auch die obskure Organisation, zu der mein Bruder gehört. Diese wollen weltweit als einzige über okkultes Wissen verfügen. Er hat dich geschickt, weil er nicht wusste, ob das Archiv noch hier liegt. Deine

Arbeit musste dies über kurz oder lang aufdecken. Deine Anwesenheit musste aber bei jenen, die unbedingt wieder in den Besitz des Archivs kommen wollten, Reaktionen auslösen. Die Nachfolgeorganisation von ODESSA, SWASTIKA, sollte sich zeigen. Womit man in all den traditionellen Organisationen nicht rechnet, das ist die Eigenmächtigkeit von Frauen, von Edith Fasel und Irma Maigold, aber auch von dir; Frauen, die außerhalb der Machtstrukturen stehen, die niemanden fragen und von ihrer emotionalen Seite aus handeln. Jetzt, da dies geklärt war, hat Vincent im Namen des Staates von mir das Archiv herausverlangt. Es sollte nächste Woche in einer Nacht- und Nebelaktion abgeholt werden. Yvonne Krepp hatte nichts mehr zu verlieren. Sie hat dies mit ihrem Leben verhindert, so einfach ist das.«

Roberts Stimme war Musik, war Ebbe und Flut, Pamela verspottete sich selbst, war magisches Raunen. Sie liebte ihn, er hatte den Arm um sie gelegt, sie lehnte sich an ihn. Genüsslich roch sie seine Wärme, dachte, ein bisschen wie ein Pferd. Runen raunen, Yvonne Krepp hatte aus der Edda rezitiert und sich vor ihren Augen angezündet, Merlin war tot, sie würde sich nicht gängeln lassen. Sein Murmeln in ihren Ohren ging weiter: »Einfach und nicht einfach. Tizian Füssli arbeitet für Vincents Organisation, Finn Weidenhuber für die Keltenvereinigung. Künzli, der Sicherheitsbeamte, ist einer von Weidenhubers Getreuen. Das wusste ich. Ich wusste auch, die SWASTIKA-Leute würden nie zulassen, dass Vincent das Archiv im Namen unseres Staates abholen würde. Deshalb habe ich das, worum es geht, vor ein paar Tagen einem andern Wächter übergeben, es ist in Sicherheit. Tizian Füssli sieht im Augenblick mit eigenen Augen, dass jetzt nichts mehr zu holen ist. Er wird es umgehend Vincent und dessen Hintermännern mitteilen. Sie werden die Nachforschungen nach diesen Unterlagen einstellen. Die Daten von Mestrils Stick hat Weidenhuber schon gestern gelöscht, wir haben dies nachgeprüft. Verbrannt sind nur unsere Familienurkunden, was schade genug ist.«

Jetzt war Pamela wach, sie rückte von ihm weg, schaute in sein Gesicht, forschte in seinen Zügen. »Warum hast du das, worum es geht, nicht verbrennen lassen, wenn es in den falschen Händen eine so große Gefahr darstellt für die Menschen?«

»Du wirst es begreifen, jetzt tönt es noch etwas komplex: Es geht ja nicht nur um die Listen des Netzes, sondern um die reine Existenz dieser Schlüssel zum Weg des Wissens, ihr Da-Sein. Es stellt auch ungenutzt von der Funktionsweise her das Gegengewicht dar zum okkulten Wissen westlicher Gesellschaften, das stufenweise vermittelt wird. Es ist das Wissen, das von der eigenverantwortlichen Individualität aus eigener Kraft erreicht wird. Eines Tages ist vielleicht die Zeit da, dies wieder in Gruppen auszuüben, Magie, Zugang zu anderen Welten. Doch das ist nicht die Aufgabe des Archivs. Seine Aufgabe ist, zu sein.«

Wieder klingelte das Telefon. Es war Künzli. Die Polizei hatte ihn offensichtlich gesucht und auf seinem routinemäßigen Rundgang auch gefunden. Sein Handy sei ihm heute abhandengekommen. Er sei schon unterwegs, werde sofort eintreffen und die Sicherheitszellen öffnen. Er könne sich noch nicht erklären, wie jemand die Sicherheitseinrichtungen überlisten konnte.

Endlich, die Tür ging fast lautlos auf. Tizian schnellte direkt in den Raum, blieb mit puterrotem Kopf in der Mitte des Zimmers stehen, angespannt. Möglicherweise stimmte, was Robert gesagt hatte. Künzli und die vor Schläfrigkeit wankende Frau Fasel kamen langsam herein. Robert ging Tizian entgegen, Pamela blieb vorerst einmal sitzen. Tizian konnte sich kaum halten:

»Ich kann ja nicht glauben, was hier geschieht, wo bleibt die Feuerwehr! Wollen Sie Ihr Schloss abfackeln?« In der Aufregung stampfte er mit dem Fuß auf den Teppich auf.

Robert meinte beruhigend mit undurchdringlich höflichem Gesicht. »Wir wissen noch nicht einmal, was geschehen ist und was noch vor sich geht. Wir sitzen seit einem seltsamen Alarm hier drinnen fest und hatten keine Möglichkeit, irgendetwas zu verhindern. Anscheinend erfasste eine Störung die gesamte technische Anlage, doch auch die Handyverbindung schien zeitweise gestört zu sein, Sie werden das überprüfen können. Deshalb war es möglich, dass jemand eindringen konnte.« Er trat zum Schrank, klickte die Steuerung. »Sehen Sie, jetzt ist die Anlage wieder da. Ich kann zurückspulen zu dem Moment, als sie ausfiel.«

Jetzt war auch Finn hereingekommen, stellte sich neben ihn, sah zu. Gerade kam das Bild, da Yvonne Krepp vermummt die Einfahrt hocheilte. Ganz deutlich erkannte Pamela jetzt ihr leichtes Hinken. Sie hatte dies beim ersten Mal glatt übersehen. Jetzt stand das Bild.

Robert erklärte: »Wie ich schon sagte, wir haben diese Einzelperson in der Einfahrt gesehen und jetzt sehen Sie, die Anlage fällt aus.« Auf dem Bildschirm schalteten die Lämpchen von rot und blau wirr durcheinander über gelb auf grün. Die Standbilder waren alle da bis auf eines, das dunkel blieb. Tizian und Finn interessierten sich kurz für die Anlage, Herr Künzli stand so klein als möglich daneben, doch keiner beachtete ihn.

Robert ging mit allen in Richtung der Tür, erklärte: »Wenn der Archivraum wirklich brannte, werden wir ihn erst betreten können, wenn er ausgeglüht sein wird.«

Tizian gab einen hechelnden Laut von sich, es verschlug ihm die Sprache. Er starrte wütend, kniff misstrauisch ein Auge zusammen, nickte verstehend, blickte steinern zu Finn. Finn schaute mit undurchdringlichem Gesicht zurück. Pamela schaute vom einen zum anderen. Offensichtlich war es, wie Robert gesagt hatte. Dass sie hier drin saß, übersahen sie einfach, es gab Wichtigeres als eine Frau.

Ohne die leiseste Emotionalität in der Stimme meinte Robert: »Im Grunde genommen war es ein Glück, dass Sie hier sind und das Ausmaß dieses Anschlags sehen, denn zweifelsfrei war es ein Anschlag. Wir haben nur das Bild dieser Frau. Das wird die Brandsicherung und die Brandversicherung interessieren, denn man wird von Brandstiftung ausgehen müssen. Sobald der Raum zu betreten ist, wird die Kriminalistik einsetzen müssen. Es ist zu befürchten, dass sie mitverbrannt ist. Ich lege die Karten offen auf den Tisch, ich denke dies, weil ich auf dem Monitor Yvonne Krepp erkannt habe. Sie haben es auch gesehen, die vermummte Person hinkt. Ganz offensichtlich war sie nicht mehr bei Verstand und hat auf diese Weise Selbstmord begangen.« Von hinten sah Pamela Finns linke Hand, die sich krampfartig öffnete und schloss und öffnete und schloss. Jetzt waren sie draußen.

Frau Fasel stand noch da. Pamela ging rasch zu ihr, legte den Arm um sie. So standen sie eine Weile. Etwas war zu einem Ende gekommen.

Dann waren alle wieder beschäftigt, Robert kam zurück.

Pamela hielt den Kopf leicht schräg, schaute ihn genau an. »Wer bist du? Du hast ihr die Türen geöffnet, dass sie hereinkonnte. Wolltest du sie suchen lassen, was schon weg war. Du wusstest, dass sie es zerstören wollte? Was hat sie aus dem Schrank gezerrt? Wie konntest du das zulassen? Vor unseren Augen ist ein Mensch lebendig verbrannt. Was bist du für ein Mensch?«

Spielte da wieder das bitter-bittende Lächeln über seinen Mund? Mein Gott, wie sehr sie die Linie seiner Lippe liebte. Doch das hier war zu wichtig. Sie blickte suchend in seine Augen, die große Iris, den hellen

Rand. Es war das Auge aus ihrem Traum, das Auge des Pferds, das Auge am Schlussstein. Er war es, der ihr seine Gedanken übermittelt hatte, seine Bilder. Es mochte ja sein, dass dies ein Aspekt von Liebe wäre, Liebe einer großen Persönlichkeit oder eben eine ganz große Liebe.

Doch der springende Punkt war, sie hätte es wissen wollen. Er war vorsätzlich in ihr Bewusstsein gekommen, er hatte in ihr gelesen wie in einem Buch und hatte ihr Bilder geschickt. Jetzt wusste sie, auch er hatte sie manipuliert, sie, die kleine, sehr junge Frau. Pamela sagte ganz leise: »Das Schlimmste ist, dass ich diesen Gleichklang als Glück genommen habe.« Noch immer hingen ihre Blicke in seinen Augen.

Du hast mir den Tod gezeigt und du hast mich geschützt. Was nicht geht, ist, du hast mich nicht gefragt. Es mag sein, dass du weise bist, dass du zu wissen meintest, dies deshalb tun zu dürfen. Ich werde dich verlassen.

Sie liebten sich in seinem breiten weichen Bett, es war weit mehr als Sex, sie hatte das Gefühl, durch alle Himmel getragen zu werden. Dann lag sie in seinen Armen, er flüsterte in ihr Ohr, seine Hand streichelte federweich über ihren Rücken, sein Atem kitzelte warm.

Pamela atmete laut aus. Mit einem Ruck setzte sie sich auf, lächelte. »Wie hast du so schön gesagt, ich bin eine eigenmächtige Frau. Mein Gepäck ist im Auto, möglicherweise weißt du das schon vom Monitor, ich bin reisefertig. Ich werde mir überlegen, ob ich gut finde, was du gesagt hast.« Selbstironisch zog sie die Brauen hoch. »Ich werde damit leben.« Rasch rutschte sie von der Bettkante, sie wollte nicht weinen. Behände kleidete sie sich an. Robert lag im Bett, wie sie ihn verlassen hatte, schaute zu. Sie lächelte, küsste ihn leicht zum Abschied. Dann zog sie ein fröhliches Gesicht, und sie meinte es so. »Danke. Ich bin eine andere als die, die hergekommen ist, denn ich fürchte die Trauer nicht mehr und den Tod auch nicht, dir verdanke ich Mut, das ist viel. Ich liebe dich, das ist sehr viel. Ich werde mich freuen, dir irgendwann irgendwo wieder über den Weg zu laufen.«

Sie war im Begriff, den Zündschlüssel zu drehen, doch sie stoppte. Ganz deutlich hatte sie das Druckgefühl in der Handfläche, das hingebungsvolle Schmiegen von Merlins Kopf. Sie musste zurück in den Turm, in die Wohnung, die sie geräumt zurückgelassen hatte. Lebte Merlin, ginge er dorthin zurück.

Sie tippte den Code ein, Gottseidank, man hatte ihn noch nicht ausgewechselt. Sie lief die Treppen hoch, die obere Tür hatte sie nicht verschlossen. Sie eilte durch die Räume in ihr Schlafzimmer. Merlin! Zusammengekuschelt lag er am Fussende des Betts auf den zusammengefalteten Bettbezügen. Bei ihrem Eintreten schnellte er hoch, war mit einem Sprung bei ihr. Sie bückte sich, fasste ihn, drückte ihn an sich. »Mein Schöner!« Er roch ganz durchdringend nach Rauch. »Mein Allerärmster, du lebst!« Er gehörte zu ihr, wie sie es ihm versprochen hatte.

Sie verließ den Turm, Merlin im Arm, die Tür schnappte hinter ihr zu. Jetzt waren sie so gut wie weg.

Pamela rief in Anchorage an. Alice nahm ab, ihre Stimme lachte vor Glück, sie zu hören. Auch Pamela lachte.

»Ach Mam, die vergangenen zwei Wochen waren, gelinde gesagt, etwas turbulent. Es war ein archaischer Totentanz, der um mich kreiste, kannst du dir das vorstellen? Einer nach dem anderen ist gewaltsam umgekommen, ganz nah. Nein, ich wollte dich eben nicht beunruhigen. Mütter haben sofort so eine Art. Jetzt ist alles gut, denn es war nicht direkt ich gemeint. Warum ich mir da so sicher bin? Wäre es meine Zeit gewesen, wäre ich tot. Es gehört in deine alten Geschichten, hast du gewusst, dass die Welt der Germanen aus dem Gegensatz von Eis und Feuer entstanden ist und dass dies ein ewiges Gegenspiel ist? Mam, weißt du was, ich liebe das Leben.«

*

Robert trat mit Schwung durch den Haupteingang. Jetzt entdeckte er sie, änderte die Richtung, eilte mit großen Schritten auf sie zu, sie sah ihm entgegen. Weißes Hemd, die Ärmel zurückgekrempelt, helle Hose, wie schlank er war. Sie fühlte das Flattern im Zwerchfell. Er sah sie schon auf fünf Meter Distanz fragend an, doch er strahlte. Ein Händedruck, wie fest und warm sich seine Hand anfühlte, sie hielt den Atem an.

Roberts Stimme, überrascht, leise, es musste ihm doch etwas an ihr liegen.

»Ich bin schon da, wo immer du sein willst.« Diese Stimme, so weich, männlich, was auch immer.

ENDE

Weitere Krimis finden Sie auf den folgenden Seiten und im Internet: www.gmeiner-verlag.de

VERENA WYSS

Todesformel

327 Seiten, Paperback.
ISBN 978-3-89977-749-9.

DAS BÖSE HAT SEIN NETZ GESPANNT Die Anwältin Jennifer Bach lebt in Basel. Oft fährt sie nach Hochberg, einem beschaulichen Dorf in den schweizerischen Jurahöhen, um ihre mütterliche Freundin Alja Berken zu besuchen und die Natur zu genießen. Doch die idyllische Landschaft trügt, denn längst hat das Böse auch hier sein Netz gespannt.

Nach und nach erkennen die Frauen die Gefahren, die auf sie lauern. Zunächst findet Alja eine mysteriöse CD-ROM in einem toten Briefkasten, dann wird nachts in Jennifers Haus eingebrochen. In einem Garten taucht eine Hand auf, ein Mann wird erschossen. Immer tiefer geraten die Frauen in das Räderwerk von Wirtschaft, Politik und Verbrechen. Bis sie schließlich erkennen, dass sie einen Schlüssel besitzen, der mehr ist als eine bloße Formel.

GRIESHABER / KOPITZKI (Hrsg.)

Gefährliche Nachbarn

323 Seiten, Paperback.
ISBN 978-3-89977-793-2.

ZWISCHEN HEGAU UND RHEINFALL Frei nach dem Motto »Kein Ort ohne Mord« sind 22 renommierte Krimiautorinnen und -autoren ins deutsch-schweizerische Grenzgebiet gekommen, um über ausgewählte Ortschaften einen Kurzkrimi zu schreiben.

Der Blick von außen ist ein schärferer, einer, dem Routine fremd ist und der ein wenig an der Oberfläche kratzt, um das Verborgene ans Tageslicht zu bringen. So sind die vorliegenden, in ihrem Charakter sehr abwechslungsreichen Geschichten entstanden, die den Leser die Grenzen vergessen lassen. Denn sie handeln von Menschen, denen man diesseits und jenseits imaginärer Linien auf der Landkarte begegnen kann.

GMEINER

Wir machen's spannend

PAUL LASCAUX
Gnadenbrot

227 Seiten, Paperback.
ISBN 978-3-8392-1087-1.

AUF DEM SCHLACHTFELD In dem mittelalterlichen Städtchen Murten wird die entscheidende Schlacht der Burgunderkriege von 1476, als die Eidgenossen gegen das Heer Karls des Kühnen kämpften, für Filmaufnahmen nachgestellt. Mit von der Partie ist die Berner Detektei Müller & Himmel. Als nach einem turbulenten Drehtag ein Toter auf dem Schlachtfeld zurückbleibt, kommt wieder Bewegung in das Quartett um Heinrich Müller, dessen aktuelle Auftragslage nicht gerade rosig ist. Ein gestohlener Wandteppich, beunruhigende Kornkreise und dunkle Geschichten aus der Zeit der Hexenverfolgungen geben den Ermittlern jedoch immer neue Rätsel auf …

MARIJKE SCHNYDER
Matrjoschka-Jagd

275 Seiten, Paperback.
ISBN 978-3-8392-1092-5.

EISZEIT An einem nasskalten Herbstmorgen macht eine Millionärin an der Lenk, ein Kurort im Berner Oberland, ihren gewohnten Spaziergang zum See. Wenig später findet ein Wanderer ihre Leiche in der Nähe eines Kioskhäuschens. Kommissarin Nore Brand und Nino, der Assistent mit der elektronischen Schnüffelnase, fahren im Auftrag der Berner Polizei in das Simmental hinauf. Dort kämpfen sie gegen eine Mauer des Schweigens. Die Angst vor der Russen-Mafia, die sich im Tal eingenistet haben soll, lähmt die Talbewohner. Nach zwei weiteren Morden erahnt Nore Brand die Dimensionen dieses Falles. Sie beißt sich fest und wirft sich mit voller Kraft in die Ermittlungsarbeit.

GMEINER

Wir machen's spannend

PIERRE EMME
Diamantenschmaus

319 Seiten, Paperback.
ISBN 978-3-8392-1079-6.

VEREDELTE ASCHE Die Wiener Promidichte schwindet beträchtlich. Palinski hat es mit einer ganzen Reihe von Mordfällen an bekannten Persönlichkeiten der Hauptstadt zu tun. Zu den Opfern zählen ein stadtbekannter, tierquälender Kettenraucher, ein berühmter Kammersänger und ein belgischer Entertainer. Die nächste Schreckensnachricht lässt nicht lange auf sich warten: Hildi, die 22-jährige ›Prinzessin der Herzen‹, ein Star der Volksmusik, wurde entführt. Besteht ein Zusammenhang zwischen den einzelnen Morden und der Entführung? Und was haben die so genannten »Promi-Diamanten« damit zu tun, die im Internet meistbietend versteigert werden? Da Hildi in großer Gefahr ist, entschließt sich Palinski, die Entführer zu kontaktieren und ein Treffen zu vereinbaren.

ANNI BÜRKL
Ausgetanzt

374 Seiten, Paperback.
ISBN 978-3-8392-1023-9.

TANZTEE Berenike Roithers neuer Teesalon im beschaulichen Kurort Altaussee im Salzkammergut verlangt ihre volle Aufmerksamkeit. Doch bald wird sie aus der gewohnten Arbeit herausgerissen: Ihre Tanzlehrerin Caro, die am mystischen Hallstätter Gräberfeld ein keltisches Tanzritual abhalten wollte, wird tot aufgefunden – in der Mitte entzwei gesägt und in einem Friseursalon zur Schau gestellt. Auch Berenike fragt sich, wer so viel Hass gegen die engagierte Frauenhausmitarbeiterin hegte. Und plötzlich steckt sie selbst mitten in den Ermittlungen …

GMEINER

Wir machen's spannend